卓越系列·国家示范性高等职业院校核心课程特色教材

数控技术及应用

Numerical Control Technology and Application

主　编　马春峰　郑　军

副主编　王守志　刘明光

　　　　刘均海

参　编　周文彬　李更新

　　　　宋玉刚　崔　萍

　　　　丁　进　于春玲

天津大学出版社

TIANJIN UNIVERSITY PRESS

内 容 提 要

　　本书以典型数控车床、铣床、加工中心为载体，采用任务驱动模式，通过分析其具体工作过程，有的放矢地学习数控机床工作理论知识。全书包括 10 个学习任务，每个学习任务都完成数控机床特定模块的工作原理分析，同时穿插相关知识要点并进行拓展，合理分布理论知识体系，任务教学都采用理论实践一体化方式。

　　本书可作为高职高专机电类有关数控机床安装调试、故障维修及加工制造专业的教材，也可作为数控技术工程人员的自学教材。

图书在版编目(CIP)数据

　　数控技术及应用/马春峰,郑军主编 . —天津:天津大学
出版社,2010.8
　（卓越系列）
　国家示范性高等职业院校核心课程特色教材
　ISBN 978 - 7 - 5618 - 3522 - 7

　Ⅰ.①数…　Ⅱ.①马…②郑…　Ⅲ.①数控机床—高
等学校:技术学校—教材　Ⅳ.①TG659

　中国版本图书馆 CIP 数据核字(2010)第 142033 号

出版发行	天津大学出版社	
出 版 人	杨欢	
地　　址	天津市卫津路 92 号天津大学内(邮编:300072)	
电　　话	发行部:022 - 27403647　邮购部:022 - 27402742	
网　　址	www.tjup.com	
印　　刷	肃宁县科发印刷厂	
经　　销	全国各地新华书店	
开　　本	169mm×239mm	
印　　张	16.75	
字　　数	348 千	
版　　次	2010 年 8 月第 1 版	
印　　次	2010 年 8 月第 1 次	
印　　数	1 - 3 000	
定　　价	30.00 元	

前　言

　　数控机床是现代机械工业的重要技术装备,也是先进制造技术的基础设备,它的推广应用,促进了我国机械制造业的发展。数控机床是典型的机电一体化产品,综合了电子计算机、自动控制、检测技术、液压与气动以及精密机械等方面的技术。目前,随着国内数控机床用量的剧增,急需培养一大批数控机床设备操作、编程,特别是维修的数控应用型技术人才,因此,数控机床的工作原理就成为从业人员必须具备的基础知识。目前已有的教材大都是学科体系下的知识架构,其理论性强,从高职学生学习角度出发显得过于抽象,实际教学过程中往往出现学生厌学情绪。为了使这种状况有所改观,笔者以国家示范性高等职业院校建设为契机,不断总结教学经验,以典型数控车床、铣床、加工中心为载体,分析其具体工作原理,采用任务驱动模式,做到理论知识的有的放矢,编写了本教材。

　　本教材以 CK6132 数控车床、XD - 40 数控铣床和 GSVM 加工中心为载体,分为两个项目,十个任务;每个任务都有【任务导入】、【任务内容】和【动手和思考】,使学生掌握完成本目标的相关知识;知识内容上又划分为【知识要点】和【知识拓展】。

　　在第一个项目中,力争全面解构结构和功能相对简单的 CK6132 数控车床的工作原理,从机械结构到控制原理及控制过程都进行了详细解析。学生在学习过程中,可以有目的地学习教材提供的内容,结合实际设备对机床的控制原理进行验证。对于学有余力的学生可以从【知识拓展】中更加深入学习原理知识,教师也可以有选择地对相关内容进行讲解。在第二个项目中,力争全面解构 XD - 40 数控铣床和 GS-VM 加工中心典型控制过程,其主要区别在于机械结构和控制任务的复杂程度。其中对 GSVM65400 加工中心的换刀过程进行了分析,并深入学习了 PMC 在数控机床中的应用;对全闭环控制用到的检测装置进行应用举例。最后,附录中列举了 CK6132 数控车床和 XD - 40 数控铣床的控制线路图,便于教学过程中的实际应用。

　　本教材由马春峰、郑军主编。任务二、四、六、九由马春峰编写,任务三、五、十由郑军、王守志编写,任务一、八由刘均海、刘明光编写,任务七由周文彬编写。另外,李更新参与了机械结构部分的编写,宋玉刚参与了电气控制及机床调试部分的编写,鲁中职业学院的崔萍老师完成教材中相关英文词汇的注解,丁进、于春玲参与了图幅的制作。全书由马春峰统稿。在本书的编写过程中,参阅了有关教材和资料,并得到了李文主任的帮助和指导,在此一并表示感谢。

　　由于编者水平有限、数控技术发展迅速,本书难免有不足之处,望广大读者批评、指正。

编者

2010 年 6 月

目　录

走近数控机床

从美国于1952年研制成功第一台数控机床以来,机械加工领域发生了深刻的变革,世界各国无不争相研制数控加工设备。经过50多年的发展,数控设备的多样化和生产成本的降低,使原本昂贵的数控设备得到了广泛的应用,其加工精度也越来越高,甚至达到了纳米级。数控机床是一种自动化程度较高、结构比较复杂的加工设备,它是当今先进的计算机技术、零件加工和装配技术、电气技术等的集中体现,特别是对一些高、精、尖的数控机床来说,更是代表了一个国家的科技水平,直接决定了一个国家装备制造业和国防工业的水平。数控设备的大量应用需要有相应的数控专业技术人员进行操作、编程、加工和维护;特别是对机床正确使用和维护来讲,首先需要了解数控机床的工作原理,才不至于发现故障时一头雾水、不知所措,也更谈不上数控机床的故障诊断与维修。本课程的根本目的就是力争通过典型数控机床工作原理的详细剖析,使读者掌握数控原理的知识。下面我们就走近数控机床,先了解相关的几个基本概念。

📖 什么是数控机床

数字控制机床(Numerical Control Machine Tools)简称数控机床,这是一种将数字计算技术应用于机床的控制技术。它把机械加工过程中的各种控制信息用代码化的数字表示,通过信息载体输入数控装置,经运算处理由数控装置发出各种控制信号控制机床的动作,按图纸要求的形状和尺寸,自动地将零件加工出来。数控机床较好地解决了复杂、精密、小批量、多品种的零件加工问题,是一种柔性的、高效能的自动化机床,代表了现代机床控制技术的发展方向,是一种典型的机电一体化产品。典型的数控车床、数控铣床、加工中心外形如图0-1所示。

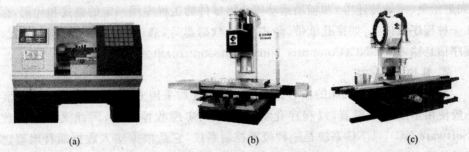

(a)　　　　　　　　　　(b)　　　　　　　　　　(c)

图0-1　典型数控机床

(a)数控车床　(b)立式数控铣床　(c)立式加工中心

1

🔖数控机床的加工原理

数控机床加工工件的过程如图0-2所示。

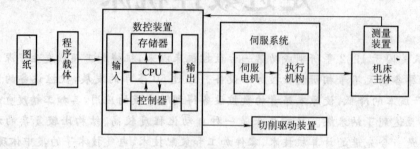

图0-2 数控机床的加工过程

(1)在数控机床上加工工件时,首先要根据加工零件的图样与工艺方案,用规定的格式编写程序单,并且录在程序载体上。

(2)把程序载体上的程序通过输入装置输入到数控装置中去。

(3)数控装置将输入的程序经过运算处理后,向机床各个坐标的伺服系统发出信号。

(4)伺服系统根据数控装置发出的信号,通过伺服执行机构(如步进电动机、直流伺服电动机、交流伺服电动机),经传动装置(如滚珠丝杠螺母副等),驱动机床各运动部件,使机床按规定的动作顺序、速度和位移量进行工作,从而制造出符合图样要求的零件。

由上述数控机床的工作过程可知,数控机床的基本组成包括加工程序载体、数控装置、伺服驱动装置、机床主体和其他辅助装置。下面分别对各组成部分的基本工作原理进行概要说明。

1. 加工程序载体

数控机床工作时,不需要工人直接去操作机床,要对数控机床进行控制,必须编制加工程序。零件加工程序中,包括机床上刀具和工件的相对运动轨迹、工艺参数(如进给量、主轴转速等)和辅助运动等。将零件加工程序用一定的格式和代码,存储在一种程序载体上,如穿孔纸带、盒式磁带、软磁盘等,通过数控机床的输入装置,将程序信息输入到 CNC(Computer Numerical Control)单元。

2. 数控装置

数控装置是数控机床的核心。现代数控装置均采用 CNC 形式,这种 CNC 装置一般使用多个微处理器,以程序化的软件形式实现数控功能,因此又称软件数控(Software NC)。CNC 系统是一种位置控制系统,它是根据输入数据插补出理想的运动轨迹,然后输出到执行部件,加工出所需要的零件。因此,数控装置主要由输入、处理和输出三个基本部分构成。而所有这些工作都由计算机的系统程序进行合理的组织,使整个系统协调地进行工作。

1）输入

将数控指令输入给数控装置，根据程序载体的不同，相应有不同的输入装置。目前主要有键盘输入、磁盘输入、CAD/CAM系统直接通信方式输入和连接上级计算机的直接数控(DNC)输入，现仍有不少系统还保留有光电阅读机的纸带输入形式。下面介绍三种输入方式。

（1）纸带输入方式。可用纸带光电阅读机读入零件程序，直接控制机床运动；也可以将纸带内容读入存储器，用存储器中储存的零件程序控制机床运动。

（2）MDI手动数据输入方式。操作者可利用操作面板上的键盘，输入加工程序的指令，它适用于比较短的程序。在控制装置编辑状态(EDIT)下，用软件输入加工程序，并存入控制装置的存储器中，这种输入方法可重复使用程序。一般手工编程均采用这种方法。在具有会话编程功能的数控装置上，可按照显示器上提示的问题，选择不同的菜单，用人机对话的方法，输入有关的尺寸数字，就可自动生成加工程序。

（3）采用DNC输入方式。把零件程序保存在上级计算机中，CNC系统一边加工一边接收来自计算机的后续程序段。DNC方式多用于采用CAD/CAM软件设计的复杂工件，并直接生成零件程序的情况。

2）信息处理

输入装置将加工信息传给CNC单元，编译成计算机能识别的信息，由信息处理部分按照控制程序的规定，逐步存储并经处理后，通过输出单元发出位置和速度指令给伺服系统和主运动控制部分。CNC系统的输入数据包括：零件的轮廓信息（如起点、终点、直线、圆弧等）、加工速度及其他辅助加工信息（如换刀、变速、冷却液开关等），数据处理的目的是完成插补运算前的准备工作。数据处理程序还包括刀具半径补偿、速度计算及辅助功能的处理等。

3）输出装置

输出装置与伺服机构相连。输出装置根据控制器的命令接受运算器的输出脉冲，并把它送到各坐标的伺服控制系统，经过功率放大，驱动伺服系统，从而控制机床按规定要求运动。

3. 伺服系统和测量反馈系统

伺服系统是数控机床的重要组成部分，用于实现数控机床的进给伺服控制和主轴伺服控制。伺服系统的作用是把来自数控装置的指令信息，经功率放大、整形处理后，转换成机床执行部件的直线位移或角位移运动。由于伺服系统是数控机床的最后环节，其性能将直接影响数控机床的精度和速度等技术指标。因此，要求数控机床的伺服驱动装置具有良好的快速反应性能，能够准确而灵敏地跟踪数控装置发出的数字指令信号，并能忠实地执行来自数控装置的指令，提高系统的动态跟随特性和静态跟踪精度。

伺服系统包括驱动装置和执行机构两大部分。驱动装置由主轴驱动单元、进给驱动单元和主轴伺服电动机、进给伺服电动机组成。步进电动机、直流伺服电动机和交流伺服电动机是常用的驱动装置。

测量元件将数控机床各坐标轴的实际位移值检测出来,并经反馈系统输入到机床的数控装置中,数控装置对反馈回来的实际位移值与指令值进行比较,并向伺服系统输出达到设定值所需的位移量指令。

4. 机床主体

机床主机是数控机床的主体。它包括床身、底座、立柱、横梁、滑座、工作台、主轴箱、进给机构、刀架及自动换刀装置等机械部件。它是在数控机床上自动地完成各种切削加工的机械部分。与传统的机床相比,数控机床主体具有如下结构特点。

(1)采用具有高刚度、高抗振性及较小热变形的机床新结构。通常用提高结构系统的静刚度、增加阻尼、调整结构件质量和固有频率等方法来提高机床主体的刚度和抗振性,使机床主体能适应数控机床连续自动地进行切削加工的需要。采取改善机床结构布局、减少发热、控制温升及增加热位移补偿等措施,可减少热变形对机床主体的影响。

(2)广泛采用高性能的主轴伺服驱动和进给伺服驱动装置,使数控机床的传动链缩短,简化了机床机械传动系统的结构。

(3)采用高传动效率、高精度、无间隙的传动装置和运动部件,如滚珠丝杠螺母副、塑料滑动导轨、直线滚动导轨、静压导轨等。

5. 数控机床的辅助装置

辅助装置是保证数控机床充分发挥功能所必需的配套装置,常用的辅助装置包括:气动、液压装置,排屑装置,冷却、润滑装置,回转工作台和数控分度头,防护、照明等各种辅助装置。

📖 数控机床的适用场合

数控机床是一种可编程的通用加工设备,但是因设备投资费用较高,还不能用数控机床完全替代其他类型的设备,因此数控机床有一定的适用范围。图0-3可粗略地表示数控机床的适用范围。从图0-3(a)可看出,通用机床多适用于零件结构不太复杂、生产批量较小的场合;专用机床适用于零件生产批量很大的场合;数控机床对于形状复杂的零件,尽管批量小也同样适用。随着数控机床的普及,数控机床的适用范围也越来越广,对一些形状不太复杂而重复工作量很大的零件,如印制电路板的钻孔加工等,由于数控机床生产率高,已大量使用。因而,数控机床的适用范围已扩展到图0-3(a)中阴影所示的范围。图0-3(b)表示当采用通用机床、专用机床及数控机床加工零件时,零件生产批量与零件总加工费用之间的关系。据有关资料统计,当生产批量在100件以下,用数控机床加工具有一定复杂程度的零件时,加工费用最低,能获得较高的经济效益。

由此可见,数控机床最适宜加工以下类型的零件:

(1)生产批量小的零件(100件以下);

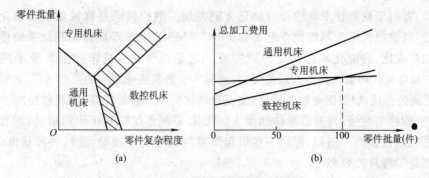

图 0-3 数控机床的适用范围

(a)批量-复杂程度限制　(b)批量-费用条件限制

(2)需要进行多次改型设计的零件；

(3)加工精度要求高、结构形状复杂的零件，如箱体类，曲线、曲面类零件；

(4)需要精确复制和尺寸一致性要求高的零件；

(5)价值昂贵的零件，这种零件虽然生产量不大，但是如果加工中因出现差错而报废，将产生巨大的经济损失。

📖 数控机床的特点

与通用机床和专用机床相比，数控机床具有以下主要特点。

(1)加工精度高，质量稳定。数控系统每输出一个脉冲，机床移动部件的位移量称为脉冲当量，数控机床的脉冲当量一般为 0.001 mm，高精度的数控机床可达 0.000 1 mm，其运动分辨率远高于普通机床。另外，数控机床具有位置检测装置，可将移动部件实际位移量或丝杠、伺服电动机的转角反馈到数控系统，并进行补偿。因此，可获得比机床本身精度还高的加工精度。数控机床加工零件的质量由机床保证，无人为操作误差的影响，所以，同一批零件的尺寸一致性好，质量稳定。

(2)能完成普通机床难以完成或根本不能完成的复杂零件加工。例如，采用两轴联动或两轴以上联动的数控机床，可加工母线为曲线的旋转体曲面零件、凸轮零件和各种复杂空间曲面类零件。

(3)生产效率高。数控机床的主轴转速和进给量范围比普通机床的范围大，良好的结构刚性允许数控机床采用大的切削用量，从而有效地节省了机动时间。对某些复杂零件的加工，如果采用带有自动换刀装置的数控加工中心，可实现在一次装夹下进行多工序的连续加工，减少了半成品的周转时间，生产率的提高更为明显。

(4)对产品改型设计的适应性强。当被加工零件改型设计后，在数控机床上只需变换零件的加工程序、调整刀具参数等，就能实现对改型设计后零件的加工，生产准备周期大大缩短。因此，数控机床可以很快地从加工一种零件转换为加工另一种改型设计后的零件，这就为单件、小批量新试制产品的加工以及产品结构的频繁更新提供了极大的方便。

(5)有利于制造技术向综合自动化方向发展。数控机床是机械加工自动化的基本设备,以数控机床为基础建立起来的 FMC、FMS、CIMS 等综合自动化系统使机械制造的集成化、智能化和自动化得以实现。这是由于数控机床控制系统采用数字信息与标准化代码输入并具有通信接口,容易实现数控机床之间的数据通信,最适宜计算机之间的连接,组成工业控制网络,实现自动化生产过程的计算、管理和控制。

(6)监控功能强,具有故障诊断能力。CNC 系统不仅控制机床的运动,而且可对机床进行全面监控。例如,可对一些引起故障的因素提前报警,进行故障诊断等,极大地提高了检修的效率。

(7)减轻工人劳动强度,改善劳动条件。

数控机床的分类

数控机床的种类繁多,根据数控机床功能和组成的不同,可以从多种角度对数控机床进行分类。

1. 按运动轨迹分类

(1)点位控制系统。它的特点是刀具在相对工件的移动过程中,不进行切削加工,对定位过程中的运动轨迹没有严格要求,只要求从一坐标点到另一坐标点的精确定位,如图 0 - 4(a)所示。如数控坐标镗床、数控钻床、数控冲床、数控点焊机和数控测量机等都采用此类系统。

(2)直线控制系统。这类控制系统的特点是除了控制起点与终点之间的准确位置外,还要求刀具由一点到另一点之间的运动轨迹为一条直线,并能控制位移的速度。因为这类数控机床的刀具在移动过程中要进行切削加工,直线控制系统的刀具切削路径只沿着平行于某一坐标轴方向运动,或者沿着与坐标轴成一定角度的斜线方向进行直线切削加工,如图 0 - 4(b)所示。采用这类控制系统的机床有数控车床、数控铣床等。

同时具有点位控制功能和直线控制功能的点位/直线控制系统,主要应用在数控镗铣床、加工中心机床上。

(3)轮廓控制系统,也称连续控制系统。其特点是能够同时对两个或两个以上的坐标轴进行连续控制。加工时不仅要控制起点和终点位置,而且要控制两点之间每一点的位置和速度,使机床加工出符合图纸要求的复杂形状(任意形状的曲线或曲面)的零件。它要求数控机床的辅助功能比较齐全,CNC 装置一般都具有直线插补和圆弧插补功能。如数控车床、数控铣床、数控磨床、数控加工中心、数控电加工机床、数控绘图机等都采用此类控制系统。

这类数控机床绝大多数具有两轴或两轴以上的联动功能,不仅具有刀具半径补偿、刀具长度补偿功能,而且还具有机床轴向运动误差补偿,丝杠、齿轮的间隙补偿等一系列功能,如图 0 - 4(c)所示。

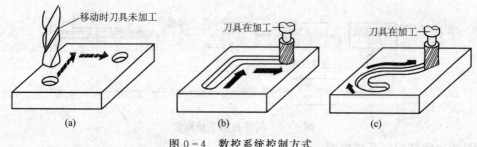

图 0-4　数控系统控制方式

(a)点位控制　(b)直线控制　(c)轮廓控制

2. 按伺服系统控制方式分类

(1)开环伺服系统。这种控制方式不带位置测量元件。数控装置根据信息载体上的指令信号,经控制运算发出指令脉冲,使伺服驱动元件转过一定的角度,并通过传动齿轮、滚珠丝杠螺母副,使执行机构(如工作台)移动或转动。图 0-5 所示为开环控制系统框图。这种控制方式没有来自位置测量元件的反馈信号,对执行机构的动作情况不进行检查,指令流向为单向,因此被称为开环控制系统。

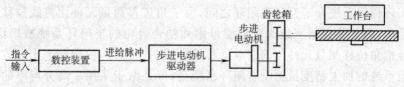

图 0-5　开环控制系统框图

步进电动机伺服系统是最典型的开环控制系统,这种控制系统的特点是系统简单、调试维修方便、工作稳定、成本较低。由于开环系统的精度主要取决于伺服元件和机床传动元件的精度、刚度和动态特性,因此控制精度较低。目前在国内多用于经济型数控机床以及对旧机床的改造。

(2)闭环伺服系统。这是一种自动控制系统,其中包含功率放大和反馈,使输出变量的值响应输入变量的值。数控装置发出指令脉冲后,当指令值送到位置比较电路时,若工作台没有移动,即没有位置反馈信号,指令值使伺服驱动电动机转动,经过齿轮、滚珠丝杠螺母副等传动元件带动机床工作台移动。装在机床工作台上的位置测量元件测出工作台的实际位移量,反馈到数控装置的比较器中与指令信号进行比较,并用比较后的差值进行控制。若两者存在差值,经放大器放大后,再控制伺服驱动电动机转动,直至差值为零时,工作台才停止移动。图 0-6 所示为闭环控制系统框图。闭环伺服系统的优点是精度高、速度快,主要用在精度要求较高的数控镗铣床、数控超精车床、数控超精镗床等机床上。

(3)半闭环伺服系统。这种控制系统不是直接测量工作台的位移量,而是通过旋转变压器、光电编码盘或分解器等角位移测量元件,测量伺服机构中电动机或丝杠的转角,来间接测量工作台的位移。这种系统中,滚珠丝杠螺母副和工作台均在反馈环路之外,其传动误差等仍会影响工作台的位置精度,故称为半闭环控制系统。图 0-7

7

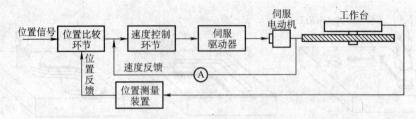

图 0-6 闭环控制系统框图

所示为半闭环控制系统框图。

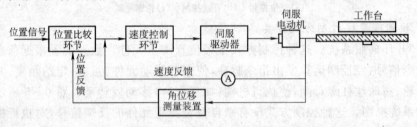

图 0-7 半闭环控制系统框图

半闭环伺服系统介于开环和闭环之间,由于角位移测量元件比直线位移测量元件结构简单,因此装有精密滚珠丝杠螺母副和精密齿轮的半闭环系统被广泛应用。目前已经把角位移测量元件与伺服电动机设计成一个部件,使用起来十分方便。半闭环伺服系统的加工精度虽然没有闭环系统高,但是由于采用了高分辨率的测量元件,这种控制方式仍可获得比较满意的精度和速度,且其系统调试比闭环系统方便、稳定性好,成本也比闭环系统低,目前大多数数控机床均采用半闭环伺服系统。

3. 按功能水平分类

数控机床按数控系统的功能水平不同可分为低、中、高三档,这种分类方式在我国用得很多。低、中、高档的界限是相对的,不同时期的划分标准有所不同,就目前的发展水平来看,大体可以从以下几个方面区分(见表 0-1)。

表 0-1 数控机床按功能水平分类

项 目	低 档	中 档	高 档
分辨率和进给速度	10 μm、8~15 m/min	1 μm、15~24 m/min	0.1 μm、15~100 m/min
伺服进给类型	开环、步进电动机系统	半闭环直流或交流伺服系统	闭环直流或交流伺服系统
联动轴数	2 轴	3~5 轴	3~5 轴
主轴功能	不能自动变速	自动无级变速	自动无级变速、C 轴功能
通信能力	无	RS-232C 或 DNC 接口	MAP 通信接口、联网功能
显示功能	数码管显示、CRT 字符	CRT 显示字符、图形	三维图形显示、图形编程
内装 PLC	无	有	有
主 CPU	8 bitCPU	16 或 32 bitCPU	64 bitCPU

4. 按工艺用途分类

数控机床按不同工艺用途分类有数控的车床、铣床、磨床与齿轮加工机床等。在数控金属成型机床中,有数控的冲压机、弯管机、裁剪机等。在特种加工机床中,有数控的电火花切割机、火焰切割机、点焊机、激光加工机等。近年来在非加工设备中也大量采用数控技术,如数控测量机、自动绘图机、装配机、工业机器人等。

加工中心是一种带有自动换刀装置的数控机床,它的出现突破了一台机床只能进行一种工艺加工的传统模式。它是以工件为中心,能实现工件在一次装夹后自动地完成多种工序的加工。常见的有以加工箱体类零件为主的镗铣类加工中心和几乎能够完成各种回转体类零件所有工序加工的车削中心。

近年来一些复合加工的数控机床也开始出现,其基本特点是集中多工序、多刀具、复合工艺加工在一台设备中完成。

📖 数控技术的应用与发展

随着电子、信息等高新技术的不断发展以及市场需求的个性化与多样化,未来先进制造技术发展的总趋势是向精密化、柔性化、网络化、虚拟化、智能化、清洁化、集成化、全球化的方向发展。数控技术是制造业实现这些先进制造技术的基础,而数控技术水平高低和数控设备拥有量大小是体现国家综合国力水平、衡量国家工业现代化程度的重要标志之一。

1. 现代制造技术的发展趋势

21世纪是知识经济新时代,制造业作为我国新世纪的战略产业将面临剧烈的挑战,经历一场深刻的技术变革。在传统制造技术基础之上发展起来的先进制造技术代表了制造技术发展的前沿,对制造业的发展将产生巨大影响。当前先进制造技术的发展大致有以下特点。

1)信息技术、管理技术与工艺技术紧密结合

随着信息技术向制造技术的注入和融合,促进制造技术的不断发展。它使制造技术的技术含量提高,使传统制造技术发生质的变化;促进了加工制造的精密化、快速化,自动化技术的柔性化、智能化,整个制造过程的网络化、全球化。相继出现的各种先进制造模式,如CIMS、并行工程、精益生产、敏捷制造、虚拟企业与虚拟制造等,均以信息技术的发展为支撑。

2)计算机辅助设计、辅助制造、辅助工程分析(CAD/CAM/CAE)

制造信息的数字化,将实现CAD/CAPP/CAM/CAE的一体化,使产品向无图纸制造方向发展。在发达国家的大型企业中,已广泛使用CAD/CAM,实现100%数字化设计。将数字化技术注入产品设计开发,提高了企业产品自主开发能力和产品档次,同时也提高了企业对市场的应变能力和快速响应能力。通过局域网实现企业内部并行工程,通过Internet建立跨地区的虚拟企业,实现资源共享、优化配置,也使制造业向互联网辅助制造方向发展。

3)加工制造技术向着超精密、超高速以及发展新一代制造装备的方向发展

(1)超精密加工技术。超精密加工技术是为了获得被加工件的形状、尺寸精度和

表面结构均优于亚微米级的一门高新技术。超精密加工技术的加工精度由红外波段向可见光和不可见光的紫外波段趋进,目前加工精度达到 $0.025\ \mu m$,表面结构达 $0.045\ \mu m$,已进入纳米级加工时代。美国为了适应航空、航天等尖端技术的发展,已研制出多种数控超精密加工车床,最大的加工直径可达 $1.63\ m$,定位精度为 $28\ nm$ $(28\times10^{-9}\ m)$。

(2)超高速切削。目前铝合金超高速切削的切削速度已超过 $1\ 600\ m/min$,铸铁为 $1\ 500\ m/min$,超耐热镍合金为 $300\ m/min$,钛合金为 $200\ m/min$。超高速切削的发展已转移到一些难加工材料的切削加工。现代数控机床主轴的最高转速可达到 $10\ 000\sim20\ 000\ r/min$,采用高速内装式主轴电动机后,使主轴直接与电动机连接成一体,可将主轴转速提高到 $40\ 000\sim50\ 000\ r/min$。

(3)新一代制造装备的发展。市场竞争和新产品、新技术、新材料的发展推动着新型加工设备的研究与开发,如"并联桁架式结构数控机床"(或俗称"六腿"机床)突破了传统机床的结构方案,采用可以伸缩的六个"腿"连接定平台和动平台,每个"腿"均由各自的伺服电动机和精密滚珠丝杠驱动,控制这六条"腿"的伸缩就可以控制装有主轴头的动平台的空间位置和姿势,满足刀具运动轨迹的要求。

4)工艺研究由"经验判断"走向"定量分析"

先进制造技术的一个重要发展趋势是通过计算机技术和模拟技术的应用,使工艺研究由"经验判断"走向"定量分析",加工工艺由技艺发展为工程科学。

5)虚拟现实技术在制造业中获得越来越多的应用

虚拟现实技术(Virtual Reality Technology)主要包括虚拟制造技术和虚拟企业两个部分。

虚拟制造技术从根本上改变了设计、试制、修改设计、规模生产的传统制造模式。在产品真正制出之前,首先在虚拟制造环境中生成软产品原型(Soft Prototype)代替传统的硬样品(Hard Prototype)进行试验,对其性能和可制造性进行预测和评价,从而缩短产品的设计与制造周期,降低产品的开发成本。

虚拟企业是为了快速响应某一市场需求,通过信息高速公路,将产品涉及的不同企业临时组建成为一个没有围墙、超越空间约束、靠计算机网络联系、统一指挥的合作经济实体。虚拟企业的特点是企业在功能上的不完整性、地域上的分散性和组织结构上的非永久性,即功能的虚拟化、地域的虚拟化、组织的虚拟化。

2. 数控机床的发展趋势

随着先进生产技术的发展,要求现代数控机床向高速化、高精度化、复合化、智能化、开放化、并联驱动化、网络化、极端化、绿色化等更加完善的功能方向发展。

1)高速化

随着汽车、国防、航空、航天等工业的高速发展以及铝合金等新材料的应用,对数控机床加工的高速化要求越来越高。

(1)主轴转速:机床采用电主轴(内装式主轴电机),国外用于加工中心电主轴的转速已经达到 75 000 r/min(意大利 CAMFIOR),而我国则多在 20 000 r/min 以下。其他用途的电主轴,国外已经达到了 250 000 r/min(英国 WestWind 公司 D1733),而我国电主轴的最高转速为 150 000 r/min。

(2)进给率:在分辨率为 0.01 μm 时,最大进给率可达 240 m/min,且可获得复杂型面的精确加工。

(3)运算速度:微处理器的迅速发展为数控系统向高速、高精度方向发展提供了保障,开发出的 CPU 已发展到 32 位以及 64 位的数控系统,频率提高到几百兆赫、上千兆赫。由于运算速度的极大提高,使得当分辨率为 0.1 μm、0.01 μm 时,仍能获得高达 24~240 m/min 的进给速度。

(4)换刀速度:目前国外先进加工中心的刀具交换时间普遍已在 1 s 左右,高的已达 0.5 s。德国 Chiron 公司将刀库设计成篮子样式,以主轴为轴心,刀具在圆周布置,其换刀时间仅需 0.9 s。

2)高精度化

数控机床精度的要求现在已经不局限于静态的几何精度,机床的运动精度、热变形以及对振动的监测和补偿越来越受到重视。

(1)提高 CNC 系统控制精度:采用高速插补技术,以微小程序段实现连续进给,使 CNC 控制单位精细化,并采用高分辨率位置检测装置,提高位置检测精度(日本已开发出装有 106 脉冲/转、内藏位置检测器的交流伺服电机,其位置检测精度可达到 0.01 μm/脉冲),位置伺服系统采用前馈控制与非线性控制等方法。

(2)采用误差补偿技术:采用反向间隙补偿、丝杆螺距误差补偿和刀具误差补偿等技术,对设备的热变形误差和空间误差进行综合补偿。研究结果表明,综合误差补偿技术的应用可将加工误差减少 60%~80%。

(3)采用网格解码器检查和提高加工中心的运动轨迹精度,并通过仿真预测机床的加工精度,以保证机床的定位精度和重复定位精度,使其性能长期稳定,能够在不同运行条件下完成多种加工任务,并保证零件的加工质量。

3)功能复合化

复合机床的含义是指在一台机床上实现或尽可能完成从毛坯至成品的多种要素加工。根据其结构特点可分为工艺复合型和工序复合型两类。工艺复合型机床如镗铣钻复合——加工中心、车铣复合——车削中心、铣镗钻车复合——复合加工中心等;工序复合型机床如多面多轴联动加工的复合机床和双主轴车削中心等。采用复合机床进行加工,减少了工件装卸、更换和调整刀具的辅助时间以及中间过程中产生的误差,提高了零件加工精度,缩短了产品制造周期,提高了生产效率和制造商的市场反应能力,相对于传统的工序分散的生产方法具有明显的优势。

加工过程的复合化也导致了机床向模块化、多轴化发展。德国 Index 公司最新推出的车削加工中心是模块化结构,该加工中心能够完成车削、铣削、钻削、滚齿、磨削、激光热处理等多种工序,可完成复杂零件的全部加工。随着现代机械加工要求的不断提高,大量的多轴联动数控机床越来越受到各大企业的欢迎。

在 2005 年中国国际机床展览会(CIMT2005)上,国内外制造商展出了形式各异的多轴加工机床(包括双主轴、双刀架、9 轴控制等)以及可实现 4～5 轴联动的五轴高速门式加工中心、五轴联动高速铣削中心等。

4)控制智能化

随着人工智能技术的发展,为了满足制造业生产柔性化、制造自动化的发展需求,数控机床的智能化程度在不断提高,具体体现在以下几个方面。

(1)加工过程自适应控制技术:通过监测加工过程中的切削力、主轴和进给电机的功率、电流、电压等信息,利用传统的或现代的算法进行识别,以辨识出刀具的受力、磨损、破损状态及机床加工的稳定性状态,并根据这些状态实时调整加工参数(主轴转速、进给速度)和加工指令,使设备处于最佳运行状态,以提高加工精度、降低加工表面结构并提高设备运行的安全性。

(2)加工参数的智能优化与选择:将工艺专家或技师的经验、零件加工的一般与特殊规律,用现代智能方法,构造基于专家系统或基于模型的"加工参数的智能优化与选择器",利用它获得优化的加工参数,从而达到提高编程效率和加工工艺水平、缩短生产准备时间的目的。

(3)智能故障自诊断与自修复技术:根据已有的故障信息,应用现代智能方法实现故障的快速准确定位。

(4)智能故障回放和故障仿真技术:能够完整记录系统的各种信息,对数控机床发生的各种错误和事故进行回放和仿真,用以确定错误引起的原因,找出解决问题的办法,积累生产经验。

(5)智能化交流伺服驱动装置:能自动识别负载,并自动调整参数的智能化伺服系统,包括智能化主轴交流驱动装置和智能化进给伺服装置。这种驱动装置能自动识别电机及负载的转动惯量,并自动对控制系统参数进行优化和调整,使驱动系统获得最佳运行。

(6)智能 4M 数控系统:在制造过程中,加工、检测一体化是实现快速制造、快速检测和快速响应的有效途径,将测量(Measurement)、建模(Modelling)、加工(Manufacturing)、机器操作(Manipulator)四者(即 4M)融合在一个系统中,实现信息共享,促进测量、建模、加工、装夹、操作的一体化。

5)体系开放化

(1)向未来技术开放:由于软硬件接口都遵循公认的标准协议,只需少量的重新设计和调整,新一代的通用软硬件资源就可能被现有系统所采纳、吸收和兼容,这就意味着系统的开发费用将大大降低,而系统性能与可靠性将不断改善并处于长生命周期。

(2)向用户特殊要求开放:更新产品、扩充功能、提供硬软件产品的各种组合以满足特殊应用要求。

(3)数控标准的建立:国际上正在研究和制定一种新的 CNC 系统标准 ISO14649 (STEP – NC),以提供一种不依赖于具体系统的中性机制,能够描述产品整个生命周期内的统一数据模型,从而实现整个制造过程乃至各个工业领域产品信息的标准化。标准化的编程语言,既方便用户使用,又降低了与操作效率直接有关的劳动消耗。

6)驱动并联化

并联运动机床克服了传统机床串联机构移动部件质量大、系统刚度低、刀具只能沿固定导轨进给、作业自由度偏低、设备加工灵活性和机动性不够等固有缺陷,在机床主轴(一般为动平台)与机座(一般为静平台)之间采用多杆并联连接机构驱动,通过控制杆系中杆的长度使杆系支承的平台获得相应自由度的运动,可实现多坐标联动数控加工、装配和测量多种功能,更能满足复杂特种零件的加工,具有现代机器人的模块化程度高、质量小和速度快等优点。

并联机床作为一种新型的加工设备,已成为当前机床技术的一个重要研究方向,受到了国际机床行业的高度重视,被认为是"自发明数控技术以来在机床行业中最有意义的进步"和"21 世纪新一代数控加工设备"。

7)极端化(大型化和微型化)

国防、航空、航天事业的发展和能源等基础产业装备的大型化需要大型且性能良好的数控机床的支撑。而超精密加工技术和微纳米技术是 21 世纪的战略技术,需要发展能适应微小型尺寸和微纳米加工精度的新型制造工艺和装备,所以微型机床,如微切削加工(车、铣、磨)机床、微电加工机床、微激光加工机床和微型压力机等的需求量正在逐渐增大。

8)信息交互网络化

对于面临激烈竞争的企业来说,使数控机床具有双向、高速的联网通信功能,以保证信息流在车间各个部门间畅通无阻是非常重要的。这样做既可以实现网络资源共享,又能实现数控机床的远程监视、控制、培训、教学、管理,还可实现数控装备的数字化服务(数控机床故障的远程诊断、维护等)。例如,日本 Mazak 公司推出新一代的加工中心配备了一个称为信息塔(e – Tower)的外部设备,包括计算机、手机、机外和机内摄像头等,能够实现语音、图形、视像和文本的通信故障报警显示及在线帮助排除故障等功能,是独立的、自主管理的制造单元。

9)新型功能部件

为了提高数控机床各方面的性能,具有高精度和高可靠性的新型功能部件的应用成为必然。具有代表性的新型功能部件包括以下几种。

(1)高频电主轴。高频电主轴是高频电动机与主轴部件的集成,具有体积小、转速高、可无级调速等一系列优点,在各种新型数控机床中已经获得广泛的应用。

(2)直线电动机。近年来,直线电动机的应用日益广泛,虽然其价格高于传统的伺服系统,但由于负载变化扰动、热变形补偿、隔磁和防护等关键技术的应用,机械传动结构得到简化,机床的动态性能有了提高。如:西门子公司生产的 1FN1 系列三相交流永磁式同步直线电动机已开始广泛应用于高速铣床、加工中心、磨床、并联机床以及动态性能和运动精度要求高的机床等;德国 EX－CELL－O 公司的 XHC 卧式加工中心三向驱动均采用两个直线电动机。

(3)电滚珠丝杆。电滚珠丝杆是伺服电动机与滚珠丝杆的集成,可以大大简化数控机床的结构,具有传动环节少、结构紧凑等一系列优点。

10)高可靠性

数控机床与传统机床相比,增加了数控系统和相应的监控装置等,应用了大量的电气、液压和机电装置,易于导致出现失效的概率增大;工业电网电压的波动和干扰对数控机床的可靠性极为不利,而数控机床加工的零件型面较为复杂,加工周期长,要求平均无故障时间在 2 万 h 以上。为了保证数控机床有高的可靠性,就要精心设计系统、严格制造和明确可靠性目标以及通过维修分析故障模式找出薄弱环节。国外数控系统平均无故障时间可达 7~10 万 h,整机平均无故障工作时间可达 800 h 以上。

11)加工过程绿色化

随着日趋严格的环境与资源约束,制造加工的绿色化越来越重要,而中国的资源、环境问题尤为突出。因此,近年来不用或少用冷却液、实现干切削或半干切削节能环保的机床不断出现,并在不断发展当中。在 21 世纪,绿色制造的大趋势将使各种节能环保机床加速发展,占领更多的世界市场。

12)多媒体技术的应用

多媒体技术集计算机、声像和通信技术于一体,使计算机具有综合处理声音、文字、图像和视频信息的能力,因此也对用户界面提出了图形化的要求。合理的、人性化的用户界面极大地方便了非专业用户的使用,人们可以通过窗口和菜单进行操作,便于蓝图编程和快速编程、三维彩色立体动态图形显示、图形模拟、图形动态跟踪和仿真、不同方向的视图和局部显示比例缩放功能的实现。除此以外,在数控技术领域应用多媒体技术可以做到信息处理综合化、智能化,可应用于实时监控系统和生产现场设备的故障诊断、生产过程参数监测等,因此有着重大的应用价值。

☞ 接下来的学习中,将先对典型数控车床进行详细分析和解构,在掌握数控车床工作原理的基础上,再分析数控铣床、加工中心的典型控制过程,使同学们从应用层面上全面掌握数控机床的工作原理。

【思考题】

(1)数控机床由哪些部分组成? 各有什么作用?

(2)什么叫做点位控制、直线控制、轮廓控制数控机床? 各有何特点及应用?

(3)简述开环、闭环、半闭环伺服系统的区别。

(4)数控机床适合加工什么样的零件?

(5)加工中心与普通数控机床的区别是什么?

项目一 CK6132数控车床工作过程分析

【项目简介】

CK6132型数控车床是车削加工中应用最广泛的一种数控机床,也是机械加工类数控设备中结构和功能比较简单的数控机床。本项目就以此为载体,全面解构数控车床的组成结构、电气控制线路及工作运行过程,最终目的是使学生掌握数控车床的工作原理。

【项目内容】

本项目共包含七个工作任务:

任务一——机械结构分析

任务二——主轴控制与运行分析

任务三——进给轴控制与运行分析

任务四——CNC装置结构及工作过程分析

任务五——进给轴插补控制的实现

任务六——PLC的应用

任务七——CK6132数控车床的调试

【项目目标】

通过对CK6132型数控车床的全面解构和运行分析,使学生掌握其机械结构、变频器工作原理、伺服控制原理、检测装置结构及原理、CNC装置结构、插补和刀补原理、数控机床PLC应用、强电电气线路配置,最后进行数控车床的调试等。在此基础上拓展相关知识,形成对数控机床结构、原理的整体认识。

任务一　机械结构分析

【任务导入】

　　经过实训,同学们已经操作过普通车床、铣床及数控车床、铣床,对两者的外形、结构及使用性能有了一个初步认识。操作数控车床时,只是通过程序和操作面板按钮就能够实现主轴无级调速和两个进给轴的插补运算,使刀具走斜线、圆弧;但从结构上同普通车床相比,并没有复杂的变速齿轮及传动箱,其机械结构明显简单。那么数控车床机械组成到底是怎样的呢? 数控机床对机械结构的要求是不是比普通机床的要求低呢? 希望经过本任务的学习,同学们能够解决以上疑惑。

【任务内容】

一、CK6132 数控车床结构组成

　　CK6132 数控车床的外形结构如图 1－1 所示。

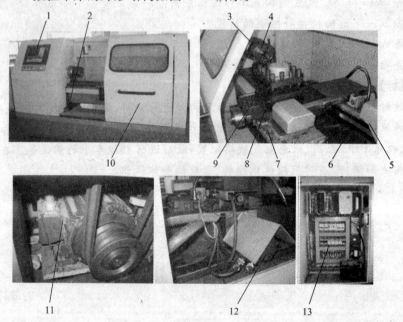

图 1－1　CK6132 数控车床外形结构

1—数控系统;2—床身;3—主轴;4—三爪卡盘;5—尾座;6—导轨;7—溜板箱;8—中托板;
9—刀架;10—防护罩;11—主轴电动机;12—伺服电机;13—配电柜

　　不难看出,数控车床主要由床身、导轨、溜板箱、中托板、刀架、主轴、三爪卡盘、尾

座、主轴电动机、数控系统、伺服电机、配电柜、防护罩等组成。

本任务重点分析机械部分的组成。

【知识要点】　数控机床机械部分的特点

由于数控机床是高精度和高生产率的自动化机床,其加工过程中的动作顺序、运动部件的坐标位置及辅助功能都是通过数字信息自动控制的,操作者在加工过程中无法干预,不能像在普通机床上加工零件那样,对机床本身的结构和装配的薄弱环节进行人为补偿,所以数控机床几乎在任何方面均要求比普通机床设计得更为完善,制造得更为精密。为满足高精度、高效率、高自动化程度的要求,数控机床的结构设计已形成自己的独立体系,在这一结构的完善过程中,数控机床出现了不少完全新颖的结构及元件。与普通机床相比,数控机床的机械结构有许多特点。

1. 在主传动系统方面的特点

(1)目前数控机床的主传动电机已不再采用普通的交流异步电机或传统的直流调速电机,它们已逐步被新型的交流调速电机和直流调速电机所代替。

(2)转速高,功率大。使数控机床进行大功率切削和高速切削,实现高效率加工。

(3)变速范围大。数控机床的主传动系统要求有较大的调速范围 R_n(调速范围是指系统在额定负载时电机的最高转速与最低转速之比),一般 $R_n > 100$,以保证加工时能选用合理的切削用量,从而获得最佳的生产率、加工精度和表面质量。

(4)主轴速度的变换迅速可靠。数控机床的变速是按照控制指令自动进行的,因此变速机构必须适应自动操作的要求。由于直流和交流主轴电机的调速系统日趋完善,不仅能够方便地实现宽范围的无级变速,而且减少了中间传递环节,提高了变速控制的可靠性。

2. 在进给传动系统方面的特点

(1)尽量采用低摩擦的传动副。如采用静压导轨、滚动导轨和滚珠丝杠等,以减小摩擦力。

(2)选用最佳的降速比,以达到提高机床分辨率的目的,并使工作台尽可能大地加速以满足跟踪指令、系统折算到驱动轴上的惯量尽量小的要求。

(3)缩短传动链以及用预紧的方法提高传动系统的刚度。如采用大扭矩、宽调速的直流电机与丝杠直接相连,应用预加负载的滚动导轨和滚动丝杠副,丝杠支承设计成两端轴向固定的并可预拉伸的结构等办法来提高传动系统的刚度。

(4)尽量消除传动间隙,减小反向死区误差。如采用消除间隙的联轴节(如用加锥销固定的联轴套、用键加顶丝紧固的联轴套以及用无扭转间隙的挠性联轴器等)、有消除间隙措施的传动副等。

二、CK6132 数控车床床身布局

CK6132 数控车床的主轴、尾座等部件相对床身的布局形式与普通车床基本一致,而床身结构和导轨的布局形式则发生了根本变化,这是由于其直接影响数控车床的使用性能及机床的结构和外观所致。CK6132 数控车床采用水平床身,由 HT200 铸造而成。

【知识拓展】 数控车床的布局

数控车床的床身结构和导轨的布局有多种形式,主要有水平床身、倾斜床身、水平床身斜滑板及立式床身等,如图 1-2 所示。

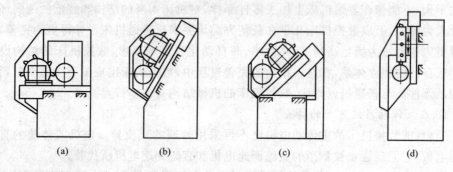

(a)　　　　　　(b)　　　　　　(c)　　　　　　(d)

图 1-2　数控车床床身布局

(a)水平床身　(b)倾斜床身　(c)水平床身斜滑板　(d)立式床身

水平床身的工艺性好,便于导轨面的加工。水平床身配上水平放置的刀架可提高刀架的运动精度,一般可用于大型数控车床或小型精密数控车床的布局。但是水平床身由于下部空间小,故排屑困难。从结构尺寸上看,刀架水平放置使得滑板横向尺寸较长,从而加大了机床宽度方向的结构尺寸。

水平床身配上倾斜放置的滑板,并配置倾斜式导轨防护罩,这种布局形式一方面有水平床身工艺性好的特点,另一方面机床宽度方向的尺寸较水平配置滑板的要小,且排屑方便。

水平床身配上倾斜放置的滑板和倾斜床身配置斜滑板的布局形式被中、小型数控车床所普遍采用。这是由于此两种布局形式排屑容易,热铁屑不会堆积在导轨上,也便于安装自动排屑器;操作方便,易于安装机械手,以实现单机自动化;机床占地面积小,外形简洁、美观,容易实现封闭式防护。

倾斜床身多采用 30°、45°、60°、75°和 90°(立式床身)角,常用的有 45°、60° 和 75°。

三、CK6132 数控车床导轨

CK6132 数控车床导轨采用滑动导轨,与床身一体,即钢导轨与底座铸成一体,加工后再精磨到要求的尺寸和表面结构。

【知识拓展】 数控机床的导轨

导轨是机床的基本结构要素之一,是机床进给传动系统的重要环节。导轨的作用概括地说是对运动部件起导向和支承作用,因此机床的加工精度、承载能力、使用寿命很大程度上取决于机床导轨的精度和性能。数控机床对导轨的主要要求如下。

(1)导向精度高。导向精度是指导轨运动轨迹的精确度。影响导向精度的主要因素有导轨的几何精度和接触精度,导轨的结构形式、组合方式,导轨及其支承件的刚性和热变形,导轨间隙调整等。各种机床对于导轨本身的精度都有具体的规定或标准,以保证导轨的导向精度。

(2)精度保持性好。精度保持性是指导轨能够长期保持原始精度的性能。影响精度保持性的主要因素是导轨的耐磨性,耐磨性与导轨的材料、导轨的结构形式、导轨副的摩擦性质、导轨上的压强及其分布的规定等因素有关。数控机床的精度保持性要求比普通机床高,应采用摩擦系数小的滚动导轨、塑料导轨或静压导轨。

(3)足够的刚度。机床各运动部件所受的外力,最后都由导轨面来承受。若导轨受力后变形过大,不仅破坏了导向精度,而且恶化了导轨的工作条件。导轨的刚度主要取决于导轨类型、结构形式和尺寸大小、导轨与床身的连接方式、导轨材料和表面加工质量等。数控机床的导轨截面通常较大,有时还需要在主导轨外添加辅助导轨来提高刚度。

(4)良好的摩擦特性。数控机床导轨的摩擦系数要小,而且动、静摩擦系数应尽量接近,以减小摩擦阻力和导轨热变形,使运动轻便稳定、低速无爬行。

此外,导轨结构工艺性要好,便于制造和装配,便于检验、调整和维修,而且有合理的导轨防护和润滑措施等。

1. 数控机床导轨的种类与特点

按运动部件的运动轨迹,导轨可分为直线运动导轨和圆周运动导轨。按导轨结合面的摩擦特性,导轨可分为滑动导轨、滚动导轨和静压导轨。滑动导轨又可以分为普通滑动导轨和塑料滑动导轨。其中,前者是金属与金属相摩擦,摩擦系数大,而且动、静摩擦系数相差大,一般在普通机床上使用;后者简称塑料导轨,是塑料与金属相摩擦,导轨的滑动性好,在数控机床上广泛采用。

1)滑动导轨

滑动导轨具有结构简单、制造方便、刚性好、抗振性高等优点,是机床上使用最广泛的导轨形式。但普通的铸铁-铸铁、铸铁-淬火钢轨道,存在的缺点是静摩擦系数大,而且动摩擦系数随速度变化而变化,摩擦损失大,低速(1~60 mm/min)时易出现爬行现象,降低了运动部件的精度。

图 1-3 所示滑动导轨的常见截面形状有矩形、三角形、燕尾槽形和圆柱形。

图 1-3(a)是矩形导轨,具有刚度高,承载能力大,制造、检验和维修方便等优点。但是导轨不可避免地存在侧面间隙,导轨精度较差。由于侧面间隙不能自动补偿,因此必须设置间隙调整机构。

图 1-3(b)是三角形导轨,有两个导向面,同时控制垂直方向和水平方向的导向精度,导向性能与顶角 α 有关,α 越小导向性越好,但 α 减小时导轨面当量摩擦系数增大;α 角加大时承载能力增加。当其水平布置时,导轨磨损后可自动补偿。此外,当 M 面和 N 面上的负荷差较大时,可制成不对称的三角形导轨。

图 1-3(c)是燕尾槽形导轨,是三角形导轨的变形。其高度较小,可承受颠覆力

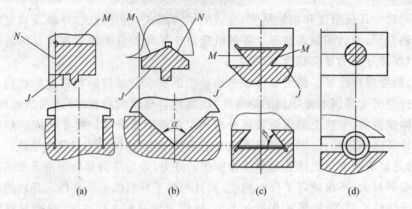

图 1-3 滑动导轨的常见截面形状

(a)矩形 (b)三角形 (c)燕尾槽形 (d)圆柱形

矩;但刚度差,摩擦阻力也大,制造、检验和维修都不方便。β 角通常取 55°,用一根镶条可以同时调整 M、J 两个方向间隙。

图 1-3(d)是圆柱形导轨,易制造,不易积存较大切屑和润滑油,磨损后难以调整和补充间隙。主要用于受轴向载荷的场合。

以上截面形状的导轨有凸形(图 1-3 上排)和凹形(图 1-3 下排)两类。支承导轨为凸形时,不易积存切屑,也不易积存润滑油;支承导轨为凹形时,导轨副易存油并产生动压效应,防尘性差。

通常选用合适的导轨材料和采用相应的热处理及加工方法可以提高滑动导轨的耐磨性并改善其摩擦特性。如:采用优质铸铁、耐磨性合金或镶淬火钢导轨;进行导轨表面滚压强化、表面淬硬、涂铬、涂铂工艺处理等。

塑料导轨不仅可以满足机床对导轨的低摩擦、耐磨、无爬行、高刚度的要求,同时又具有生产成本低、应用工艺简单、经济效益显著等特点。因此,在数控机床上得到了广泛的应用。

传统的铸铁-铸铁滑动导轨,除经济型数控机床外,在其他数控机床上已不采用,取而代之的是铸铁-塑料或镶钢-塑料滑动导轨。塑料导轨常用在导轨副的运动导轨上,与之相配的金属导轨是铸铁或钢质导轨。铸铁牌号为 HT300,表面淬火硬化度至 45～50HRC,表面结构磨削至 R_a0.20～0.10;镶钢导轨常用 55 钢或其他合金钢,淬硬至 58～62HRC。塑料导轨常用聚四氟乙烯导轨软带和环氧耐磨涂层导轨两类。

<1>聚四氟乙烯导轨软带

这种导轨软带材料是以聚四氟乙烯为基体,加入青铜粉、二硫化钼和石墨等填充剂混合烧结,并做成软带状。聚四氟乙烯导轨软带的特点主要有以下 4 点。

(1)摩擦特性好。其动、静摩擦因数基本不变,而且摩擦因数很低,能防止低速爬行,使运动平稳并获得高的定位精度。普通导轨副的动、静摩擦因数相差很大,几乎有一倍。

(2)耐磨性好。聚四氟乙烯导轨软带材料中含有青铜、二硫化钼和石墨,本身具有自润滑作用,对润滑的供油量要求不高,采用间歇供油即可。此外塑料质地较软,即使嵌入金属碎屑、灰尘等,也不致损坏金属导轨和软带本身。

(3)减振性好。塑料的阻尼性能好,其减振消声性能对提高摩擦副的相对运动速度有很大的意义。

(4)工艺性好。可降低对粘贴塑料的金属基体的硬度和表面质量的要求,而且塑料易于加工(铣、刨、磨、刮),能获得优良的导轨表面质量。

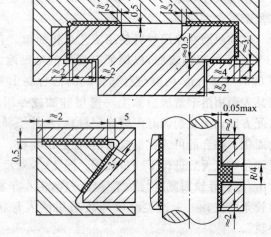

由于聚四氟乙烯导轨软带具有这些优点,所以被广泛地应用于中、小型数控机床的运动导轨。常用的进给移动速度在 15 m/min 以下。图 1-4 所示是机床导轨的横剖面在移动工作台的各面都粘贴有聚四氟乙烯导轨软带的示意图。

图 1-4 塑料软带导轨横剖面示意图

导轨软带使用的工艺很简单。首先,将导轨粘贴面加工至表面结构 $R_a3.2\sim1.6$,有时为了固定软带,将导轨粘贴面加工成 0.5～1 mm 深的凹槽,如图 1-5 所示。用汽油或金属清净剂或丙酮清洗黏合面后再用胶黏剂黏合。固化1～2 h 后再合拢到配对的固定导轨或专用夹具上,施加一定的压力,并在温室固化24 h,取下清除余胶即可开油槽和进行精加工。由于这类导轨采用黏结方法,习惯称为"贴塑导轨"。

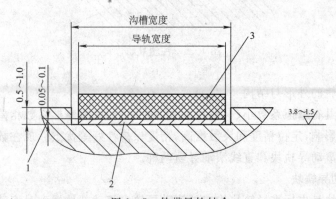

图 1-5 软带导轨结合

1—黏结层厚度;2—黏结材料;3—导轨软带

<2>环氧耐磨涂层

环氧型耐磨涂层是另一类已成功地用于金属-塑料导轨的材料。它是以环氧树脂和二硫化钼为基体,加入增塑剂,混合成液体或膏状为一组和固化剂为另一组的双组分塑料涂层。塑料涂层导轨具有良好的可加工性，可经车、铣、刨、钻、磨、削和刮削加工；具有良好的摩擦特性和耐磨性，而且其抗压强度比聚四氟乙烯导轨软带要高，固化时体积不收缩，尺寸稳定。特别是可以在调整好固定导轨和运动导轨间的相关位置精度后注入涂料，可节省许多加工工时，故它特别适合重型机床和不用导轨软带的复杂配合型面。

这类耐磨性涂层材料使用工艺也很简单。首先，将导轨涂层面粗刨或粗铣成图 1-6 所示的粗糙表面，以保证有良好的粘贴附力。其中，导轨面刀纹宽 1 mm，刀纹深 0.5～0.8 mm，两侧凸台宽 2 mm，凸台高 1.5 mm。与塑料导轨相配的金属面或模具表面用溶剂清洗后涂上一薄层硅油或专用脱模剂，以防与耐磨导轨涂层黏结。按配方加入固化剂调好耐磨涂层材料，涂抹于导轨面，然后叠合在金属导轨面或模具上固化。叠合前可放置形成油槽、油腔的模板。固化 24 h 后即可将两导轨分离。涂层硬化两三天后进行下一步加工。图 1-6 所示是注塑后的导轨示意图，从图中可以看出，塑料导轨面宽度与贴塑导轨一样，需小于相配的金属导轨面，且空隙处要用密封胶条堵住。由于这类涂层导轨采用注入膏状塑料的方法，习惯上还称为"注塑导轨"。

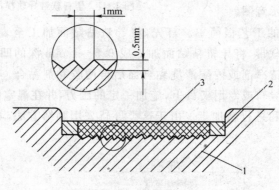

图 1-6　注塑导轨
1—滑座；2—胶条；3—注塑层

2)滚动导轨的外形与结构

滚动导轨具有摩擦系数小(一般在 0.003 左右)，动、静摩擦系数相差小且几乎不受运动变化的影响，定位精度和灵敏度高，精度保持性好等优点。现在数控机床常用的滚动导轨有滚动导轨块和直线滚动导轨两种。

<1>滚动导轨块

滚动导轨块是由标准导轨块构成的滚动导轨。移动部件运动时滚动体沿封闭轨道做循环运动，滚动体多为滚珠或滚柱，其结构如图 1-7 所示。1 为防护板，端盖 2 与导向片 4 引导滚动体(滚柱 3)返回，5 为保持器，6 为本体。使用时，滚动导轨块安装在运动部件的导轨面上，每一导轨至少用两块，导轨块的数目取决于导轨的长度和负载的大小，与之相配的导轨多用镶钢淬火导轨。当运动部件移动时，滚柱 3 在支承

部件的导轨面与本体 6 之间滚动,同时又绕本体 6 循环滚动,滚柱 3 与运动部件的导轨面不接触,因此该导轨不需要淬硬磨光。滚动导轨块的特点是刚度高、承载能力大、便于拆装。

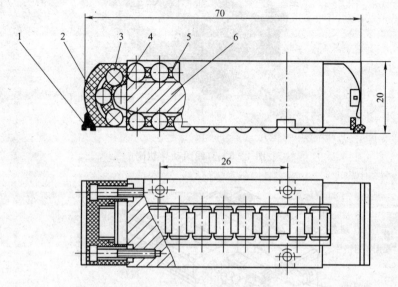

图 1-7 滚动导轨块的结构
1—防护板;2—端盖;3—滚柱;4—导向片;5—保持器;6—本体

滚动体为滚柱时,由于圆柱度的一致性很难做到,滚动块容易引起轴线歪斜;对钢导轨表面在精度和硬度上也有很高的要求;并在装配调整时需要花费大量的人力和时间,因此,目前在加工中心很少采用,最常用的是单元式直线滚动导轨。

〈2〉直线滚动导轨

直线滚动导轨是近年来新出现的一种滚动导轨,直线滚动导轨的外形如图 1-8 所示。它是将支承导轨和运动导轨组合在一起,作为独立的标准导轨副部件(单元)和导轨块分别固定在机床的固定导轨和运动导轨上即可。因此,用户在设计和装配调试上都十分简单方便。

图 1-9 所示是直线滚动导轨的结构。这种滚动导轨由导轨体、滑块、滚珠、保持器、端盖等组成。当滑块沿轨道移动时,滚珠在导轨和滑块之间的圆弧直槽内滚动,并通过端盖内的轨道从负荷区移动到非负荷区,然后继续滚动回到负荷区,不断地循环,从而把轨道和滑块之间的移动变成了滚珠的滚动。为防止灰尘和脏物进入导轨轨道,滑块两端及下部均装有塑料密封垫,滑块上还有润滑油注油杯。

直线滚动导轨除有一般滚动导轨的共性优点外,还有以下特点:

(1)具有自调整能力,安装基面许用误差大;

(2)制造精度高;

(3)可高速运行,运行速度可超过 60 mm/min;

图 1-8　直线滚动导轨副

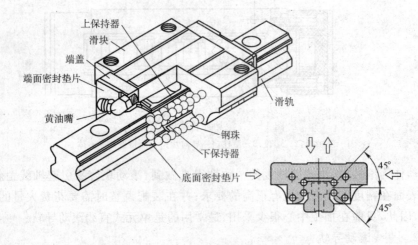

图 1-9　直线滚动导轨结构

(4)能长时间保持高精度;

(5)可预加负载,提高刚度。

直线滚动导轨副的安装、固定方式主要有:螺栓固定、斜楔固定、压板固定和定位销固定等。在数控机床上,通常是两根导轨成对使用。这时其中的一根为基准导轨,通过对基准导轨的正确安装,可以保证运动部件相对于支承件的正确导向。对于从动导轨,安装时应保证其位置可以调整,使运动轻便、无干涉。

使用直线滚动导轨副时,应注意工作环境与装配过程中的清洁,不能有铁屑、杂质、灰尘等黏附在导轨副上。若工作环境有灰尘时,除利用导轨本身的密封外,还应考虑增加防尘装置。良好的润滑可以减少摩擦和磨损,防止导轨因发热过多而破坏其内部结构,影响导轨副的运动功能。当直线滚动导轨副的运动速度为高速时($v \geqslant$ 15 m/min),通常使用 N32 润滑油润滑;低速时($v <$ 15 m/min),通常推荐使用锂基润滑脂润滑。

3)静压导轨

静压导轨的滑动面之间开有油腔,将有一定压力的油通过节流输入油腔,形成压力油膜,浮起运动部件,使导轨工作表面处于液体摩擦,不产生磨损,精度保持性好;摩擦系数极低(0.000 5),使驱动功率大大降低;低速无爬行,承载能力大,刚度好。此外,油液有吸振作用,抗振性好。其缺点是结构复杂,要有供油系统,油的清洁度要求高。

静压导轨横截面的几何形状一般有 V 形和矩形两种。采用 V 形便于导向和汇油,采用矩形便于做成闭式静压导轨。另外,油腔的结构对静压导轨性能影响很大。静压导轨较多地应用在大型、重型数控机床上。

由于承载的要求不同,静压导轨分为开式和闭式两种。

开式静压导轨的工作原理如图 1-10(a)所示。油泵 2 启动后油经滤油器 1 吸入,用溢流阀 3 调节供油压力 p_s,再经滤油器 4,通过节流阀 5 降压至 p_r(油腔压力)进入导轨的油腔,并通过导轨间隙向外流出,回到油箱 8。油腔压力形成浮力将运动部件 6 浮起,形成一定的导轨间隙 h_0。当载荷增大时,运动部件下沉,导轨间隙减小,压阻增加,流量减小,从而使油经过节流阀时的压力损失减小,油腔压力 p_r 增大,直至与载荷 W 平衡。

开式静压导轨只能承受垂直方向的负载,承受颠覆力矩的能力差。而闭式静压导轨能承载较大的颠覆力矩,导轨刚度也较高,其工作原理如图 1-10(b)所示。当运动部件 6 受到颠覆力矩 M 后,3、4 的间隙 h_3、h_4 增大,1、6 的间隙 h_1、h_6 的减小。由于各相应节流阀的作用,使 3、4 的压力减小,1、6 的压力增高,从而产生一个与颠覆力矩相反的力矩,使运动部件保持平衡。在承受载荷 W 时,1、4 的间隙 h_1、h_4 减小,压力增大;3、6 的间隙 h_3、h_6 增大,压力减小,从而产生一个向上的力,以平衡载荷 W。

由于导轨面间处于液体摩擦状态,故导轨不会磨损,精度保持性好,寿命长,而且导轨摩擦系数极小(约为 0.000 5),功率消耗少。压力油膜厚度几乎不受速度影响,油膜承载能力大,刚度高,吸振性好,导轨运行平稳,既无爬行,也不会产生振动。但静压导轨结构复杂,并需要配备具有良好过滤效果的液压装置,制造成本较高。

2. 导轨的润滑与防护

导轨润滑的目的是减小摩擦阻力和摩擦磨损,避免低速爬行,降低高速时的温升。常用的润滑剂有润滑油和润滑脂,前者用于滑动导轨,而滚动导轨两者均可使用。数控机床上滑动导轨的润滑主要采用压力润滑,常用压力循环润滑和定时定量润滑两种形式。

导轨的防护是防止或减少导轨副磨损,也是延长导轨寿命的重要方法之一。为防止切削、磨粒或冷却液散落在导轨面上,引起磨损加快、擦伤和锈蚀,导轨面上应有可靠的防护装置。常用的防护装置有刮板式、卷帘式和伸缩式等,数控机床上大多采用伸缩式防护罩。这些装置由专门厂家制造。

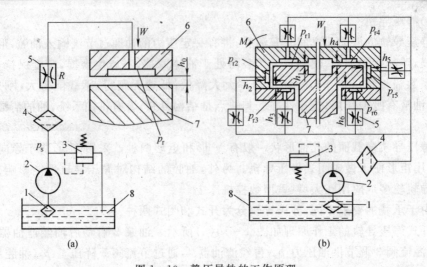

图 1-10 静压导轨的工作原理

(a)开式静压导轨 (b)闭式静压导轨

1、4—滤油器;2—油泵;3—溢流阀;5—节流阀;6—运动部件;7—固定部件;8—油箱

四、自动回转刀架

自动回转刀架是数控车床上使用的一种简单的自动换刀装置,有四方刀架和六角刀架等多种形式,回转刀架上分别安装有四把、六把或更多把的刀具,并按数控指令进行换刀。回转刀架又分为立式和卧式两种,立式回转刀架的回转轴与机床主轴成垂直布置,结构比较简单,经济型数控车床多采用这种刀架。

回转刀架在结构上必须具有良好的强度和刚度,以承受粗加工时切削抗力和减少刀架在切削力作用下的变形,提高加工精度。回转刀架还要选择可靠的定位方案和合理的定位结构,以保证回转刀架在每次转位之后具有较高的重复定位精度(一般为 0.001~0.005 mm)。

图 1-11 所示为 CK6132 数控车床的螺旋升降式四方刀架结构,它的换刀过程如下。

(1)刀架抬起。当数控装置发出换刀指令后,电机 22 正转,并经联轴套 16、轴 17,由滑键(或花键)带动蜗杆 18、蜗轮 2、轴 1、轴套 10 转动。轴套 10 的外圆上有两处凸起,可在套筒 9 内孔中的螺旋槽内滑动,从而举起与套筒 9 相连的刀架 8 及上端齿盘 6,使 6 与下端齿盘 5 分开,完成刀架抬起动作。

(2)刀架转位。刀架抬起后,轴套 10 仍在继续转动,同时带动刀架 8 转过 90°、180°、270°或 360°,并由微动开关 19 发出信号给数控装置。具体转过的度数由数控装置的控制信号确定,刀架上的刀具位置一般采用编码盘来确定。

(3)刀架压紧。刀架转位后,由微动开关 19 发出的信号使电机 22 反转,销 13 使刀架 8 定位而不随轴套 10 回转,于是刀架 8 向下移动,上下端齿盘 5、6 合拢压紧。

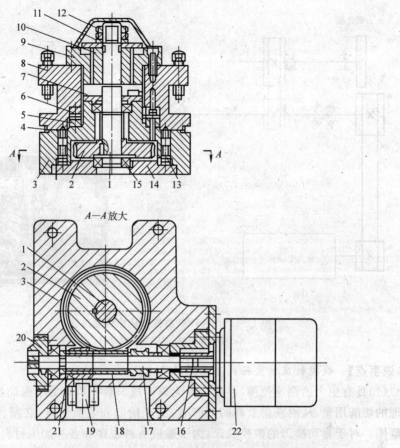

图 1-11　CK6132 数控车床螺旋升降式四方刀架结构

1、17—轴；2—蜗轮；3—刀座；4—密封圈；5、6—齿盘；7—压盖；8—刀架；9、20—套筒；
10—轴套；11—垫圈；12—螺母；13—销；14—底盘；15—轴承；16—联轴套；
18—蜗杆；19—微动开关；21—压缩弹簧；22—电机

蜗杆 18 继续转动则产生轴向位移，压缩弹簧 21、套筒 20 的外圆曲面，微动开关 19 使电机 22 停止旋转，从而完成一次转位。

五、主轴传动系统及主轴部件

1. 主轴传动系统

图 1-12 所示是 CK6132 数控车床的主传动系统，主电动机一端经 V 形带拖动主轴箱内的主轴，另一端带动主轴编码器旋转实现速度反馈。主电动机为双功率三相异步电动机（0.7/1.1 kW），额定转速为 1 420 r/min，最高转速为 1 800 r/min，最低转速为 35 r/min。额定转速至最高转速之间为调磁调速，恒功率；最低转速至额定转速之间为调压调速，恒扭矩。

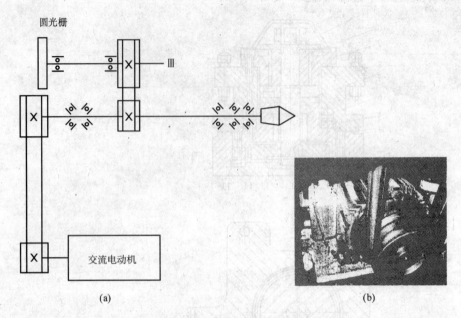

图 1-12　CK6132 数控车床主传动系统

(a)主传动系统　(b)主轴电动机

【知识要点】 数控机床对主轴传动系统的要求

(1)具有更大的调速范围,并能实现无级调速。数控机床为了保证加工时能选用合理的切削用量,从而获得最高的生产率、加工精度和表面质量,必须具有更大的调速范围。对于自动换刀的数控机床,为了适应各种工序和各种加工材料的需要,主传动的调速范围还应进一步扩大。

(2)有较高的精度和刚度,传动平稳,噪声低。数控机床加工精度的提高,与主传动系统具有较高的精度密切相关。为此,要提高传动件的制造精度与刚度,齿轮齿面应高频感应加热淬火以增加耐磨性;最后一级采用斜齿轮传动,使传动平稳;采用精度高的轴承及合理的支承跨距等,以提高主轴组件的刚性。

(3)良好的抗振性和热稳定性。数控机床在加工时,可能由于断续切削、加工余量不均匀、运动部件不平衡以及切削过程中的自振等原因引起冲击力或交变力的干扰,使主轴产生振动,影响加工精度和表面结构,严重时可能破坏刀具或主传动系统中的零件,使其无法工作。主传动系统的发热使其中所有零部件产生热变形,降低传动效率,破坏零部件之间的相对位置精度和运动精度,造成加工误差。为此,主轴组件要有较高的固有频率,实现动平衡,保持合适的配合间隙并进行循环润滑等。

【知识拓展】 主轴传动变速方式

1)具有变速齿轮的主传动(铣床上)

这是大、中型数控机床采用较多的一种变速方式。通过几对齿轮降速,增大输出扭矩,以满足主轴输出扭矩特性的要求,如图 1-13 所示。一部分小型数控机床也采用此种传动方式以获得强力切削时所需要的扭矩。

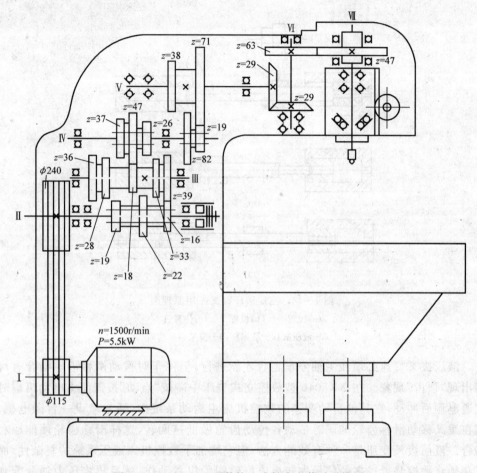

图 1-13　XK5040 型数控立式铣床主传动系统图

　　在带有齿轮变速的主传动系统中,液压拨叉和电磁离合器是两种常用的变速操纵方法。

　　(1)图 1-14 所示是三位液压拨叉的作用原理图。通过改变不同的通油方式可以使三联齿轮获得三个不同的变速位置。这套机构除了液压缸和活塞杆之外,还增加了套筒 4。当液压缸 1 通压力油而液压缸 5 排油卸压时(见图 1-14(a)),活塞杆 2 带动拨叉 3 使三联齿轮移到左端。当液压缸 5 通压力油而液压缸 1 排油卸压时(见图 1-14(b)),活塞杆 2 和套筒 4 一起向右移动,在套筒 4 碰到液压缸 5 的端部之后,活塞杆 2 继续右移到极限位置,此时三联齿轮被拨叉 3 移到右端。当压力油同时进入液压缸 1、5 时(见图 1-14(c)),由于活塞杆 2 的两端直径不同,使活塞杆向左移动。在设计活塞杆 2 和套筒 4 的截面面积时,应使油压作用在套筒 4 的圆环上向右的推力大于活塞杆 2 向左的推力,因而套筒 4 仍然压在液压缸 5 的右端,使活塞杆 2

紧靠在套筒 4 的右端,此时拨叉和三联齿轮被限制在中间位置。

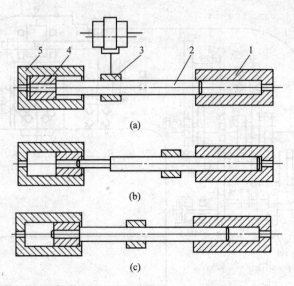

图 1-14　三位液压拨叉作用原理图
(a)位置一　(b)位置二　(c)位置三
1、5—液压缸;2—活塞杆;3—拨叉;4—套筒

液压拨叉变速必须在主轴停车之后才能进行,但停车时拨动滑移齿轮啮合有可能出现"顶齿"现象。在 XK5040 型数控立式铣床中需按"点动"按钮使主电动机瞬时接通电源后冲动,在其他自动变速的数控机床主运动系统中,通常增设一台微电机,它在拨叉移动滑移齿轮的同时带动各传动齿轮做低速回转,这样滑移齿轮便能顺利啮合。液压拨叉变速是一种有效的方法,但它增加了数控机床液压系统的复杂性,而且必须将数控装置送来的信号先转换成电磁阀的机械动作,然后再将压力油分配到相应的液压缸,因而增加了变速的中间环节,带来了更多的不可靠因素。

(2)电磁离合器是应用电磁效应接通或切断运动的元件,由于它便于实现自动操作,并有现成的系列产品可供选用,因而它已成为自动装置中常用的操纵元件。电磁离合器用于数控机床的主传动,能简化变速机构,通过若干个安装在各传动轴上的离合器的吸合和分离的不同组合来改变齿轮的传动路线,实现主轴的变速。

图 1-15 所示为 THK6380 型自动换刀数控铣镗床的主传动系统图,该机床采用双速电机和六个电磁离合器完成 18 级变速。

2)由调速电机直接驱动的主传动(铣床上)

这种主传动是由电动机直接驱动主轴,即电动机的转子直接装在主轴上,因而大大简化了主轴箱体与主轴的结构,有效地提高了主轴部件的刚度,但主轴输出扭矩小,电机发热对主轴的精度影响较大,如图 1-16 所示。

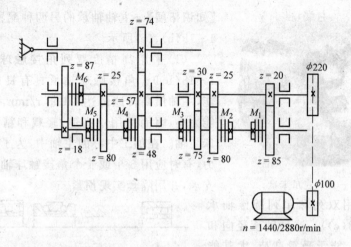

图1-15　THK6380型自动换刀数控铣镗床的主传动系统图

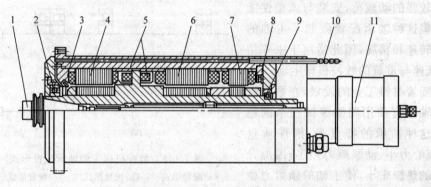

图1-16　磁力轴承的高速主轴部件

1—刀具系统；2、9—辅助轴承；3、8—传感器；4、7—磁力轴承；5—轴向推力轴承；
6—高频电机；10—冷却水管路；11—气-液压力放大器

近年来，出现了一种新式的内装电动机主轴，即主轴与电动机转子合为一体。其优点是主轴组件结构紧凑，质量小，惯量小，可提高启动、停止的响应特性，并利于控制振动和噪声；缺点是电动机运转产生的热量易使主轴产生热变形。因此，温度控制和冷却是使用内装电动机主轴的关键问题。日本研制的立式加工中心主轴组件的内装电动机最高转速可达 20 000 r/min。

2. 主轴组件

数控机床主轴组件的精度、刚度和热变形对加工质量有着直接的影响，由于数控机床在加工过程中不进行人工调整，这些影响就更为严重。

（1）刀具夹持装置：选用通用的三爪卡盘，如图1-17所示。

（2）主轴轴承的配置：前支承采用双列圆柱滚子轴承和双列60°角接触球轴承组合，后支承采用成对角接触球轴承（见图1-18（a））。此种配置形式使主轴的综合刚度大幅度提高，可以满足强力切削的要求，因此普遍应用于各类数控机床的主轴中。

图 1-17　三爪卡盘

（2）采用双列和单列圆锥轴承（见图 1-18(c)）。这种轴承径向和轴向刚度高，能承受重载荷，尤其能承受较强的动载荷，安装与调整性能好。但这种轴承配置限制了主轴的最高转速和精度，因此适用于中等精度、低速与重载的数控机床主轴。

随着材料工业的发展，在数控机床主轴中有使用陶瓷滚珠轴承的趋势。这种轴承的特点是：滚珠质量小，离心力小，动摩擦力矩小；因温升引起的热膨胀小，使主轴的预紧力稳定；弹性变形量小，刚度高，寿命长。缺点是成本较高。

【知识拓展】　主轴轴承的另两种配置形式，如图 1-18(b)、(c)所示。

（1）采用高精度双列角接触球轴承（见图 1-18(b)）。角接触球轴承具有良好的高速性能，主轴最高转速可达 4 000 r/min，但它的承载能力小，因而适用于高速、轻载和精密的数控机床主轴。在加工中心的主轴中，为了提高承载能力，有时应用 3 个或 4 个角接触球轴承组合的前支承，并用隔套实现预紧。

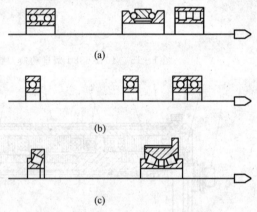

(a)

(b)

(c)

图 1-18　数控机床主轴轴承配置形式
(a)配置形式一　(b)配置形式二　(c)配置形式三

六、进给传动系统及部件

CK6132 数控车床伺服系统的传动已经大大简化，采用电气控制方式直接实现驱动电机的无级调速。所以，只需要把电机和进给轴可靠连接即可。一般采用联轴器直连或同步齿形带传动，如图 1-19 所示。

膜片联轴器由几组膜片（不锈钢薄板）用螺栓交错地与两半联轴器连接，每组膜片由数片叠集而成，膜片分为连杆式和不同形状的整片式。膜片联轴器靠膜片的弹性变形来补偿所联两轴的相对位移，是一种高性能的金属强元件挠性联轴器，不用润滑油，结构较紧凑，强度高，使用寿命长，无旋转间隙，不受温度和油污影响，具有耐酸、耐碱、防腐蚀的特点，适用于高温、高速、有腐蚀介质工况环境的轴系传动，广泛用于各种机械装置的轴系传动。

同步齿形带传动利用齿形带的齿形与带轮的轮齿依次相啮合传递运动和动力，因而兼有带传动、齿轮传动及链传动的优点，不仅无相对滑动、平均传动比准确、传动

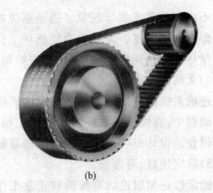

图 1-19　进给伺服部件

(a)膜片联轴器　(b)同步齿形带传动

精度高,而且齿形带的强度高、厚度小、质量小,故可用于高速传动;齿形带无须特别张紧,故作用在轴和轴承等上的载荷小,传动效率高,在其他数控机床上亦有应用。

【知识要点】

1. 数控机床对进给传动系统的要求

为确保数控机床进给系统的传动精度和工作平稳性等,在设计机械传动装置时有如下要求。

1)高的传动精度与定位精度

数控机床进给传动装置的传动精度和定位精度对零件的加工精度起着关键性的作用,对采用步进电动机驱动的开环控制系统尤其如此。无论对点位控制系统、直线控制系统,还是轮廓控制系统,传动精度和定位精度都是表征数控机床性能的主要指标。设计中,通过在进给传动链中加入减速齿轮以减小脉冲当量,预紧传动滚珠丝杠消除齿轮、蜗轮等传动件的间隙等办法,可达到提高传动精度和定位精度的目的。由此可见,机床本身的精度,尤其是伺服传动链和伺服传动机构的精度,是影响数控机床工作精度的主要因素。

2)宽的进给调速范围

伺服进给系统在承担全部工作负载的条件下,应具有很宽的调速范围,以适应各种工件材料、尺寸和刀具等变化的需要,工作进给速度范围可达 3~6 000 mm/min。为了完成精确定位,伺服系统的低速趋近速度达 0.1 mm/min;为了缩短辅助时间、提高加工效率,快速移动速度应高达 15 m/min。在多轴联动的数控机床上,合成速度维持常数,是保证表面结构要求的重要条件;为保证较高的轮廓精度,各坐标方向的运动速度也要配合适当。这是对数控系统和伺服进给系统提出的共同要求。

3)响应速度要快

所谓快速响应特性是指进给系统对指令输入信号的响应速度及瞬态过程结束的迅速程度,即跟踪指令信号的响应要快;定位速度和轮廓切削进给速度要满足要求;工作台应能在规定的速度范围内灵敏而精确地跟踪指令,进行单步或连续移动,在运行时不出现丢步或多步现象。进给系统响应速度的大小不仅影响机床的加工效率，而且影响加工精度。设计中应使机床工作台及其传动机构的刚度、间隙、摩擦以及转动惯量尽可能达到最佳值，以提高进给系统的快速响应特性。

4)无间隙传动

进给系统的传动间隙一般指反向间隙，即反向死区误差，它存在于整个传动链的各传动副中，直接影响数控机床的加工精度。因此，应尽量消除传动间隙，减小反向死区误差。设计中可采用消除间隙的联轴节及有消除间隙措施的传动副等方法。

5)稳定性好、寿命长

稳定性是伺服进给系统能够正常工作的最基本的条件，特别是在低速进给情况下不产生爬行，并能适应外加负载的变化而不发生共振。稳定性与系统的惯性、刚性、阻尼及增益等都有关系，适当选择各项参数，并能达到最佳的工作性能，是伺服系统设计的目标。所谓进给系统的寿命，主要指其保持数控机床传动精度和定位精度的时间长短，及各传动部件保持其原来制造精度的能力。设计中各传动部件应选择合适的材料及合理的加工工艺与热处理方法，对于滚珠丝杠和传动齿轮，必须具有一定的耐磨性和适宜的润滑方式，以延长其寿命。

6)使用维护方便

数控机床属高精度自动控制机床，主要用于单件、中小批量、高精度及复杂件的生产加工，机床的开机率相应就高。因此，进给系统的结构设计应便于维护和保养，最大限度地减小维修工作量，以提高机床的利用率。

2. 滚珠丝杠副的使用

溜板箱与丝杠由滚珠丝杠螺母副机构连接，将交流伺服电动机的旋转运动，转变为进给轴的直线运动，如图1－20所示。

滚珠丝杠副是一种新型的传动机构，它的结构特点是具有螺旋槽的丝杠螺母间装有滚珠作为中间传动件，以减小摩擦，如图1－21所示。图中丝杠和螺母上都磨有圆弧形的螺旋槽，这两个圆弧形的螺旋槽对合起来就形成螺旋线滚道，在滚道内装有滚珠。当丝杠回转时，滚珠相对于螺母上的滚道滚动，因此丝杠与螺母之间基本上为

图1－20　滚珠丝杠螺母副

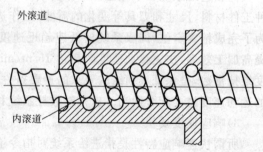

外滚道

内滚道

图1－21　滚珠丝杠螺母

滚动摩擦。为了防止滚珠从螺母中滚出来,在螺母的螺旋槽两端设有回程引导装置,使滚珠能循环流动。

滚珠丝杠副的特点如下。

(1)传动效率高,摩擦损失小。滚珠丝杠副的传动效率$\eta=0.92\sim0.96$,比常规的丝杠螺母副提高了$3\sim4$倍。因此,功率消耗只相当于常规的丝杠螺母副的$1/4\sim1/3$。

(2)给予适当预紧,可消除丝杠和螺母的螺纹间隙,反向时就可以消除空行程死区,定位精度高,刚度好。

(3)运动平稳,无爬行现象,传动精度高。

(4)运动具有可逆性,可以从旋转运动转换为直线运动,也可以从直线运动转换为旋转运动,即丝杠和螺母都可以作为主动件。

(5)磨损小,使用寿命长。

(6)制造工艺复杂。滚珠丝杠和螺母等元件的加工精度要求高,表面结构也要求高,故制造成本高。

(7)不能自锁。特别是对于垂直丝杠,由于自重惯性力的作用,下降时当传动切断后,不能立刻停止运动,故常需添加制动装置。

【知识拓展】

1. 滚珠丝杠副的参数

滚珠丝杠副的参数如下(见图1-22)。

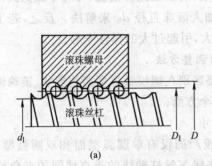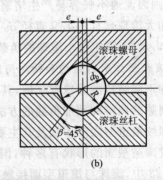

图1-22　滚珠丝杠副基本参数

(a)滚珠丝杠副轴向剖面图　(b)滚珠丝杠副法向剖面图

名义直径d_0:滚珠与螺纹滚道在理论接触角状态时,包络滚珠球心的圆柱直径,它是滚珠丝杠副的特征尺寸。

导程L:丝杠相对于螺母旋转任意弧度时,螺母上基准点的轴向位移。

基本导程L_0:丝杠相对于螺母旋转2π弧度时,螺母上基准点的轴向位移。

接触角β:在螺纹滚道法向剖面内,滚珠球心与滚道接触点的连线和螺纹轴线的垂直线间的夹角,理想接触角$\beta=45°$。

此外,还有丝杠螺纹大径d、丝杠螺纹小径d_1、螺纹全长l、滚珠直径d_b、螺母螺纹大径D、螺母螺纹小径D_1、滚道圆弧偏心距e以及滚道圆弧半径R等参数。

导程的大小是根据机床的加工精度要求确定的。精度要求高时,应将导程取小些,这样在一定的轴向力作用下,丝杠上的摩擦阻力较小。为了使滚珠丝杠副具有一定的承载能力,滚珠直径 d_b 不能太小。导程取小了,就势必将滚珠直径 d_b 取小,滚珠丝杠副的承载能力亦随之减小。若丝杠副的名义直径 d_0 不变,导程小,则螺旋升角 λ 也小,传动效率 η 也变小。因此,导程的数值在满足机床加工精度的条件下,应尽可能取大些。

名义直径 d_0 与承载能力直接有关,有的资料推荐滚珠丝杠副的名义直径 d_0 应大于丝杠工作长度的 1/30。

数控机床常用的进给丝杠的名义直径 $d_0=30\sim80$ mm。

滚珠直径 d_b 应根据轴承厂提供的尺寸选用。滚珠直径 d_b 大,则承载能力也大,但在导程已确定的情况下,滚珠直径 d_b 受到丝杠相邻两螺纹间的凸起部分宽度限制。在一般情况下,滚珠直径 $d_b\approx0.6L_0$。

设滚珠的工作圈数为 j、滚珠总数为 N,由试验结果可知,在每一个循环回路中,各圈滚珠所受的轴向负载不均匀。第一圈滚珠承受总负载的 50% 左右,第二圈约承受 30%,第三圈约为 20%。因此,滚珠丝杠副中的每个循环回路的滚珠工作圈数 $j=2.5\sim3.5$ 圈,工作圈数大于 3.5 无实际意义。

关于滚珠的总数 N,有关资料介绍不要超过 150 个。若设计计算时超过规定的最大值,则因流通不畅容易产生堵塞现象。若出现此种情况,可将单回路式改为双回路式或加大滚珠丝杠的名义直径 d_0 或加大滚珠直径 d_b 来解决。反之,若工作滚珠的总数 N 太少,将使每个滚珠的负载加大,引起过大的弹性变形。

2. 滚珠丝杠副的结构和轴向间隙的调整方法

各种不同结构的滚珠丝杠副,其主要区别在螺纹滚道型面的形状、滚珠循环方式及轴向间隙的调整和预加负载的方法三个方面。

1）螺纹滚道型面的形状及其主要尺寸

螺纹滚道型面的形状有多种,国内投产的仅有单圆弧型面和双圆弧型面两种。在图 1-23 中,滚珠与滚道型面接触点法线与丝杠轴线的垂直线间的夹角称为接触角 β。

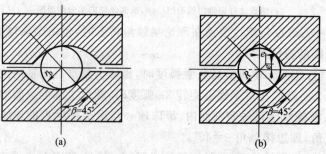

图 1-23 滚珠丝杠副螺纹滚道型面的截形

(a)单圆弧 (b)双圆弧

（1）单圆弧型面。如图1-23(a)，通常滚道半径R稍大于滚珠半径r_b，可取$R=(1.04\sim1.11)r_b$。对于单圆弧型面的圆弧滚道，接触角β随轴向负荷F的大小而变化。当$F=0$时，$\beta=0$。承载后，随F的增大β也增大，β的大小由接触变形的大小决定。当接触角β增大后，传动效率η、轴向刚度J以及承载能力随之增大。

（2）双圆弧型面。如图1-23(b)，当偏心距e决定后，只在滚珠直径d_b滚道内相切的两点接触，接触角β不变。两圆弧交接处有一小空隙，可容纳一些脏物，这对滚珠的流动有利。从有利于提高传动效率η和承载能力及流动畅通等要求出发，接触角β应选大些，但β过大，将使制造困难（磨滚道型面），建议取$\beta=45°$，螺纹滚道的圆弧半径$R=1.04r_b$或$R=1.11r_b$，偏心距$e=(R-r_b)\sin45°=0.707(R-r_b)$。

2）滚珠循环方式

目前国内外生产的滚珠丝杠副，可分为内循环和外循环两类。图1-24所示为外循环螺旋槽式滚珠丝杠副，在螺母的外圆上铣有螺旋槽，并在螺母内部装上挡珠器，挡珠器的舌

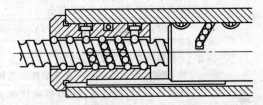

图1-24 外循环螺旋槽式滚珠丝杠副

部切断螺纹滚道，迫使滚珠流入通向螺旋槽的孔中而完成循环。图1-25所示为内循环滚珠丝杠副，在螺母外侧孔中装有接通相邻滚道的反向器，以迫使滚珠翻越丝杠的齿顶而进入相邻滚道。通常在一个螺母上装有三个反向器（即采用三列结构），这三个反向器彼此沿螺母圆周相互错开120°，轴向间隔为$(4/3\sim7/3)p$（p为螺距）；有的装两个反向器（即采用双列结构），彼此错开180°，轴向间隔为$(3/2)p$。

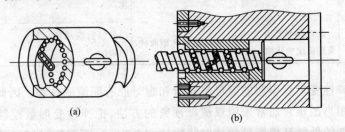

图1-25 内循环滚珠丝杠副

(a)滚珠循环通道 (b)剖面图

由于滚珠在进入和离开循环反向装置时容易产生较大的阻力，而且滚珠在反向通道中的运动多属前珠推后珠的滑移运动，很少有"滚动"，因此滚珠在反向装置中的摩擦力矩$M_反$在整个滚珠丝杠的摩擦力矩M_t中所占比重较大，而不同的循环反向装置由于回珠通道的运动轨迹不同以及曲率半径的差异，造成$M_反/M_t$的比值不同，表1-1列出了国产滚珠丝杠副的几种不同循环反向方式的比较。

3）滚珠丝杠副轴向间隙的调整和施加预紧力的方法

滚珠丝杠副除了对本身单一方向的进给运动精度有要求外，对其轴向间隙也有严格的要求，以保证反向传动精度。滚珠丝杠副的轴向间隙是负载在滚珠与滚道型

表 1-1　国产滚珠丝杠副不同循环反向方式的比较

循环方式	内循环		外循环	
	浮动式	固定式	插管式	螺旋槽式
JB 3162.1-82 部标代号	F	G	C	L
含义	在整个循环过程中,滚珠始终与丝杠螺纹的各滚切表面滚切和接触		滚珠循环反向时,离开丝杠螺纹滚道,在螺母体内或体外循环运动	
结构特点	循环滚珠链最短,螺母外径比外循环小,结构紧凑,反向装置刚性好,寿命长,扁圆形反向器的轴向尺寸短,制造工艺复杂		循环滚珠链较长,轴向排列紧凑,承载能力较强,径向尺寸较大	
	$M_反/M_t$ 最小	$M_反/M_t$ 不大	$M_反/M_t$ 较小	$M_反/M_t$ 较大
	具有较好的摩擦特性,预紧力矩为固定反向器的 $1/4\sim1/3$。预紧时,预紧力矩 M_t 上升平缓	制造装配工艺性不佳,摩擦特性次于 F 型,优于 L 型	结构简单,工艺性优良,适合成批生产。回珠管可设计、制造成较理想的运动通道	在螺母体上的回珠螺旋槽与回珠孔不易准确平滑连接,拐弯处曲率变化较大,滚珠运动不平稳,挡珠机构刚性差,易磨损
适用场合	各种高灵敏度、高刚度的精密进给定位系统。重载荷、多头螺纹、大导程不宜采用	各种高灵敏度、高刚度的精密进给定位系统。重载荷、多头螺纹、大导程不宜采用	重载荷传动,高速驱动及精密定位系统。在大导程、小导程、多头螺纹中显示出独特优点	一般工程机械、机床。在高刚度传动和高速运转的场合不宜采用
备注	是内循环产品中有发展前途的结构	正逐渐被 F 型取代	是目前应用最广泛的结构	—

面接触点的弹性变形所引起的螺母位移量和螺母原有间隙的总和。因此要把轴向间隙完全消除相当困难。通常采用双螺母预紧的方法,把弹性变形量控制在最小范围内。目前制造的外循环单螺母的轴向间隙达 0.05 mm,而双螺母经加预紧力后基本上能消除轴向间隙。应用这一方法来消除轴向间隙时需注意以下两点:

(1)通过预紧力产生预拉变形以减少弹性变形引起位移时,该预紧力不能过大,否则会引起驱动力矩增大、传动效率降低和使用寿命缩短;

(2)要特别注意减小丝杠安装部分和驱动部分的间隙。

常用的双螺母消除轴向间隙的结构形式有以下三种。

(1)垫片调隙式(见图 1-26)。通常用螺钉来连接滚珠丝杠两个螺母的凸缘,并在凸缘间加垫片。调整垫片的厚度使螺母产生轴向位移,以达到消除间隙和产生预拉紧力的目的。这种结构的特点是构造简单、可靠性好、刚度高以及装卸方便。但调整费时,并且在工作中不能随意调整,除非更换厚度不同的垫片。

（2）螺纹调隙式（见图1-27）。其中一个螺母的外端有凸缘，而另一个螺母的外端没有凸缘而制有螺纹，它伸出套筒外，并用两个圆螺母固定。旋转一个圆螺母时，即可消除间隙，并产生预拉紧力，调整好后再用另一个圆螺母把它锁紧。

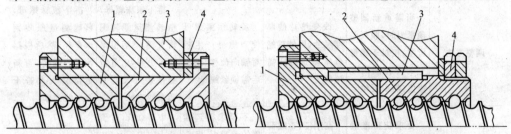

图1-26 双螺母垫片调隙式结构　　　　图1-27 双螺母螺纹调隙式结构
1、2—单螺母；3—螺母座；4—调整垫片　　1、2—单螺母；3—平键；4—调整螺母

（3）齿差调隙式（见图1-28）。在两个螺母的凸缘上制有圆柱齿轮，两者齿数相差一个齿，并装入内齿圈中，内齿圈用螺钉或定位销固定在套筒上。调整时，先取下两端的内齿圈，当两个滚珠螺母相对于套筒同方向转动相同齿数时，一个滚珠螺母对另一个滚珠螺母产生相对角位移，从而使滚珠螺母对于滚珠丝杠的螺旋滚道相对移动，达到消除间隙并施加预紧力的目的。

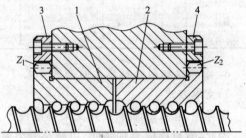

图1-28 双螺母齿差调隙式结构
1、2—单螺母；3、4—内齿圈

除了上述三种双螺母加预紧力的方式外，还有单螺母变导程自预紧及单螺母钢球过盈预紧方式。

各种预紧方式的特点及适用场合见表1-2。

表1-2 国产滚珠丝杠副预加负荷方式及其特点

预加负荷方式	双螺母齿差预紧	双螺母垫片预紧	双螺母螺纹预紧	单螺母变导程自预紧	单螺母钢珠过盈预紧
JB 3162.1—82部标代号	C	D	L	B	—
螺母受力方式	拉伸式	拉伸式压缩式	拉伸式（外）压缩式（内）	拉伸式（+ΔL）压缩式（-ΔL）	—
结构特点	可实现0.002 mm以下精密微调，预紧可靠不会松弛，调整预紧力较方便	结构简单，刚性高，预紧可靠及不易松弛。使用中不便随时调整预紧力	预紧力调整方便，使用中可随时调整。不能定量微调螺母，轴向尺寸长	结构最简单，尺寸最紧凑，避免了双螺母形位误差的影响，使用中不能随时调整	结构简单，尺寸紧凑，不需任何附加预紧机构。预紧力大时，装配困难，使用中不能随时调整

续表

预加负荷方式	双螺母齿差预紧	双螺母垫片预紧	双螺母螺纹预紧	单螺母变导程自预紧	单螺母钢珠过盈预紧
调整方法	当需重新调整预紧力时,脱开差齿圈,相对于螺母上的齿在圆周上错位,然后复位	改变垫片的厚度尺寸,可使双螺母重新获得所需预紧力	旋转预紧螺母使双螺母产生相对轴向位移,预紧后需锁紧螺母	拆下滚珠螺母,精确测量原装钢珠直径,然后根据预紧力需要,重新更换装入大若干微米的钢球	拆下滚珠螺母,精确测量原装钢珠直径,然后根据预紧力需要,重新更换装入大若干微米的钢球
适用场合	要求获得准确预紧力的精密定位系统	高刚度、重载荷的传动定位系统,目前用得较普遍	不要求得到准确的预紧力,但希望随时可调节预紧力大小的场合	中等载荷,对预紧力要求不大,又不经常调节预紧力的场合	—
备注	—	—	—	我国目前刚开始发展的结构	双圆弧齿形钢球四点接触,摩擦力矩较大

3. 滚珠丝杠副在机床上的安装方式

1)支承方式

螺母座、丝杠的轴承及其支架等刚性不足,将严重地影响滚珠丝杠副的传动刚度。因此,螺母座应有加强肋,以减小受力后的变形;螺母座与床身的接触面积宜大,其连接螺钉的刚度也应高,定位销要紧密配合,不能松动。

滚珠丝杠常用推力轴承支承,以提高轴向刚度(当滚珠丝杠的轴向负载很小时,也可用深沟球轴承支承)。滚珠丝杠的支承方式有以下几种。

(1)一端装推力轴承(见图1-29(a))。这种安装方式只适用于短丝杠,它的承载能力小、轴向刚度低,一般用于数控机床的调节环节或升降台式数控机床的立向(垂直)坐标中。

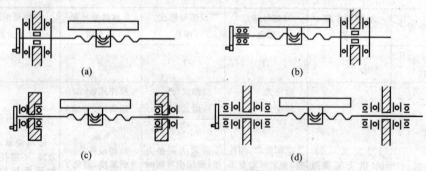

图1-29 滚珠丝杠在机床上的支承方式

(a)一端装推力轴承 (b)一端装推力轴承,另一端装深沟球轴承

(c)两端装推力轴承 (d)两端装推力轴承及深沟球轴承

（2）一端装推力轴承，另一端装深沟球轴承（见图1－29（b））。当滚珠丝杠较长时，一端装推力轴承固定外，另一自由端装深沟球轴承。应将推力轴承远离液压马达热源及丝杠上的常用段，以减少丝杠热变形的影响。

（3）两端装推力轴承（见图1－29（c））。把推力轴承装在滚珠丝杠的两端，并施加预紧拉力，这样有助于提高刚度，但这种安装方式对丝杠的热变形较为敏感。

（4）两端装推力轴承及深沟球轴承（见图1－29（d））。为使丝杠具有较大刚度，它的两端可用双重支承，即推力轴承加深沟球轴承，并施加预紧拉力。这种结构方式可使丝杠的温度变形转化为推力轴承的预紧力，但设计时要求提高推力轴承的承载能力和支架刚度。

2）制动装置

由于滚珠丝杠副的传动效率高，无自锁作用（特别是滚珠丝杠处于垂直传动时），故必须装有制动装置。

图1－30所示为数控卧式铣镗床主轴箱进给丝杠的制动装置示意图。当机床工作时，电磁铁线圈通常吸住弹簧，打开摩擦离合器。此时步进电机接受控制机的指令脉冲后将旋转运动，通过液压扭矩放大器及减速齿轮传动，带动滚珠丝杠副转换为主轴箱的立向（垂直）移动。当步进电机停止转动时，电磁铁线圈亦同时断电，在弹簧作用下摩擦离合器压紧，使得滚珠丝杠不能自由转动，主轴箱就不会因自重而下沉了。

超越离合器有时也用做滚珠丝杠的制动装置。

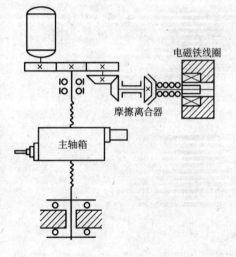

图1－30　数控卧式铣镗床主轴箱进给丝杠的制动装置示意图

4. 滚珠丝杠副的润滑与密封

滚珠丝杠副也可用润滑剂来提高耐磨性及传动效率。润滑剂可分为润滑油和润滑脂两大类。润滑油为一般机油或90～180号透平油或140号主轴油；润滑脂可采用锂基油脂。润滑脂加在螺纹滚道和安装螺母的壳体空间内，而润滑油则经过壳体上的油孔注入螺母的空间内。

滚珠丝杠副常用防尘密封圈和防护罩进行密封。

1）密封圈

密封圈装在滚珠螺母的两端。接触式的弹性密封圈是用耐油橡皮或尼龙等材料制成，其内孔制成与丝杠螺纹滚道相配合的形状。接触式密封圈的防尘效果好，但因有接触压力，使摩擦力矩略有增加。非接触式的密封圈是用聚氯乙烯等塑料制成，其内孔形状与丝杠螺纹滚道相反，并略有间隙，非接触式密封圈又称迷宫式密封圈。

2)防护罩

防护罩能防止尘土及硬性杂质等进入滚珠丝杠。防护罩的形式有锥形套管、伸缩套管、折叠式(手风琴式)的塑料或人造革防护罩,也有用螺旋式弹簧钢带制成的防护罩连接在滚珠丝杠的支承座及滚珠螺母的端部,防护罩的材料必须具有防腐蚀及耐油的性能。

【动手与思考】

(1)请同学们查阅 CA6140 普通车床的相关资料,分析普通车床主轴、进给轴的调速方式和特点,并分别描述其传动路线。

(2)CK6132 数控车床和 CA6140 普通车床的机械结构有哪些异同点?

(3)根据所学过的知识,思考刀架电机的控制线路,并画出其控制线路图。

任务二　主轴控制与运行分析

【任务导入】

主轴的无级调速是数控机床的基本要求之一。我们知道CK6132数控车床的主轴是由普通三相异步电动机来带动的,所以,问题就转化为对三相异步电动机的无级调速问题。下面从分析三相异步电动机的调速方式出发,选择合理的控制方式,之后再选用相应控制部件,最终构成主轴控制系统。

【知识要点】　三相异步电动机的调速方式

三相异步电动机的转速公式为

$$n = 60f(1-s)/p$$

从上式可见,改变供电频率 f、电动机的极对数 p 及转差率 s 均可达到改变转速的目的。从调速的本质来看,不同的调速方式无非是改变交流电动机的同步转速或不改变同步转速两种。

在生产机械中广泛使用不改变同步转速的调速方法,其中有绕线式电动机的转子串电阻调速、斩波调速、串级调速以及应用电磁转差离合器、液力耦合器、油膜离合器等调速。改变同步转速的调速方法有改变定子极对数的多速电动机,改变定子电压、频率的变频调速等。

从调速时的能耗观点来看,有高效调速方法与低效调速方法两种。高效调速是指转差率不变,因此无转差损耗,如多速电动机、变频调速以及能将转差损耗回收的调速方法(如串级调速等)。有转差损耗的调速方法属低效调速,如转子串电阻调速,能量损耗在转子回路中;电磁离合器调速,能量损耗在离合器线圈中;液力耦合器调速,能量损耗在液力耦合器的油中。一般来说转差损耗随调速范围扩大而增加,如果调速范围不大,能量损耗是很小的。

1. 变极对数调速方法

这种调速方法是用改变定子绕组的接线方式来改变笼型电动机定子极对数达到调速目的,其特点如下:

(1)具有较硬的机械特性,稳定性良好;

(2)无转差损耗,效率高;

(3)接线简单、控制方便、价格低;

(4)有级调速,级差较大,不能获得平滑调速;

(5)可以与调压调速、电磁转差离合器配合使用,获得较高效率的平滑调速特性。

本方法适用于不需要无级调速的生产机械,如金属切削机床、升降机、起重设备、风机、水泵等。

2. 变频调速方法

变频调速是改变电动机定子电源的频率，从而改变其工作转速的调速方法。变频调速系统主要设备是提供变频电源的变频器，变频器可分成交流-直流-交流变频器和交流-交流变频器两大类。目前国内大都使用交-直-交变频器，其特点如下：

(1)效率高，调速过程中没有附加损耗；

(2)应用范围广，可用于笼型异步电动机；

(3)调速范围大，特性硬，精度高；

(4)技术复杂，造价高，维护检修困难。

本方法适用于要求精度高、调速性能较好的场合。

3. 串级调速方法

串级调速是指在绕线式电动机转子回路中串入可调节的附加电势来改变电动机的转差，达到调速的目的。大部分转差功率被串入的附加电势所吸收，再利用产生附加的装置，把吸收的转差功率返回电网或转换成能量加以利用。根据转差功率吸收利用方式，串级调速可分为电机串级调速、机械串级调速及晶闸管串级调速，多采用晶闸管串级调速，其特点如下：

(1)可将调速过程中的转差损耗回馈到电网或生产机械上，效率较高；

(2)装置容量与调速范围成正比，投资省，适用于调速范围在额定转速 70%～90%的生产机械；

(3)调速装置发生故障时可以切换至全速运行，避免停产；

(4)晶闸管串级调速功率因数偏低，谐波影响较大。

本方法适用于风机、水泵、轧钢机、矿井提升机、挤压机等。

4. 绕线式电动机转子串电阻调速方法

绕线式异步电动机转子串入附加电阻，使电动机的转差率加大，电动机在较低的转速下运行。串入的电阻越大，电动机的转速越低。此方法设备简单，控制方便，但转差功率以发热的形式消耗在电阻上，属有级调速，机械特性较软。

5. 定子调压调速方法

当改变电动机的定子电压时，可以得到一组不同的机械特性曲线，从而获得不同转速。由于电动机的转矩与电压平方成正比，因此最大转矩下降很多，调速范围较小，使一般笼型电动机难以应用。为了扩大调速范围，调压调速应采用转子电阻值大的笼型电动机，如专供调压调速用的力矩电动机，或者在绕线式电动机上串联频敏电阻。为了扩大稳定运行范围，当调速在 2∶1 以上的场合时应采用反馈控制以达到自动调节转速目的。

调压调速的主要装置是一个能提供电压变化的电源，目前常用的调压方式有串联饱和电抗器、自耦变压器以及晶闸管调压等几种。其中，晶闸管调压方式为最佳。调压调速的特点如下：

(1)调压调速线路简单,易实现自动控制;

(2)调压过程中转差功率以发热形式消耗在转子电阻中,效率较低。

调压调速一般适用于 100 kW 以下的生产机械。

6. 电磁调速电动机调速方法

电磁调速电动机由笼型电动机、电磁转差离合器和直流励磁电源(控制器)三部分组成。直流励磁电源功率较小,通常由单相半波或全波晶闸管整流器组成,改变晶闸管的导通角,可以改变励磁电流的大小。

电磁转差离合器由电枢、磁极和励磁绕组三部分组成。电枢和后者没有机械联系,都能自由转动。电枢与电动机转子同轴连接(称主动部分),由电动机带动;磁极用联轴节与负载轴对接(称从动部分)。当电枢与磁极均为静止时,如励磁绕组通以直流,则沿气隙圆周表面将形成若干对 N、S 极性交替的磁极,其磁通经过电枢。当电枢随拖动电动机旋转时,由于电枢与磁极间相对运动,因而使电枢感应产生涡流,此涡流与磁通相互作用产生转矩,带动有磁极的转子按同一方向旋转,但其转速恒低于电枢的转速 n_1,这是一种转差调速方式,改变转差离合器的直流励磁电流,便可改变离合器的输出转矩和转速。电磁调速电动机的调速特点如下:

(1)装置结构及控制线路简单,运行可靠,维修方便;

(2)调速平滑,无级调速;

(3)对电网无谐波影响;

(4)速度调节范围小,效率低。

本方法适用于中、小功率,要求平滑移动,短时低速运行的生产机械。

7. 液力耦合器调速方法

液力耦合器是一种液力传动装置,一般由泵轮和涡轮组成,它们统称工作轮,放在密封壳体中。壳中充入一定量的工作液体,当泵轮在原动机带动下旋转时,处于其中的液体受叶片推动而旋转,在离心力作用下沿着泵轮外环进入涡轮时,就在同一转向上给涡轮叶片以推力,使其带动生产机械运转。液力耦合器的动力传输能力与壳内相对充液量的大小是一致的。在工作过程中,改变充液率就可以改变耦合器的涡轮转速,做到无级调速,其特点如下:

(1)功率适应范围大,可满足从几十千瓦至数千千瓦不同功率的需要;

(2)结构简单,工作可靠,使用及维修方便,且造价低;

(3)尺寸小,传输能量大;

(4)控制调节方便,容易实现自动控制。

本方法适用于风机、水泵的调速。

由以上分析可知,变频调速为数控机床调速中最合适的调速方法,这就需要有相应的部件实现变频控制,最常用的就是变频器。

【任务内容】

一、CK6132 数控车床主轴变频调速原理

CK6132 数控车床选用变频调速的方式,通过改变三相异步电动机定子电源的频率,来改变其工作转速。其中,变频器选用烟台惠丰电子有限公司的欧瑞 F1500 - G 型变频器(见图 2 - 1(a)),并用同步带与主轴相连的脉冲编码器(见图 2 - 1(b))将信号传回数控系统作为主轴转速的显示。

(a)   (b)

图 2 - 1　主轴用变频器及脉冲编码器

(a)欧瑞变频器　(b)脉冲编码器

下面介绍变频器和脉冲编码器的结构及工作原理。

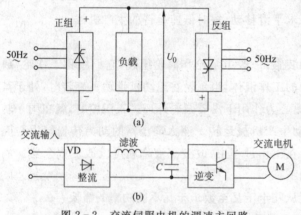

(a)

(b)

图 2 - 2　交流伺服电机的调速主回路

(a)交-交变频　(b)交-直-交变频

【知识要点】

1. 变频器工作原理

变频器变频原理有两种:直接的交流-交流变频和间接的交流-直流-交流变频,如图 2 - 2 所示。交-交变频是用晶闸管整流器将工频交流电直接变成频率较低的脉动交流电,正组输出正脉冲,反组输出负脉冲,这个脉动交流电的基波就是所需的变频电压。这种方法获得的交流电波动较大。而间接的交-直-交变频是先将交流电整流成直流电,然后将直流电压变成矩形脉冲波动电压,这个脉动交流电的基波就是所需的变频电压。这种方法获得的交流电波动小,调频范围宽,调节线性度好。数控机床常采用这种方法。

间接的交-直-交变频,根据中间直流电压是否可调,又可分为中间直流电压可调

PWM(脉宽调制)逆变器和中间直流电压不可调 PWM 逆变器;根据中间直流电路上的储能元件是大电容还是大电感,可分为电压型 PWM 逆变器和电流型 PWM 逆变器。在电压型逆变器中,控制单元的作用是将直流电压切换成一串方波电压,所用器件是大功率晶体管、巨型功率晶体管 GTR(Giant Transistors)或可关断晶闸管 GTO (Gate Turn - off Thyristors)。交-直-交变频中典型的逆变器是固定电流型 PWM 逆变器。

通常交-直-交型变频器中交流-直流的变换是将交流电变成为直流电,而直流-交流的变换是将直流电变成为调频、调压的交流电,采用脉冲宽度调制逆变器来完成。逆变器分为晶闸管和晶体管逆变器,数控机床上的交流伺服系统多采用晶体管逆变器,它克服或改善了晶闸管相位控制中的一些缺点。

过去的变频器采用的功率开关元件是晶闸管,利用相位控制原理进行控制,这种方法产生的电压谐波分量比较大,功率因数差,转矩脉动大,动态响应慢。现代的变频调速大量采用 PWM 型变频器,采用脉宽调制原理,克服或改善了相位控制调速中的一些缺点。常见的 PWM 型变频器有 SPWM、DMPWM、NPWM、矢量角 PWM、最佳开关角 PWM、交流跟踪 PWM 等十几种。

SPWM 波调制也称为正弦波 PWM 调制(Sine Ware Pulse Width Modulation),是一种 PWM 调制。SPWM 波调制变频器不仅适合于交流永磁式伺服电动机,也适合于交流感应式伺服电动机。SPWM 采用正弦规律脉宽调制原理,其调制的基本特点是等距、等幅,但不等宽。它的规律总是中间脉冲宽而两边脉冲窄,且各个脉冲面积和正弦波下面积成比例。因其脉宽按正弦规律变化,具有功率因数高,输出波形好等优点,在交流调速系统中获得广泛应用,下面予以重点介绍。

1)一相 SPWM 波调制原理

在直流电动机 PWM 调速系统中,PWM 输出电压是由三角载波调制电压得到的。同理,在交流 SPWM 中,输出电压是由三角载波调制的正弦电压得到的,如图 2-3 所示。三角波和正弦波的频率比通常为15~168 或更高。SPWM 的输出电压

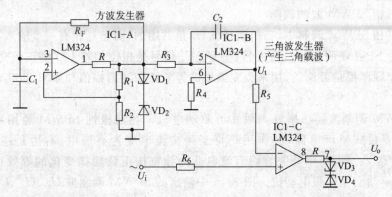

图 2-3　双极性 SPWM 波调制原理(一相)

47

U_{o} 是幅值相等、宽度不等的方波信号。其各脉冲的面积与正弦波下的面积成比例，其脉宽基本上按正弦分布，其基波是等效正弦波。用这个输出脉冲信号经功率放大后作为交流伺服电动机的相电压(电流)。改变正弦基波的频率就可以改变电机相电压(电流)的频率，实现调频调速的目的。

在调制过程中可以是双极调制(见图 2-4)，也可以是单极调制。在双极性调制过程中同时得到正负完整的输出 SPWM 波。当控制电压 U_1 高于三角波电压 U_t 时，比较器输出电压为"高"电平，反之输出"低"电平，只要正弦控制波 U_1 的最大值低于三角波的幅值，调制结果必然形成等幅、不等宽的 SPWM 脉宽调制波。双极性调制能同时调制出正半波和负半波。而单极性调制只能调制出正半波或负半波，再将调制波倒相得到另外半波形，然后相加得到一个完整的 SPWM 波。

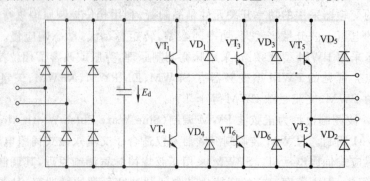

图 2-4 双极性 SPWM 通用型主回路

图 2-3 中比较器输出 U_o 的"高"电平和"低"电平控制图 2-4 中功率开关管 VT_i 的基极，即控制它的导通和关断两种状态。双极式控制时，功率管同一桥臂上下两个开关器件交替通断，处于互补工作方式。可以证明，由输入正弦控制信号和三角波调制所得脉冲波的基波是和输入正弦波等同的正弦输出信号。这种 SPWM 调制波能够有效地抑制高次谐波电压。

2)三相 SPWM 波的调制

在三相 SPWM 调制中，三角调制波 U_t 是共用的，而每一相有一个输入正弦波信号和一个 SPWM 调制器。输入的 U_a、U_b、U_c 信号是相位相差 $120°$ 的正弦交流信号，其幅值和频率都是可调的，用来改变输出的等效正弦波的幅值和频率，以实现对电机的控制。

SPWM 调制波经功率放大后才可驱动电机。在双极性 SPWM 通用型主回路中，左边是桥式整流电路，其作用是将工频交流电变为直流电；右边是逆变器，用 $VT_1 \sim VT_6$ 六个大功率开关管将直流电变为脉宽按正弦规律变化的等效正弦交流电，用以驱动交流伺服电动机。图 2-5 中输出的 SPWM 调制波 U_{oa}、U_{ob}、U_{oc} 及其方波用来控制图 2-4 中 $VT_1 \sim VT_6$ 的基极，$VD_1 \sim VD_6$ 是续流二极管，用来导通电动机绕组产生的反电动势，功放的输出端(右端)接在电动机上。由于电动机绕组电感的滤波作用,其电流变成为正弦波。三相输出电压(电流)在相位上相差 120°。

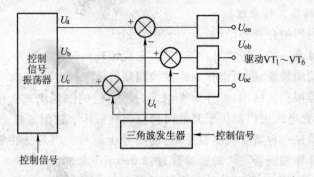

图 2-5　三相 SPWM 波调制原理框图

由 SPWM 的调制原理可知,调制主回路功率器件在输出电压的半周内要多次开关,而器件本身的开关能力与主回路的结构及其换流能力有关。所以开关频率和调制度对 SPWM 调制有重要的影响。

由于功率器件的开关损耗限制了脉宽调制的脉冲频率,且各种功率开关管的频率都有一定的限制,使得所调制的脉冲波有最小脉宽与最小间隙的限制,以保证脉冲宽度小于开关器件的导通时间和关断时间,这就要求输入参考信号的幅值小于三角波峰值。设调制系数

$$M = U_1/U_t$$

其中,U_1 为正弦控制电压的峰值,U_t 为三角载波电压的峰值。理想情况下,M 在 0~1 之间变化,实际上 M 总是小于 1,且不要接近 1。这是因为 $M=1$,三角波尖角处调制的方波的时间间隙很小,若小于功率管的最小开关时间,则功率管不能正常工作。

3)SPWM 的同相调制和异相调制

三角载波频率 f_t 与正弦控制波频率 f_r 之比称为载波比 N,即 $N=f_t/f_r$,N 通常为 3 的整数倍,如 15、18、21、30、36、42、60、72、84、120、168 等,以保证调制波的对称性。

同步调制时 N 为常数,变频时三角波频率和输入正弦波控制信号频率同步变化,因此在一个正弦控制波周期内输出的矩形脉冲数量是固定的。若 N 为 3 的整数倍,则在同步调制中能够保证逆变器输出波形正负对称,且三相输出波形互差 120°。同步调制的缺点是低频段相邻两脉冲的间距增大,谐波会显著增加,电机会产生较大的脉动转矩和较大的噪音。

异步调制时 N 为变数,这种情况下只改变正弦控制信号的频率 f_r,保持三角调制波频率 f_t 不变,就可以实现 N 为变数的目的。这样在低频段时 SPWM 输出波在每个正弦控制波周期内有较多的脉冲个数,脉冲频率越低,脉冲个数越多,这样可以减少多次谐波和电机转矩的波动及噪音。异步调制的优点是改善了低频工作特性,但输出的波形不对称,且有相位的变化,易引起电机工作不平稳,在正弦控制波频率

较高时比较明显,因此异步调制适用于频率较低的条件下。

2.脉冲编码器工作原理

1)脉冲编码器的分类和结构

脉冲编码器是一种旋转式脉冲发生器,把机械转角转化为脉冲,是数控机床上应用广泛的位置检测装置,同时也作为速度检测装置用于速度检测。

脉冲编码器根据其结构,可分为光电式、接触式、电磁感应式三种。从精度和可靠性方面来看,光电式编码器优于其他两种。数控机床上常用的是光电式编码器。

脉冲编码器是一种增量检测装置,它的型号由每转发出的脉冲数来区分。数控机床上常用的脉冲编码器每转的脉冲数有:2 000 p/r、2 500 p/r和3 000 p/r等。在高速、高精度的数字伺服系统中,应用高分辨率的脉冲编码器,如 20 000 p/r、25 000 p/r和30 000 p/r等。

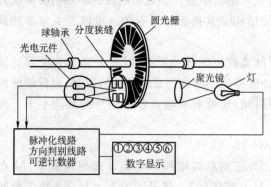

图 2 - 6　光电编码器的结构示意图

脉冲编码器的结构如图 2 - 6 所示。在一个圆盘的圆周上刻有相等间距的线纹,分为透明和不透明部分,称为圆光栅。圆光栅和工作轴一起旋转。在与圆光栅相对的圆形薄片(称为固定光栅板)上面刻制有相差 1/4 节距的两个狭缝,称为分度狭缝。此外,光电盘上还刻有一个零位狭缝(一转发出一个脉冲)。脉冲编码器与伺服电动机相连,它的法兰盘固定在伺服电动机的端面上,构成一个完整的检测装置。

2)光电脉冲编码器的工作原理

当圆光栅旋转时,光线透过两个光栅的线纹部分,形成明暗条纹。光电元件接受这些明暗相间的光信号,转换为交替变化的电信号,该信号为两组近似于正弦波的电流信号 A 和 B(见图 2-7),A 和 B 信号的相位相差 90°。经放大整形后变成方波,形成两个光栅的信号。光电编码器还有一个"一转脉冲",称为 Z 相脉冲,每转产生一个脉冲,用来产生机床的基准点。

脉冲编码器输出信号有 A、$\overline{A}$、B、$\overline{B}$、

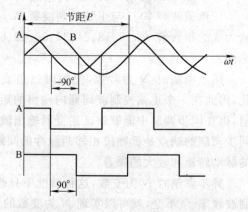

图 2 - 7　脉冲编码器的输出波形

Z、$\overline{Z}$ 等信号,这些信号作为位移测量脉冲以及经过频率/电压变换作为速度反馈信号进行速度调节。

3)绝对式编码器

增量式编码器只能进行相对测量,一旦在测量过程中出现计数错误,在以后的测量中便会出现计数误差。而绝对式编码器克服了以上缺点。

<1>绝对式编码器的种类

绝对式编码器是一种直接编码和直接测量的检测装置,它能指示绝对位置,没有累积误差,即使电源切断后位置信息也不丢失。常用的绝对式编码器有编码盘和编码尺,统称位码盘。

编码器从使用的计数制来分类,有二进制码、二进制循环码(葛莱码)、二-十进制码等编码器;从结构原理来分类,有接触式、光电式和电磁式等。常用的是光电式二进制循环码编码器。

图2-8所示为绝对式码盘结构示意图。图2-8(a)所示为二进制码盘,图2-8(b)所示为葛莱码盘。码盘上有许多同心圆(码道),它代表某种计数制的一位,每个同心圆上有绝缘部分与导电部分。导电部分为"1",绝缘部分为"0",这样就组成了不同的图案。每一径向,若干同心圆组成的图案代表了某一绝对计数值。二进制码盘的计数图案的改变按二进制规律变化。葛莱码盘的计数图案的切换每次只改变一位,误差可以控制在一个单位内。

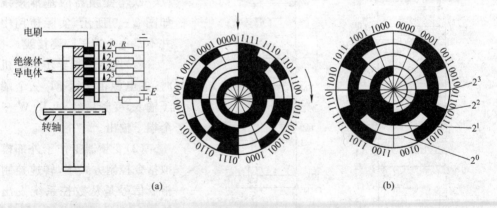

图2-8 绝对式码盘结构及工作原理图

(a)二进制码盘 (b)葛莱码盘

接触式码盘最大可以做到9位二进制,优点是结构简单、体积小、输出信号强、不需放大;缺点是由于电刷的摩擦,使用寿命低、转速不能太高。

光电式码盘没有接触磨损,寿命长、转速高、精度高,单个码盘可以做到18位二进制;缺点是结构复杂、价格高。

电磁式码盘是在导磁性好的软铁等圆盘上,用腐蚀的方法做成相应码制的凹凸图形,当磁通通过码盘时,由于磁导大小不一样,其感应电压也不同,因而可以区分"0"和"1",达到测量的目的。该种码盘也是一种无接触式码盘,寿命长、转速高。

<2>绝对式编码器的工作原理

无论是接触式码盘、光电式码盘,还是电磁式码盘,当被测对象带动码盘一起转动时,每转动一转,编码器按规定的编码输出数字信号。将编码器的编码直接读出,转换成二进制信息,送入计算机处理。

<3>混合式绝对式编码器

由上述可知,增量式编码器每转的输出脉冲多、测量精度高,但是可能产生计数误差;而绝对式编码器虽然没有计数误差,但是精度受到最低位(最外圆上)分段宽度的限制,其计数长度有限。为了得到更大的计数长度,将增量式编码器和绝对式编码器做在一起,形成混合式绝对式编码器。在圆盘的最外圆是高密度的增量条纹,中间有四个码道组成绝对式的四位葛莱码,每 1/4 同心圆被葛莱码分割为 16 个等分段。圆盘最里面有一个"一转信号"的狭缝。

该码盘的工作原理是三级计数,即粗、中、精计数。码盘的转速由"一转脉冲"的计数表示。在一转内的角度位置由葛莱码的不同数值表示。每 1/4 圆葛莱码的细分由最外圆上的增量制码完成。

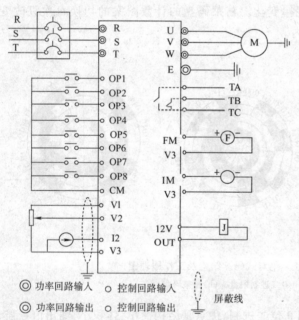

◎ 功率回路输入 ○ 控制回路输入
◎ 功率回路输出 ○ 控制回路输出 屏蔽线

图 2-9 欧瑞变频器的基本接线图

二、主轴控制电气线路分析

欧瑞变频器的基本接线如图 2-9 所示,实际使用中并不是每个端子都要接线。

(1)控制三相异步电动机时,主电源由 R、S、T 三个端子输入,变频后经 U、V、W 三个端子输出。

(2)变频器工作于外部模拟指令控制方式下,转速控制指令信号是从数控系统发出的 0~10 V 模拟电压,由 V2 端子引入,信号地接 V3 端子。

(3)电动机正反转控制由 OP6、OP7 端子给定,当 OP6 与 CM 端子短接时,变频器控制电动机正向运转;当 OP7 与 CM 端子短接时,变频器控制电动机反向运转。

(4)相关参数设置:

①F204=3,将变频器设定在模拟量控制方式;

②F209=0,模拟量输入通道选择 V2;

③拨码开关 SW1 放在 位置,选择 0~10 V;

④F206＝2,"正转"和"反转"分别由定义的"正转端子"和"反转端子"给定,给定方式是"电平",即与 CM 短接时有效,断开时控制无效,且变频器停机;

⑤F111＝50 Hz,设定变频器上限频率;

⑥F112＝0.5 Hz,设定变频器下限频率;

⑦其他参数保持出厂值。

【动手与思考】

(1)根据提供的双功率三相异步电动机、变频器、导线等实训设备,正确查阅变频器使用手册,对变频器参数进行设定并合理接线,实现变频器带动电动机的运转,其中要特别注意双功率电机的接线方法。

(2)你能够完成集中变频器的控制运行方式吗? 请对相应参数设定和过程进行描述。

(3)你所完成的变频器的调速目前只是手动方式,对照数控车床的实际接线和变频器参数设定,指出无级调速指令从什么地方来。设想怎样实现自动控制。

任务三　进给轴控制与运行分析

【任务导入】

　　进给轴的进给速度和精度对进给电机的控制要求非常高,也是数控机床控制的难点所在。前面已经了解了主轴变频器带动三相异步电动机的运行原理,那么进给伺服电机与主轴电机的区别在哪? 控制方式有什么不同? 通过什么样的手段保证电机旋转的精度? 这就必须先从伺服系统的概念谈起。

【知识要点】

　　1. 数控机床伺服系统的概念及组成

　　如果说 CNC 装置是数控机床的"大脑",发布"命令"的指挥机构,那么伺服系统就是数控机床的"四肢",是一种"执行机构",它忠实而准确地执行由 CNC 装置发来的运动命令。

　　数控机床伺服系统是以数控机床移动部件(如工作台、主轴或刀具等)的位置和速度为控制对象的自动控制系统,也称为随动系统、拖动系统或伺服机构。它接受 CNC 装置输出的插补指令,并将其转换为移动部件的机械运动(主要是转动和平动)。伺服系统是数控机床的重要组成部分,是数控装置和机床主体的联系环节,其性能直接影响数控机床的精度、工作台的移动速度和跟踪精度等技术指标。

　　通常将伺服系统分为开环系统和闭环系统。开环系统通常主要以步进电动机作为控制对象,闭环系统通常以直流伺服电动机或交流伺服电动机作为控制对象。在开环系统中只有前向通路,无反馈回路,CNC 装置生成的插补脉冲经功率放大后直接控制步进电动机的转动;脉冲频率决定步进电动机的转速,进而控制工作台的运动速度;输出脉冲的数量控制工作台的位移,在步进电动机轴上或工作台上无速度或位置反馈信号。在闭环伺服系统中,以检测元件为核心组成反馈回路,检测执行机构的速度和位置,由速度和位置反馈信号来调节伺服电动机的速度和位移,进而来控制执行机构的速度和位移。

　　数控机床闭环伺服系统的典型结构如图 3-1 所示。这是一个双闭环系统,内环是速度环,外环是位置环。速度环由速度控制环节、伺服驱动器等部分组成,利用测速发电机、脉冲编码器等速度传感元件,作为速度反馈的测量装置。位置环由 CNC 装置中位置比较、速度控制、位置检测与反馈等环节组成,用以完成对数控机床运动坐标轴的控制。数控机床运动坐标轴的控制不仅要完成单个轴的速度位置控制,而且在多轴联动时,要求各移动轴具有良好的动态配合精度,这样才能保证加工精度、零件表面结构和加工效率。

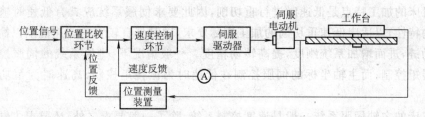

图 3-1 数控机床闭环伺服系统的典型结构图

2. 伺服系统应具有的基本性能

1)高精度

伺服系统的精度是指输出量能够复现输入量的精确程度。由于数控机床执行机构的运动是由伺服电动机直接驱动的,为了保证移动部件的定位精度和零件轮廓的加工精度,要求伺服系统应具有足够高的定位精度和联动坐标的协调一致精度。一般的数控机床要求的定位精度为 0.01~0.001 mm,高档设备的定位精度要求达到 0.1 μm 以上。在速度控制中,要求高的调速精度和比较强的抗负载扰动能力,即伺服系统应具有比较高的动、静态精度。

2)良好的稳定性

稳定性是指系统在给定输入作用下,经过短时间的调节后达到新的平衡状态;或在外界干扰作用下,经过短时间的调节后重新恢复到原有平衡状态的能力。稳定性直接影响数控加工的精度和零件表面结构,为了保证切削加工的稳定均匀,数控机床的伺服系统应具有良好的抗干扰能力,以保证进给速度的均匀、平稳。

3)动态响应速度快

动态响应速度是伺服系统动态品质的重要指标,它反映了系统的跟踪精度。目前数控机床的插补时间一般在 20 ms 以下,在如此短的时间内伺服系统要快速跟踪指令信号,要求伺服电动机能够迅速加减速,以实现执行部件的加减速控制,并且要求很小的超调量。

4)调速范围要宽,低速时能输出大转矩

机床的调速范围 R_N 是指机床要求电动机能够提供的最高转速 n_{max} 和最低转速 n_{min} 之比,即

$$R_N = \frac{n_{max}}{n_{min}} \tag{3-1}$$

其中,n_{max} 和 n_{min} 一般是指额定负载时电动机的最高转速和最低转速,对于小负载的机械也可以是实际负载时的最高转速和最低转速。一般的数控机床进给伺服系统的调速范围 R_N 为 24 000:1 就足够了,代表当前先进水平的速度控制单元的技术已可达到 100 000:1 的调速范围。同时要求速度均匀、稳定、无爬行,且速降要小。在平均速度很低的情况下(1 mm/min 以下)要求有一定瞬时速度。零速度时要求伺服电动机处于锁紧状态,以维持定位精度。

机床的加工特点是低速时进行重切削,因此要求伺服系统应具有低速时输出大转矩的特性,以适应低速重切削的加工实际要求,同时具有较宽的调速范围以简化机械传动链,进而增加系统刚度,提高转动精度。一般情况下,进给系统的伺服控制属于恒转矩控制;而主轴坐标的伺服控制在低速时为恒转矩控制,高速时为恒功率控制。

车床的主轴伺服系统一般是速度控制系统,除了一般要求之外,还要求主轴和伺服驱动可以实现同步控制,以实现螺纹切削的加工要求。有的车床要求主轴具有恒线速功能。

5)高性能电动机

伺服电动机是伺服系统的重要组成部分,为使伺服系统具有良好的性能,伺服电动机也应具有高精度、快响应、宽调速和大转矩的性能。具体要求如下:

(1)电动机在从最低转速到最高转速的调速范围内能够平滑运转,转矩波动要小,尤其是在低速时要无爬行现象;

(2)电动机应具有大的、长时间的过载能力,一般要求数分钟内过载4～6倍而不烧毁;

(3)满足快速响应的要求,即随着控制信号的变化,电动机应能在较短的时间内达到规定的速度;

(4)电动机应能承受频繁的启动、制动和反转。

3. 位置控制系统和速度控制系统的主要技术指标

位置控制系统是伺服系统的重要组成部分,是保证位置精度的重要环节。速度控制系统也是伺服系统的重要组成部分,它由速度控制单元、伺服电动机、速度检测装置等构成。速度控制系统的核心是速度控制单元,用来控制电动机转速。一般的位置控制包括位置环和速度环,具有位置控制环节的系统才是真正的伺服系统。

位置控制系统和速度控制系统既有共同之处,也有不同之处。其共同之处是通过系统的执行元件直接或通过机械传动装置间接带动被控制对象,完成给定控制规律要求的动作。其不同之处可以用位移与速度之间的关系来理解。

1)位置控制系统的主要技术指标

(1)系统静态误差:系统输入为常值时,输入与输出之间的误差,称为系统静态误差。位置控制系统一般要求是无静差系统。但由于测量元件的分辨率有限等实际因素,均会造成系统静态误差。

(2)速度误差 e_v 和正弦跟踪误差 $e_{\sin}$:当位置控制系统处于等速跟踪状态时,系统输出轴与输入轴之间瞬时的位置误差(角度或角位移),称为速度误差 e_v;当系统正弦摆动跟踪时,输出轴与输入轴之间瞬时误差的振幅值,称为正弦跟踪误差 $e_{\sin}$。

(3)速度品质因数 K_v 和加速度品质因数 K_a:速度品质因数 K_v 指输入斜坡信号时,系统稳态输出角速度 ω_0 或线速度 v_0 与速度误差 e_v 的比值;加速度品质因数 K_a 指输入等加速度信号时,系统输出稳态角加速度 ε 或线加速度 a 与对应的系统误差

e_a 之比。

(4)最大跟踪角速度 ω_{max}(或线速度 v_{max})、最低平滑角速度 ω_{min}(或线速度 v_{min})、最大角加速度 ε_{max}(或线加速度 a_{max})。

(5)振幅指标 M 和频带宽度 ω_b:位置控制系统闭环幅频特性 $A(\omega)$ 的最大值 $A(\omega_p)$ 与 $A(0)$ 的比值,称为振幅指标 M;当闭环幅频特性 $A(\omega)=0.707$ 时,所对应的角频率 ω_b,称为系统的频带宽度。

(6)系统对阶跃信号输入的响应特性:当系统处于静止协调状态(零初始状态)下,突加阶跃信号时,系统的最大允许超调量 $\sigma\%$、过渡过程时间 t_s 和振荡次数 N 作为系统对阶跃信号输入的响应特性技术指标。

(7)等速跟踪状态下,负载扰动(阶跃或脉动扰动)所造成的瞬时误差和过渡过程时间。

(8)对系统工作制(长期运行、间歇循环运行或短时运行)、平均无故障工作时间 MTBF、可靠性以及使用寿命的要求。

2)速度控制系统的主要技术要求

(1)被控对象的最高运行速度:如最高转速 n_{max}、最高角速度 ω_{max} 或最高线速度 v_{max}。

(2)最低平滑速度:通常用最低转速 n_{min}、最低角速度 ω_{min} 或最低线速度 v_{min} 来表示,也可用调速范围 R_N 来表示(式(3-1))。

(3)速度调节的连续性和平滑性要求:在调速范围内是有级变速还是无级变速,是可逆还是不可逆。

(4)静差率 s 或转速降 Δn(或 $\Delta\omega$、Δv):转速降 Δn 指控制信号一定的情况下,系统理想空载转速 n_0 与满载时转速 n_e 之差;静差率 s 则是指控制信号一定的情况下,转速降与理想空载转速的百分比。

调速范围和静差率两项指标并不是彼此孤立的,只有对两者同时提出要求才能有意义。一个系统的调速范围是指在最低转速时还能满足静差率要求的转速可调范围。离开了静差率要求,任何调速系统都可以达到很高的调速范围;反之,脱离了调速范围,要满足给定的静差率也很容易。调速范围与静差率有如下关系

$$R_N = \frac{n_0 s}{\Delta n(1-s)} \tag{3-2}$$

(5)阶跃信号输入下系统的响应特性:当系统处于稳态时,把阶跃信号作用下的最大超调量 $\sigma\%$ 和响应时间 t_s 作为技术指标。

(6)负载扰动下的系统响应特性:负载扰动对系统动态过程的影响是调速系统的重要技术指标之一。转速降和静差率只能反映系统的稳态特性,衡量抗扰动能力一般用最大转速降(升)Δn_{max} 和响应时间 t_s 来度量。

(7)对系统工作制(长期运行、间歇循环运行或短时运行)、平均无故障工作时间 MTBF、可靠性以及使用寿命的要求。

以上技术要求一般是用户提出的,在工程设计中往往用相位裕度、幅值裕度、开环截止频率等间接技术指标来保证。

4. 伺服系统的分类

(1)按照调节理论分类,伺服系统可以分为开环伺服系统、闭环伺服系统和半闭环伺服系统。开环伺服系统和闭环伺服系统如前所述。半闭环与闭环伺服系统的结构一致,只是位置检测元件不直接安装在最终运动部件(工作台)上,而是安装在传动装置的一个环节上(如丝杠或传动轴上),由于传动链有一部分在位置环以外,在位置环以外的传动精度得不到系统的补偿,因此其控制精度低于闭环伺服系统。但对于闭环伺服系统,由于受机械变形、温度变化、振动以及其他因素的影响,系统的稳定性较差;同时由于半闭环的反馈量测量方便等特点,使半闭环伺服系统也得到广泛应用。

(2)按使用的驱动元件分类,伺服系统可以分为电液伺服系统和电气伺服系统。电液伺服系统的执行元件是电液脉冲马达和电液伺服马达。但由于该系统存在噪音、漏油等问题,逐渐被电气伺服系统所取代。电气伺服系统全部采用电子元件和电动机部件,操作方便,可靠性高。目前电气伺服系统的驱动元件主要有步进电动机、直流伺服电动机和交流伺服电动机,有关这些驱动元件的工作原理可以参阅本章中的相关内容。

(3)按反馈比较控制方式分类,伺服系统可以分为以下几类。

①脉冲、数字比较伺服系统。该系统是闭环伺服系统中的一种控制方式,它是将数控装置发出的数字(或脉冲)指令信号与检测装置测得的数字(或脉冲)形式的反馈信号直接进行比较,以产生位置误差,实现闭环控制。该系统结构简单,容易实现,整机工作稳定,因此得到广泛的应用。

②相位比较伺服系统。该系统中位置检测元件采用相位工作方式,指令信号与反馈信号都变成某个载波的相位,通过相位比较来获得实际位置与指令位置的偏差,实现闭环控制。该系统适应于感应式检测元件(如旋转变压器、感应同步器)的工作状态,同时由于载波频率高、响应快、抗干扰能力强,因此特别适合于连续控制的伺服系统。

③幅值比较伺服系统。该系统是以位置检测信号的幅值大小来反映机械位移的数值,并以此信号作为位置反馈信号与指令信号进行比较获得位置偏差信号构成闭环控制。

④全数字伺服系统。随着微电子技术、计算机技术和伺服控制技术的发展,数控机床的伺服系统已开始采用高速、高精度的全数字伺服系统,使伺服控制技术从模拟方式、混合方式走向全数字方式。由位置、速度和电流构成的三环反馈全部数字化、软件处理数字 PID,柔性好,使用灵活。全数字控制使伺服系统的控制精度和控制品质大大提高。

上述前三种伺服系统中,相位比较伺服系统和幅值比较伺服系统的结构与安装都比较复杂,因此一般情况下选用脉冲、数字比较伺服系统,而相位比较伺服系统较幅值比较伺服系统应用得广泛一些。

观察 CK6132 数控车床的进给轴伺服电机发现,其后端有两条电缆线与一个方盒装置相连接,不同于主轴变频器和主轴三相异步电动机的结构,伺服控制的硬件装置和接线要复杂一些。

【任务内容】

一、进给伺服电机

CK6132 数控车床进给系统选用华中数控有限公司的交流伺服电机,由相应的交流伺服驱动器拖动,伺服放大器工作原理从本质上讲和变频器完全相同,都是采用矢量控制方式,其控制指令由数控系统发出,同时向数控系统反馈位置信号,通过设定参数和正确接线,完成伺服轴的半闭环控制。

该电机采用自冷式,防护等级为 IP64～IP67。GK6 电机是永磁三相交流同步伺服电动机,采用高性能稀土永磁材料形成气隙磁场。由脉宽调制变频器控制运行,属正弦波交流伺服电机,具有良好的力矩性能和宽广的调速范围。电机带有装于定子绕组内的温度传感器,具有电机过热保护输出。GK6 系列交流伺服电机由定子、转子、高精度反馈元件(如 2 500 线光电编码器、旋转变压器等)组成,其外形如图 3－2(a)所示,其内部结构如图 3－2(b)所示。

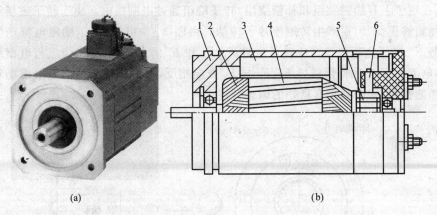

(a)　　　　　　　　　　　　　　(b)

图 3－2　交流永磁伺服电机

(a)外形　(b)内部结构

1—外壳;2—转子绕组;3—永久磁钢的定子磁极;4—转子铁芯;5—换向器;6—电刷

二、HSV－16 全数字交流伺服驱动单元

HSV－16 是武汉华中数控股份有限公司继 HSV－9 型、HSV－11 型之后,推出的一款全数字交流伺服驱动单元。该驱动单元与 HSV－11 型比较,将电源模块和驱动模块集成为一体;采用最新运动控制专用数字信号处理器(DSP)、大规模现场可

图 3-3 交流伺服驱动器

编程逻辑阵列(FPGA)和智能化功率块(IPM)等当今最新技术设计,操作简单、可靠性高、体积小巧、易于安装。其外形如图 3-3 所示。

交流伺服驱动器上面有很多接线端子,其功能可由说明书得知。我们的任务是明确其工作过程原理。由于交流伺服控制器采用矢量控制方式,其基本控制方法与直流电机伺服系统类似,所以我们先分析直流电机伺服系统控制原理。

【知识要点】 直流电机伺服系统

伺服电机是转速及方向都受控制电压信号控制的一类电动机,常在自动控制系统用做执行元件。伺服电机分为直流和交流两大类。

直流伺服电机在电枢控制时具有良好的机械特性和调节特性,机电时间常数小,启动电压低。其缺点是由于有电刷和换向器,造成的摩擦转矩比较大,有火花干扰及维护不便。

1. 直流伺服电机的结构和工作原理

直流伺服电动机的结构与一般的电机结构相似,也是由定子、转子和电刷等部分组成,在定子上有励磁绕组和补偿绕组,转子绕组通过电刷供电。由于转子磁场和定子磁场始终正交,因而产生转矩使转子转动。由图 3-4 可知,定子励磁电流产生定子电势 F_s,转子电枢电流产生转子磁势 F_r,F_s 和 F_r 垂直正交,补偿绕组与电枢绕组串联,电流 i_a 又产生补偿磁势 F_c,F_c 与 F_r 方向相反,它的作用是抵消电枢磁场对定子磁场的扭斜,使电动机有良好的调速特性。

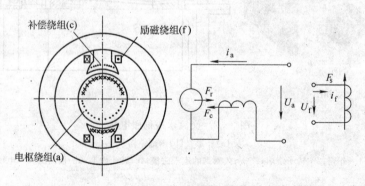

图 3-4 直流伺服电动机的结构和工作原理

永磁直流伺服电动机的转子绕组通过电刷供电,并在转子的尾部装有测速发电机和旋转变压器(或光电编码器),它的定子磁极是永久磁铁。稀土永磁材料有很大的磁能积和极大的矫顽力,把永磁材料用在电动机中不但可以节约能源,还可以减少电动机发热,减少电动机体积。永磁式直流伺服电动机与普通直流电动机相比有更高的过载能力,更大的转矩转动惯量比,更大的调速范围。因此,永磁式直流伺服电动机曾广泛应用于数控机床进给伺服系统。由于近年来出现了性能更好的转子为永磁铁的交流伺服电动机,永磁直流电动机在数控机床上的应用才越来越少。

2. 直流伺服电机的调速原理和常用的调速方法

由电工学的知识可知:在转子磁场不饱和的情况下,改变电枢电压即可改变转子转速。直流电机的转速和其他参量的关系为

$$n = \frac{U - IR}{K_e \Phi} \tag{3-3}$$

式中:n 表示转速,单位为 r/min;U 表示电枢电压,单位为 V;I 表示电枢电流,单位为 A;R 表示电枢回路总电阻,单位为 Ω;Φ 表示励磁磁通,单位为 Wb(韦伯);K_e 表示由电机结构决定的电动势常数。

根据上述关系式,实现电机调速的主要方法有以下三种。

(1)调节电枢供电电压 U:电动机加以恒定励磁,用改变电枢两端电压 U 的方式来实现调速控制,这种方法也称为电枢控制。

(2)减弱励磁磁通 Φ:电枢加以恒定电压,用改变励磁磁通的方法来实现调速控制,这种方法也称为磁场控制。

(3)改变电枢回路电阻 R 来实现调速控制。

对于要求在一定范围内无级平滑调速的系统来说,以改变电枢电压的方式最好;改变电枢回路电阻只能实现有级调速,调速平滑性比较差;减弱磁通虽然具有控制功率小和能够平滑调速等优点,但调速范围不大,往往只是配合调压方案,在基速(即电机额定转速)以上作小范围的升速控制。因此,直流伺服电机的调速主要以电枢电压调速为主。

要得到可调节的直流电压,常用的方法有以下三种。

(1)旋转变流机组:用交流电机(同步或异步电机)和直流发电机组成机组,调节发电机的励磁电流以获得可调节的直流电压。该方法在 20 世纪 50 年代广泛应用,可以很容易实现可逆运行,但由于其体积大、费用高、效率低,所以现在很少使用。

(2)静止可控整流器:使用晶闸管可控整流器以获得可调的直流电压,即可控硅 SCR(Silicon Controlled Rectifier)调速系统。该方法出现在 20 世纪 60 年代,具有良好的动态性能,但由于晶闸管只有单向导电性,所以不易实现可逆运行,且容易产生"电力公害"。

(3)斩波器和脉宽调制变换器:用恒定直流电源或可控整流电源供电,利用直流斩波器或脉宽调制变换器产生可变的平均电压。该方法是利用晶闸管来控制直流电压,形成直流斩波器,或称直流调压器。

数控机床伺服系统中,速度控制已经成为一个独立、完整的模块,称为速度控制

模块或速度控制单元。现在直流调速单元较多采用晶闸管调速系统（即可控硅SCR）和晶体管脉宽调制调速系统。这两种调速系统都是改变电机的电枢电压，其中以晶体管脉宽调速系统应用最为广泛。因此本节主要介绍晶体管脉宽调速系统。

由于电动机是电感元件，转子的质量也较大，有较大的电磁时间常数和机械时间常数，因此目前常用的电枢电压可用周期远小于电动机机械时间常数的方波平均电压来代替。在实际应用过程中，直流调压器可利用大功率晶体管的开关作用，将直流电源电压转换成频率约 200 Hz 的方波电压，送给直流电动机的电枢绕组。通过对开关关闭时间长短的控制，来控制加到电枢绕组两端的平均电压，从而达到调速的目的。

随着电子技术（即大功率半导体技术）的飞速发展，新一代的全控式电力电子器件不断出现，如可关断晶体管（GTO）、大功率晶体管（GTR）、场效应晶闸管（PMOSFET）以及新近推出的绝缘门极晶体管（IGBT）。这些全控式功率器件的应用，使直流电源可在 1～10 kHz 的频率交替导通和关断，用改变脉冲电压的宽度来改变平均输出电压，调节直流电动机的转速，从而大大改善直流伺服系统的性能。

脉宽调制放大器属于开关型放大器。由于各功率元件均工作在开关状态，功率损耗比较小，故这种放大器特别适用于较大功率的系统，尤其是低速、大转矩的系统。开关放大器可分为脉冲宽度调节型（PWM）和脉冲频率调节型两种，也可采用两种形式的混合型，但应用最为广泛的是脉宽调制型。其中，脉宽调节（Pulse Width Modulation，简称 PWM）是在脉冲周期不变时，在大功率开关晶体管的基极上，加上脉宽可调的方波电压，改变主晶闸管的导通时间，从而改变脉冲的宽度；脉冲频率调节（Pulse Frequency Modulation，简称 PFM）是在导通时间不变的情况下，只改变开关频率或开关周期，也就是只改变晶闸管的关断时间。两点式控制是当负载电流或电压低于某一最低值时，使开关管导通；当电压达到某一最大值时，使开关管关断，导通和关断的时间都是不确定的。

上述方法均是用开关型放大器来改变电机电枢上的平均电压，较晶闸管调速系统具有以下特点。

（1）由于 PWM 调速系统的开关频率较高，仅靠电枢电感的滤波作用可能就足以获得脉动性很小的直流电流，电枢电流容易连续，系统低速运行平稳，调速范围较宽，可以达到 1∶10 000 左右。与晶闸管调速系统相比，在相同的平均电流即相同的输出转矩下，电动机的损耗和发热都较小。

（2）由于 PWM 开关频率高，若与快速响应的电机相配合，系统可以获得很高的频带，因此快速响应性能好，动态抗干扰能力强。

（3）由于电力电子器件只工作于开关状态，主线路损耗小，装置的效率较高。

（4）功率晶体管承受高峰值电流的能力差。

晶体管脉宽调速系统主要由脉宽调制器和主回路两部分组成。

3. 晶体管脉宽调制器式速度控制单元

1)PWM 系统的主回路

由于功率晶体管比晶闸管具有优良的特性,因此在中、小功率驱动系统中,功率晶体管已逐步取代晶闸管,并采用了目前应用广泛的脉宽调制方式进行驱动。

开关型功率放大器的驱动回路有两种结构形式,一种是 H 型(也称桥式),另一种是 T 型,这里介绍常用的 H 型,其电路原理如图 3-5 所示。图中 $VD_1 \sim VD_4$ 为续流二极管,用于保护功率晶体管 $VT_1 \sim VT_4$,M 是直流伺服电动机。

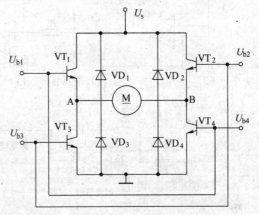

图 3-5　H 型双极模式 PWM 功率转换电路

H 型电路的控制方式分为双极型和单极型,下面介绍双极型功率驱动电路的原理。四个功率晶体管分为两组,VT_1 和 VT_4 是一组,VT_2 和 VT_3 为另一组,同一组的两个晶体管同时导通或同时关断;但一组导通另一组关断,两组交替导通和关断,不能同时导通。将一组控制方波加到一组大功率晶体管的基极,同时将反向后该组的方波加到另一组的基极上就可实现上述目的。若加在 U_{b1} 和 U_{b4} 上的方波正半周比负半周宽,则加到电机电枢两端的平均电压为正,电机正转;反之,电机反转。若方波电压的正负半周宽度相等,加在电枢的平均电压等于零,电机不转,这时电枢回路中的电流没有续断,而是一个交变的电流,这个电流使电机发生高频颤动,有利于减少静摩擦。

2)脉宽调制器

脉宽调制的任务是将连续控制信号变成方波脉冲信号,作为功率转换电路的基极输入信号,改变直流伺服电动机电枢两端的平均电压,从而控制直流电动机的转速和转矩。方波脉冲信号可由脉宽调制器生成,也可由全数字软件生成。

脉宽调制器是一个电压-脉冲变换装置,由控制系统控制器输出的控制电压 U_c 进行控制,为 PWM 装置提供所需的脉冲信号,其脉冲宽度与 U_c 成正比。常用的脉宽调制器可以分为模拟式脉宽调制器和数字式脉宽调制器。模拟式是用锯齿波、三角波作为调制信号的脉宽调制器,或用多谐振荡器和单稳态触发器组成脉宽调制器。数字式脉宽调制器是用数字信号作为控制信号,从而改变输出脉冲序列的占空比。下面以三角波脉宽调制器和数字式脉宽调制器为例,说明脉宽调制器的原理。

<1>三角波脉宽调制器

脉宽调制器通常由三角波(或锯齿波)发生器和比较器组成,如图 3-6 所示。图中的三角波发生器由两个运算放大器构成,IC1-A 是多谐振荡器,产生频率恒定且正负对称的方波信号;IC1-B 是积分器,把输入的方波变成三角波信号 U_t 输出。三角波发生器输出的三角波应满足线性度高和频率稳定的要求。只有满足这两个要求才能满足调速要求。

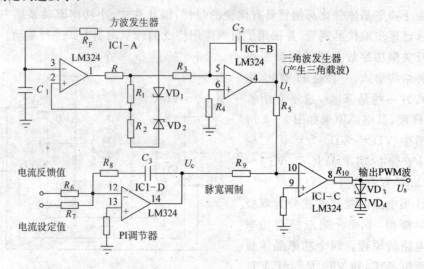

图 3-6 三角波发生器及 PWM 脉宽调制原理图

三角波的频率对伺服电机的运行有很大的影响。由于 PWM 功率放大器输出给直流电机的电压是一个脉冲信号,有交流成分,这些不做功的交流成分会在电动机内引起功耗和发热,为减少这部分的损失,应提高脉冲频率,但脉冲频率又受功率元件开关频率的限制。目前脉冲频率通常在 $2\sim4$ kHz 或更高,脉冲频率是由三角波调制的,三角波频率等于控制脉冲频率。

比较器 IC1-C 的作用是把输入的三角波信号 U_t 和控制信号 U_c 相加输出脉宽调制方波。当外部控制信号 $U_c=0$ 时,比较器输出正负对称的方波,直流分量为零。当 $U_c>0$ 时,U_c+U_t 对接地端是一个不对称三角波,平均值高于接地端,因此输出方波的正半周较宽,负半周较窄;U_c 越大,正半周的宽度越宽,直流分量也越大,所以电动机正向旋转越快。反之,当控制信号 $U_c<0$ 时,U_c+U_t 的平均值低于接地端,IC1-C输出的方波正半周较窄,负半周较宽;U_c 的绝对值越大,负半周的宽度越宽,因此电动机反转越快。

这样,改变了控制电压 U_c 的极性,也就改变了 PWM 变换器的输出平均电压的极性,从而改变了电动机的转向;改变了 U_c 的大小,则调节了输出脉冲电压的宽度,进而调节了电动机的转速。

该方法是一种模拟式控制。其他模拟式脉宽调制器的原理都与此基本相仿。

<2>数字式脉宽调制器

在数字脉宽调制器中,控制信号是数字,其值可确定脉冲的宽度。只要维持调制脉冲序列的周期不变,就可以达到改变占空比的目的。用微处理器实现数字脉宽调制器可分为软件和硬件两种方法,软件法占用较多的计算机机时,对控制不利,但柔

性好,投资少,目前被广泛推广的是硬件法。

在全数字数控系统中,可用定时器生成可控方波。有些新型的单片机内部设置了可产生 PWM 控制方波的定时器,用程序控制脉冲宽度的变化。图 3-7 所示是用单片机 8031 控制的全数字系统,其中用 8031 的 P0 口向定时器 1 和 2 送数据。当指令速度改变时,由 P0 口向定时器送入新的计数值,用来改变定时器输出的脉冲宽度。速度环和电流环的检测值经模数转换后的数字量也由 P0 口读入,经计算机处理后,再由 P0 口送给定时器,及时改变脉冲宽度,从而控制电机的转速和转矩。

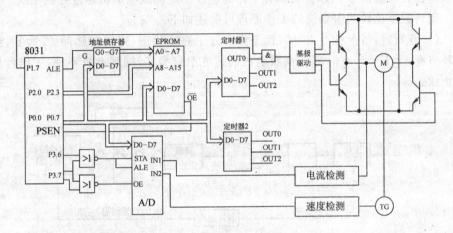

图 3-7　数字 PWM 控制系统

图中的左半部分是数字式脉宽调制器,右半部分则是 PWM 调速系统的主回路。

4. 直流伺服系统的位置控制

位置控制与速度控制是紧密相连的,速度环的给定值就是来自位置控制环。在数控机床中,位置控制环的输入数据来自轮廓插补运算,在每个插补周期内 CNC 装置插补运算输出一组数据给位置环,位置环根据速度指令中的要求及各环节的放大倍数(或称为增益)对位置数据进行处理,再把处理的结果送给速度环,作为速度环的给定值。

在模拟量控制的系统中,位置控制环把位置数据经 D/A 转换变成模拟量送给速度环。现代的全数字伺服系统中,不进行 D/A 转换,全部用计算机软件进行数字处理,输出的结果也是数字量。在全数字系统中,各种增益常数可根据外界条件的变化而自动更改,保证在各种条件下都是最优值,因而控制精度高,稳定性好。全数字系统对提高速度环、电流环的增益,实现前馈控制、自适应控制等都是十分有利的。

位置控制伺服系统可分为开环、半闭环和闭环三种,本节主要介绍闭环位置控制系统。常用的闭环位置控制系统有三种,即数字比较伺服系统、相位比较伺服系统和幅值比较伺服系统。

1)数字比较伺服系统

用脉冲比较的方法构成闭环和半闭环控制的系统称为数字比较伺服系统。该系统的主要优点是结构比较简单,在半闭环控制中,多采用光电编码器作为检测元件;在闭环控制中,多采用光栅作为检测元件。通过检测元件进行位置检测和反馈,实现脉冲比较。

半闭环数字比较伺服系统的结构框图如图 3-8 所示。整个系统由三部分组成:采用光电编码器产生位置反馈脉冲信号 P_f;实现指令脉冲 F 与反馈脉冲 P_f 的比较,以取得位置偏差信号 e;以位置偏差 e 作为速度给定伺服电动机速度控制系统。

闭环数字比较伺服系统的工作原理可简述如下。

(1)开始时,指令脉冲 $F=0$,且工作台处于静止状态,则反馈脉冲 P_f 为零,经比较环节有 $e=F-P_f=0$,那么伺服电机的速度给定为零,伺服电机不动,工作台处于静止状态。

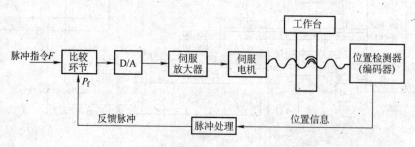

图 3-8　半闭环数字比较伺服系统结构框图

(2)当指令脉冲 F 为正向指令脉冲时,即 $F>0$,工作台在没有运动之前反馈脉冲 P_f 仍为零,经比较环节比较,$e=F-P_f>0$,则调速系统驱动工作台正向进给。随着电机的运转,检测元件的反馈脉冲信号通过采样进入比较环节,该脉冲比较环节对 F 和 P_f 进行比较,按负反馈原理,只有当 F 和 P_f 的脉冲个数相等时,偏差 $e=F-P_f=0$,工作台才重新稳定在指令所规定的平衡位置上。

(3)当指令脉冲 F 为负向指令脉冲时,即 $F<0$,其控制过程与 F 为正向指令脉冲的控制过程相似,只是此时 $e<0$,工作台向反方向进给。最后,工作台准确地停在指令所规定的反向某个稳定位置上。

(4)比较环节输出的位置偏差信号 e 为一个数字量,经 D/A 转换后才能变为模拟给定电压,使模拟调速系统工作。

数字比较伺服系统的优点是结构比较简单,易于实现数字化控制。在控制性能方面,数字比较伺服系统要优于模拟方式、混合方式的伺服系统。

2)相位比较伺服系统

相位比较伺服系统是数控机床常用的一种位置控制系统,其结构形式与所使用的位置检测元件有关,常用的位置检测元件有旋转变压器和感应同步器,并工作于相位工作状态。

图 3-9 所示为闭环相位比较伺服系统的结构框图。相位比较伺服系统也可以构成半闭环系统，其与闭环相位比较伺服系统的差别是所用的检测元件和在机床上的安装位置不同。其主要组成部分有：基准信号发生器、脉冲调相器、鉴相器、伺服放大器、伺服电机等。

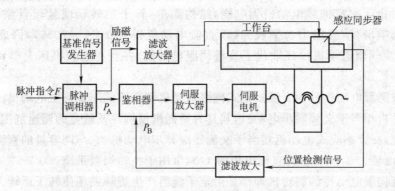

图 3-9　闭环相位比较伺服系统结构框图

脉冲调相器也称为数字相位变换器，其作用是将来自数控装置的进给脉冲信号转换为相位变化信号。该相位变化信号可用正弦信号或方波信号表示。若没有进给脉冲输出，则脉冲调相器的输出与基准信号发生器发出的基准信号同相位，无相位差。若输出一个正向或反向进给脉冲，则脉冲调相器就输出超前或滞后基准信号一个相应的相位角 θ。

鉴相器有两个输入信号，这两个输入信号同频，其相位均以与基准信号的相位差表示。鉴相器的作用是鉴别这两个输入信号的相位差，其输出为正比于这个相位差的电压信号。

相位比较伺服系统中，检测元件工作于相位工作状态。检测信号经整形放大后的 P_B 作为位置反馈信号。进给脉冲（指令脉冲）F 经脉冲调相后，变成频率为 f_0 的脉冲信号 P_A。P_A、P_B 为鉴相器的输入，鉴相器的输出信号 $\Delta\theta = P_A - P_B$ 就反映了指令位置与实际位置的偏差。$\Delta\theta$ 经伺服放大器和伺服电机构成的调速系统，驱动工作台，实现位置跟踪。

3）幅值比较伺服系统

幅值比较伺服系统中是以检测信号的幅值大小来反映机械位移的数值，并以此作为反馈信号。检测元件工作于幅值状态。常用的检测元件有旋转变压器和感应同步器。

幅值比较伺服系统的工作原理基本类似于闭环相位比较伺服系统，只是比较的量是幅值，而不是相位。

以上详细介绍了直流伺服系统的控制过程，接下来在此基础上分析工程实际中应用最广泛的交流电机伺服系统。

由于直流伺服电动机具有良好的调速性能,因此长期以来,在要求调速性能较高的场合,直流电动机调速系统一直占据主导地位。但是,由于电刷和换向器易磨损,需要经常维护;有时换向器换向时产生火花,电动机的最高速度受到限制;直流伺服电动机结构复杂,制造困难,所用铜铁材料消耗大,成本高,所以在使用上受到一定的限制。由于交流伺服电动机无电刷,结构简单,转子的转动惯量较直流电机小,使得动态响应好,且输出功率较大(较直流电动机提高 10%～70%),因此在有些场合,交流伺服电动机已经取代了直流伺服电动机,并且在数控机床上得到了广泛的应用。

交流伺服电动机分为交流永磁式伺服电动机和交流感应式伺服电动机。交流永磁式电动机相当于交流同步电动机,其具有硬的机械特性及较宽的调速范围,常用于进给系统;交流感应式电动机相当于交流感应异步电动机,它与同容量的直流电机相比,质量可轻 1/2,价格仅为直流电机的 1/3,常用于主轴伺服系统。

交流伺服电动机的旋转机理都是由定子绕组产生旋转磁场使转子运转。不同点是交流永磁式伺服电动机的转速和外加电源频率存在严格的关系,所以电源频率不变时,它的转速是不变的;交流感应式伺服电动机由于需要转速差才能在转子上产生感应磁场,所以电动机的转速比同步转速小,外加负载越大,转速差越大。旋转磁场的同步速度由交流电的频率来决定:频率低,转速低;频率高,转速高。因此,这两类交流电动机的调速方法主要是用改变供电频率来实现。

交流伺服电动机的速度控制可分为标量控制法和矢量控制法。标量控制法是开环控制,矢量控制法是闭环控制。对于简单的调速系统可使用标量控制法,对于要求较高的系统则使用矢量控制法。无论用何种控制法都是改变电动机的供电频率,从而达到调速目的。

矢量控制也称为场定向控制,它是将交流电机模拟成直流电动机,用对直流电动机的控制方法来控制交流电动机。其方法是以交流电动机转子磁场定向,把定子电流分解成与转子磁场方向相平行的磁化电流分量 i_d 和相垂直的转矩电流分量 i_q,分别对应直流电动机中的励磁电流 i_f 和电枢电流 i_a。在转子旋转坐标系中,分别对磁化电流分量 i_d 和转矩电流分量 i_q 进行控制,以达到对实际的交流电动机控制的目的。用矢量转换方法可实现对交流电动机的转矩和磁链控制的完全解耦。交流电动机矢量控制的提出具有划时代的意义,使得交流传动全球化时代的到来成为可能。

按照对基准旋转坐标系的取法不同,矢量控制可分为两类:按照转子位置定向的矢量控制和按照磁通定向的矢量控制。按转子位置定向的矢量控制系统中,基准旋转坐标系水平轴位于电动机的转子轴线上,静止坐标系与旋转坐标系之间的夹角就是转子位置角。这个位置角度值可直接从装于电动机轴上的位置检测元件——绝对编码盘获得。永磁同步电动机的矢量控制就属于此类。按照磁通定向的矢量控制系统中,基准旋转坐标系水平轴位于电动机的磁通磁链轴线上,这时静止坐标系和旋转坐标系之间的夹角不能直接测量,需要计算获得。异步电动机的矢量控制属于此类。

按照对电动机的电压或电流控制还可将交流伺服电动机的矢量控制分为电压控制型和电流控制型。由于矢量控制需要较为复杂的数学计算,所以矢量控制是一种基于微处理器的数字控制方案。由于涉及多方面数学理论知识,在此不予深入讨论。

除此之外,工程上应用较多的还有步进电动机伺服系统,主要用于普通机床的数字化改造,一般控制精度较低。

【知识拓展】 步进电动机伺服系统

步进电动机伺服系统一般构成典型的开环伺服系统,其基本结构如图 3-10 所示。在这种开环伺服系统中,执行元件是步进电动机。步进电动机是一种可将电脉冲转换为机械角位移的控制电动机,并通过丝杠带动工作台移动。通常该系统中无位置、速度检测环节,其精度主要取决于步进电动机的步距角和与之相联传动链的精度。步进电动机的最高转速通常比直流伺服电动机和交流伺服电动机都低,且在低速时容易产生振动,影响加工精度。但步进电动机伺服系统的制造与控制比较容易,在速度和精度要求不太高的场合有一定的使用价值;加之步进电动机细分技术的应用,使步进电动机开环伺服系统的定位精度显著提高,并可有效地降低步进电动机的低速振动,从而该系统得到日益广泛的应用,特别适合于中、低精度的经济型数控机床和普通机床的数控化改造。

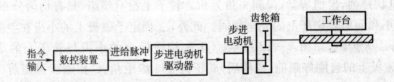

图 3-10 步进电动机伺服系统框图

步进电动机伺服系统由环形分配器、步进电动机、驱动电源等部分组成。这种系统结构简单、容易控制、维修方便,且控制为全数字化,比较适应当前计算机技术发展的趋势。

1. 步进电动机的分类、结构和工作原理

1)步进电动机的分类

根据不同的分类方式,可将步进电动机分为多种类型,如表 3-1 所示。

表 3-1 步进电动机的分类

分类方式	具体类型
按力矩产生的原理	(1)反应式:转子无绕组,由被激磁的定子绕组产生反应力矩实现步进运行 (2)激磁式:定、转子均有激磁绕组(或转子用永久磁钢),由电磁力矩实现步进运行

续表

分类方式	具体类型
按输出力矩大小	(1)伺服式:输出力矩在百分之几到十分之几(N·m),只能驱动较小的负载,要与液压扭矩放大器配用,才能驱动机床工作台等较大的负载 (2)功率式:输出力矩在5~50 N·m,可以直接驱动机床工作台等较大的负载
按定子数	(1)单定子式;(2)双定子式;(3)三定子式;(4)多定子式
按各相绕组分布	(1)径向分相式:电机各相按圆周依次排列 (2)轴向分相式:电机各相按轴向依次排列

2)步进电动机的结构

目前我国使用的步进电动机多为反应式步进电动机。在反应式步进电动机中,有轴向分相和径向分相两种。图 3-11 所示是一典型的单定子、径向分相、反应式伺服步进电动机的结构原理图。它与普通电动机一样,也是由定子和转子构成,其中定子又分为定子铁芯和定子绕组。定子铁芯由电工钢片叠压而成,定子绕组是绕置在定子铁芯 6 个均匀分布的齿上的线圈,在直径方向上相对的两个齿上的线圈串联在一起,构成一相控制绕组。图 3-11 所示的步进电动机可构成 A、B、C 三相控制绕组,故称三相步进电动机。若任一相绕组通电,便形成一组定子磁极,其方向即图中所示的 NS 极。在定子的每个磁极上面向转子的部分,又均匀分布着 5 个小齿,这些小齿呈梳状排列,齿槽等宽,齿间夹角为 9°。转子上没有绕组,只有均匀分布的 40 个齿,其大小和间距与定子上的完全相同。此外,三相定子磁极上的小齿在空间位置上依次错开 1/3 齿距,如图 3-12 所示。当 A 相磁极上的小齿与转子上的小齿对齐时,B 相磁极上的齿刚好超前(或滞后)转子齿 1/3 齿距角,C 相磁极齿超前(或滞后)转子齿 2/3 齿距角。步进电动机每走一步所转过的角度称为步距角,其大小等于错

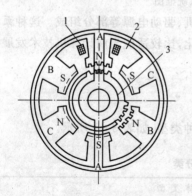

图 3-11 单定子径向分相反应式
　　步进电动机结构原理图
　1—绕组;2—定子铁芯;3—转子铁芯

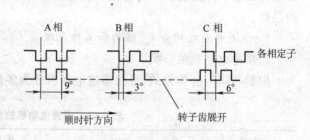

图 3-12 步进电动机的齿距

齿的角度。错齿角度的大小取决于转子上的齿数,磁极数越多,转子上的齿数越多,步距角越小,步进电动机的位置精度越高,其结构也越复杂。

图 3-13 所示是一个轴向分相、反应式伺服步进电动机的结构原理图。从图 3-13(a)中可以看出,步进电动机的定子和转子在轴向分为五段,每一段都形成独立的一相定子铁芯、定子绕组和转子。图 3-13(b)所示的是其中的一段。各段定子铁芯形如内齿轮,由硅钢片叠成;转子形如外齿轮,也由硅钢片叠成。各段定子上的齿在圆周方向均匀分布,彼此之间错开 1/5 齿距,其转子齿彼此不错位。当设置在定子铁芯环形槽内的定子绕组通电时,形成一相环形绕组,构成图中所示的磁场线。

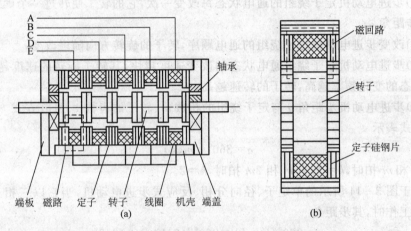

图 3-13 轴向分相反应式伺服步进电动机结构原理图
(a)反应式伺服步进电动机内部结构 (b)单段结构

除上面介绍的两种形式的反应式步进电机之外,常见的步进电动机还有永磁式步进电动机和永磁反应式步进电动机,它们的结构虽不相同,但工作原理相同。

3)步进电动机的工作原理

步进电动机的工作原理与电磁铁的作用原理相同。现以图 3-14 所示的三相反应式步进电动机为例说明步进电动机的工作原理。当 A 相绕组通电时,转子的齿与定子 AA 上的齿对齐。若 A 相断电,B 相通电,

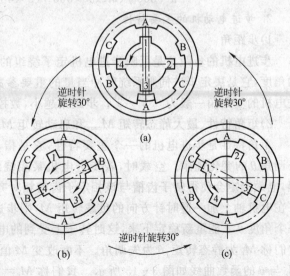

图 3-14 步进电动机工作原理图

由于磁场的作用,转子的齿与定子 BB 上的齿对齐,转子沿逆时针方向转过 30°,如果控制线路不停地按 A→B→C→A……的顺序控制步进电动机绕组的通断电,步进动机的转子便不停地逆时针转动。若通电顺序改为 A→C→B→A……,步进电动机的转子将顺时针转动。这种通电方式称为三相三拍,而通常的通电方式为三相六拍,其通电顺序为 A→AB→B→BC→C→CA→A……及 A→AC→C→CB→B→BA→A……,相应的定子绕组的通电状态每改变一次,转子转过 15°。因此在本例中,三相三拍通电方式的步距角 α 等于 30°,三相六拍通电方式的步距角 α 等于 15°。

综上所述,可以得到如下结论:

(1)步进电动机定子绕组的通电状态每改变一次,它的转子便转过一个确定的角度,即步距角 α;

(2)改变步进电动机定子绕组的通电顺序,转子的旋转方向随之改变;

(3)步进电动机定子绕组通电状态的改变速度越快,其转子旋转的速度越快,即通电状态的变化频率越高,转子的转速越高;

(4)步进电动机步距角 α 与定子绕组的相数 m、转子的齿数 z、通电方式 k 有关,可用下式表示

$$\alpha = 360°/(mzk) \tag{3-4}$$

当为 m 相 m 拍时,$k=1$;为 m 相 $2m$ 拍时,$k=2$。

对于图 3-14 所示的单定子、径向分相、反应式步进电动机,当它以三相三拍通电方式工作时,其步距角

$$\alpha = 360°/(mzk) = 360°/(3 \times 40 \times 1) = 3°$$

若按三相六拍通电方式工作,则步距角

$$\alpha = 360°/(mzk) = 360°/(3 \times 40 \times 2) = 1.5°$$

2. 步进电动机的主要特性

1)步距角

步进电机的步距角是反映步进电机定子绕组的通电状态每改变一次,转子转过的角度,它是决定步进伺服系统脉冲当量的重要参数。数控机床中常见的反应式步进电机的步距角一般为 0.5°~3°。步距角越小,数控机床的控制精度越高。

2)矩角特性、最大静态转矩 M_{jmax} 和启动转矩 M_q

矩角特性是步进电机的一个重要特性,它是指步进电机产生的静态转矩 M_j 与失调角 θ 的变化规律。空载时,若步进电机某相绕组通电,根据步进电机的工作原理,电磁力矩会使得转子齿槽与该相定子齿槽相对齐,这时转子上没有力矩输出。如果在电机轴上加一逆时针方向的负载转矩 M,则步进电机转子就要逆时针方向转过一个角度 θ 才能重新稳定下来,这时转子上受到的电磁转矩 M_j 和负载转矩 M 相等。我们称 M_j 为静态转矩,θ 为失调角。不断改变 M 值,对应地就有 M_j 值及 θ 角,得到 M_j 与 θ 的函数曲线如图 3-15 所示。我们称 $M_j = f(\theta)$ 曲线为转矩-失调角特性曲线,或称为矩角特性。图中画出了三相步进电机按照 A→B→C→A……方式通电时,

A、B、C 各相的矩角特性曲线,三相矩角特性曲线在相位上互差 1/3 周期。曲线上峰值所对应的转矩叫做最大静态转矩,用 M_{jmax} 表示,它表示步进电机承受负载的能力。M_{jmax} 越大,自锁力矩越大,静态误差越小。换句话说,最大静态转矩 M_{jmax} 越大,电动机带负载的能力越强,运行的快速性和稳定性越好。

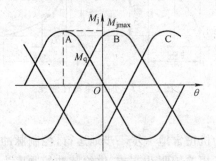

图 3-15　步进电动机静态矩角特性曲线

图 3-15 中 A 相曲线和 B 相曲线交点所对应的力矩 M_q 是电机运行状态的最大启动转矩。当负载力矩 M_f 小于 M_q 时,电机才能正常启动运行,否则将造成失步,电机也不能正常启动。一般地,随着电机相数的增加,矩角特性曲线变密,相邻两矩角特性曲线的交点上移,会使 M_q 增加;改变 m 相 m 拍通电方式为 m 相 $2m$ 拍通电方式,同样会使 M_q 得以提高。

3)启动频率 f_q

空载时,步进电机由静止突然启动,并进入不丢步的正常运行所允许的最高频率,称为启动频率或突跳频率。若启动时频率大于突跳频率,步进电机就不能正常启动。空载启动时,步进电动机定子绕组通电状态变化的频率不能高于该突跳频率。

4)连续运行的最高工作频率 f_{max}

步进电机连续运行时,它所能接受的,即保证不丢步运行的极限频率 f_{max},称为最高工作频率。它是决定定子绕组通电状态最高变化频率的参数,它决定了步进电机的最高转速。

5)矩频特性与动态转矩

矩频特性 $M_d = F(f)$ 所描述的是步进电动机连续稳定运行时输出转矩与连续运行频率之间的关系。如图 3-16 所示,该特性曲线上每一频率 f 所对应的转矩为动态转矩 M_d。可见,动态转矩的基本趋势是随连续运行频率的增大而降低。

6)加减速特性

步进电机的加减速特性是描述在步进电机由静止到工作频率和由工作频率到静止的加减速过程中,定子绕组通电状态的变化频率与时间的关系。当要求步进电机启动到大于突跳频率的工作频率时,变化速度必须逐渐上升;同样,从最高工作频率或高于突跳频率的工作频率停止时,变化速度必须逐渐下降。逐渐上升和下降的加速时间、减速时间不能过短,否则会出现失步或超步。通常用加速时间常数和减速时间常数来描述步进电机的升速和降速特性,如图 3-17 所示。

除以上介绍的几种特性外,惯频特性和动态特性等也都是步进电机很重要的特性。其中,惯频特性所描述的是步进电机带动纯惯性负载时启动频率和负载转动惯量之间的关系;动态特性所描述的是步进电机各相定子绕组通断电时的动态过程,它决定了步进电机的动态精度。

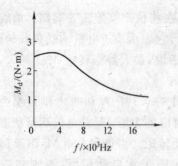

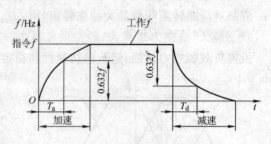

图 3-16　步进电动机的矩频特性曲线　　　　图 3-17　加减速特性曲线

3. 步进电动机的控制方法

由步进电动机的工作原理知道,要使电动机正常地一步一步地运行,控制脉冲必须按一定的顺序分别供给电动机各相,例如三相单拍驱动方式,供给脉冲的顺序为 A→B→C→A 或 A→C→B→A,称为环形脉冲分配。脉冲分配有两种方式:一种是硬件脉冲分配(或称为脉冲分配器);另一种是软件脉冲分配,是由计算机的软件完成的。

1)脉冲分配器

脉冲分配器可以用门电路及逻辑电路构成,提供符合步进电动机控制指令所需的顺序脉冲。目前已经有很多可靠性高、尺寸小、使用方便的集成电路脉冲分配器可供选择,按其电路结构不同可分为 TTL 集成电路和 CMOS 集成电路。

目前市场上提供的国产 TTL 脉冲分配器有三相(YBO13)、四相(YBO14)、五相(YBO15)和六相(YBO16),均为 18 个管脚的直插式封装。CMOS 集成脉冲分配器也有不同型号,例如 CH250 型用来驱动三相步进电动机,封装形式为 16 脚直插式。

图 3-18 所示为三相六拍环形脉冲分配器原理图,X=1 时,每来一个脉冲则电动机正转一步,分配顺序为 A→AB→B→BC→C→CA→A;当 X=0 时,每来一个脉冲则电动机反转一步,分配顺序为 A→AC→C→CB→B→BA→A。图 3-19 所示为 CH250 集成芯片实现的硬件环形脉冲分配器。

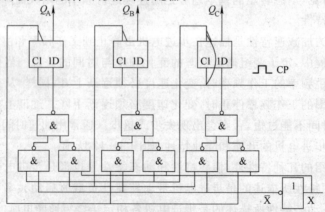

图 3-18　三相六拍环形脉冲分配器原理图

这两种脉冲分配器的工作方法基本相同,当各个引脚连接好之后,主要通过一个脉冲输入端控制步进的速度;一个输入端控制电动机的转向;并有与步进电动机相数同数目的输出端分别控制电动机的各相。这种硬件脉冲分配器通常直接包含在步进电动机驱动控制电源内。数控系统通过插补运算,得出每个坐标轴的位移信号,通过输出接口,只要向步进电动机驱动控制电源定时发出位移脉冲信号和正反转信号,就可实现步进电动机的运动控制。

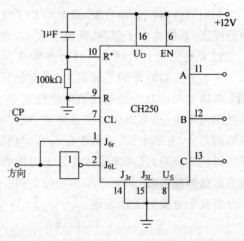

图 3-19 CH250 集成芯片环形脉冲分配器

2)软件脉冲分配

在计算机控制的步进电动机驱动系统中,可以采用软件的方法实现环形脉冲分配。软件环形分配器的设计方法有很多,如查表法、比较法、移位寄存器法等,它们各有特点,其中常用的是查表法。

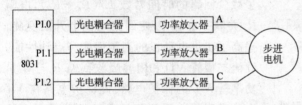

图 3-20 单片机控制的步进电动机驱动电路框图

图 3-20 所示是一个 8031 单片机与步进电动机驱动电路接口连接的框图。P1 口的三个引脚经过光电隔离、功率放大之后,分别与电动机的 A、B、C 三相连接。当采用三相六拍方式时,电动机正转的通电顺序为 A →AB→B→BC→C→CA→A;电动机反转的顺序为 A→AC→C→CB→B→BA→A。它们的环形分配如表 3-2 所示。把表中的数值按顺序存入内存的 EPROM 中,并分别设定表头的地址为 TAB0,表尾的地址为 TAB5。计算机的 P1 口按从表头开始逐次加 1 的顺序变化,电动机正向旋转;如果按从 TAB5 开始逐次减 1 的顺序变化,电动机则反转。

表 3-2 计算机的三相六拍环形分配表

步序		导电相	工作状态	数值(16进制)	程序的数据表
正转	反转		CBA		TAB
		A	0 0 1	01H	TAB0 DB 01H
		AB	0 1 1	03H	TAB1 DB 03H
		B	0 1 0	02H	TAB2 DB 02H
		BC	1 1 0	06H	TAB3 DB 06H
		C	1 0 0	04H	TAB4 DB 04H
		CA	1 0 1	05H	TAB5 DB 05H

75

采用软件进行脉冲分配,虽然增加了软件编程的复杂程度,但省去了硬件环形脉冲分配器,系统减少了器件,降低了成本,也提高了系统的可靠性。

4．步进电动机伺服系统的功率驱动

环形分配器输出的电流很小(毫安级),需要功率放大后,才能驱动步进电动机。放大电路的结构对步进电动机的性能有着十分重要的作用。功放电路的类型很多,从使用元件来分,可以用功率晶体管、可关断晶闸管、混合元件来组成放大电路;从工作原理来分,有单电压、高低电压切换、恒流斩波、调频调压、细分电路等。功率晶体管用得较为普遍,且功率晶体管处于过饱和工作状态下。从工作原理上讲,目前使用较多的是恒流斩波、调频调压和细分电路。为了更好地理解不同电路的性能,下面逐一介绍几个电路的工作原理。

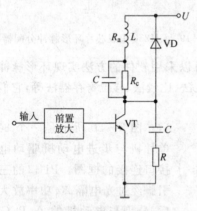

图 3 - 21　单电压功率放大电路原理图

1)单电压功率放大电路

图 3 - 21 所示是一种典型的功放电路,步进电动机的每一相绕组都有一套这样的电路。图中 L 为步进电动机励磁绕组的电感、R_a 为绕组的电阻、R_c 是限流电阻。为了减少回路的时间常数 $L/(R_a + R_c)$,电阻 R_c 并联一电容 C,使回路电流上升沿变陡,提高了步进电动机的高频性能和启动性能。续流二极管 VD 和阻容吸收回路 R 与 C 是功率管 VT 的保护电路,此保护电路在 VT 由导通到截止瞬间释放电动机电感产生的高的反电势。

此电路的优点是电路结构简单;不足之处是 R_c 消耗能量大,电流脉冲前后沿不够陡,在改善了高频性能后,低频工作时会使振荡有所增加,使低频特性变坏。

2)高低电压功率放大电路

图 3 - 22 所示是一种高低电压功率放大电路。图中,U_1 为高电压电源,为 80~150 V;U_2 为低电压电源,为 5~20 V。在绕组指令脉冲到来时,脉冲的上升沿同时使 VT_1 和 VT_2 导通。由于二极管 VD_1 的作用,使绕组只加上高电压 U_1,绕组的电流很快达到规定值。到达规定值后,VT_1 的输入脉冲先变成下降沿,使 VT_1 截止,电动机由低电压 U_2 供电,维持规

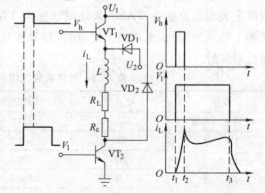

图 3 - 22　高低压功率放大电路原理图

定电流值,直到 VT_2 输入脉冲下降沿到来 VT_2 截止。下一绕组循环这一过程。由

于采用高压驱动,电流增长快,绕组电流前沿变陡,提高了电动机的工作频率和高频时的转矩。同时由于额定电流是由低电压维持,只需阻值较小的限流电阻 R_c,故功耗较低。不足之处是在高低压衔接处的电流波形在顶部有下凹,影响电动机运行的平稳性。

3)斩波恒流功率放大电路

斩波恒流功率放大电路如图 3-23(a)所示。该电路的特点是工作时 V_{in} 端输入方波步进信号:当 V_{in} 为"0"电平,由与门 A_2 输出 V_b 为"0"电平,功率管(达林顿管)VT 截止,绕组 W 上无电流通过,采样电阻 R_3 上无反馈电压,A_1 放大器输出高电平;而当 V_{in} 为高电平时,由与门 A_2 输出的 V_b 也是高电平,功率管 VT 导通,绕组 W 上有电流,采样电阻 R_3 上出现反馈电压 V_f,由分压电阻 R_1、R_2 得到设定电压与反馈电压相减,并决定 A_1 输出电平的高低和 V_{in} 信号能否通过与门 A_2。若 $V_{ref} > V_f$ 时 V_{in} 信号通过与门,形成 V_b 正脉冲,打开功率管 VT;反之,$V_{ref} < V_f$ 时 V_{in} 信号被截止,无 V_b 正脉冲,功率管 VT 截止。这样在一个 V_{in} 脉冲内,功率管 VT 会多次通断,使绕组电流在设定值上下波动。各点的波形如图 3-23(b)所示。

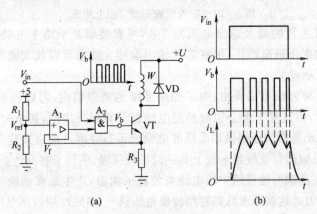

图 3-23 斩波恒流功率放大电路原理图

(a) 电路原理 (b)电流波形

在这种控制方法中,绕组上的电流大小和外加电压 $+U$ 无关,由于采样电阻 R_3 的反馈作用,使绕组上的电流可以稳定在额定的数值上,是一种恒流驱动方案,所以对电源的要求很低。

这种驱动电路中绕组上的电流不随步进电动机的转速而变化,从而保证在很大的频率范围内,步进电动机都输出恒定的转矩。这种驱动电路虽然复杂但绕组的脉冲电流边沿陡,由于采样电阻 R_3 的阻值很小(一般小于 1 Ω),所以主回路电阻较小,系统的时间常数较小,反应较快,功耗小,效率高。这种功放电路在实际中经常使用。

图 3-24 所示是利用集成斩波恒流功放芯片 SLA7026M 构成实用四相步进电动机的功率驱动电路。其中 A、B、C、D 是四相控制信号输入端,通过分压电阻 R_2、R_3 得到控制信号 V_{ref},由芯片的 REFA、REFB 端输入;R_5、R_6 是绕组电流采样电阻

（1 Ω），分别接在 RSB、RSA 端上，控制绕组电流；功率输出端 OUTA、$\overline{\text{OUTA}}$、OUTB、$\overline{\text{OUTB}}$分别接在步进电动机的 A、B、C、D 四个极上；VZ 为稳压管，用来防止输入电流超过额定值而损坏芯片和电动机。

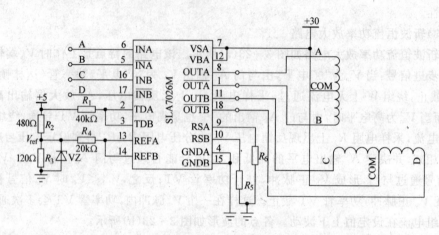

图 3-24　斩波恒流驱动实用电路图

　　SLA7026M 芯片的最大输出电流为 2 A，可直接驱动小功率电动机。对于数控机床所用较大功率步进电动机，可在芯片输出端接大功率管以放大输出电流和功率。

　　4）调频调压驱动

　　由前面的几种方法可以看出：为了提高系统的高频响应，可以提高供电电压，加快电流上升前沿，但这样可能会引起步进电动机低频振荡加剧，甚至失步。

　　调频调压驱动是对绕组提供的电压和电动机运行频率之间直接建立联系，即为了减少低频振荡，低频时保证绕组电流上升的前沿较缓慢，使转子在到达新的平衡位置时不产生过冲；而在高频时使绕组中的电流有较陡的前沿，产生足够的绕组电流，提高电动机驱动负载能力。这就要求低频时用较低电压供电，高频时用较高电压供电。

　　电压随频率变化可用不同的方法实现，如分频段调压、电压随频率线性变化等。图 3-25 所示为一种利用 PWM 技术实现的调频调压驱动实用线路，下面就以该线路为例介绍调频调压驱动的工作原理。该电路是一种无电压调整器、无电流反馈的调频调压驱动电路，由频压转换器、三角波发生器、PWM 信号发生器、斩波信号发生器、环形分配器、驱动级、保护级等组成。频率电压转换器的主要功能是将输入的时钟脉冲转换为直流电平信号，由 F/V 转换芯片 LM2917 及外围电路组成。CP 脉冲从 1 脚输入，直流电平从 5 引脚输出。当输入 $f_{CP}=0$ 时，对应步进电动机的锁定状态要求有一定的绕组电流产生足够的静转矩，该电压值很小，因此对应频压转换器的直流输出电平也只需很小的数值 $V_{\min}$，该值可以通过管脚 4 上的三个电阻进行调整，其中主要调整 10 kΩ 的电位器。当时钟脉冲 f_{CP} 增加时，直流电平输出将按线性增加，其斜率取决于管脚 2 上的电容、管脚 3 上的电阻以及芯片承受电源电压 V_{CC} 的大小，则输出直流电平为

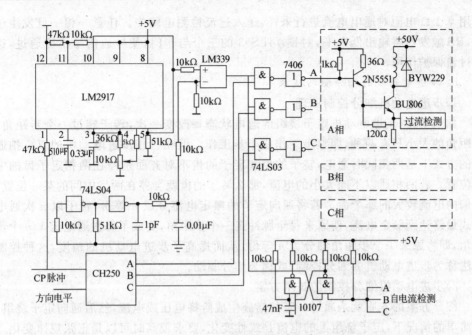

图 3-25　调频调压驱动电路

$$V = V_{\min} + k f_{\text{CP}} \tag{3-5}$$

三角波发生器由 74LS04 组成的脉冲振荡器及其输出电路组成。脉冲振荡器输出方波脉冲，通过 10 kΩ 的电阻和 0.01 μF 的电容形成三角波输出，其频率取决于振荡器电阻电容的大小，也就是后面产生斩波脉冲的频率。

比较器 LM339 及外围电路用于产生 PWM 信号。比较器的正输入端来自频压转换器的直流电平，负输入端来自三角波发生器。当三角波电平高于直流电平时，比较器输出低电平，反之输出高电平。可见比较器输出为方波信号，当 CP 脉冲频率较低时，比较器输出较窄的正脉冲，反之输出较宽的正脉冲。比较器输出脉冲的宽度随着 CP 脉冲频率呈线性变化。

环形分配器采用集成芯片 CH250，产生的导通信号为高电平有效。步进电动机每一相均有独立的合成斩波信号，斩波合成器由双输入与非门 74LS03 组成。与非门输入的一端接 PWM 信号，另一端接相绕组导通信号，由于与非门输出为被 PWM 调制的相绕组导通信号，再经一级反向 7406 后成为送入各相驱动电路的斩波合成信号。

斩波合成信号经 2N5551 放大后推动功率管 BU806 对相绕组提供励磁电流。当输入信号为高电平时，BU806 导通，电源电压全部加到绕组上，绕组电流上升；当输入信号为低电平时，功率管截止，绕组电流通过续流二极管 BYW229 继续流动，消耗内部磁能。当下一个斩波脉冲到来时，电源又重新对绕组供电。当 CP 脉冲频率较高时，电动机绕组得到的电压平均值也较高，由于反电势和电感的作用，绕组上的电流仍处于额定状态，一旦系统发生故障时电动机处于堵转状态，此时反电势为零，电动机绕组电流急剧增加，导致驱动器损坏。因此电路加有过流保护环节，每相驱动级用 0.1 Ω 电阻对通电电流进行采样,送入过流检测电路中。任意一相一旦发生过流,RS 触发器将输出低电平,封锁 74LS03 的三个与非门,使导通信号不能通过,达到过流保护作用。

5. 步进电动机的细分驱动技术

1)步进电动机细分控制原理

如前所述,步进电动机定子绕组的通电状态每改变一次,转子转过一个步距角。步距角的大小只有两种,即整步工作或半步工作。但在三相步进电动机的双三拍通电的方式下是两相同时通电,转子的齿和定子的齿不对齐而是停在两相定子齿的中间位置。若两相通以不同大小的电流,那么转子的齿就会停在两齿中间的某一位置,且偏向电流较大的那个齿。若将通向定子的额定电流分成 n 等份,转子以 n 次通电方式最终达到额定电流,使原来每个脉冲走一个步距角,变成了每次通电走 $1/n$ 个步距角,即将原来一个步距角细分为 n 等份,从而提高了步进电动机的精度,这种控制方法称为步进电动机的细分控制,或称为细分驱动。

2)步进电动机细分控制的技术方案

细分方案的本质就是通过一定的措施生成阶梯电压或电流,然后通向定子绕组。在简单的情况下,定子绕组上的电流是线性变化,要求较高时可以是正弦规律变化。

实际应用中可以采用如下方法:绕组中的电流以若干个等幅等宽的阶梯上升到额定值,或以同样的阶梯从额定值下降到零。这种控制方案虽然驱动电源的结构复杂,但它不改变电动机内部的结构就可以获得更小的步距角和更高的分辨率,且电动机运转平稳。

细分技术的关键是如何获得阶梯波。以往阶梯波的获得电路比较复杂,但单片机的应用使细分驱动变得十分灵活。下面介绍细分技术的一种方法,其原理如图 3-26 所示。该电路主要由 D/A 电路、放大器、比较放大电路和线性功放电路组成。D/A 电路将来自单片机的数字量转变成对应的模拟量 V_{in},放大器将其放大为 V_A,比较放大电路通过将绕组电流的采样电压 V_e 和电压 V_A 进行比较,产生调节信号 V_b,以控制绕组电流 i_L。

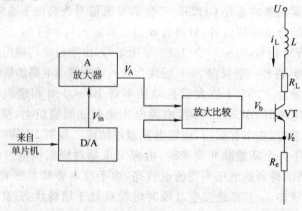

图 3-26 可变细分控制功率放大电路

当来自单片机的数据 D_j 输入给 D/A 转换器转换为电压 V_{inj}，并经过放大器放大为 V_{Aj}，比较器与功放级组成一个闭环调节系统，对应于 V_{Aj} 的绕组中的电流为 i_{Lj}。如果电流 i_L 下降，则绕组电流采样电压 V_e 下降，$V_{Aj} - V_e$ 增大，V_b 增大，i_L 上升，最终使绕组电流稳定于 i_{Lj}。因此通过反馈控制，来自单片机的任何一个数据 D，都会在绕组上产生一个恒定的电流 i_L。

若数据 D 突然由 D_j 增加为 D_k，通过 D/A 和放大器后，输出电压由 V_{Aj} 增加为 V_{Ak}，使 $(V_{Ak} - V_e)$ 产生正跳变，相应的 V_b 也产生正跳变，从而使电流迅速上升。当 D_j 减小时情况刚好相反，且上述过程是该电路的瞬间响应。因此可以产生阶梯状的电流波形。

细分数的大小取决于 D/A 转换的精度，若为 8 位数模转换器，其值为 00H～FFH；若要每个阶梯的电流值相等，则要求细分的步数必须能对 255 整除，此时的细分数可能为 3、5、15、17、51、85。只要在细分控制中，改变其每次突变的数值，就可以实现不同的细分控制。

6. 提高步进伺服系统精度的措施

步进式伺服系统是一个开环系统，在此系统中，步进电动机的质量、机械传动部分的结构和质量以及控制电路的完善与否均影响到系统的工作精度。要提高系统的工作精度，应从以下几个方面考虑：改善步进电机的性能，减小步距角；采用精密传动副，减少传动链中传动间隙等。但这些因素往往由于结构和工艺的关系而受到一定的限制。为此，需要从控制方法上采取一些措施，弥补其不足。

1）反向间隙补偿

在进给传动结构中，提高传动元件的制造精度并采取消除传动间隙的措施，可以减小但不能完全消除传动间隙。机械传动链在改变转向时，由于间隙的存在，最初的若干个指令脉冲只能起到消除间隙的作用，造成步进电动机的空走，而工作台无实际移动，因此产生了传动误差。反向间隙补偿的基本方法是：事先测出反向间隙的大小并存储，设为 N_d；每当接收到反向位移指令后，在改变后的方向上增加 N_d 个进给脉冲，使步进电机转动越过传动间隙，从而克服因步进电动机的空走而造成的反向间隙误差。

2）螺距误差补偿

在步进式开环伺服驱动系统中，丝杠的螺距累积误差直接影响工作台的位移精度，若想提高开环伺服驱动系统的精度，就必须予以补偿，补偿原理如图 3-27 所示。通过对丝杠的螺距进行实测，得到丝杠全程的误差分布曲线。误差有正有负，当误差为正时，表明实际的移动距离大于理论的移动距离，应该采用扣除进给脉冲指令的方式进行误差的补偿，使步进电机少走一步见图 3-27 负补偿脉冲 A；当误差为负时，表明实际的移动距离小于理论的移动距离，应该采取增加进给脉冲指令的方式进行误差的补偿，使步进电机多走一步，见图 3-27 正补偿脉冲 B。具体的做法是：

（1）安置两个补偿杆分别负责正误差和负误差的补偿；

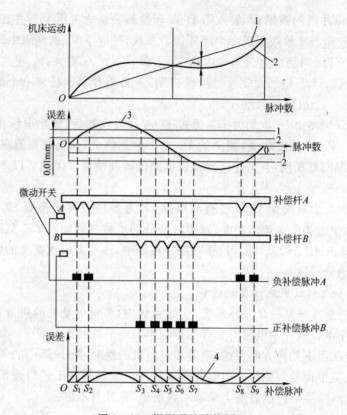

图 3-27　螺距误差补偿原理

(2)在两个补偿杆上,根据丝杠全程的误差分布情况及如上所述螺距误差的补偿原理,设置补偿开关或挡块;

(3)当机床工作台移动时,安装在机床上的微动开关每与挡块接触一次,就发出了一个误差补偿信号,对螺距误差进行补偿,以消除螺距的积累误差。

三、HSV-16D 交流伺服驱动器接线

CK6132 数控车床进给伺服采用位置控制方式,其交流伺服驱动装置标准接线如图 3-28 所示。

【动手与思考】

(1)根据提供的交流伺服电机,找到上面的接口,观察接口针脚的区别。以此猜测接口的作用。

(2)认真查阅交流伺服驱动器说明书,对照端子功能和参数设定值,分析 CK6132 数控车床交流伺服驱动器采用何种控制方式。

(3)伺服电机自带脉冲编码器的作用是什么?根据接线端子号分析所发信号是哪种类型脉冲。

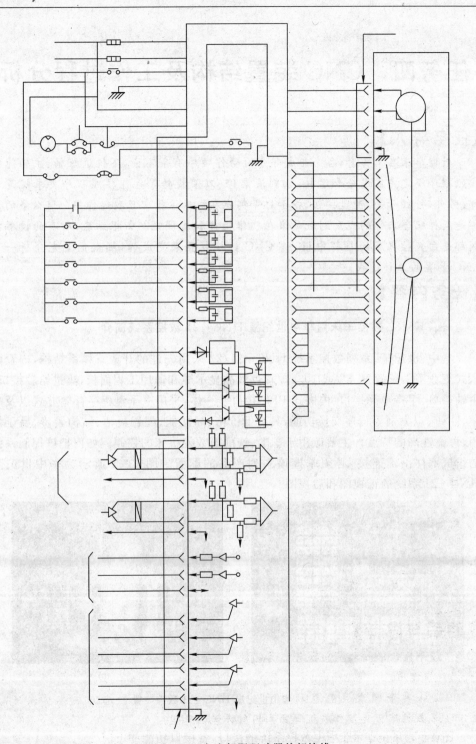

图 3 - 28　交流伺服驱动器外部接线

任务四　CNC 装置结构及工作过程分析

【任务导入】

　　数控车床在工作时,各个组成部分的动作顺序有条不紊,不仅进给轴、主轴能够按照程序规定完成进给和运转,切削液启停、刀架旋转等也能按照程序要求规范动作;另外,行程开关、键盘按钮、指示灯等都能在机床运行中正确起作用。这么多的设备是怎样配合工作的呢? 到底是谁在总体指挥和协调呢? 归根结底,所有的设备控制都是由数控机床的指挥中枢——CNC 数控装置来完成的,那我们就先分析一下CNC 装置的工作过程。

【任务内容】

一、CK6132 数控车床用华中世纪星 HNC-21 数控系统简介

　　华中"世纪星"系列数控系统 HNC-21/22 采用先进的开放式体系结构,内置嵌入式工业 PC,配置 8.4//或 10.4//彩色液晶显示屏和通用工程面板,集进给轴接口、主轴接口、手持单元接口、内嵌式 PLC 接口于一体,采用电子盘程序存储方式以及软驱、DNC、以太网等程序交换功能,具有低价格、高性能、配置灵活、结构紧凑、易于使用、可靠性高的特点。主要应用于车削、铣削等数控机床的控制。如何把该控制系统的组成部件正确连接,必须掌握该系列产品的配置。图 4-1 所示为华中世纪星HNC-21 系统的正视图和后视图。

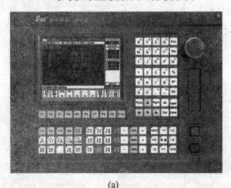

(a)　　　　　　　　　　　　　　　　　(b)

图 4-1　华中世纪星 HNC-21 数控装置

(a)正视图　(b)后视图(接口)

　　图 4-2 所示是标准华中数控系统的接口,各接口功能如下。

XS1:电源接口　　　　　　　　　　　XS2:外接 PC 键盘接口

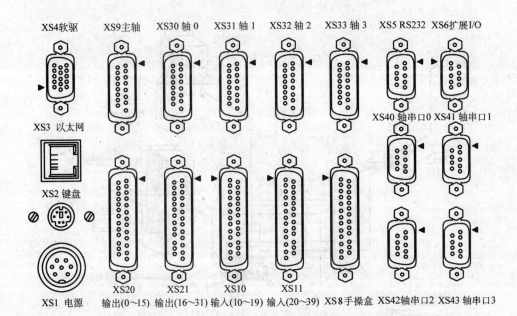

XS4软驱　XS9主轴　XS30 轴 0　XS31 轴 1　XS32 轴 2　XS33 轴 3　XS5 RS232　XS6扩展I/O

XS3　以太网

XS40 轴串口0 XS41 轴串口1

XS2 键盘

XS1 电源　输出(0～15) 输出(16～31) 输入(10～19) 输入(20～39) XS8手操盒 XS42轴串口2 XS43轴串口3

XS20　XS21　XS10　XS11

图 4 - 2　标准华中数控系统接口

XS3:以太网接口　　　　　　　XS4:软驱接口

XS5:RS232 接口　　　　　　　XS6:远程 I/O 板接口

XS8:手持单元接口　　　　　　XS9:主轴控制接口

XS10～XS11:输入开关量接口　　XS20、XS21:输出开关量接口

XS30～XS33:模拟式、脉冲式,含步进式进给轴控制接口

XS40～XS43:串行式 HSV - 11 型伺服轴控制接口

若使用软驱单元,则 XS2、XS3、XS4、XS5 为软驱单元的转接口。HNC - 21 的数控设备接线图如图 4 - 3 所示。

下面介绍 CNC 数控系统的组成和工作过程。

【知识要点】

1. CNC 系统的组成

CNC 系统主要由硬件和软件两大部分组成,其核心是计算机数字控制装置。它通过系统控制软件配合系统硬件,合理地组织、管理数控系统的输入、数据处理、插补和输出信息,控制执行部件,使数控机床按照操作者的要求进行自动加工。CNC 系统采用计算机作为控制部件,通常由常驻在其内部的数控系统软件实现部分或全部数控功能,从而对机床运动进行实时控制。只要改变计算机数控系统的控制软件就能实现一种全新的控制方式。CNC 系统有很多种类型,有车床、铣床、加工中心等的CNC 系统。但是,各种数控机床的 CNC 系统一般包括以下几个部分:中央处理单元(CPU)、存储器(ROM/RAM)、输入输出设备(I/O)、操作面板、显示器和键盘、纸带穿孔机、可编程控制器等。图 4 - 4 所示为 CNC 系统的一般结构框图。

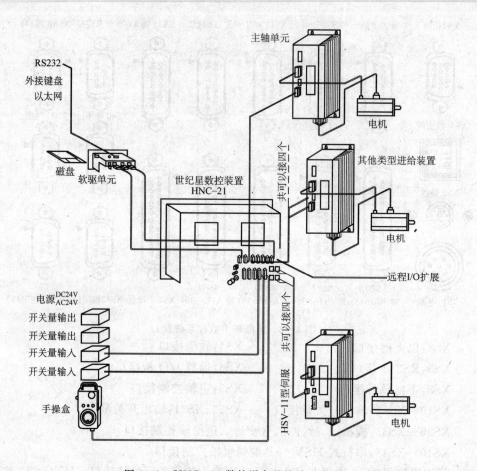

图 4-3　HNC-21 数控设备的接线示意图

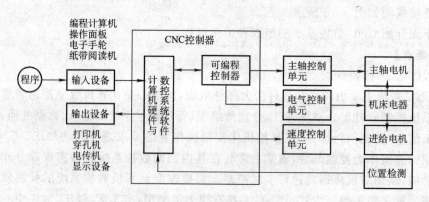

图 4-4　CNC 系统的结构框图

图 4-4 所示的整个计算机数控系统的结构框图中,数控系统主要是指图中的 CNC 控制器。CNC 控制器由计算机硬件、系统软件和相应的 I/O 接口构成的专用

计算机与可编程控制器 PLC 组成。前者处理机床轨迹运动的数字控制,后者处理开关量的逻辑控制。

2. CNC 系统的功能和一般工作过程

1)CNC 系统的功能

CNC 系统由于现在普遍采用了微处理器,通过软件可以实现很多功能。数控系统有多种系列,性能各异。数控系统的功能通常包括基本功能和选择功能。基本功能是数控系统必备的功能,选择功能是供用户根据机床特点和用途进行选择的功能。CNC 系统的功能主要反映在准备功能 G 指令代码和辅助功能 M 指令代码上。根据数控机床的类型、用途、档次的不同,CNC 系统的功能有很大差别,下面介绍其主要功能。

<1>控制功能

CNC 系统能控制的轴数和能同时控制(联动)的轴数是其主要性能之一。控制轴有移动轴和回转轴,有基本轴和附加轴。通过轴的联动可以完成轮廓轨迹的加工。一般数控车床只需两轴控制、两轴联动;一般数控铣床需要三轴控制、三轴联动或两轴半联动;一般加工中心为多轴控制、三轴联动。控制轴数越多,特别是同时控制的轴数越多,要求 CNC 系统的功能就越强,同时 CNC 系统也就越复杂,编制程序也越困难。

<2>准备功能

准备功能也称 G 指令代码,它是用来指定机床运动方式的功能,包括基本移动、平面选择、坐标设定、刀具补偿、固定循环等指令。对于点位式的加工机床,如钻床、冲床等,需要点位移动控制系统。对于轮廓控制的加工机床,如车床、铣床、加工中心等,需要控制系统有两个或两个以上的进给坐标具有联动功能。

<3>插补功能

CNC 系统是通过软件插补来实现刀具运动轨迹控制的。由于轮廓控制的实时性很强,软件插补的计算速度难以满足数控机床对进给速度和分辨率的要求,同时由于 CNC 不断扩展其他方面的功能也要求减少插补计算所占用的 CPU 时间。因此,CNC 的插补功能实际上被分为粗插补和精插补,插补软件每次插补一个小线段的数据称为粗插补,伺服系统根据粗插补的结果,将小线段分成单个脉冲的输出称为精插补。有的数控机床采用硬件进行精插补。

<4>进给功能

根据加工工艺要求,CNC 系统的进给功能用 F 指令代码直接指定数控机床加工的进给速度。

(1)切削进给速度。它是以每分钟进给的毫米数指定刀具的进给速度,如 100 mm/min。对于回转轴,表示每分钟进给的角度。

(2)同步进给速度。它是以主轴每转进给的毫米数规定的进给速度,如 0.02 mm/r。只有主轴上装有位置编码器的数控机床才能指定同步进给速度用于切削螺纹编程。

（3）进给倍率。操作面板上设置了进给倍率开关，倍率可以在 0～200％之间变化，每挡间隔 10％。使用倍率开关不用修改程序就可以改变进给速度，并可以在试切零件时随时改变进给速度或在发生意外时随时停止进给。

<5>主轴功能

主轴功能就是指定主轴转速的功能。

（1）转速的编码方式。一般用 S 指令代码指定，用地址符 S 后加两位数字或四位数字表示，单位分别为 r/min 和 mm/min。

（2）指定恒定线速度。该功能可以保证车床和磨床加工工件端面质量和不同直径的外圆的加工具有相同的切削速度。

（3）主轴定向准停。该功能使主轴在径向的某一位置准确停止，有自动换刀功能的机床必须选取有这一功能的 CNC 装置。

<6>辅助功能

辅助功能用来指定主轴的启停和转向，切削液的开和关，刀库的启和停等。一般是开关量的控制，用 M 指令代码表示。各种型号的数控装置具有的辅助功能差别很大，而且有许多是自定义的。

<7>刀具功能

刀具功能用来选择所需的刀具，刀具功能字以地址符 T 为首，后面跟两位或四位数字，代表刀具的编号。

<8>补偿功能

补偿功能是通过输入到 CNC 系统存储器的补偿量，根据编程轨迹重新计算刀具的运动轨迹和坐标尺寸，从而加工出符合要求的工件。补偿功能主要有以下几种。

（1）刀具的尺寸补偿。如刀具长度补偿、刀具半径补偿和刀尖圆弧补偿。这些功能可以补偿刀具磨损以及换刀时对准正确位置，简化编程。

（2）丝杠的螺距误差补偿和反向间隙补偿或者热变形补偿。通过事先检测得到丝杠螺距误差和反向间隙，并输入到 CNC 系统中，在实际加工中进行补偿，从而提高数控机床的加工精度。

<9>字符、图形显示功能

CNC 控制器可以配置单色或彩色 CRT 或 LCD，通过软件和硬件接口实现字符和图形的显示。通常可以显示程序、参数、各种补偿量、坐标位置、故障信息、人机对话编程菜单、零件图形及刀具实际移动轨迹的坐标等。

<10>自诊断功能

为了防止故障的发生或在发生故障后可以迅速查明故障的类型和部位，以减少停机时间，CNC 系统中设置了各种诊断程序。不同的 CNC 系统设置的诊断程序是不同的，诊断的水平也不同。诊断程序一般可以包含在系统程序中，在系统运行过程中进行检查和诊断；也可以作为服务性程序，在系统运行前或故障停机后进行诊断，查找故障的部位。有的 CNC 可以进行远程通信诊断。

<11>通信功能

为了适应柔性制造系统(FMS)和计算机集成制造系统(CIMS)的需求,CNC装置通常具有RS232C通信接口,有的还备有DNC接口。也有的CNC还可以通过制造自动化协议(MAP)接入工厂的通信网络。

<12>人机交互图形编程功能

为了进一步提高数控机床的编程效率,对于数控程序的编制,特别是较为复杂零件的数控程序都要通过计算机辅助编程,尤其是利用图形进行自动编程,以提高编程效率。因此,对于现代CNC系统一般要求具有人机交互图形编程功能。有这种功能的CNC系统可以根据零件图直接编制程序,即编程人员只需送入图样上简单表示的几何尺寸就能自动地计算出全部交点、切点和圆心坐标,生成加工程序。有的CNC系统可根据引导图和显示说明进行对话式编程,并具有自动工序选择、刀具和切削条件自动选择等智能功能。有的CNC系统还备有用户宏程序功能(如日本FANUC系统)。这些功能有助于那些未受过CNC编程专门训练的机械工人能够很快地进行程序编制工作。

2)CNC系统的一般工作过程

<1>输入

输入CNC控制器的通常有零件加工程序、机床参数和刀具补偿参数。机床参数一般在机床出厂时或在用户安装调试时已经设定好,所以以输入CNC系统的主要是零件加工程序和刀具补偿数据。输入方式有纸带输入、键盘输入、磁盘输入、上级计算机DNC通信输入等。CNC输入工作方式有存储方式和数控方式。存储方式是将整个零件程序一次全部输入到CNC内部存储器中,加工时再从存储器中把一个个程序调出,该方式应用较多。数控方式是CNC一边输入一边加工,即在前一程序段加工时,输入后一个程序段的内容。

<2>译码

译码是以零件程序的一个程序段为单位进行处理,把其中零件的轮廓信息(起点、终点、直线或圆弧等),F、S、T、M等信息按一定的语法规则解释(编译)成计算机能够识别的数据形式,并以一定的数据格式存放在指定的内存专用区域。编译过程中还要进行语法检查,发现错误立即报警。

<3>刀具补偿

刀具补偿包括刀具半径补偿和刀具长度补偿。为了方便编程人员编制零件加工程序,编程时零件程序是以零件轮廓轨迹来进行的,与刀具尺寸无关。程序输入和刀具参数输入分别进行。刀具补偿的作用是把零件轮廓轨迹按系统存储的刀具尺寸数据自动转换成刀具中心(刀位点)相对于工件的移动轨迹。

刀具补偿包括B机能和C机能刀具补偿功能。在较高档次的CNC中一般应用C机能刀具补偿。C机能刀具补偿能够进行程序段之间的自动转接和过切削判断等。

<4>进给速度处理

数控加工程序给定的刀具相对于工件的移动速度是在各个坐标合成运动方向上的速度,即 F 代码的指令值。速度处理首先要进行的工作是将各坐标合成运动方向上的速度分解成各进给运动坐标方向的分速度,为插补时计算各进给坐标的行程量做准备;另外,对于机床允许的最低和最高速度限制也在这里处理。有的数控机床的 CNC 软件的自动加速和减速也放在这里。

<5>插补

零件加工程序段中的指令行程信息是有限的。如:对于加工直线的程序段仅给定起点、终点坐标;对于加工圆弧的程序段除了给定起点、终点坐标外,还给定圆心坐标或圆弧半径。要进行轨迹加工,CNC 必须从一条已知起点和终点的曲线上自动进行"数据点密化"的工作,这就是插补。插补在每个规定的周期(插补周期)内进行一次,即在每个周期内,按指令进给速度计算出一个微小的直线数据段,通常经过若干个插补周期后,插补完一个程序段的加工,也就完成了从程序段起点到终点的"数据密化"工作。

<6>位置控制

位置控制装置位于伺服系统的位置环上,如图 4-5 所示。它的主要工作是在每个采样周期内,将插补计算出的理论位置与实际反馈位置进行比较,用其差值控制进给电动机。位置控制可由软件完成,也可由硬件完成。在位置控制中通常还要完成位置回路的增益调整、各坐标方向的螺距误差补偿和反向间隙补偿等,以提高机床的定位精度。

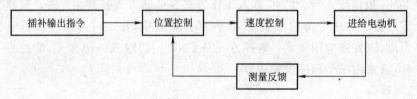

图 4-5 位置控制的原理

<7>I/O 处理

CNC 的 I/O 处理是 CNC 与机床之间的信息传递和变换的通道。其作用一方面是将机床运动过程中的有关参数输入到 CNC 中;另一方面是将 CNC 的输出命令(如换刀、主轴变速换挡、加冷却液等)变为执行机构的控制信号,实现对机床的控制。

<8>显示

CNC 系统的显示主要是为操作者提供方便,显示装置有 CRT 显示器或 LCD 数码显示器,一般位于机床的控制面板上。通常有零件程序显示、参数显示、刀具位置显示、机床状态显示、报警信息显示等。有的 CNC 装置中还有刀具加工轨迹的静态和动态模拟加工图形显示。

上述 CNC 的工作流程如图 4-6 所示。

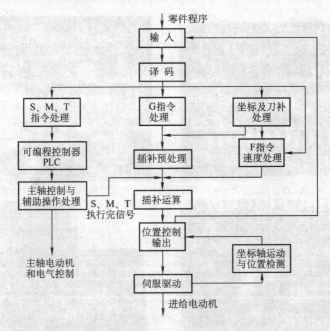

图4-6　CNC的工作流程

二、华中世纪星 HNC-21 数控系统硬件结构

打开华中世纪星 HNC-21 数控系统的外壳,其内部系统硬件配置结构如图 4-7所示。

(a)

图 4-7 世纪星 HNC-21 内部板卡组成图

(a)总体结构图 (b)NC 板 (c)主板 (d)电源板 (e)按键板

【知识拓展】 CNC 系统的硬件结构

1. CNC 系统的硬件构成特点

随着大规模集成电路技术和表面贴装技术的发展,CNC 系统硬件模块及安装方式不断改进。从 CNC 系统的总体安装结构看,有整体式结构和分体式结构两种。

所谓整体式结构是把 CRT 和 MDI 面板、操作面板以及功能模块板组成的电路板等安装在同一机箱内。这种方式的优点是结构紧凑、便于安装,但有时可能造成某些信号连线过长。分体式结构通常把 CRT 和 MDI 面板、操作面板等做成一个部件,而把功能模块组成的电路板安装在一个机箱内,两者之间用导线或光纤连接。许多CNC 机床把操作面板单独作为一个部件,这是由于所控制机床的要求不同,操作面板相应地要改变,做成分体式有利于更换和安装。

CNC 操作面板在机床上的安装形式有吊挂式、床头式、控制柜式、控制台式等多种。

从组成 CNC 系统的电路板的结构特点来看,有两种常见的结构,即大板式结构和模块化结构。大板式结构的特点是一个系统一般都有一块大板,称为主板。主板上装有主 CPU 和各轴的位置控制电路等。其他相关的子板(完成一定功能的电路板),如 ROM 板、零件程序存储器板和 PLC 板都直接插在主板上面,组成 CNC 系统的核心部分。由此可见,大板式结构紧凑、体积小、可靠性高、价格低、有很高的性价比,也便于机床的一体化设计。大板结构虽有上述优点,但它的硬件功能不易变动,不利于组织生产。

另外一种柔性比较高的结构就是总线模块化的开放系统结构,其特点是将CPU、存储器、输入输出控制分别做成插件板(称为硬件模块),甚至将 CPU、存储器、输入输出控制组成独立微型计算机级的硬件模块,相应的软件也是模块结构,固化在硬件模块中。硬软件模块形成一个特定的功能单元,称为功能模块。功能模块间有明确定义的接口,接口是固定的,成为工厂标准或工业标准,彼此可以进行信息交换。于是可以积木式组成 CNC 系统,使设计简单,有良好的适应性和扩展性,试制周期短,调整维护方便,效率高。

从 CNC 系统使用的 CPU 及结构来分,CNC 系统的硬件结构一般分为单 CPU结构和多 CPU 结构两大类。初期的 CNC 系统和现在的一些经济型 CNC 系统采用单 CPU 结构,而多 CPU 结构可以满足数控机床高进给速度、高加工精度和许多复杂功能的要求,也适应于并入 FMS 和 CIMS 运行的需要,从而得到了迅速的发展,它反映了当今数控系统的新水平。

2. 单 CPU 结构 CNC 系统

单 CPU 结构 CNC 系统的基本结构包括 CPU、总线、I/O 接口、存储器、串行接口和 CRT/MDI 接口等,还包括数控系统控制单元部件和接口电路,如位置控制单元、PLC 接口、主轴控制单元、速度控制单元、穿孔机和纸带阅读机接口以及其他接口等。图 4-8 所示为一种单 CPU 结构的 CNC 系统框图。

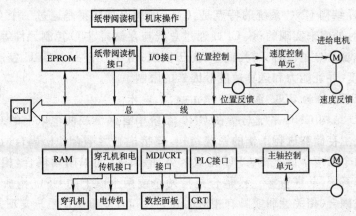

图 4-8　单 CPU 结构的 CNC 系统框图

CPU 主要完成控制和运算两方面的任务。控制功能包括:内部控制,对零件加工程序的输入、输出控制,对机床加工现场状态信息的记忆控制等。运算任务是完成一系列的数据处理工作:译码、刀补计算、运动轨迹计算、插补运算和位置控制的给定值与反馈值的比较运算等。在经济型 CNC 系统中,常采用 8 位微处理器芯片或 8

位、16 位的单片机芯片。中高档的 CNC 通常采用 16 位、32 位甚至 64 位的微处理器芯片。

在单 CPU 的 CNC 系统中通常采用总线结构。总线是微处理器赖以工作的物理导线，按其功能可以分为三组总线，即数据总线（DB）、地址总线（AD）、控制总线（CB）。

CNC 装置中的存储器包括只读存储器（ROM）和随机存储器（RAM）两种。系统程序存放在只读存储器 EPROM 中，由生产厂家固化。即使断电，程序也不会丢失。系统程序只能由 CPU 读出，不能写入。运算的中间结果，需要显示的数据，运行中的状态、标志信息等存放在随机存储器 RAM 中。它可以随时读出和写入，断电后，信息就消失。加工的零件程序、机床参数、刀具参数等存放在有后备电池的 CMOS RAM 中，或者存放在存储器中，这些信息在这种存储器中能随机读出，还可以根据操作需要写入或修改，断电后，信息仍然保留。

CNC 装置中的位置控制单元主要对机床进给运动的坐标轴位置进行控制。位置控制的硬件一般采用大规模专用集成电路位置控制芯片或控制模板实现。

CNC 接受指令信息的输入有多种形式，如光电式纸带阅读机、磁带机、磁盘、计算机通信接口等形式，以及利用数控面板上的键盘操作的手动数据输入（MDI）和机床操作面板上手动按钮、开关量信息的输入。所有这些输入都要有相应的接口来实现。而 CNC 的输出也有多种形式，如程序的穿孔机、电传机输出，字符与图形显示的阴极射线管 CRT 输出，位置伺服控制和机床强电控制指令的输出等，同样要有相应的接口来执行。

单 CPU 结构 CNC 系统的特点是：CNC 的所有功能都是通过一个 CPU 进行集中控制、分时处理来实现的；该 CPU 通过总线与存储器、I/O 控制元件等各种接口电路相连，构成 CNC 的硬件；结构简单，易于实现；由于只有一个 CPU 控制，功能受字长、数据宽度、寻址能力和运算速度等因素的限制。

3. 多 CPU 结构 CNC 系统

多 CPU 结构 CNC 系统是指在 CNC 系统中有两个或两个以上的 CPU 能控制系统总线或主存储器进行工作的系统结构，该结构有紧耦合和松耦合两种形式。紧耦合是指两个或两个以上的 CPU 构成的处理部件之间采用紧耦合（相关性强），有集中的操作系统，共享资源。松耦合是指两个或两个以上的 CPU 构成的功能模块之间采用松耦合（相关性弱或具有相对的独立性），有多重操作系统实现并行处理。

现代的 CNC 系统大多采用多 CPU 结构。在这种结构中，每个 CPU 完成系统中规定的一部分功能，独立执行程序，它比单 CPU 结构提高了计算机的处理速度。多 CPU 结构的 CNC 系统采用模块化设计，将软件和硬件模块形成一定的功能模块。模块间有明确的符合工业标准的接口，彼此间可以进行信息交换。这样可以形成模块化结构，缩短设计制造周期，并且具有良好的适应性和扩展性，结构紧凑。多 CPU 的 CNC 系统由于每个 CPU 分管各自的任务，形成若干个模块，如果某个模块出了故障,其他模块仍然照常工作;且插件模块更换方便,可以使故障对系统的影响降到最低程度,提高了可靠性;性能价格比高,适合于多轴控制、高进给速度、高精度的数控机床。

1)多 CPU 结构 CNC 系统的典型结构

<1>共享总线结构

在这种结构的 CNC 系统中,只有主模块有权控制系统总线,且在某一时刻只能有一个主模块占有总线,如有多个主模块同时请求使用总线会产生竞争总线问题。

共享总线结构的各模块之间的通信,主要依靠存储器实现,采用公共存储器的方式。公共存储器直接插在系统总线上,有总线使用权的主模块都能访问,可供任意两个主模块交换信息。其结构如图 4-9 所示。

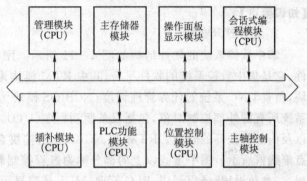

图 4-9　共享总线的多 CPU 结构的 CNC 结构框图

<2>共享存储器结构

在该结构中,采用多端口存储器来实现各 CPU 之间的互联和通信,每个端口都配有一套数据、地址、控制线,以供端口访问,由多端控制逻辑电路解决访问冲突,其结构如图 4-10 所示。

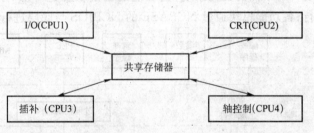

图 4-10　共享存储器的多 CPU 结构的 CNC 结构框图

当 CNC 系统功能复杂,要求 CPU 数量增多时,会因争用共享存储器而造成信息传输的阻塞,降低系统的效率,其扩展功能较为困难。

2)多 CPU 结构 CNC 系统基本功能模块

(1)管理模块。该模块是管理和组织整个 CNC 系统工作的模块,主要功能包括:初始化、中断管理、总线裁决、系统出错识别和处理、系统硬件与软件诊断等。

(2)插补模块。该模块是在完成插补前,进行零件程序的译码、刀具补偿、坐标位移量计算、进给速度处理等预处理,然后进行插补计算,并给定各坐标轴的位置值。

(3)位置控制模块。该模块对坐标位置给定值与由位置检测装置测到的实际位置值进行比较并获得差值,进行自动加减速、回基准点,对伺服系统滞后量进行监视和漂移补偿,最后得到速度控制的模拟电压(或速度的数字量),以驱动进给电动机。

(4)PLC 模块。零件程序开关量(S、M、T)和机床面板信号在该模块中进行逻辑处理,实现机床电气设备的启停、刀具交换、转台分度、工件数量和运转时间计数等。

(5)命令与数据输入输出模块。该模块是零件程序、参数和数据、各种操作指令的输入输出以及显示所需要的各种接口电路。

(6)存储器模块。该模块是程序和数据的主存储器,或是功能模块数据传送用的共享存储器。

三、华中数控系统的软件结构

【知识要点】

1. 软件结构说明

华中数控系统的软件结构如图4-11所示。图中虚线以下的部分称为底层软件,它是华中数控系统的软件平台,其中RTM模块为自行开发的实时多任务管理模块,负责CNC系统的任务管理调度;NCBIOS模块为基本输入输出系统,管理CNC系统所有的外部控制对象,包括设备驱动程序(I/O)、位置控制、PLC控制、插补计算以及内部监控等的管理。RTM和NCBIOS两模块合起来统称NCBASE,如图中双点画线框所示。图中虚线以上的部分称为过程控制软件(或上层软件),它包括编辑程序、参数设置、译码程序、PLC管理、MDI、故障显示等与用户操作有关的功能子模块。对不同的数控系统,其功能的区别都在这一层,系统功能的增减均在这一层进行;各功能模块通过NCBASE的NCBIOS与底层进行信息交换。

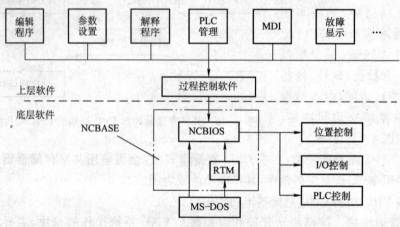

图4-11 华中数控装置软件结构

2. NCBASE 的功能

1)实时多任务的调度

该功能由RTM模块实现。调度核心由时钟中断服务程序和任务调度程序组成,如图4-12所示。根据任务要求的调度机制(采用优先抢占加时间片轮转调度)和任务的状态,调度核心对任务实行管理,即决定当前哪个任务获得CPU的控制权,并监控任务的状态。系统中各个任务只能通过调度核心才能运行和终止。图4-12描述了各个任务与调度核心的关系,图中实线表示从调度核心进入任务或任务在一个时间段内未能运行完而返回调度核心的状态;图中虚线表示任务在时间段内运行完毕返回调度核心的状态。

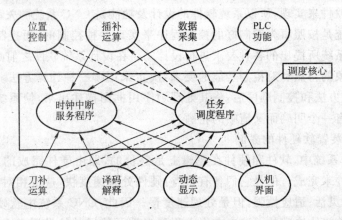

图 4-12　多任务调度图

2)设备驱动程序

对于不同的控制对象,如加工中心、数控铣床、数控车床、数控磨床等,硬件的配置可能不同,而不同硬件模块的驱动程序也不同。华中数控系统就很好地解决了这个问题。在配置系统时,所有的硬件模块的驱动程序都要在 NCBIOS 的 NCBIOS. CFG 中说明(格式为:DEVICE=驱动程序名)。系统在运行时,NCBIOS 根据 NCBIOS. CFG 的预先设置,调入对应模块的驱动程序,建立相应的接口通道。

3)位置控制

位置控制是 NCBIOS 的一个固定程序,主要是接受插补运算程序送来的位置控制指令,经螺距误差补偿、传动间隙补偿、极限位置判别等处理后,输出速度指令值给位置控制模块。

4)插补器

华中数控系统为多通道(可为四通道)数控系统,每个通道都有一个插补器,相应就创建一个插补任务。其任务主要是完成直线、圆弧、螺纹、攻丝及微小直线段(供自由曲线和自由曲面加工用)等插补运算。

5)PLC 调度

PLC 调度的主要任务是故障的报警处理,M、S、T 处理,急停和复位处理,虚拟轴驱动处理,刀具寿命管理,操作面板的开关处理,指示灯及突发事件处理等。

6)内部监控

实现对 CNC 系统各部分故障的监控。

【知识拓展】

1. CNC 系统的软件结构

CNC 系统的软件是为完成 CNC 系统的各项功能而专门设计和编制的,是数控加工系统的一种专用软件,又称为系统软件(系统程序)。CNC 系统软件的管理作用类似于计算机的操作系统的功能。不同的 CNC 装置,其功能和控制方案不同,因而各系统软件在结构和规模上差别较大,各厂家的软件互不兼容。现代数控机床的功能大都采用软件来实现,所以系统软件的设计及功能是 CNC 系统的关键。

数控系统是按照事先编制好的控制程序来实现各种控制的,而控制程序是根据用户对数控系统所提出的各种要求进行设计的。在设计系统软件之前必须细致地分析被控制对象的特点和对控制功能的要求,决定采用哪一种计算方法。在确定好控制方式、计算方法和控制顺序后,将其处理顺序用框图描述出来,使系统设计者对所设计的系统有一个明确而又清晰的轮廓。

1)CNC 装置软硬件的界面

在 CNC 系统中,软件和硬件在逻辑上是等价的,即由硬件完成的工作,原则上也可以由软件来完成。但是它们各有特点:硬件处理速度快,造价相对较高,适应性差;软件设计灵活、适应性强,但是处理速度慢。因此,CNC 系统中软硬件的分配比例是由性能价格比决定的。这也在很大程度上涉及软硬件的发展水平。一般说来,软件结构首先要受到硬件的限制,软件结构也有独立性。对于相同的硬件结构,可以配备不同的软件结构。实际上,现代 CNC 系统中软硬件界面并不是固定不变的,而是随着软硬件的水平和成本,以及 CNC 系统所具有的性能不同而发生变化。图 4 - 13 给出了不同时期和不同产品中的三种典型的 CNC 系统软硬件界面。

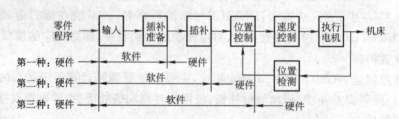

图 4 - 13　CNC 系统中三种典型的软硬件界面

2)CNC 系统控制软件的结构特点

<1>CNC 系统的多任务性

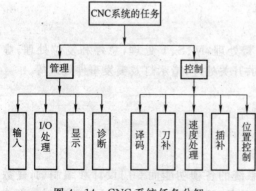

图 4 - 14　CNC 系统任务分解

CNC 系统作为一个独立的过程数字控制器应用于工业自动化生产中,其多任务性表现在它的管理软件必须完成管理和控制两大任务。其中,系统管理包括输入、I/O处理、通信、显示、诊断以及加工程序的编制管理等程序;系统控制部分包括译码、刀具补偿、速度处理、插补和位置控制等软件,如图 4 - 14 所示。

同时,CNC 系统的这些任务必须协调工作。也就是在许多情况下,管理和控制的某些工作必须同时进行。例如,为了便于操作人员能及时掌握 CNC 的工作状态,管理软件中的显示模块必须与控制模块同时运行;当 CNC 处于 NC 工作方式时,管理软件中的零件程序输入模块必须与控制软件同时运行;而控制软件运行时,其中一些处理模块也必须同时进行;为了保证加工过程的连续性,即刀具在各程序段间不停刀,译码、刀补和速度处理模块必须与插补模块同时运行,而插补又要与位置控制同时进行等,这种任务并行处理关系如图 4－15 所示。

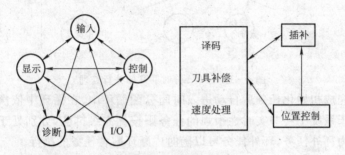

图 4－15　CNC 的任务并行处理关系需求

事实上,CNC 系统是一个专用的实时多任务计算机系统,其软件必然会融合现代计算机软件技术中的许多先进技术,其中最突出的是多任务并行处理和多重实时中断技术。

＜2＞并行处理

并行处理是指计算机在同一时刻或同一时间间隔内完成两种或两种以上性质相同或不相同的工作。并行处理的优点是提高了运行速度。

并行处理分为"资源重复"法、"时间重叠"法和"资源共享"法等。

资源重复是用多套相同或不同的设备同时完成多种相同或不同的任务。如在CNC 系统硬件设计中采用多 CPU 的系统体系结构来提高处理速度。

资源共享是根据"分时共享"的原则,使多个用户按照时间顺序使用同一套设备。

时间重叠是根据流水线处理技术,使多个处理过程在时间上相互错开,轮流使用同一套设备的几个部分。

目前 CNC 装置的硬件结构中,广泛使用"资源重复"的并行处理技术。如采用多 CPU 的体系结构来提高系统的速度。而在 CNC 装置的软件中,主要采用"资源分时共享"和"资源重叠"的流水处理方法。

(1)资源分时共享并行处理方法。在单 CPU 的 CNC 装置中,要采用 CPU 分时共享的原则来解决多任务的同时运行。各个任务何时占用 CPU 及各个任务占用CPU 时间的长短,是首先要解决的两个时间分配的问题。在 CNC 装置中,各任务占用 CPU 是用循环轮流和中断优先相结合的办法来解决。图 4－16 所示为一个典型的 CNC 装置各任务分时共享 CPU 的时间分配。

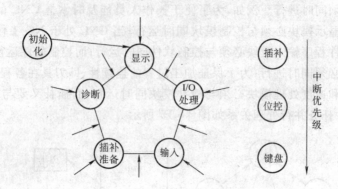

图 4-16　CPU 分时共享的并行处理

　　系统在完成初始化任务后自动进入时间分配循环中，在循环中依次轮流处理各任务。而对于系统中一些实时性很强的任务则按优先级排队，分别处于不同的中断优先级上作为环外任务，环外任务可以随时中断环内各任务的执行。

　　每个任务允许占有 CPU 的时间受到一定的限制，对于某些占有 CPU 时间较多的任务，如插补准备（包括译码、刀具半径补偿和速度处理等），可以在其中的某些地方设置断点，当程序运行到断点处时，自动让出 CPU，等到下一个运行时间内自动跳到断点处继续运行。

　　(2)资源重叠流水并行处理方法。当 CNC 装置在自动加工工作方式时，其数据的转换过程将由零件程序输入、插补准备、插补、位置控制四个子过程组成。如果每个子过程的处理时间分别为 Δt_1、Δt_2、Δt_3、Δt_4，那么一个零件程序段的数据转换时间将是 $t=\Delta t_1+\Delta t_2+\Delta t_3+\Delta t_4$。如果以顺序方式处理每个零件的程序段，则第一个零件程序段处理完以后再处理第二个程序段，以此类推。图 4-17(a)表示了这种顺序处理时的时间空间关系。从图中可以看出，两个程序段的输出之间将有一个时间为 t 的间隔。这种时间间隔反映在电动机上就是电动机的时停时转，反映在刀具上就是刀具的时走时停，这种情况在加工工艺上是不允许的。

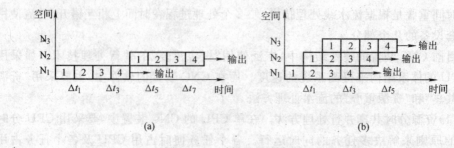

图 4-17　时间重叠流水处理

(a)顺序处理时的时间空间关系　(b)流水处理后的时间空间关系

消除这种间隔的方法是用时间重叠流水处理技术。采用流水处理后的时间空间关系如图 4-17（b）所示。

流水处理的关键是时间重叠，即在一段时间间隔内不是处理一个子过程，而是处理两个或更多的子过程。从图中可以看出，经过流水处理以后，从时间 Δt_4 开始，每个程序段的输出之间不再有间隔，从而保证了刀具移动的连续性。流水处理要求处理每个子过程的运算时间相等，然而 CNC 装置中每个子过程所需的处理时间都是不同的，解决的方法是取最长的子过程处理时间为流水处理时间间隔。这样在处理时间间隔较短的子过程时，当处理完后就进入等待状态。

在单 CPU 的 CNC 装置中，流水处理的时间重叠只有宏观上的意义。即在一段时间内，CPU 处理多个子过程，但从微观上看，每个子过程是分时占用 CPU 时间。

＜3＞实时中断处理

CNC 系统软件结构的另一个特点是实时中断处理。CNC 系统程序以零件加工为对象，每个程序段中有许多子程序，它们按照预定的顺序反复执行，各个步骤间关系十分密切，有许多子程序的实时性很强，这就决定了中断成为整个系统不可缺少的重要组成部分。CNC 系统的中断管理主要由硬件完成，而系统的中断结构决定了软件结构。

CNC 的中断类型如下。

（1）外部中断。主要有纸带光电阅读机中断、外部监控中断（如紧急停、量仪到位等）和键盘及操作面板输入中断。前两种中断的实时性要求很高，将它们放在较高的优先级上，而键盘和操作面板的输入中断则放在较低的中断优先级上。在有些系统中，甚至用查询的方式来处理它。

（2）内部定时中断。主要有插补周期定时中断和位置采样定时中断。在有些系统中将两种定时中断合二为一。但是在处理时，总是先处理位置控制，然后处理插补运算。

（3）硬件故障中断。它是各种硬件故障检测装置发出的中断。如存储器出错、定时器出错、插补运算超时等。

（4）程序性中断。它是程序中出现异常情况报警的中断。如各种溢出、除零等。

2. 常规 CNC 系统的软件结构

CNC 系统的软件结构决定于系统采用的中断结构。在常规的 CNC 系统中，已有的结构模式有中断型和前后台型两种。

1）中断型结构模式

中断型软件结构的特点是除了初始化程序之外，整个系统软件的各种功能模块分别安排在不同级别的中断服务程序中，整个软件就是一个大的中断系统。其管理的功能主要通过各级中断服务程序之间的相互通信来解决。

一般在中断型结构模式的 CNC 软件体系中，控制 CRT 显示的模块为低级中断（0 级中断），只要系统中没有其他中断级别请求，总是执行 0 级中断，即系统进行

CRT 显示。其他程序模块,如译码处理、刀具中心轨迹计算、键盘控制、I/O 信号的处理、插补运算、终点判别、伺服系统位置控制等处理,分别具有不同的中断优先级别。开机后,系统程序首先进入初始化程序,进行初始化状态的设置、ROM 检查等工作。初始化后,系统转入 0 级中断 CRT 显示处理。此后系统就进入各种中断的处理,整个系统的管理是通过每个中断服务程序之间的通信方式来实现的。

例如,FANUC - BESK 7CM CNC 系统是一个典型的中断型软件结构。整个系统的各个功能模块被分为八级不同优先级的中断服务程序,如表 4 - 1 所示。其中伺服系统位置控制被安排成很高的级别,因为机床的刀具运动实时性很强。CRT 显示被安排的级别最低,即 0 级,其中断请求是通过硬件接线始终保持存在。只有 0 级以上的中断服务程序均未发生的情况下,才进行 CRT 显示。1 级中断相当于后台程序的功能,进行插补前的准备工作。1 级中断有 13 种功能,对应着口状态字中的 13 个位,每位对应于一个处理任务。在进入 1 级中断服务时,先依次查询口状态字的 0~12 位的状态,再转入相应的中断服务(见表 4 - 2),其处理过程如图 4 - 18 所示。口状态字的置位有两种情况:一是由其他中断根据需要置 1 级中断请求的同时,置相应的口状态字;二是在执行 1 级中断的某个口子处理时,置口状态字的另一位。当某一口的处理结束后,程序将口状态字的对应位清除。

表 4 - 1　FANUC - BESK 7CM CNC 系统的各级中断功能

中断级别	主要功能	中断源
0	控制 CRT 显示	硬件
1	译码、刀具中心轨迹计算、显示器控制	软件,16 ms 定时
2	键盘监控、I/O 信号处理、穿孔机控制	软件,16 ms 定时
3	操作面板和电传机处理	硬件
4	插补运算、终点判别和转段处理	软件,8 ms 定时
5	纸带阅读机读纸带处理	硬件
6	伺服系统位置控制处理	4 ms 时钟
7	系统测试	硬件

2 级中断服务程序的主要工作是对数控面板上的各种工作方式和 I/O 信号的处理。3 级中断则是对用户选用的外部操作面板和电传机的处理。

4 级中断最主要的功能是完成插补运算。7CM 系统中采用了"时间分割法"(数据采样法)插补。此方法经过 CNC 插补计算输出的是一个插补周期 $T(8 \text{ ms})$ 的 F 指令值,这是一个粗插补进给量,而精插补进给量则是由伺服系统的硬件与软件来完成的。一次插补处理分为速度计算、插补计算、终点判别和进给量变换四个阶段。

表4-2 FANUC-BESK 7CM CNC系统1级中断的13种功能

口状态字	对应口的功能
0	显示处理
1	公英制转换
2	部分初始化
3	从存储区(MP、PC或SP区)读一段数控程序到BS区
4	轮廓轨迹转换成刀具中心轨迹
5	"再启动"处理
6	"再启动"开关无效时,刀具回到断点"启动"处理
7	按"启动"按钮时,要读一段程序到BS区的预处理
8	连续加工时,要读一段程序到BS区的预处理
9	纸带阅读机反绕或存储器指针返回首址的处理
A	启动纸带阅读机使纸带正常进给一步
B	置M、S、T指令标志及G96速度换算
C	置纸带反绕标志

5级中断服务程序主要对纸带阅读机读入的孔信号进行处理。这种处理基本上可以分为输入代码的有效性判别、代码处理和结束处理三个阶段。

6级中断主要完成位置控制、4 ms定时计时和存储器奇偶校验工作。

7级中断实际上是工程师的系统调试工作,非使用机床的正式工作。

中断请求的发生:除了第6级中断是由4 ms时钟发生之外,其余的中断均靠别的中断设置,即依靠各中断程序之间的相互通信来解决。例如第6级中断程序中,每两次设置一次第4级中断请求(8 ms);每四次设置一次第1、2级中断请求。插补的第4级中断在插补完一个程序段后,要从缓冲器中取出一段并作刀具半径补偿,这时就置第1级中断请求,并把4号口置1。

例:FANUC-BESK 7CM 中断型CNC系统的工作过程及其各中断程序之间的相互关联。

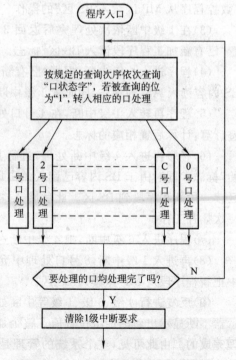

图4-18 1级中断各口处理转换框图

<1>开机

开机后,系统程序首先进入初始化程序,进行初始化状态的设置,ROM 检查工作。初始化结束后,系统转入 0 级中断服务程序,进行 CRT 显示处理。每 4 ms 的间隔,进入 6 级中断。由于 1 级、2 级和 4 级中断请求均按 6 级中断的定时设置运行,从此以后系统就进入对这几种中断的轮流处理。

<2>启动纸带阅读机输入纸带

做好纸带阅读机的准备工作后,将操作方式置于"数据输入"方式,按下面板上的主程序 MP 键。按下纸带输入键,控制程序在 2 级中断"纸带输入键处理程序"中启动一次纸带阅读机。当纸带上的同步孔信号读入时产生 5 级中断请求。系统响应 5 级中断处理,从输入存储器中读入孔信号,并将其送入 MP 区,然后再启动一次纸带阅读机,直到纸带结束。

<3>启动机床加工

(1)当按下机床控制面板上的"启动"按钮后,在 2 级中断中判定"机床启动"为有效信息,置 1 级中断 7 号口状态,表示启动后要求将一个程序段从 MP 区读入 BS 区中。

(2)程序转入 1 级中断,在处理到 7 号口状态时,置 3 号口状态,表示允许进行"数控程序从 MP 区读入 BS 区"的操作。

(3)在 1 级中断依次处理完后返回 3 号口处理,把数控程序段读入 BS 区,同时置"已有新加工程序段读入 BS 区"标志。

(4)程序进入 4 级中断,根据"已有新加工程序段读入 BS 区"的标志,置"允许将 BS 内容读入 AS"的标志,同时置 1 级中断 4 号口状态。

(5)程序再转入 1 级中断,在 4 号口处理中把 BS 内容读入 AS 区,并进行插补轨迹计算,计算后置相应的标志。

(6)程序再进入 4 级中断处理,进行其插补预处理,处理结束后置"允许插补开始"标志。同时由于 BS 内容已读入 AS,因此置 1 级中断的 8 号口,表示要求从 MP 区读一段新程序段到 BS 区。此后转入速度计算→插补计算→进给量处理,完成第一次插补工作。

(7)程序进入 6 级中断,把 4 级中断送出的插补进给量分两次进给。

(8)再进入 1 级中断,8 号口处理中允许再读入一段,置 3 号口。在 3 号口处理中把新程序段从 MP 区读入 BS 区。

(9)反复进行 4 级、6 级、1 级等中断处理,机床在系统的插补计算中不断进给,显示器不断显示出新的加工位置值。整个加工过程就是由以上各级中断进行若干次处理完成的。由此可见,整个系统的管理是采用中断程序间的各种通信方式实现的。其中包括以下几部分。

①设置软件中断。第 1、2、4 级中断由软件定时实现,第 6 级中断由时钟定时发生,每 4 ms 中断一次。这样每发生两次 6 级中断,设置一次 4 级中断请求,每发生四

次6级中断,设置一次1、2级中断请求。将1、2、4、6级中断联系起来。

②每个中断服务程序自身的连接是依靠每个中断服务程序的"口状态字"位。如1级中断分成13个口,每个口对应"口状态字"的一位,每一位对应处理一个任务。进行1级中断的某口的处理时可以设置"口状态字"的其他位的请求,以便处理完某口的操作时立即转入到其他口的处理。

③设置标志。标志是各个程序之间通信的有效手段。如4级中断每8 ms中断一次,完成插补预处理功能。而译码、刀具半径补偿等在1级中断中进行。当完成了其任务后应立刻设置相应的标志,若未设置相应的标志,CNC会跳过该中断服务程序继续往下进行。

2)前后台型结构模式

该结构模式的CNC系统的软件分为前台程序和后台程序。前台程序是指实时中断服务程序,实现插补、伺服、机床监控等实时功能。这些功能与机床的动作直接相关。后台程序是一个循环运行程序,完成管理功能和输入、译码、数据处理等非实时性任务,也叫背景程序,管理软件和插补准备在这里完成。后台程序运行中,实时中断程序不断插入,与后台程序相配合,共同完成零件加工任务。图4-19所示为前后台软件结构中实时中断程序与后台程序的关系图。这种前后台型的软件结构一般适合单处理器集中式控制,对CPU的性能要求较高。程序启动后先进行初始化,再进入后台程序环,同时开放实时中断程序,每隔一定的时间中断发生一次,执行一次中断服务程序,此时后台程序停止运行,实时中断程序执行后,再返回后台程序。

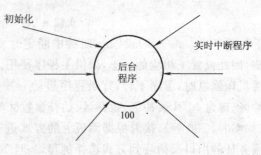

图4-19 前后台软件结构

美国A-B7360 CNC软件是一种典型的前后台型软件,其结构框图如图4-20所示。该图的右侧是实时中断程序处理的任务,主要的可屏蔽中断有10.24 ms实时时钟中断、阅读机中断和键盘中断。其中,阅读机中断优先级最高,10.24 ms实时时钟中断优先级次之,键盘中断优先级最低。阅读机中断仅在输入零件程序时、启动阅读机后才发生,键盘中断也仅在键盘方式下发生,而10.24 ms中断总是定时发生。该图的左侧则是背景程序处理的任务。背景程序是一个循环执行的主程序,而实时中断程序按其优先级随时插入背景程序中。

当A-B7360 CNC控制系统接通电源或复位后,首先运行初始化程序;然后,设置系统有关的局部标志和全局性标志,设置机床参数,预清机床逻辑I/O信号在RAM中的映像区,设置中断向量并开放10.24 ms实时时钟中断;最后,进入紧停状态。此时,机床的主轴和坐标轴伺服系统的强电是断开的,程序处于对"紧停复位"的

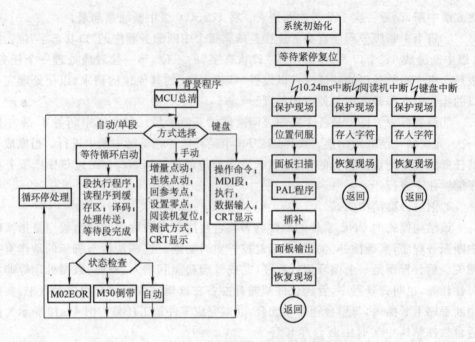

图 4-20　美国 A-B 7360 CNC 软件总框图

等待循环中。由于 10.24 ms 时钟中断定时发生,控制面板上的开关状态随时被扫描,因此设置了相应的标志,以供主程序使用。一旦操作者按了"紧停复位"按钮,接通机床强电时,程序下行,背景程序启动。首先进入 MCU 总清(即清除零件程序缓冲区、键盘 MDI 缓冲区、暂存区、插补参数区等),并使系统进入约定的初始控制状态(如 G01、G90 等),接着根据面板上的方式进行选择,进入相应的方式服务环中。各服务环的出口又循环到方式选择例程,一旦 10.24 ms 时钟中断程序扫描到面板上的方式开关状态发生了变化,背景程序便转到新的方式服务环中。无论背景程序处于何种方式服务中,10.24 ms 时钟中断总是定时发生的。

在背景程序中,自动/单段是数控加工中最主要的工作方式,在这种工作方式下的核心任务是进行一个程序段的数据预处理,称为插补预处理。即一个数据段经过输入译码、数据处理后,就进入就绪状态,等待插补运行。所以图 4-20 中段执行程序的功能是将数据处理结果中的插补用信息传送到插补缓冲器,并把系统工作寄存器中的辅助信息(S、M、T 代码)送到系统标志单元,以供系统全局使用。在完成了这两种传送之后,背景程序设立一个数据段传送结束标志及一个开放插补标志。在这两个标志建立之前,定时中断程序尽管照常发生,但是不执行插补及辅助信息处理等工作,仅执行一些例行的扫描、监控等。这两个标志的设置体现了背景程序对实时中断程序的控制和管理。这两个标志建立后,实时中断程序即开始执行插补、伺服输出、辅助功能处理,同时背景程序开始输入下一程序段,并进行新一个数据段的预处理。在这里,系统设计者必须保证在任何情况下,在执行当前一个数据段的实时插补运行过程中,必须将下一个数据段的预处理工作结束,以实现加工过程的连续性。这样,在同一时间段内,中断程序正在进行本段的插补和伺服输出,而背景程序正在进行下一段的数据处理。即在一个中断周期内,实时中断占用一部分时间,其余时间给背景程序。

一般情况下,下一段的数据处理及其结果传送比本段插补运行的时间短。因此,在数据段执行程序中有一个等待插补完成的循环,在等待过程中不断进行 CRT 显示。由于在自动/单段工作方式中,有段后停的要求,所以在软件中设置循环停请求。若整个零件程序结束,一般情况下要停机。若仅仅本段插补加工结束而整个零件程序未结束,则又开始新的循环。循环停处理程序是处理各种停止状态的,例如在单段工作方式时,每执行完一个程序段时就设立循环停状态,等待操作人员按循环启动按钮;如果系统一直处于正常的加工状态,则跳过该处理程序。

关于中断程序,除了阅读机中断和键盘中断是在其特定的工作情况下发生外,主要是 10.24 ms 定时中断。该时间是 7360 CNC 的实际位置采样周期,也就是采用数据采样插补方法(时间分割法)的插补周期。该实时时钟中断服务程序是系统的核心。CNC 的实时控制任务包括位置伺服、面板扫描、机床逻辑(可编程应用逻辑 PAL 程序)、实时诊断和轮廓插补等。

四、HNC - 21 数控装置的输入输出与通信功能

对照图 4 - 1 及图 4 - 2,可知 HNC - 21 数控系统的输入输出及通信功能如下:

(1)数控编程、参数设定通过 MDI 键盘来输入,MDI 键盘及机床操作面板按钮、指示灯有专门的扁平线缆直接连接到数控系统总线;

(2)I/O 输入输出通过 XS10/11、XS20/21 接入,或选配远程 I/O 输入输出端子板通过 XS6 来连接;

(3)标准键盘可通过 XS2 连接,用以设定参数;

(4)进给轴选择、手轮通过 XS8 接口的端子接入;

(5)外部与 PC 串行通信可通过 XS5 接口实现;

(6)与以太网通信可以通过 XS3 接口实现。

【知识要点】 CNC 系统的输入输出与通信功能

1. CNC 装置的输入输出和通信要求

CNC 装置控制独立的单台机床设备时,通常需要与下列设备相连接以进行数据的输入输出,并与其他装置进行信息交换和传递,具体要求如下。

(1)数据输入输出设备。如光电纸带阅读机(PTR)、纸带穿孔机(PP)、零件的编程机和可编程控制器(PLC)的编程机等。

(2)外部机床控制面板,包括键盘和终端显示器。特别是大型数控机床,为了操作方便,往往在机床一侧设置一个外部的机床控制面板。其结构可以是固定的,或者是悬挂式的。它往往远离 CNC 装置。早期 CNC 装置采用专用的远距离输出输入接口,近来采用标准的 RS - 232C/20 mA 电流环接口。

(3)通用的手摇脉冲发生器。

(4)进给驱动线路和主轴驱动线路。一般情况下,主轴驱动线路和进给驱动线路与 CNC 装置装在同一机柜或相邻机柜内,通过内部连线相连,它们之间不设置通用输出输入接口。

2. CNC 系统常用外设

CNC 系统的外部设备(简称外设)是指为了实现机床控制任务而设置的输入与输出装置。我们知道,不同的数控设备配备外部设备的类型和数量都不一样。大体来说,外设包括输入设备和输出设备两种。输入设备常见的有自动输入的纸带阅读机、磁带机、磁盘驱动器、光盘驱动器、手动输入的键盘和手动操作的各种控制开关等。零件的加工程序、各种补偿的数据、开关状态等都要通过输入设备送入数控系统。输出设备常见的有通用显示器(如指示灯)、外部位置显示器(如 CRT 显示器、发光二极管(LED)显示器等)、纸带穿孔机、电传打字机、行式打印机等。

3. 常用异步串行接口

数据在设备间的传送可以采用串行方式或并行方式。所谓并行方式(或并行接口)是指输入输出数据都按字节传送,一位数据有一根传输线。所谓串行方式(或串行接口)是指与设备进行数据传送的只有一根线,数据按通信规程所约定的编码格式沿一根线逐位依次传送。相距较远的设备间的数据传送采用串行传送方式比较经济。但串行接口需要有一定的逻辑,必须将机内的并行数据转换成串行信息后再传送出去,接收时也要将收到的串行信号经过缓冲转换成并行数据再送至机内处理。现在已有集成电路的专用接口器件来实现这些功能,如 Intel 8251A,Motolora 的MC6850、6852 等,价格都比较便宜。

为了能保证数据传送的正确和一致,接收和发送双方对数据的传送应确定一致的、相互遵守的约定,它包括定时、控制、格式化和数据表示方法等。这种约定称为通信规程(Procedure)或通信协议(Protocol),通常应遵循标准化的通信协议。串行传送一般分异步协议和同步协议两大类。

异步协议将 8 位的字符看做一个独立信息,字符在传送的数据流中出现的相对时间是任意的。然而每一字符中的各位却以预定的时钟频率传送,即字符内部是同步的,字符间是异步的。异步协议的特征是字符间的异步定时。

异步传送时,在字符前加一个起始位,其作用是使接收端的本地时钟与新传来的字符同步,以便正确采样,接收到信号。在字符的结尾要加 1、3/2 或 2 位终止位以标志一个字符传送的结束。接收端每接收一个字符同步一次。这样异步串行传送每一字符要增加约 20% 的额外费用。

同步协议以固定的时钟产生数据流,将要传送的字符组成字符块发送,在字符块的开始和末尾增加控制信息组。这样同步协议比异步协议的额外费用低得多,可充分利用传送的带宽,采用较快的传送速率。传送大量数据时同步协议省时间,但其接口的结构要复杂得多,成本也较高。通常网络接口采用同步协议。此外,异步协议的检错主要利用字符中奇偶校验位，而同步协议可利用较复杂的方法，如循环冗余码校验(CRC)，其检错能力很强。但也使同步协议发送和接收机构复杂化。

异步协议通用的定时规定只有一种起止式异步串行传送格式，如图4-21所示。其电气连接标准常用的有 RS-232C(V24)/20 mA 电流环或 RS-422/RS-449。

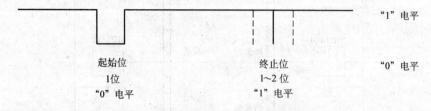

图4-21　起止式异步串行传送格式

RS-232C(V24)标准串行接口采用25芯双排针式插座，连接比较可靠。在数控机床上，主要用于以下几方面。

(1)与光电纸带阅读机(PTR)、纸带穿孔机(PP)、打印和穿复校设备(TTY)等相连接，将数控机床的各种参数、加工程序等信息通过该接口穿成纸带，保存起来，以备以后使用，或将纸带信息通过 PTR 送往机床。

(2)与磁泡盒或磁带相连接，将零件加工程序送入数控机床。

(3)与通用计算机相连，进行通信，实现编程控制一体化。通过计算机中的自动编程软件得出的数控加工程序指令不需要穿成纸带，而通过直接通信，将加工指令送入数控系统进行加工，从而省掉了制备穿孔纸带、输送纸带的环节，提高了系统的可靠性和信息的输送效率。

(4)与上一级计算机相连接，实现 CAD/CAM 一体化。

下面主要介绍使用 RS-232C 接口时应注意的问题。

(1)在数据通信领域中，将相互通信的设备分成 DTE(数据终端设备)和 DCE(数据通信设备)。计算机或终端设备是 DTE，自动呼叫设备、调制解调器(Modem)、中间设备等是 DCE，RS-232C 规定了 DTE 与 DCE 间连接的信号关系。信号的详细情况可参看有关资料。因此在连接设备时一定要区分设备是 DTE 还是 DCE。将计算机与计算机或终端设备连接时，即 DTE 和 DTE 相连时，要注意接线的信号关系，以免出现差错。

(2)RS-232C 规定的电平与 TTL 和 MOS 电路的电平不同。RS-232C 规定逻辑"0"至少为3 V，逻辑"1"为−3 V 或更低。电源通常采用±12V 或±15 V，输出驱动器通常采用 MC1488 或74188，输入接收器采用 MC1489 或74189。传送频率不超过20 kHz，最大距离为30 m(见图4-22)。

(3)RS-232C 有两个地。一个是机壳地(插头座脚1，见图4-22)，它直接连到系统屏蔽罩上，只有在把机壳连在一起是安全的情况下，两个相连设备的机壳地才能连接在一起。另一个是信号地(插头座脚7，见图4-22)，这个地必须连接在一起，它

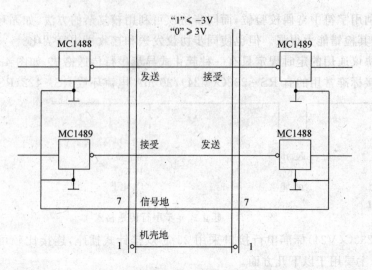

图 4-22 RS-232C 接口的输入输出门的连接

是对所有信号提供一个公共参考点的信号地。但信号地不一定与机壳绝缘,因此它有一个潜在的接地问题未解决好,造成对长距离传送的不可靠。公布的 RS-232C 标准协议,一对器件间电缆总长不得超过 30 m。

在 CNC 装置中,RS-232C 接口用以连接输入输出设备(PTR、PP 或 TTY)、外部机床控制面板或手摇脉冲发生器,传输速率不超过 9 600 bit/s。西门子的 CNC 中规定连接距离不超过 50 m。在 CNC 装置中,标准的 RS-232C/20 mA 接口结构如图 4-23 所示。

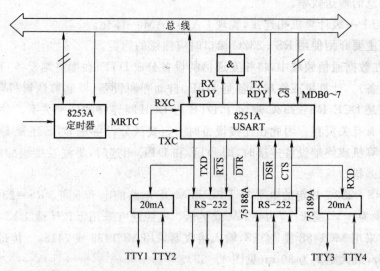

图 4-23 CNC 装置中标准的 RS-232C/20 mA 接口结构示意图

在 CNC 装置中,20 mA 电流环通常与 RS-232C 一起配置,过去 20 mA 电流环主要用于连接电传打印机和纸带穿复校设备,其特点是电流控制。以 20 mA 电流作为逻辑"1",零电流为逻辑"0",在环路中只能有一个电流源。

电流环的内在双端传输特性对共模干扰有抑制作用,并可采用隔离技术消除接地回路引起的干扰。传输距离比 RS - 232C 远得多,可达 1 000 m。

为了弥补 RS - 232C 的不足,提出了新的接口标准 RS - 422/RS - 449。RS - 422 标准规定了双端平衡电气接口模块。RS - 449 规定了这种接口的机械连接标准,即采用 37 脚的连接器,与 RS - 232C 的 25 脚插座不同。这种平衡发送能保证更可靠、更快速的数据传送。它采用双端驱动器发送信号,用差分接收器接收信号,能抑制传送过程的共模干扰,还允许线路有较大信号衰减,这样可使传送频率高得多,传送距离也比 RS - 232C 远得多。

RS - 422 平衡传送如图 4 - 24 所示。常用的器件有驱动器 75175 或 MC3487、接收器 75174 或 MC3486。最近出现一种新的集成电路——双 RS - 422/423 收发器 MC34050、MC34051,每一器件上有两个独立的驱动器和两个独立的接收器。MC34050 具有 DRIVEENABLE 及 RECEIVERENABLE 的非信号,而 MC34051 的每一驱动器都有单独的 DRIVEENABLE 信号。

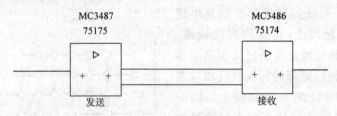

图 4 - 24　RS - 422 平衡传送示意图

【知识拓展】

1. 纸带阅读机输入及工作原理

读入纸带信息的设备称为纸带阅读机或读带机,早期的数控机床多配有这种装置。它把纸带上有孔和无孔的信息逐行地转换为数控装置可以识别和处理的逻辑信号。读带机通常有机械式和光电式两种。机械式阅读机是利用接触转换原理来识别出两种信号,纸带在行进的过程中,有孔触点接合,无孔触点不接合。由于接触式读带机纸带传送速度较低,易产生接触不良,影响阅读信息的可靠性,且纸带在行进过程中一直与触点接触,容易磨损,影响纸带使用寿命,纸带还容易变形,不易保存,因此后来多采用光电式阅读机。光电式阅读机有多种型号,但其原理和结构大致相同,都是采用光敏元件来识别程序纸带上有孔和无孔的信息。所以,反应速度快,具有较强的抗干扰能力和较高的阅读速度,一般约为 300 行/秒。

不论是哪种形式的纸带阅读机,目前已经基本上被淘汰,取而代之的是计算机用磁盘或光盘驱动器等。

2. 键盘输入及接口

键盘是数控机床最常用的输入设备,是实现人机对话的一种重要手段,通过键盘可以向计算机输入程序、数据及控制命令。键盘有两种基本类型：全编码键盘和非编码键盘。

全编码键盘每按下一键，键的识别由键盘的硬件逻辑电路自动提供被按键的 ASCII 代码或其他编码，并能产生一个选通脉冲向 CPU 申请中断，CPU 响应后将键的代码输入内存，通过译码执行该键的功能。此外还有消除抖动、多键和串键的保护电路。这种键盘的优点是使用方便，不占用 CPU 的资源，但价格昂贵。非编码键盘在硬件上仅提供键盘行和列的矩阵，其他识别、译码等全部工作都是由软件来完成。所以非编码键盘结构简单，是较便宜的输入设备。这里主要介绍非编码键盘的接口技术和控制原理。

非编码键盘在软件设计过程中必须解决的问题是：识别键盘矩阵中被按下的键，产生与被按键对应的编码，消除按键时产生的抖动干扰，防止键盘操作中串键的错误（同时按下一个以上的键）。图 4-25 所示是一般微机系统常用的键盘结构线路。它是由 8 行×8 列的矩阵组成，有 64 个键可供使用。行线和列线的交点是单键按钮的接点，键按下，行线和列线接通。CPU 的 8 条低位地址线通过反相驱动器接至矩阵的列线，矩阵的行线经反相三态缓冲器接至 CPU 的数据总线上。CPU 的高位地址通过译码接至三态缓冲器的控制端，所以 CPU 访问键盘是通过地址线，与访问其他内存单元相同。键盘也占用了内存空间。若高位地址译码的信号是 38H，则 3800H～38FFH 的存储空间为键盘所占用。

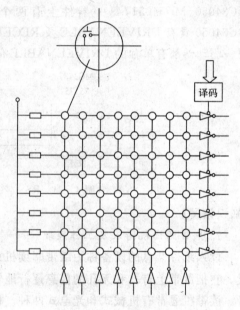

图 4-25 8×8 键盘矩阵

键盘输入信息的过程如下：

（1）操作者按下一个键；

（2）查出按下的是哪一个键，称为键扫描；

（3）给出该键的编码，即键译码。

在这种方式中，键的识别和译码是由软件来实现的，采用程序查询的方法来扫描键盘。其扫描的步骤如下。

平时三态缓冲器的输入端是高电平。扫描键盘是否有键按下时，首先访问键盘所占用的空间地址，高位地址选通，经译码器打开三态缓冲器的控制端，低位地址 A_0～A_7 全为高电平，然后检查行线，用读入数据的方法判断 D_0～D_7 是否全为零，若全为零，则表示没有键按下。程序再反复扫描，直到查出输入的信息不是零，某一根数据线为高电平，表示键盘中有一个键按下。根据数据的值知道按键是在哪一行。

查到有键按下后,必须找出键在哪一列上。接着CPU再逐列扫描地址线,其方法是使第1列地址线为高,其他7列为低,然后再读入数据检查行线,是否有一根数据线为高,若不为高,则使第2列为高,其余列为低,再读入数据,是否不是全零,依此类推,一直到读入数据不是全零,即可找出所按下的键在哪一列。

找到按下的键所属的行列,就知按下的是什么键,通过程序处理即可执行按键的功能。以Z80CPU为例,键盘扫描的参考程序如下。(键盘占用的存储空间为3800H～38FFH)

```
        ORG     3000
KEY: LD     A,(38FFH)      ;列线全为高,读行线
     CP     0
     JR     Z,KEY          ;无键按下重复扫描
     LD     B,A            ;有键按下保存行值
     CALL   D20 ms         ;消除抖动
     LD     A,(3801H)      ;使第1列为高,逐列检查
     CP     0
     JR     NZ,KEY1        ;是第1列,转键功能处理
     LD     A,(3802H)      ;不是第1列,检查第2列
     CP     0
     JR     NZ,KEY2        ;是第2列,转键功能处理
     LD     A,(3803H)
     ……
```

注意,当按下按键时,由于键是机械触点,因此,键在闭合过程中会产生抖动。抖动时间一般在十几毫秒之内,在抖动期间,开关多次闭合和断开,造成输入信息的不可靠。所以,消除抖动影响的最简单办法是在键按下稳定后再查键的信息。克服抖动的常见方法是:用硬件滤波;用软件延迟程序(如上面程序中的子程序D20 ms),即用软件延时程序待键稳定后再读键的代码。此外,对于多键或串键的问题,一般也是通过软件进行处理。当多键或串键按下时,由于扫描后读入数据信息不是一根数据线为高,按下键作无效处理。

3. 显示

CNC系统接收到操作者输入的信息以后,往往还要把接收到的信息告知操作者,以便进行下一步的操作。例如,操作者用按键选择了CNC的某种工作方式,CNC系统就要用文字把当前的状态显示出来,告知操作者是否已经接收到了正确的信息;在零件程序的输入过程中,每输入一个字符,CNC系统也都要将其显示出来,操作者可以很方便地知道正在输入的当前位置;已经在内存的零件程序如果需要修改,也可以显示出来,以便操作者找到修改的位置。所有这些,都要求CNC系统具有显示数据和其他信息的功能。因此,显示器是数控机床最常用的输出设备,也是实

现人机对话的一个重要手段。尤其是现代 CNC 系统采用的 CRT 显示,大大扩展了显示功能,它不仅能显示字符,还能显示图形。所以,在 CNC 系统中,常采用各种显示方式以简化操作和丰富操作内容,用来显示编制的零件加工程序,显示输入的数据、参数和加工过程的状态(动态坐标值等)以及加工过程的动态模拟等,使操作既直观又方便。早期的 CNC 系统多采用发光二极管(LED)显示器,现代 CNC 系统都配有阴极射线管(CRT)显示器,最新的还采用液晶显示器。下面仅对 LED 和 CRT 显示器作以介绍。

1)发光二极管(LED)显示器

<1>七段 LED 显示器的结构原理

LED 显示器可以有多种形式,如七段、八段、米字形显示器等,如图 4-26 所示。它是以条状线段的发光二极管所排列成的七段、八段或米字形状而命名的。但其中以七段 LED 显示器的应用最为广泛,它既可显示 0~9 的数字,也可显示大部分的英文字母。例如:若要显示数字"5",则可选择 a、c、d、f、g 段发光;要显示英文字母"H",则可选择 b、c、e、f、g 段发光,其余类推。

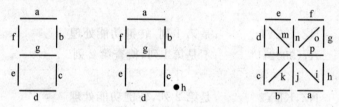

图 4-26　LED 显示器

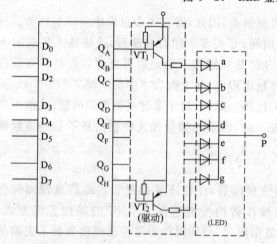

图 4-27　七段 LED 的电路连接

每个发光二极管通常需 2~20 mA 的正向驱动电流才能发光,因此每个七段 LED 显示器都需有 7 个驱动器才能正常工作,电路连接如图 4-27 所示。当输入端 Q_A 为低电平且发光二极管的 P 端也为低电平时,使驱动三极管 VT_1 导通,有一定的正向电流从驱动管 VT_1 流向 a 段,使 a 管发光。反之,若输入端为高电位或 P 端为高电位则该段不发光。

字形的构成取决于数码管相应段的发光,所以在输入端需要有一个数据锁存器(称字形锁存器)输出相应的数码来保持字形的显示。每一位七段显示器都应带一个字形锁存器及相应的三极管驱动电路,所有的 P 端均接地,这样每一位所显示的字形只取决于相应的字形锁存器所存储的数据,而各位显示器之间互不干扰,显示内容的变化仅由 CPU 向各字形锁存器送出相应编码,当显示内容不变时,不需 CPU 服务。

　　<2>显示器的扫描

　　每一位 LED 显示器独占一个数码锁存器及一套驱动器时,若需显示的位数很多,其硬件将大大增加。为了节省硬件费用,可以采用多路复用的方法,如图 4-28 所示。图中各 LED 显示器通过两个接口与 CPU 相连接,它们共用一个数据锁存器存放字形代码,此锁存器又称字形锁存器,共用一套驱动器,还共用一个数据锁存器来控制由哪一位 LED 显示器显示字形,此锁存器又称字位锁存器。字位锁存器是控制 LED 显示器的 P 端,所置的数依次使某一个 P 端为低电平而其他为高电平。字位锁存器控制 P_1 为低电平时 LED1 显示,P_2 为低电平则 LED2 显示,其余类推。如要保持各位都显示字形,必须由程序周期性地轮流循环接通各显示器,这种工作方式称为显示器的扫描。

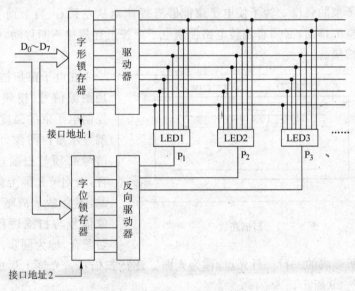

图 4-28　LED 的多路复用电路

　　若要使 LED1~LED8 分别显示不同的 8 个数字或字母,则只要使字形锁存器依次置相应的 8 个数码,而字位锁存器依次置数且不断循环往复。所以,要稳定地显示一组字形,CPU 要不断循环扫描,在两个锁存器中有规律地置数。由于 CPU 连接循环置数,只要几微秒就改变一次,发光二极管及人眼均跟不上,所以改变数据后在软件上应设计延迟一段时间(几十毫秒),再改变一次数据。但延迟时间也不能太长,否则要导致人眼感觉显示闪烁。

　　由上可知,为了能连续显示,CPU 要不断扫描,即使显示内容不变,也得扫描。由于字形消失后,人眼感觉还能滞留 0.1 s,假若显示器每位置数后延迟 5 ms,8 位显示器共需 40 ms,这样 40 ms 扫描一遍后,还剩 60 ms 时间,CPU 可安排做其他工作,只要保证在 0.1 s 扫描一遍,CPU 既能处理扫描显示又能处理其他工作。

2)阴极射线管(CRT)显示器

CRT 显示器是中、高档数控机床常用的输出设备,能较直观地实现屏幕编辑,显示编制的零件加工程序。CRT 显示器有两种类型:一类是只能显示数字和文字的字符显示器,大都是 9 英寸单色显示器;另一类是既可显示字符又能显示图形的图形显示器,配有 14 英寸彩色显示器的 CNC 系统大都具有这种功能。字符显示器的结构比较简单,用途广泛,可以作为信息输入/输出显示,有屏幕编辑能力。图形显示器可以显示几何图形,可实现动态轨迹模拟,具有较强的直观显示功能。下面主要介绍字符显示器的工作原理,对图形显示器仅作以简述。

<1>CRT 显示器的基本原理

CRT 显示器显示屏幕上的图像是利用阴极射线管中高速电子束的不断扫描来实现的。高速电子束撞击荧光屏表面的磷光物,对应点的位置就出现光点,光点的亮度取决于电子束的强度。为了使电子束能够有规律地从左到右、自上而下地移动以构成一帧完整的幕面,必须有偏转电路控制电子束按上述规律不断移动,电子束的这种移动称为扫描。

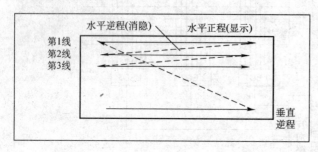

图 4-29 扫描路线

在电子束扫描过程中,利用图像信号(视频信号)不断控制电子束的强度,荧光屏上就显示黑白图像。当然,图像信号必须与扫描过程密切配合,否则荧光屏上就会杂乱无章,不会显示清晰的图像,图像信号与扫描过程的这种密切配合,称为同步。扫描过程在荧光屏上所形成的一行一行光点,称为光栅。逐行扫描在荧光屏上形成帧面的示意图,如图 4-29 所示。

水平扫描包括水平正程和水平逆程。水平正程在幕面上形成光栅,而逆程则是回扫线,通常都是用消隐信号,使它不在幕面上留下痕迹。

当电子束自上而下扫描到最后一行的右端时,垂直正程结束,开始垂直逆程。垂直逆程同样用消隐信号,使光点重新回到原点,开始新的一帧扫描。由于人们的视觉特性,这种帧扫描至少必须每秒钟进行 50 次,才能避免闪烁的感觉。

用一条电子束只能在荧光屏上形成单一颜色的画面,现在常用的彩色 CRT 的扫描过程与上述的单色 CRT 原理一样,其形成彩色的原理是:它由三个电子枪发出三条电子束,这三条电子束由一个共同的偏转线圈来控制;荧光屏上由红、蓝、绿三种荧光物质组成许多小点,小点的数目有一百万个以上,有规则地交错排列在屏面上;

三条电子束分别轰击到相应颜色的荧光点上,从而发出各自颜色的光,由于这三种颜色的荧光点互相靠得很近,点之间距离很小,人眼分不开,人的视觉所感受到的是这三种基色合成的某种颜色。至于看到的是什么颜色,则要由红、蓝、绿三种基色的相对分量而定(如红与绿可配成黄色)。

<2>字符的产生

用一般阴极射线管作为显示器,从图4-30可以看出,显示屏幕的图像区由384×192点阵组成,其余为消隐区。显示字符时,常用的显示格式是每个字为5×7点阵,两个字符间的间隔为1个点,各行间的间隔为5个点。所以每行显示64个字符,共显示16行。

用5×7点阵显示字符的格式,如图4-31所示。每个含有亮暗点的阵列表示一个字符,这些亮暗点分别对应二进制的0、1代码,每条线所对应的代码称为字符点阵的线代码。实际上,为了得到良好的视觉,在字符的上下方还要留出一定的空白,所以一般需要10条线来显示一个字符,通过逐行扫描的方法在荧光屏上显示出来。

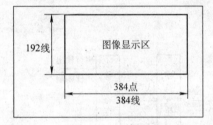

图4-30 显示区

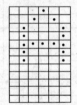

图4-31 字符组成

字符信息的读出必须与光栅扫描位置一致。字符点阵的线代码表明了要控制的电子束强度,从而在幕面上形成亮点或暗点。在7根扫描线扫过后,就显示出一行字符来。

各种字符的点阵图形都是预先固化在ROM中,称为字符发生器。例如MCM6674是掩膜编程的只读存储器,其中包含全部ASCII码的字符和除此以外的32个可用符号。MCM6674的容量为128×7×5位,其中5位为一个字节作为某一线的点阵,如图4-32中字母

	L_1	L_2	L_3							
第1线	0	0	0				•			04H
第2线	0	0	0			•		•		0AH
第3线	0	1	0		•				•	11H
第4线	0	1	1		•				•	11H
第5线	1	0	0		•	•	•	•	•	1FH
第6线	1	0	1		•				•	11H
第7线	1	1	1		•				•	11H

图4-32 字符与码点代码

A字符的第一线中点阵代码为04H,每7个字节为一个字符的点阵代码,共128个字符。字符发生器中代码读出的地址由两部分组成:一部分是$A_0 \sim A_6$,即字符的7位ASCII码;另一部分是L_1、L_2、L_3线地址,指明该字符的哪一线的码点输出。例如,字符发生器的$A_0 \sim A_6$地址线为41H,则选中文字A的字形在线地址的控制下不断从$D_0 \sim D_4$数据线输出相应的码点代码,该码点代码经移位寄存器串行输出作为视频信号,显示相应的光点,形成文字A。

<3>显示存储器

显示屏幕必须逐帧重复显示,才能形成稳定的帧面。为了实现帧面信号的重复再生,CRT 显示器设有一个显示存储器,提供 ASCII 码来产生字符发生器的地址。显示存储器的每一个存储单元,对应屏幕上的一个字符位置。所以,若需将字符显示在屏幕的某一位置上,只要选中与屏幕相对应的显示存储器地址,在该地址中写入字符的 ASCII 码即可。当屏幕显示格式规定为 16 行、每行 64 个字符时,显示存储器必须具有 64×16 个存储单元,共需 1kRAM 存放 1024 个字符的 ASCII 代码。所以,要形成一帧图像,凡是需要显示的字符,必须将该字符的 ASCII 码存入显示存储器相应的存储单元中。

显示存储器必须接受两种访问:一种是 CPU 的访问;另一种是由硬件电路中的分频器产生 10 条地址线($C_1 \sim C_6$,$R_1 \sim R_4$)的访问。图 4-33 所示为显示器硬件框图。

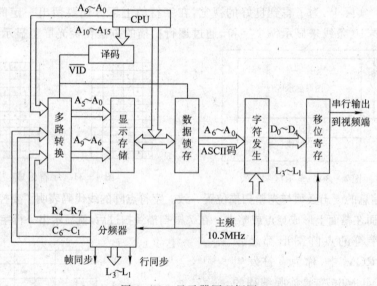

图 4-33　显示器原理框图

这两种访问由多路转换器来实现。当 CPU 要访问时,由地址线产生 VID＝0 信号,CPU 可以向显示存储器执行写操作,将要显示字符的 ASCII 码写入相应地址的显示存储器中。除了 CPU 访问外,显示存储器一直处于接受扫描地址的访问,显示存储器在扫描地址访问时,总处于读出状态,循环反复地提供 ASCII 码送入字符发生器的地址线。字符发生器连续提供字符的点阵代码供显示。

当需要显示信息时,启动显示信息子程序,将所显示的信息从计算机内存送到 CRT 内的显示存储器(即缓冲存储器)。由于显示存储器和 CRT 屏幕是一一对应的,一经输入即按新的内容显示。如果没有新的内容输入即按原有信息重复刷新。

<4>图形显示

图形显示具有直观、形象的特点,配有图形功能的 CNC 系统会给操作者带来很大的方便。例如,利用 CRT 的图形功能可对零件程序进行仿真,显示零件轮廓,显

示刀具轨迹,检查加工程序是否合格,判别会不会出现干涉现象等。总之,CNC 系统配上图形功能后,使之面目为之一新。下面简单介绍 CRT 的图形原理。

显示图形的 CRT 的扫描过程与前述的字符显示 CRT 一样,两者最大的区别在于显示存储器中的映像信息。字符显示时,显示存储器中存储的是屏幕上某个位置要显示字符的 ASCII 码。图形显示时,存储的则是若干个像素。所谓像素是指显示图形时所采用的点(点为最小画图单位)。为了显示一幅图形,需要有成千上万个像素来构成这幅图。把 CRT 设置成图形显示方式,则要把整个 CRT 作为一个像素矩阵来看,人们常用分辨率来描述一个 CRT 的像素数。例如,640×480 表示 CRT 有 480 条扫描线,每条线上有 640 个像素。通过软件来控制 CRT 上像素的色彩(如亮与暗),就可以做出各种所需要的图形。

4. 近代 CNC 系统的网络通信接口

当前对生产自动化提出很高的要求,生产要有很高的灵活性并能充分利用制造设备资源,为此将 CNC 装置和各种系统中的设备、计算机通过工业局部网络(LAN)联网以构成 FMS 或 CIMS。联网时应能保证高速和可靠地传送数据和程序。在这种情况下,一般采用同步串行传送方式,在 CNC 装置中设有专用的通信微处理机的通信接口,担负网络通信任务。其通信协议都采用以 ISO 开放式互联系统参考模型的 7 层结构为基础的有关协议,或 IEEE802 局部网络有关协议。近年来 MAP(Manufacturing Automation Protocol,制造自动化协议)已很快成为应用于工厂自动化的标准工业局部网的协议。FANUC、Siemens、A-B 等公司表示支持 MAP,在它们生产的 CNC 装置中可以配置 MAP2.1 或 MAP3.0 的网络通信接口。

从计算机网络技术看,计算机网络是通过通信线路并根据一定的通信协议互联起来的独立自主的计算机集合。CNC 装置可以看做是一台具有特殊功能的专用计算机。计算机的互联是为了交换信息,共享资源。工厂范围内应用的主要是局部网络(LAN),通常它有距离限制(几千米)、较高的传输速率、较低的误码率和可以采用各种传输介质(如电话线、双绞线同轴电缆和光导纤维)。ISO 的开放式互联系统参考模型(OSI/RM)是国际标准组织提出的分层结构的计算机通信协议的模型。提出这一模型是为了使世界各国不同厂家生产的设备能够互联,它是网络的基础。OSI/RM 在系统结构上具有 7 个层次,如图 4-34 所示。

通信一定是在两个系统之间进行的,而且两个系统都必须具有相同的层次功能,因此通信可以认为是在两个系统的对应层次(同等层,Peer)内进行的。同等层间通信必须遵循一系列规则或约定,这些规则和约定称为协议。OSI/RM 最大优点在于有效地解决了异种机之间的通信问题。不管两个系统之间的差异有多大,只要具有下述特点就可以相互有效地通信:

(1)它们完成一组同样的通信功能;

(2)这些功能分成相同的层次,对同等层提供相同的功能;

(3)同等层必须共享共同的协议。

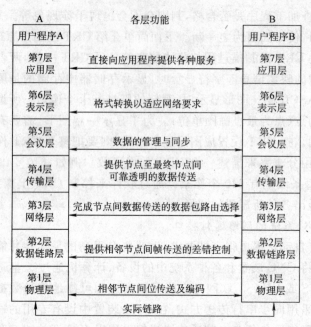

图 4-34　OSI/RM 的 7 层结构

局部网络标准由 IEEE802 委员会提出建议,并已被 ISO 采用。它只规定了链路层和物理层的协议。它将数据链路层分成逻辑链路控制(LLC)和介质存取控制(MAC)两个子层。MAC 中根据采用的 LAN 技术分成:CSMA/CD(IEEE 802.3)、令牌总线(Token Bus 802.4)和令牌环(Token Ring 802.5)。物理层也分成两个子层次:介质存取单元(MAU)和传输载体(Carrier)。MAU 分为基带、载带和宽带传输。传输载体有双绞线、同轴电缆、光导纤维(见图 4-35)。

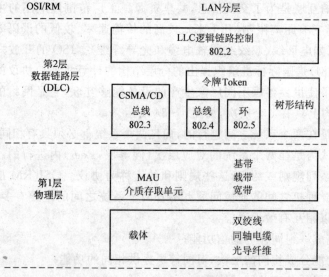

图 4-35　LAN 的分层结构

西门子公司开发了总线结构的SINECH1工业局部网络,可用以连接成FMC和FMS。SINECH1基于以太网技术,其MAC子层采用CSMA/CD(802.3),协议采用自行研制的自动化协议SINEC AP1.0(Automation Protocol)。

为了将SINUMERIK 850CNC系统连接至SINECH1网络,在850CNC系统中插入专用的工厂总线接口板CP535,通过SINECH1网络,850CNC系统可以与主控计算机交换信息、传送零件程序、接收指令、传送各种状态信息等。主计算机通过网络向850CNC系统传送零件程序的过程如图4-36所示。西门子的850CNC系统是一台多微处理机的高档CNC系统。从结构上看850CNC系统可以分成三个区域:NC区、PLC区和COM区。NC区负责传统的数控功能,采用通道概念,可同时处理加工程序达16通道,其位置控制可达24轴和6个主轴。PLC区是内装的可编程控制器。COM区主要任务是零件程序和中央数据的存储和管理。它有两个通道:一个用于零件程序在CRT上图形仿真;另一个用于所有接口的I/O处理。它还包含有用户存储子模块,用以存储所配置机床用的特殊专用加工循环。

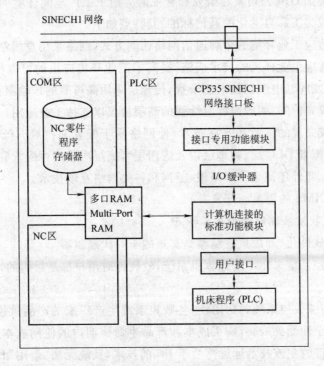

图4-36 SINUMERIK 850与SINECH1网络的连接

主计算机送来的零件程序经工业局部网络到达850系统PLC区的CP535接口,再经专用接口功能模块处理,存入多口RAM,然后由COM区将之存入NC零件程序存储器中。

其数据交换的格式是"透明"方式,如图4-37所示。数据帧内容包括信息帧长度(2字节长)、标识段(8字节长)、差错编码(2字节长)及有效的实际数据(最多224字节)。

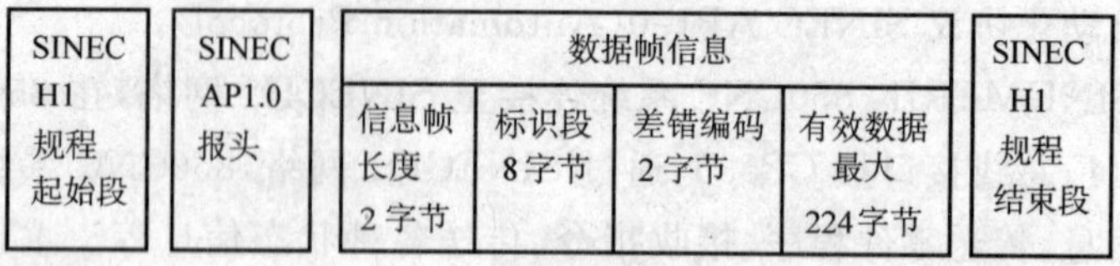

SINEC H1 规程起始段	SINEC AP1.0 报头	数据帧信息				SINEC H1 规程结束段
		信息帧长度 2字节	标识段 8字节	差错编码 2字节	有效数据 最大 224字节	

图 4-37 SINEC AP1.0 协议的帧格式

信息帧长度是标识段、差错编码、有效数据长度之和,最短为 10 字节,最长为 234 字节。通过标识段可以确定所传信息的含义和内容。差错编码是说明出现信息负应答的原因,以编码方式出现。

此外,SINUMERIK 850CNC 系统还可通过插入 AS512 接口板,采用 3964R 规程接入星形网络实现点对点通信。信息帧格式中有效数据最大为 128 字节。

MAP 是美国 GM 公司发起研究和开发的应用于工厂车间环境的通用网络通信标准,目前已成为工厂自动化的通信标准,其特点如下。

(1)采用适应工业环境的令牌通信网络访问方式,网络采用总线结构。

(2)采用适应工业环境的技术措施,提高了工业环境应用的可靠性,如在物理层采用宽带技术及同轴电缆以抗电磁干扰,传输层采用高可靠的传输服务。

(3)具有较完善的、明确而针对性强的高层协议以支持工业应用。

(4)具有较完善的体系和互联技术,使网络易于配置和扩展。低层次应用可配 Mini MAP(只配置 DLC 层、物理层以及应用层),高层次应用可配置完整的带 7 层协议的全 MAP。此外还规定了网络段、子网和各类网络互联技术。

(5)针对 CIMS 的需要而开发。

5. 开放式数控系统的结构及其特点

1)标准的软件化、开放式控制器是真正的下一代控制器

传统的数控系统采用专用计算机系统,软硬件对用户都是封闭的,主要存在以下问题。

(1)由于传统数控系统的封闭性,各数控系统生产厂家的产品软硬件不兼容,使得用户投资安全性受到威胁,购买成本和产品生命周期内的使用成本高。同时专用控制器的软硬件的主流技术远远落后于 PC 的技术,系统无法"借用"日新月异的 PC 技术而升级。

(2)系统功能固定,不能充分反映机床制造厂的生产经验,不具备某些机床或工艺特征需要的性能,用户无法对系统进行重新定义和扩展,也很难满足最终用户的特殊要求。作为机床生产厂希望生产的数控机床有自己的特色以区别于竞争对手的产品,以利于在激烈的市场竞争中占有一席之地,而传统的数控系统是做不到的。

（3）传统数控系统缺乏统一有效和高速的通道与其他控制设备和网络设备进行互联，信息被锁在"黑匣子"中，每一台设备都成为自动化的"孤岛"，对企业的网络化和信息化发展是一个障碍。

（4）传统数控系统人机界面不灵活，系统的培训和维护费用昂贵。许多厂家花巨资购买高档数控设备，面对几本甚至十几本沉甸甸的技术资料不知从何下手。由于缺乏使用和维护知识，购买的设备不能充分发挥其作用。一旦出现故障，面对"黑匣子"无从下手，维修费用十分昂贵。有的设备由于不能正确使用以致长期处于瘫痪状态，花巨资购买的设备非但不能发挥作用反而成了企业的沉重包袱。

在计算机技术飞速发展的今天，商业和办公自动化的软硬件系统开放性已经非常好，如果计算机的任何软硬件出了故障，都可以很快从市场买到它并加以解决，而这在传统封闭式数控系统中是做不到的。为克服传统数控系统的缺点，数控系统正朝着开放式的方向发展。目前其主要形式是基于 PC 的 NC，即在 PC 的总线插上具有 NC 功能的运动控制卡完成实时性要求高的 NC 内核功能，或者利用 NC 与 PC 通信改善 PC 的界面和其他功能。这种形式的开放式数控系统在开放性、功能、购买和使用总成本以及人机界面等方面较传统数控有很大的改善，但它还包含有专用硬件、扩展不方便等缺点。国内外现阶段开发的开放式数控系统大都是这种结构形式的。这种 PC 化的 NC 还有专有化硬件，还不是严格意义上的开放式数控系统。

开放式数控系统是制造技术领域的革命性飞跃。其硬件、软件和总线规范都是对外开放的，由于有充足的软硬件资源可被利用，系统软硬件可随着 PC 技术的发展而升级，不仅使数控系统制造商和用户进行的系统集成得到有力的支持，而且针对用户的二次开发也带来方便，促进了数控系统多档次、多品种的开发和广泛应用，既可通过升挡或裁剪构成各种档次的数控系统，又可通过扩展构成不同类型数控机床的数控系统，开发周期大大缩短。

要实现控制系统的开放，首先得有一个大家遵循的标准。国际上一些工业化国家都开展了这一方面的研究，旨在建立一种标准规范，使得控制系统软硬件与供应商无关，并且实现可移植性、可扩展性、可操作性、统一的人机界面风格和可维护性，以取得产品的柔性、降低产品成本和使用的隐形成本、缩短产品供应时间。这些计划包括如下几个：

①欧共体的 ESPRIT 6379 OSACA(Open System Architecture for Control with Automation Systems)计划，开始于 1992 年，历时 6 年，有由控制供应商、机床制造企业和研究机构等组成的 35 个成员；

②美国空军开展了 NGC(下一代控制器)项目的研究，美国国家标准技术协会 NIST 在 NGC 的基础上进行了进一步研究工作，提出了增强型机床控制器 EMC (Enhanced Machine Controller)，并建立了 Linux CNC 实验机床验证其基本方案；

③美国三大汽车公司联合研究了 OMAC，它们联合欧洲 OSACA 组织和日本的

JOP(Japan FA Open Systems Promotion Group)建立了一套国际标准的 API,是一个比较实用且影响较广的标准;

④日本联合六大公司成立了 OSEC(Open System Environment for Controller)组织,该组织讨论的重点是 NC(数字控制)本身和分布式控制系统,该组织定义了开放结构和生产系统的界面规范,推进了工厂自动化控制设备的国际标准的建立。

2000 年,国家经贸委和机械工业局组织进行"新一代开放式数控系统平台"的研究开发。2001 年 6 月完成了在 OSACA 的基础上编制"开放式数控系统技术规范"和建立了开放式数控系统软硬件平台,并通过了国家级验收。此外还有一些学校、企业也在进行开放式数控系统的研究开发。

2)开放式数控系统所具有的主要特点

(1)软件化数控系统内核扩展了数控系统的柔性和开放性,降低了系统成本。随着计算机性能的提高和实时操作系统的应用,软件化 NC 内核将被广泛接受。它使得数控系统具有更大的柔性和开放性,方便系统的重构和扩展,降低系统的成本。数控系统的运动控制内核要求有很高的实时性(伺服更新和插补周期为几十微秒到几百微秒),其实时性实现有两种方法:硬件实时和软件实时。

①在硬件实时实现上,早期 DOS 系统可直接对硬中断进行编程来实现实时性,通常采用在 PC 上插 NC I/O 卡或运动控制卡。由于 DOS 是单任务操作系统,非图形界面,因此在 DOS 下开发的数控系统功能有限,界面一般,网络功能弱,有专有硬件,只能算是基于 PC 化的 NC,不能算是真正的开放式数控系统,如华中 I 型、航天 CASNUC901 系列、四开 SKY 系列等。Windows 系统推出后,由于其不是实时系统,要达到 NC 的实时性,只有采用多处理器,常见的方式是在 PC 上插一块基于 DSP 处理器的运动控制卡,NC 内核实时功能由运动控制卡实现,称为 PC 与 NC 的融合。这种方式给 NC 功能带来了较大的开放性,通过 Windows 的 GUI 可实现很好的人机界面,但是运动控制卡仍属于专有硬件,各厂家产品不兼容,增加成本(1～2 万元),且 Windows 系统工作不稳定,不适合于工业应用(WindowsNT 工作较稳定)。目前大多宣称为开放式的数控系统属于这一类,如功能非常强大的 MAZAK 的 Mazatrol Fusion 640、美国 A2100、Advantage 600、华中 HNC - 2000 数控系统等。

②在软件实时实现上,只需一个 CPU,系统简单、成本低,但必须有一个实时操作系统。实时系统根据其响应的时间可分为硬实时(Hard real time,小于 100 μs)、严格实时(Firm real time,小于 1 ms)和软实时(Soft real time,毫秒级),数控系统内核要求硬实时。现有两种方式:一种是采用单独实时操作系统(如 QNX,Lynx,Vx-Works 和 Windows CE 等),这类实时操作系统比较小,对硬件的要求低,但其功能相对 Windows 等较弱,如美国 Clesmen 大学采用 QNX 研究的 Qmotor 系统;另一种是在标准的商用操作系统上加上实时内核,如 WindowsNT 加 VenturCOM 公司的 RTX 和 Linux 加 RTLinux 等,这种组合形式既满足了实时性要求,又具有商用系统

的强大功能。LINUX系统具有丰富的应用软件和开发工具,便于与其他系统实现通信和数据共享,可靠性比Windows系统高,LINUX系统可以三年不关机,这在工业控制中是至关重要的。目前制造系统在Windows下的应用软件比较多,为解决Windows应用软件的使用,可以通过网络连接前端PC扩展运行Windows应用软件,既保证了系统的可靠性又达到了已有软件资源的应用。WindowsNT加RTX组合的应用较成功的有美国的OpenCNC公司和德国的PA公司(自己开发的实时内核),这两家公司均有产品推出,另外SIMENS公司的SINUMERIK® 840Di也是一种采用NT操作系统的单CPU的软件化数控系统。Linux和RTLinux是源代码开放的免费操作系统,发展迅猛,是我国力主发展的方向。

(2)数控系统驱动和数字I/O(PLC的I/O)连接的发展方向是现场总线。传统数控系统驱动和PLC I/O与控制器是直接相连的,一个伺服电动机至少有11根线,当轴数和I/O点多时,布线相当多,出于可靠性考虑,线长有限(一般3~5 m)、不易扩展、可靠性低、维护困难,特别是采用软件化数控内核后,通常只有一个CPU,控制器一般在操作面板端,离控制箱(放置驱动器等)不能太远,给工程实现带来困难,所以一般PC数控系统多采用一体化机箱,但这又不被机床厂家和用户所接受。而现场总线用一根通信线或光纤将所有的驱动和I/O线连起来,传送各种信号,以实现对伺服驱动的智能化控制。这种方式连线少、可靠性高、扩展方便、易维护、易于实现重配置,是数控系统的发展方向。现在数控系统中采用的现场总线标准有:PROFIBUS(传输速率为12 Mb/s),如Siemens 802D等;光纤现场总线SERCOS(最高为16 Mb/s,但目前大多系统为4 Mb/s),如Indramat System2000和北京机电院的CH-2010/S,北京和利时公司也研究了SERCOS接口的演示系统;CAN现场总线,如华中数控和南京四开的系统等,但目前基于SERCOS和PROFIBUS的数控系统都比较贵。而CAN总线传输速率慢,最大传输速率为1 Mb/s时,传输距离为40 m。

(3)网络化是基于网络技术的E-Manufacturing对数控系统的必然要求。传统数控系统缺乏统一、有效和高速的通道与其他控制设备和网络设备进行互联,信息被锁在"黑匣子"中,每一台设备都成为自动化的"孤岛",对企业的网络化和信息化发展是一个障碍。CNC机床作为制造自动化的底层基础设备,应该能够双向高速地传送信息,实现加工信息的共享、远程监控、远程诊断和网络制造。基于标准PC的开放式数控系统可利用以太网技术实现强大的网络功能,实现控制网络与数据网络的融合,实现网络化生产信息和管理信息的集成以及加工过程监控、远程制造、系统的远程诊断和升级;在网络协议方面,制造自动化协议MAP(Manufacturing Automation Protocol)由于其标准包含内容太广泛、应用层未定义、难以开发硬件和软件、每个站需有专门的MAP硬件、价格昂贵、缺乏广泛的支持而逐渐淡出市场。现在广为大家接受的是TCP/IP INTERNET协议,美国HAAS公司的Creative Control Group将这一以太网的数控网络称为 DCN(Direct CNC Networking)。数控系统网络功能方面,日本 MAZAKA 公司 的 Mazatrol Fusion 640 系统有很强的网络功能,可实现远程数据传输、管理和设备故障诊断等。

【动手与思考】

(1)打开华中 HNC-21 数控系统后盖,指出内部板卡的名称和作用。

(2)对照实物,找出 MDI 键盘和操作面板按钮与板卡之间的数据线。

(3)找出对应外部接口的控制板卡,思考其作用。

任务五 进给轴插补控制的实现

【任务导入】

普通车床车削工件时,通过进给传动系统变速和丝杠运动,带动刀具作 Z 向进给,而 X 向的进给只能通过手轮实现手动进给。经过实训,同学们应该能够感觉到用普通车床车削圆台、圆弧特征时没有专用的辅助工具是无法实现的,而数控车床就可以轻松实现这些任务。从表面上看,数控车床的传动系统没有普通车床复杂,那么是怎样实现两个方向上的协同工作的呢? 这就是我们在本学习任务中要探讨的插补问题。在数控机床中,插补运算是由数控机床的指挥中枢——CNC 数控装置来完成的。下面就从插补的基本概念说起。

【知识要点】

1. 插补的基本概念

如何控制刀具或工件的运动是机床数字控制的核心问题。要走出平面曲线运动轨迹需要两个运动坐标的协调运动,要走出空间曲线运动轨迹则要求三个或三个以上运动坐标的协调运动。运动控制不仅控制刀具相对于工件运动的轨迹,同时还要控制运动的速度。直线和圆弧是构成工件轮廓的基本线条,因此大多数 CNC 系统一般都具有直线和圆弧插补功能。对于非直线或圆弧组成的轨迹,可以用小段的直线或圆弧来拟合。只有在某些要求较高的系统中,才具有抛物线、螺旋线插补功能。一个零件加工程序除了提供进给速度和刀具参数外,一般还要提供直线的起点和终点,圆弧的起点、终点、顺逆和圆心相对于起点的偏移量。

所谓插补是指数据密化的过程。在对数控系统输入有限坐标点(例如起点、终点)的情况下,计算机根据线段的特征(直线、圆弧、椭圆等),运用一定的算法,自动地在有限坐标点之间生成一系列的坐标数据,从而自动地对各坐标轴进行脉冲分配,完成整个线段的轨迹运行,使机床加工出所要求的轮廓曲线。对于轮廓控制系统来说,插补是最重要的计算任务,插补程序的运行时间和计算精度影响着整个 CNC 系统的性能指标,可以说插补是整个 CNC 系统控制软件的核心。人们一直在努力探求一种简单而有效的插补算法,目前普遍应用的算法可分为两大类:一类是脉冲增量插补;另一类是数据采样插补。

2. 脉冲增量插补

脉冲增量插补又称基准脉冲插补或行程标量插补。该插补算法主要为各坐标轴进行脉冲分配计算。其特点是每次插补的结束仅产生一个行程增量,以一个个脉冲的方式输出给步进电动机。脉冲增量插补在插补计算过程中不断向各个坐标发出相互协调的进给脉冲,驱动各坐标轴的电动机运动。在数控系统中,一个脉冲所产生的坐标轴位移量叫做脉冲当量,通常用 δ 表示。脉冲当量 δ 是脉冲分配的基本单位,按机床设计的加工精度选定。普通精度的机床取 $\delta = 0.01$ mm，较精密的机床取 $\delta = 0.001$ mm 或 $\delta = 0.005$ mm。脉冲增量插补通常有以下几种：逐点比较法、数字积分法、比较积分法、矢量判断法、最小偏差法、数字脉冲乘法器法等。

脉冲增量插补适用于以步进电动机为驱动装置的开环数控系统。

3. 数据采样插补

数据采样插补又称时间标量插补或数字增量插补。这类插补算法的特点是数控装置产生的不是单个脉冲，而是数字量。插补运算分两步完成，第一步为粗插补，它是在给定起点和终点的曲线之间插入若干个点，即用若干条微小直线段来逼近给定曲线，每一微小直线段的长度 ΔL 都相等，且与给定进给速度有关。粗插补的每一微小直线段长度 ΔL 与进给速度 F 和插补周期 T 有关，即 $\Delta L = FT$。第二步为精插补，它是在粗插补算出的每一微小直线上再作"数据点的密化"工作，这一步相当于对直线的脉冲增量插补。

数据采样插补方法适用于以闭环和半闭环的直流或交流伺服电动机为驱动装置的位置采样控制系统。粗插补在每个插补周期内计算出坐标位置增量值，而精插补则在每个采样周期内采样闭环或半闭环反馈位置增量值及插补输出的指令位置增量值，然后算出各坐标轴相应的插补指令位置和实际反馈位置，并将两者相比较，求得跟随误差。根据所求得的跟随误差算出相应轴的进给速度指令，并输出给驱动装置。在实际使用中，粗插补运算简称为插补，通常用软件实现；而精插补可以用软件，也可以用硬件来实现。插补周期与采样周期可以相等，也可以不等，通常插补周期是采样周期的整数倍。

【任务内容】

一、逐点比较法插补

CK6132 数控车床在加工圆台和圆弧面时，控制刀尖相对于工件走斜直线和圆弧，Z 轴和 X 轴势必要协调运动。简单地说，数控系统指挥下的这种协调运动就是两个坐标轴的插补运动。下面从最简单的逐点比较法插补入手，介绍插补算法。

【知识要点】 逐点比较法插补

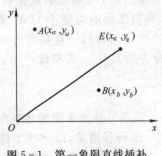

图 5-1 第一象限直线插补

逐点比较法的基本原理是被控对象在按要求的轨迹运动时，每走一步都要与规定的轨迹进行比较，由比较的结果决定下一步移动的方向。逐点比较法既可以作直线插补又可以作圆弧插补。

1. 逐点比较法直线插补

1）逐点比较法的直线插补原理

在图 5-1 所示的 xy 平面第一象限内，直线段 OE 以原点为起点，以 $E(x_e, y_e)$ 点为终点，直线方程为

$$\frac{y}{x} = \frac{y_e}{x_e}$$

改写为

$$yx_e - xy_e = 0$$

如果加工轨迹脱离直线,则轨迹点的 x、y 坐标不满足上述直线方程。在第一象限中,对位于直线上方的点 A,有

$$y_a x_e - x_a y_e > 0$$

对位于直线下方的点 B,有

$$y_b x_e - x_b y_e < 0$$

因此可以取判别函数 F 来判断点与直线的相对位置,F 为

$$F = yx_e - xy_e$$

当加工点落在直线上时,$F = 0$;

当加工点落在直线上方时,$F > 0$;

当加工点落在直线下方时,$F < 0$。

称 $F = yx_e - xy_e$ 为"直线插补偏差判别式"或"偏差判别函数",F 的数值称为"偏差"。

例如,图 5-2 待加工直线 OE,运用下述法则,根据偏差判别式,求得图中近似直线(由折线组成)。若刀具加工点的位置 P (x_i, y_j) 处在直线上方(包括在直线上),即满足 $F_{i,j} \geqslant 0$ 时,向 x 轴方向发出一个正向运动的进给脉冲($+\Delta x$),使刀具沿 x 轴移动一步(一个脉冲当量 δ)逼近直线;若刀具加工点的位置 $P(x_i, y_j)$ 处在直线下方,即满足 $F_{i,j} < 0$ 时,向 y 轴发出一个正向运动的进给脉冲($+\Delta y$),使刀具沿 y 轴移动一步逼近直线。

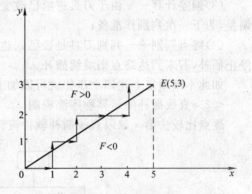

图 5-2 直线插补轨迹

但是按照上述法则进行运算判别,要求每次进行判别式 $F_{i,j}$ 运算——乘法与减法运算,这在具体电路或程序中实现不是最方便的。一个简便的方法是:每走一步到新加工点,加工偏差用前一点的加工偏差递推出来,这种方法称"递推法"。

若 $F_{i,j} \geqslant 0$ 时,则向 x 轴发出一进给脉冲,刀具从这点向 x 方向迈进一步,新加工点 $P(x_{i+1}, y_j)$ 的偏差值为

$$F_{i+1,j} = x_e y_j - (x_i + 1)y_e$$
$$= x_e y_j - x_i y_e - y_e$$
$$= F_{i,j} - y_e$$

即

$$F_{i+1,j} = F_{i,j} - y_e \qquad (5-1)$$

如果某一时刻加工点 $P(x_i, y_j)$ 的 $F_{i,j} < 0$ 时,则向 y 轴发出一进给脉冲,刀具从这点向 y 方向迈进一步,新加工点 $P(x_i, y_{j+1})$ 的偏差值为

$$F_{i,j+1}=x_e(y_j+1)-x_iy_e$$
$$=x_ey_j-x_iy_e+x_e$$
$$=F_{i,j}+x_e$$

即

$$F_{i,j+1}=F_{i,j}+x_e \tag{5-2}$$

根据式(5-1)及式(5-2)可以看出,新加工点的偏差值完全可以用前一点的偏差递推出来。

2)节拍控制和运算程序流程图

＜1＞直线插补的步骤

综上所述,对于逐点比较法直线插补的全过程,每走一步都要进行以下四个步骤:

(1)偏差判别——判别刀具当前位置相对于给定轮廓的偏离情况,以此决定刀具移动方向;

(2)进给——根据偏差判别结果,控制刀具相对于工件轮廓进给一步,即向给定的轮廓靠拢,减少偏差;

(3)偏差计算——由于刀具进给已改变了位置,因此应计算出刀具当前位置的新偏差,为下一次判别作准备;

(4)终点判别——判别刀具是否已到达被加工轮廓线段的终点,若已到达终点则停止插补,若未到达终点则继续插补。

如此不断重复上述四个步骤就可以加工出所要求的轮廓。

＜2＞直线插补的运算程序流程图

逐点比较法第一象限直线插补软件流程图如图5-3所示。

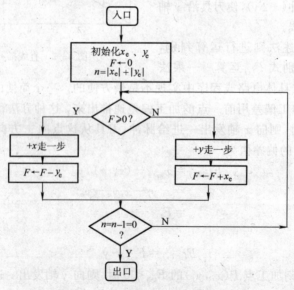

图5-3 第一象限直线插补软件流程图

3)不同象限的直线插补

对第二象限,只要用$|x|$取代x,就可以变换到第一象限,至于输出驱动,应使x轴向步进电动机反向旋转,而y轴步进电动机仍为正向旋转。

同理,第三、四象限的直线也可以变换到第一象限。插补运算时,用$|x|$和$|y|$代替x、y。输出驱动则是:在第三象限,点在直线上方,向$-y$方向进给,点在直线下方,向$-x$方向进给;在第四象限,点在直线上方,向$-y$方向进给,点在直线下方,向$+x$方向进给。四个象限的进给方向如图$5-4$所示。

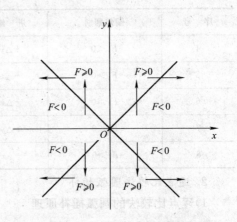

图$5-4$　四个象限进给方向

现将直线4种情况偏差计算及进给方向列于表$5-1$中,其中用 L 表示直线,四个象限分别用数字1、2、3、4标注。

表$5-1$　xy平面内直线插补的进给与偏差计算

线 型	偏 差	偏 差 计 算	进给方向与坐标
L1,L4	$F \geqslant 0$	$F \leftarrow F - |y_e|$	$+\Delta x$
L2,L3	$F \geqslant 0$		$-\Delta x$
L1,L2	$F < 0$	$F \leftarrow F - |x_e|$	$+\Delta y$
L3,L4	$F < 0$		$-\Delta y$

例$5-1$　设欲加工第一象限直线 OE,终点坐标为 $x_e = 5$、$y_e = 3$,试用逐点比较法插补该直线。

解:总步数 $n = 5 + 3 = 8$

开始时刀具在直线起点,即在直线上,故 $F_0 = 0$,表$5-2$列出了直线插补运算过程,插补轨迹见图$5-2$。

表$5-2$　直线插补运算过程

序　号	偏差判别	进　给	偏差计算	终点判别
0			$F_0 = 0$	$n = 5 + 3 = 8$
1	$F_0 = 0$	$+\Delta x$	$F_1 = F_0 - y_e = 0 - 3 = -3$	$n = 8 - 1 = 7$
2	$F_1 < 0$	$+\Delta y$	$F_2 = F_1 + x_e = -3 + 5 = 2$	$n = 7 - 1 = 6$
3	$F_2 > 0$	$+\Delta x$	$F_3 = F_2 - y_e = 2 - 3 = -1$	$n = 6 - 1 = 5$

序　号	偏差判别	进　给	偏差计算	终点判别
4	$F_3 < 0$	$+\Delta y$	$F_4 = F_3 + x_e = -1 + 5 = 4$	$n = 5 - 1 = 4$
5	$F_4 > 0$	$+\Delta x$	$F_5 = F_4 - y_e = 4 - 3 = 1$	$n = 4 - 1 = 3$
6	$F_5 > 0$	$+\Delta x$	$F_6 = F_5 - y_e = 1 - 3 = -2$	$n = 5 - 1 = 2$
7	$F_6 < 0$	$+\Delta y$	$F_7 = F_6 + x_e = -2 + 5 = 3$	$n = 2 - 1 = 1$
8	$F_7 > 0$	$+\Delta x$	$F_8 = F_7 - y_e = 3 - 3 = 0$	$n = 1 - 1 = 0$

2. 逐点比较法圆弧插补

1）逐点比较法的圆弧插补原理

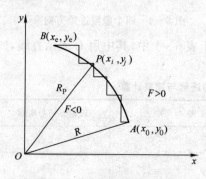

图 5-5　逐点比较法圆弧插补

加工一个圆弧,很容易令人想到用加工点到圆心的距离与该圆弧的名义半径相比较来反映加工偏差。设要加工图 5-5 所示第一象限逆时针走向的圆弧 AB,半径为 R,以原点为圆心,起点坐标为 $A(x_0, y_0)$,在 xy 坐标平面第一象限中,点 $P(x_i, y_i)$ 的加工偏差有以下三种情况。

若点 $P(x_i, y_j)$ 正好落在圆弧上,则下式成立

$$x_i^2 + y_j^2 = x_0^2 + y_0^2 = R^2$$

若加工点 $P(x_i, y_j)$ 落在圆弧外侧,则 $R_P > R$,即

$$x_i^2 + y_j^2 > x_0^2 + y_0^2$$

若加工点 $P(x_i, y_j)$ 落在圆弧内侧,则 $R_P < R$,即

$$x_i^2 + y_j^2 < x_0^2 + y_0^2$$

将上面各式分别改写为下列形式:

$(x_i^2 - x_0^2) + (y_j^2 - y_0^2) = 0$（在圆弧上）;

$(x_i^2 - x_0^2) + (y_j^2 - y_0^2) > 0$（在圆弧外侧）;

$(x_i^2 - x_0^2) + (y_j^2 - y_0^2) < 0$（在圆弧内侧）。

取加工偏差判别式

$$F_{i,j} = (x_i^2 - x_0^2) + (y_j^2 - y_0^2)$$

若点 $P(x_i, y_j)$ 在圆弧外侧或圆弧上,即满足 $F_{i,j} \geq 0$ 的条件时,向 x 轴发出一负向运动的进给脉冲($-\Delta x$);若点 $P(x_i, y_j)$ 在圆弧内侧,即满足 $F_{i,j} < 0$ 的条件时,则向 y 轴发出一正向运动的进给脉冲($+\Delta y$)。为了简化偏差判别式的运算,仍用递推法来推算下一步新的加工偏差。

设加工点 $P(x_i, y_j)$ 在圆弧外侧或在圆弧上,则加工偏差为

$$F_{i,j}=(x_i^2-x_0^2)+(y_j^2-y_0^2)\geqslant0$$

故须向 x 轴负向进给一步（$-\Delta x$），移到新的加工点 $P(x_{i+1},y_j)$，其加工偏差为

$$\begin{aligned}
F_{i+1,j}&=(x_i-1)^2-x_0^2+y_j^2-y_0^2\\
&=x_i^2-2x_i+1+y_j^2-y_0^2-x_0^2\\
&=F_{i,j}-2x_i+1
\end{aligned} \tag{5-3}$$

设加工点 $P(x_i,y_j)$ 在圆弧的内侧，则 $F_{i,j}<0$。那么须向 y 轴正向进给一步（$+\Delta y$），移到新的加工点 $P(x_i,y_{j+1})$，其加工偏差为

$$\begin{aligned}
F_{i,j+1}&=x_i^2-x_0^2+(y_j+1)^2-y_0^2\\
&=x_i^2-x_0^2+y_j^2+2y_j+1-y_0^2\\
&=F_{i,j}+2y_j+1
\end{aligned} \tag{5-4}$$

根据式（5-3）及式（5-4）可以看出，新加工点的偏差值可以用前一点的偏差值递推出来。递推法把圆弧偏差运算式由平方运算化为加法和乘 2 运算，而对二进制来说，乘 2 运算是容易实现的。

2）圆弧插补的运算过程

圆弧插补的运算过程与直线插补的过程基本一样，不同的是，圆弧插补时，动点坐标的绝对值总是一个增大，另一个减小。如对于第一象限逆圆来说，动点坐标的增量公式为

$$x_{i+1}=x_i-1$$
$$y_{j+1}=y_j+1$$

圆弧插补运算每进给一步也需要进行偏差判别、进给、偏差计算、终点判断四个工作节拍，其运算过程的流程图如图 5-6 所示。运算中 F 寄存偏差值 $F_{i,j}$；x 和 y 分别寄存 x 和 y 动点的坐标值，开始分别存放 x_0 和 y_0；n 寄存终点判别值，则有

$$n=|x_e-x_0|+|y_e-y_0|$$

3）圆弧插补举例

例 5-2 设有第一象限逆圆弧 AB，起点为 $A(5,0)$，终点为 $B(0,5)$，用逐点比较法插补 AB。

解：$n=|5-0|+|0-5|=10$

开始加工时刀具在起点，即在圆弧上，$F_0=0$。加工运算过程见表 5-3，插补轨迹见图 5-7。

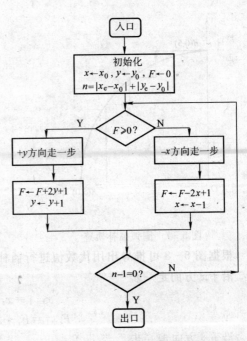

图 5-6 第一象限逆圆插补运算流程图

133

表 5-3　圆弧插补运算过程

序号	偏差判别	进给	偏差计算		终点判别
0			$F_0=0$	$x_0=5$，$y_0=0$	$n=10$
1	$F_0=0$	$-\Delta x$	$F_1=F_0-2x+1=0-2\times5+1=-9$	$x_1=4$，$y_1=0$	$n=10-1=9$
2	$F_1<0$	$+\Delta y$	$F_2=F_1+2y+1=-9+2\times0+1=-8$	$x_2=4$，$y_2=1$	$n=8$
3	$F_2<0$	$+\Delta y$	$F_3=-8+2\times1+1=-5$	$x_3=4$，$y_3=2$	$n=7$
4	$F_3<0$	$+\Delta y$	$F_4=-5+2\times2+1=0$	$x_4=4$，$y_4=3$	$n=6$
5	$F_4=0$	$-\Delta x$	$F_5=0-2\times4+1=-7$	$x_5=3$，$y_5=3$	$n=5$
6	$F_5<0$	$+\Delta y$	$F_6=-7+2\times3+1=0$	$x_6=3$，$y_6=4$	$n=4$
7	$F_6=0$	$-\Delta x$	$F_7=0-2\times3+1=-5$	$x_7=2$，$y_7=4$	$n=3$
8	$F_7<0$	$+\Delta y$	$F_8=-5+2\times4+1=4$	$x_8=2$，$y_8=5$	$n=2$
9	$F_8>0$	$-\Delta x$	$F_9=4-2\times2+1=1$	$x_9=1$，$y_9=5$	$n=1$
10	$F_9>0$	$-\Delta x$	$F_{10}=1-2\times1+1=0$	$x_{10}=0$，$y_{10}=5$	$n=0$

4）圆弧插补的象限处理与坐标变换

（1）圆弧插补的象限处理。上面仅讨论了第一象限的逆圆弧插补，实际上圆弧所在的象限不同、顺逆不同，插补公式和进给方向均不同。圆弧插补有 8 种情况，如图 5-8 所示。

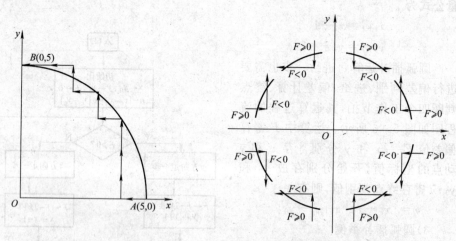

图 5-7　圆弧插补轨迹　　　　图 5-8　圆弧四象限进给方向

根据图 5-8 可推导出用代数值进行插补计算的公式如下。

沿 $+x$ 方向走一步

$$x_{i+1}=x_i+1$$
$$F_{i+1}=F_i+2x_i+1 \qquad (5-5)$$

沿 $+y$ 方向走一步

$$y_{i+1}=y_i+1$$

$$F_{i+1}=F_i+2y_i+1 \qquad (5-6)$$

沿 $-x$ 向走一步

$$x_{i+1}=x_i-1$$
$$F_{i+1}=F_i-2x_i+1 \qquad (5-7)$$

沿 $-y$ 方向走一步

$$y_{i+1}=y_i-1$$
$$F_{i+1}=F_i-2y_i+1 \qquad (5-8)$$

现将圆弧 8 种情况偏差计算及进给方向列于表 5-4 中,其中用 R 表示圆弧,S 表示顺时针,N 表示逆时针,四个象限分别用数字 1、2、3、4 标注,例如 SR1 表示第一象限顺圆,NR3 表示第三象限逆圆。

表 5-4　xy 平面内圆弧插补的进给与偏差计算

线　型	偏　差	偏差计算	进给方向与坐标
SR2,NR3	$F \geqslant 0$	$F \leftarrow F+2x+1$	$+\Delta x$
SR1,NR4	$F < 0$	$x \leftarrow x+1$	
NR1,SR4	$F \geqslant 0$	$F \leftarrow F-2x+1$	$-\Delta x$
NR2,SR3	$F < 0$	$x \leftarrow x-1$	
NR4,SR3	$F \geqslant 0$	$F \leftarrow F+2y+1$	$+\Delta y$
NR1,SR2	$F < 0$	$y \leftarrow y+1$	
SR1,NR2	$F \geqslant 0$	$F \leftarrow F-2y+1$	$-\Delta y$
NR3,SR4	$F < 0$	$y \leftarrow y-1$	

(2)圆弧自动过象限。所谓圆弧自动过象限,是指圆弧的起点和终点不在同一象限内,如图 5-9 所示。为实现一个程序段的完整功能,需设置圆弧自动过象限功能。

要完成过象限功能,首先应判别何时过象限。过象限有一显著特点,就是过象限时刻正好是圆弧与坐标轴相交的时刻,因此在两个坐标值中必有一个为零,判断是否过象限只要检查是否有坐标值为零即可。

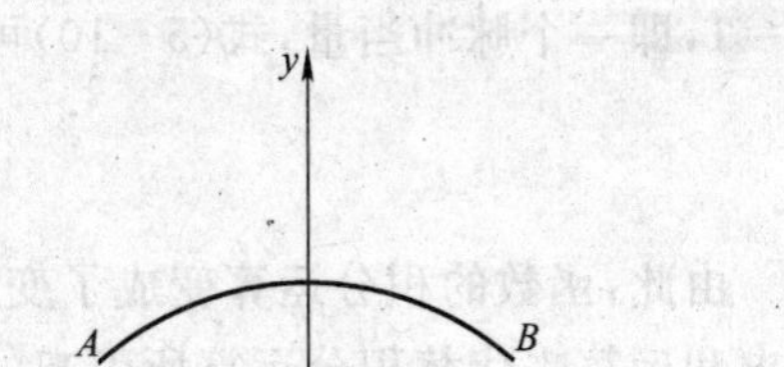

过象限后,圆弧线型也改变了,以图 5-9

图 5-9　圆弧过象限

为例,由 SR2 变为 SR1。但过象限时象限的转换是有一定规律的。当圆弧起点在第一象限时,逆时针圆弧过象限的转换顺序是 NR1→NR2→NR3→NR4→NR1,每过一次象限,象限顺序号加 1,当从第四象限向第一象限过象限时,象限顺序号从 4 变为 1;顺时针圆弧过象限的转换顺序是 SR1→SR4→SR3→SR2→SR1,即每过一次象限,象限顺序号减 1,当从第一象限向第四象限过象限时,象限顺序号从 1 变为 4。

（3）坐标变换。前面所述的逐点比较法插补是在平面中讨论的。对于其他平面的插补可采用坐标变换方法实现。用 y 代替 x，z 代替 y，即可实现 yz 平面内的直线和圆弧插补；用 z 代替 y，而 x 坐标不变，就可以实现 xz 平面内的直线与圆弧插补。

【知识拓展】

（一）数字积分法插补

1. 数字积分法的基本原理

数字积分法又称数字微分分析法（Digital Differential Analyzer）。这种插补方法可以实现一次、二次甚至高次曲线的插补，也可以实现多坐标联动控制。只要输入不多的几个数据，就能加工出圆弧等形状较为复杂的轮廓曲线。作直线插补时，脉冲分配也较均匀。

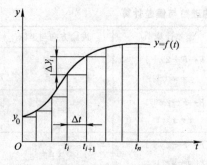

图 5-10　函数 $y=f(t)$ 的积分

从几何概念上来说，函数 $y=f(t)$ 的积分运算就是求函数曲线所包围的面积 S（见图 5-10），即

$$S = \int_0^t y\mathrm{d}t \qquad (5-9)$$

此面积可以看做是许多长方形小面积之和，长方形的宽为自变量 Δt，高为纵坐标 y_i。则

$$S = \int_0^t y\mathrm{d}t = \sum_{i=0}^n y_i \Delta t \qquad (5-10)$$

这种近似积分法称为矩形积分法，该公式又称为矩形公式。数学运算时，如果取 $\Delta t=1$，即一个脉冲当量，式（5-10）可以简化为

$$S = \sum_{i=0}^n y_i \qquad (5-11)$$

由此，函数的积分运算变成了变量求和运算。如果所选取的脉冲当量足够小，则用求和运算来代替积分运算所引起的误差一般不会超过容许的数值。

2. DDA 直线插补

1）DDA 直线插补原理

设 xy 平面内直线 OE，起点为 $(0,0)$，终点为 (x_e, y_e)，如图 5-11 所示。若以匀速 v 沿 OE 位移，则 v 可分为动点在 x 轴和 y 轴方向的两个速度 v_x、v_y，根据前述积分原理计算公式，在 x 轴和 y 轴方向上微小位移增量 Δx、Δy 应为

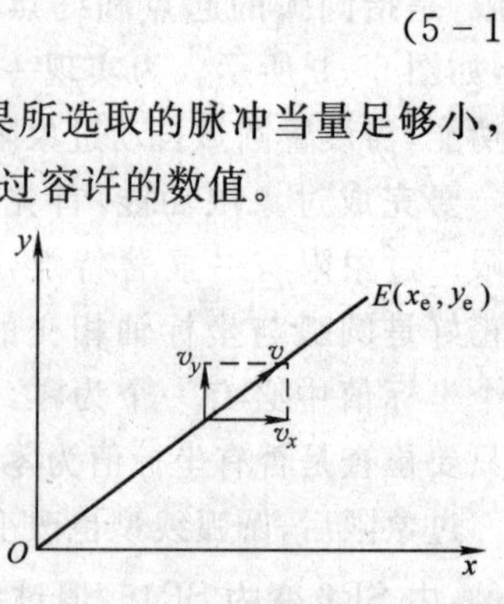

图 5-11　直线插补

$$\left. \begin{array}{l} \Delta x = v_x \Delta t \\ \Delta y = v_y \Delta t \end{array} \right\} \qquad (5-12)$$

对于直线函数来说，v_x、v_y、v 和 $L(L=\sqrt{x_e^2 + y_e^2})$ 满足下式：

$$\begin{cases} \dfrac{v_x}{v} = \dfrac{x_\mathrm{e}}{L} \\[2mm] \dfrac{v_y}{v} = \dfrac{y_\mathrm{e}}{L} \end{cases}$$

从而有

$$\left. \begin{aligned} v_x &= k x_\mathrm{e} \\ v_y &= k y_\mathrm{e} \end{aligned} \right\} \tag{5-13}$$

其中：$k = \dfrac{v}{L}$。

因此坐标轴的位移增量为

$$\left. \begin{aligned} \Delta x &= k x_\mathrm{e} \Delta t \\ \Delta y &= k y_\mathrm{e} \Delta t \end{aligned} \right\} \tag{5-14}$$

各坐标轴的位移量为

$$\left. \begin{aligned} x &= \int_0^t k x_\mathrm{e} \mathrm{d}t = k \sum_{i=1}^{n} x_\mathrm{e} \Delta t \\ y &= \int_0^t k y_\mathrm{e} \mathrm{d}t = k \sum_{i=1}^{n} y_\mathrm{e} \Delta t \end{aligned} \right\} \tag{5-15}$$

所以，动点从原点走向终点的过程，可以看做是各坐标轴每经过一个单位时间间隔 Δt，分别以增量 $k x_\mathrm{e}$、$k y_\mathrm{e}$ 同时累加的过程。据此可以作出直线插补原理图，如图5-12所示。

平面直线插补器由两个数字积分器组成，每个坐标的积分器由累加器和被积函数寄存器组成。终点坐标值存在被积函数寄存器中，Δt 相当于插补控制脉冲源发出的控制信号。每发生一个插补迭代脉冲（即来一个 Δt），

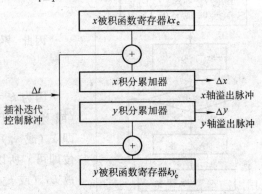

图 5-12　xy 平面直线插补原理图

被积函数 $k x_\mathrm{e}$ 和 $k y_\mathrm{e}$ 向各自的累加器里累加一次，累加的结果有无溢出脉冲 Δx 或 Δy，取决于累加器的容量 $k x_\mathrm{e}$ 或 $k y_\mathrm{e}$ 的大小。

假设经过 n 次累加后（取 $\Delta t = 1$），x 和 y 分别（或同时）到达终点 $(x_\mathrm{e}, y_\mathrm{e})$，则下式成立

$$\left. \begin{aligned} x &= \sum_{i=1}^{n} k x_\mathrm{e} \Delta t = k x_\mathrm{e} n = x_\mathrm{e} \\ y &= \sum_{i=1}^{n} k y_\mathrm{e} \Delta t = k y_\mathrm{e} n = y_\mathrm{e} \end{aligned} \right\} \tag{5-16}$$

由此得到 $nk=1$，即 $n=1/k$。

上式表明比例常数 k 和累加（迭代）次数 n 的关系，由于 n 必须是整数，所以 k 一定是小数。

k 的选择主要考虑每次增量 Δx 或 Δy 不大于 1，以保证坐标轴上每次分配进给脉冲不超过一个，也就是说，要使下式成立

$$\left.\begin{array}{l} \Delta x = kx_e < 1 \\ \Delta y = ky_e < 1 \end{array}\right\} \tag{5-17}$$

若取寄存器位数为 N 位，则 x_e 及 y_e 的最大寄存器容量为 2^N-1，故有

$$\left.\begin{array}{l} \Delta x = kx_e = k(2^N-1) < 1 \\ \Delta y = ky_e = k(2^N-1) < 1 \end{array}\right\} \tag{5-18}$$

所以

$$k < \frac{1}{2^N-1}$$

一般取

$$k < \frac{1}{2^N}$$

可满足

$$\left.\begin{array}{l} \Delta x = kx_e = \dfrac{2^N-1}{2^N} < 1 \\ \Delta y = ky_e = \dfrac{2^N-1}{2^N} < 1 \end{array}\right\} \tag{5-19}$$

因此，累加次数

$$n = \frac{1}{k} = 2^N$$

因为 $k=1/2^N$，对于一个二进制数来说，使 kx_e（或 ky_e）等于 x_e（或 y_e）乘以 $1/2^N$ 是很容易实现的，即 x_e（或 y_e）数字本身不变，只要把小数点左移 N 位即可。所以一个 N 位寄存器存放 x_e（或 y_e）和存放 kx_e（或 ky_e）的数字是相同的，只是后者的小数点出现在最高位数 N 前面，其他没有差异。

DDA 直线插补的终点判别较简单，因为直线程序段需要进行 2^N 次累加运算，进行 2^N 次累加后就一定到达终点，故可由一个与积分器中寄存器容量相同的终点计数器 J_E 实现，其初值为 0。每累加一次，J_E 加 1，当累加 2^N 次后，产生溢出，使 $J_E=0$，完成插补。

2）DDA 直线插补软件流程

用 DDA 法进行插补时，x 和 y 两坐标可同时进给，即可同时送出 Δx、Δy 脉冲，同时每累加一次，要进行一次终点判断。软件流程图见图 5-13，其中

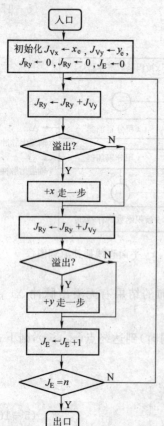

图 5-13　DDA 直线插补软件流程

J_{Vx}、J_{Vy} 为积分函数寄存器，J_{Rx}、J_{Ry} 为余数寄存器，J_E 为终点计数器。

3）DDA 直线插补举例

例 5-3　设有一直线 OE，起点在坐标原点，终点的坐标为 $(4,6)$，试用 DDA 法直线插补此直线。

解：$J_{Vx}=4$，$J_{Vy}=6$，选寄存器位数 $N=3$，则累加次数 $n=2^3=8$，运算过程如表5-5所示，插补轨迹如图 5-14 所示。

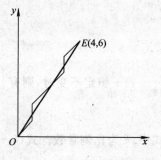

图 5-14　DDA 直线插补轨迹

表 5-5　DDA 直线插补运算过程

累加次数 n	x 积分器 $J_{Rx}+J_{Vx}$	出 Δx	y 积分器 $J_{Ry}+J_{Vy}$	出 Δy	终点判断 J_E
0	0	0	0	0	0
1	0+4=4	0	0+6=6	0	1
2	4+4=8+0	1	6+6=8+4	1	2
3	0+4=4	0	4+6=8+2	1	3
4	4+4=8+0	1	2+6=8+0	1	4
5	0+4=4	0	0+6=6	0	5
6	4+4=8+0	1	6+6=8+4	1	6
7	0+4=4	0	4+6=8+2	1	7
8	4+4=8+0	1	2+6=8+0	1	8

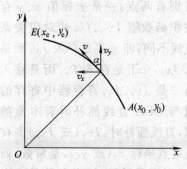

图 5-15　第一象限逆圆 DDA 插补

3. DDA 圆弧插补

1）DDA 圆弧插补原理

从上面的叙述可知，数字积分直线插补的物理意义是使动点沿速度矢量的方向前进，这同样适合于圆弧插补。

以第一象限为例，设圆弧 AE 半径为 R，起点 $A(x_0,y_0)$，终点 $E(x_e,y_e)$，$P(x_i,y_i)$ 为圆弧上的任意动点，动点移动速度为 v，分速度为 v_x 和 v_y，如图 5-15 所示。圆弧方程为

$$\left.\begin{array}{l} x_i=R\cos\alpha \\ y_i=R\sin\alpha \end{array}\right\} \tag{5-20}$$

动点 P 的分速度为

$$\left.\begin{array}{l} v_x=\dfrac{\mathrm{d}x_i}{\mathrm{d}t}=-v\sin\alpha=-v\dfrac{y_i}{R}=-\left(\dfrac{v}{R}\right)y_i \\[2mm] v_y=\dfrac{\mathrm{d}y_i}{\mathrm{d}t}=v\cos\alpha=v\dfrac{x_i}{R}=\left(\dfrac{v}{R}\right)x_i \end{array}\right\} \tag{5-21}$$

在单位时间 Δt 内，x、y 位移增量方程为

$$\left.\begin{aligned}\Delta x_i &= v_x \Delta t = -\left(\frac{v}{R}\right)y_i \Delta t \\ \Delta y_i &= v_y \Delta t = \left(\frac{v}{R}\right)x_i \Delta t\end{aligned}\right\} \qquad (5-22)$$

当 v 恒定不变时，则有

$$\frac{v}{R}=k$$

式中，k 为比例常数。式(5-22)可写为

$$\left.\begin{aligned}\Delta x_i &= -ky_i \Delta t \\ \Delta y_i &= kx_i \Delta t\end{aligned}\right\} \qquad (5-23)$$

与 DDA 直线插补一样，取累加器容量为 2^N，$k=1/2^N$，N 为累加器、寄存器的位数，则各坐标的位移量为

$$\left.\begin{aligned}x &= \int_0^t -ky\,\mathrm{d}t = -\frac{1}{2^N}\sum_{i=1}^n y_i \Delta t \\ y &= \int_0^t kx\,\mathrm{d}t = \frac{1}{2^N}\sum_{i=1}^n x_i \Delta t\end{aligned}\right\} \qquad (5-24)$$

由此可构成图 5-16 所示的 DDA 圆弧插补原理框图。

DDA 圆弧插补与直线插补的主要区别有两点：一是坐标值 x、y 存入被积函数器 J_{vx}、J_{vy} 的对应关系与直线不同，即 x 不是存入 J_{vx} 而是存入 J_{vy}，y 不是存入 J_{vy} 而是存入 J_{vx}；二是 J_{vx}、J_{vy} 寄存器中寄存的数值与 DDA 直线插补时有本质的区别，直线插补时，J_{vx}（或 J_{vy}）寄存的是终点坐标 x_e（或 y_e），是常数，而在 DDA 圆弧插补时，寄存的是动点坐标，是变量。因此在圆弧插补过程

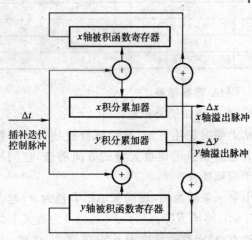

图 5-16　DDA 圆弧插补原理框图

中，必须根据动点位置的变化来改变 J_{vx} 和 J_{vy} 中的内容。在起点时，J_{vx} 和 J_{vy} 分别寄存起点坐标 y_0、x_0。对于第一象限逆圆来说，在插补过程中，J_{Ry} 每溢出一个 Δy 脉冲，J_{vx} 应该加 1；J_{Rx} 每溢出一个 Δx 脉冲，J_{vy} 应减 1。对于其他各种情况的 DDA 圆弧插补，J_{vx} 和 J_{vy} 是加 1 还是减 1，取决于动点坐标所在象限及圆弧走向。

DDA 圆弧插补时，由于 x、y 方向到达终点的时间不同，需对 x、y 两个坐标分别进行终点判断。实现这一点可利用两个终点计数器 J_{Ex} 和 J_{Ey}，把 x、y 坐标所需输出的脉冲数 $|x_0-x_e|$、$|y_0-y_e|$ 分别存入这两个计数器中，x 或 y 积分累加器每输出一

个脉冲,相应的减法计数器减1,当某一个坐标的计数器为零时,说明该坐标已到达终点,停止该坐标的累加运算;当两个计数器均为零时,圆弧插补结束。

2)DDA 圆弧插补举例

例 5-4 设有第一象限逆圆弧 AB,起点 $A(5,0)$,终点 $B(0,5)$,设寄存器位数 N 为 3,试用 DDA 法插补此圆弧。

解: $J_{Vx}=0$,$J_{Vy}=5$,寄存器容量为 $2^N=2^3=8$。运算过程见表 5-6,插补轨迹见图 5-17。

表 5-6 DDA 圆弧插补计算举例

累加器 n	x 积分器				y 积分器			
	J_{Vx}	J_{Rx}	Δx	J_{Ex}	J_{Vy}	J_{Ry}	Δy	J_{Ey}
0	0	0	0	0	0	0	0	0
1	0	0	0	5	5	5	0	5
2	0	0	0	5	8+2	1	1	4
3	1	1	0	5	5	7	0	4
4	1	2	0	5	5	8+4	1	3
5	2	4	0	5	5	8+1	1	2
6	3	7	0	5	5	6	0	2
7	3	8+2	1	4	5	8+3	1	1
8	4	6	0	4	4	7	0	1
9	4	8+2	1	3	4	8+3	1	0
10	5	7	0	3	3	停	0	0
11	5	8+4	1	2	3			
12	5	8+1	1	1	2			
13	5	6	0	1				
14	5	8+3	1	0	1			
15	5	停	0	0	0			

3)不同象限的脉冲分配

不同象限的顺圆、逆圆的 DDA 插补运算过程和原理框图与第一象限逆圆基本一致。其不同点在于,控制各坐标轴的 Δx 和 Δy 的进给脉冲分配方向不同,以及修改 J_{Vx} 和 J_{Vy} 内容时,是"+1"还是"-1"要由 y 和 x 坐标的增减而定。各种情况下的脉冲分配方向及±1修正方式如表 5-7 所示。

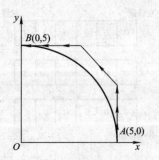

图 5-17 DDA 圆弧插补轨迹

表 5-7　DDA 圆弧插补时不同象限的脉冲分配及坐标修正

	SR1	SR2	SR3	SR4	NR1	NR2	NR3	NR4
J_{Vx}	−1	+1	−1	+1	+1	−1	+1	−1
J_{Vy}	+1	−1	+1	−1	−1	+1	−1	+1
Δx	+	+	−	−	−	−	+	+
Δy	−	+	+	−	−	+	+	+

4)改进 DDA 插补质量的措施

使用 DDA 法插补时,其插补进给速度 v 不仅与迭代频率(即脉冲源频率)f_{MF} 成正比,而且还与余数寄存器的容量 2^N 成反比,与直线段的长度 L(或圆弧半径 R)成正比。它们之间有下述关系成立

$$v = 60\delta \frac{L}{2^N} f_{MF} \tag{5-25}$$

式中:v 表示插补进给速度;δ 表示系统脉冲当量;L 表示直线段的长度;2^N 表示寄存器的容量;f_{MF} 表示迭代频率。

圆弧插补时,式中 L 应改为圆弧半径 R。

显然,即使给定同样大小的速度指令,直线段的长度不同,其进给速度亦不同(假设 f_{MF} 和 2^N 为固定),因此难以实现编程进给速度,必须设法加以改善。常用的改善方法是左移规格化和进给速率编程(FRN)。

<1>进给速度的均匀化措施——左移规格化

直线插补时,若寄存器中的数最高位为"1"时,该数称为规格化数;反之,若最高位数称为"0",则该数称为非规格化数。显然,规格化数经过两次累加后必有一次溢出;而非规格化数必须作两次以上的累加后才会有溢出。直线插补的左移规格化方法是:将被积函数寄存器 J_{Vx}、J_{Vy} 中的数同时左移(最低有效位输入零),并记下左移位数,直到 J_{Vx} 或 J_{Vy} 中的一个数是规格化数为止(见图 5-18)。直线插补经过左移规格化处理后,x、y 两方向脉冲分配速度扩大同样倍数(即左移位数),而两者数值之比不变,所以被插补直线的斜率也不变。因为规格化后,每累加运算两次必

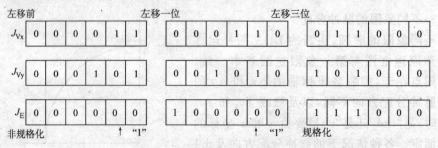

图 5-18　左移规格化示例

有一次溢出,溢出速度不受被积函数的大小影响,较均匀,所以加工的效率和质量都大为提高。

由于左移后,被积函数变大,为使发出的进给脉冲总数不变,就要相应地减少累加次数。如果左移 Q 次,累加次数为 2^{N-Q}。要达到这个目的并不困难,只要在 J_{Vx}、J_{Vy} 左移的同时,终点判断计数器 J_E 把"1"从最高位输入,进行右移,使 J_E 使用长度(位数)缩小 Q 位,实现累加次数减少的目的。圆弧插补的左移规格化处理与直线插补基本相同,唯一的区别是:圆弧插补的左移规格化是使坐标值最大的被积函数寄存器的次高位为"1"(即保留一个前零)。也就是说,在圆弧插补中 J_{Vx}、J_{Vy} 寄存器中的数 y_i、x_i 随插补而不断修正(即作 ±1 修正),作了 $+1$ 修正后,函数不断增加,若仍取数的最高位"1"作为规格化数,则有可能在 $+1$ 修正后溢出。经过左移处理后,规格化数的次高位为"1",就避免了溢出。

另外,左移 i 位相当于 x、y 坐标值扩大了 2^i 倍,即 J_{Vx}、J_{Vy} 寄存器中的数分别为 $2^i y$ 和 $2^i x$。当 y 积分器有溢出时,J_{Vx} 寄存器中的数应改为

$$2^i y \rightarrow 2^i(y+1) = 2^i y + 2^i$$

上式说明:若规格化处理时左移了 i 位,对第一象限逆圆插补来说,当 J_{Ry} 中溢出一个脉冲时,J_{Vx} 中的数应该加 2^i(而不是加1),即应在 J_{Vx} 的第 $i+1$ 位加1;同理,若 J_{Rx} 有一个脉冲溢出,J_{Vy} 的数应减少 2^i,即在第 $i+1$ 位减1。

综上所述,虽然直线插补和圆弧插补时规格化数不一样,但均能提高进给脉冲溢出速度。

<2>插补精度提高的措施——余数积存器预置数

DDA 直线插补的插补误差小于脉冲当量。圆弧插补误差小于或等于两个脉冲当量。其原因是:当在坐标轴附近进行插补时,一个积分器的被积函数值接近于 0,而另一个积分器的被积函数值接近最大值(圆弧半径)。这样,后者连续溢出,而前者几乎没有溢出脉冲,两个积分器的溢出脉冲速率相差很大,致使插补轨迹偏离理论曲线。

减小插补误差的方法有以下两种。

(1)减小脉冲当量。减小脉冲当量(即 Δt 减小),可以减小插补误差。但参加运算的数(如被积函数值)变大,寄存器的容量则变大,在插补运算速度不变的情况下,进给速度会显著降低。因此欲获得同样的进给速度,需提高插补运算速度。

(2)余数寄存器预置数。在 DDA 迭代之前,余数寄存器 J_{Rx}、J_{Ry} 的初值不置为0,而是预置某一数值。通常采用余数寄存器半加载。所谓半加载,就是在 DDA 插补前,给余数寄存器 J_{Rx}、J_{Ry} 的最高有效位置"1",其余各位均置"0",即 N 位余数寄存器容量的一半值 2^{N-1}。这样只要再累加 2^{N-1},就可以产生第一个溢出脉冲,改善了溢出脉冲的时间分布,减少插补误差。"半加载"可以使直线插补的误差减小到半个脉冲当量以内,使圆弧插补的精度得到明显改善。若对例 5-4 进行"半加载",其插补轨迹如图 5-19 中的折线所示。

5)多坐标直线插补

DDA 插补算法的优点是可以实现多坐标直线插补联动。下面介绍实际加工中常用的空间直线插补。

设在空间直角坐标系中有一直线 OE(见图 $5-20$),起点 $O(0,0,0)$,终点 $E(x_e, y_e, z_e)$。假定进给速度 v 是均匀的,v_x、v_y、v_z 分别表示动点在 x、y、z 方向上的移动速度,则有

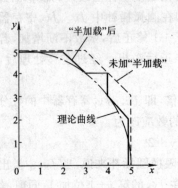

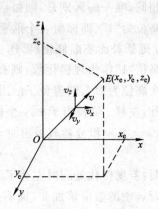

图 $5-19$ "半加载"后的轨迹   图 $5-20$ 空间直线插补

$$\frac{v}{|OE|} = \frac{v_x}{x_e} = \frac{v_y}{y_e} = \frac{v_z}{z_e} = k \tag{5-26}$$

式中,k 为比例常数。

动点在时间 Δt 内的坐标轴位移分量为

$$\left. \begin{array}{l} \Delta x = v_x \Delta t = k x_e \Delta t \\ \Delta y = v_y \Delta t = k y_e \Delta t \\ \Delta z = v_z \Delta t = k z_e \Delta t \end{array} \right\} \tag{5-27}$$

参照平面内的直线插补可知,各坐标轴经过 2^N 次累加后分别到达终点,当 Δt 足够小时,有

$$\left. \begin{array}{l} x = \sum_{i=1}^{n} k x_e \Delta t = k x_e \sum_{i=1}^{n} \Delta t = k x_e n = x_e \\[2mm] y = \sum_{i=1}^{n} k y_e \Delta t = k y_e \sum_{i=1}^{n} \Delta t = k y_e n = y_e \\[2mm] z = \sum_{i=1}^{n} k z_e \Delta t = k z_e \sum_{i=1}^{n} \Delta t = k z_e n = z_e \end{array} \right\} \tag{5-28}$$

与平面内直线插补一样,每来一个 Δt,最多只允许产生一个进给单位的位移增量,故 k 的选取也为 $1/2^N$。由此可见,空间直线插补的 x、y、z 单独累加溢出,彼此独立,易于实现。

（二）比较积分法

从前面所述的 DDA 法和逐点比较法可以看到，DDA 法能灵活地实现多种函数的插补和多坐标控制，但其插补速度（即加工速度）随被积函数值大小而变化，虽然采取了左移规格化等措施，也还存在速度调节不够方便的缺点。逐点比较法则以判断方式进行插补，其进给脉冲频率完全受指令进给速度的控制，所以插补速度可以做到比较平稳且调节方便，这克服了数字积分法的缺点，但它在使用方便性上不如 DDA 法。比较积分法综合了逐点比较法和数字积分法的优点，具有直线、圆弧、椭圆、抛物线、双曲线、指数曲线和对数曲线等插补功能，还具有插补精度高、运算简单和速度控制容易等特点。该插补方法以直线插补为基础，其他线型都按直线插补进行转换，所以下面先讨论直线的插补原理。

1. 比较积分法直线插补

设已知一直线，其方程为

$$y = \frac{y_e}{x_e} x$$

先对上式求微分得

$$\frac{\mathrm{d}y}{\mathrm{d}x} = \frac{y_e}{x_e}$$

即

$$y_e \mathrm{d}x = x_e \mathrm{d}y$$

用矩形公式求积就得到

$$y_e + y_e + \cdots = x_e + x_e + \cdots$$

或

$$\sum_{i=0}^{x-1} y_e = \sum_{j=0}^{y-1} x_e \tag{5-29}$$

式（5-29）表明，x 方向每发出一个进给脉冲，相当于积分值增加一个量 y_e；y 方向每发出一个进给脉冲，相当于积分值增加一个量 x_e，为了得到直线，必须使两个积分相等。

根据式（5-29），我们在时间轴上分别做出 x 轴和 y 轴的脉冲序列如图 5-21 所示。把时间间隔作为积分增量，x 轴上每隔一段时间 y_e 发出一个脉冲，就得到一个时间间隔 y_e；y 轴上每隔一段时间 x_e 发出一个脉冲，就得到一个时间间隔 x_e。当 x 轴发生 x 个脉冲后，其总的时间间隔为式（5-29）的左边，即

$$\sum_{i=0}^{x-1} y_e = y_e + y_e + \cdots$$

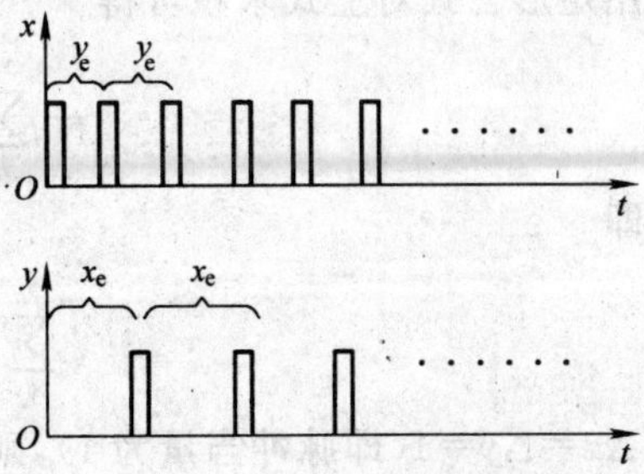

同样，如果 y 轴上发出 y 个脉冲，其总的时间间隔为式（5-29）的右边，即

图 5-21 直线插补脉冲序列

$$\sum_{i=0}^{y-1} x_e = x_e + x_e + \cdots$$

由式（5-29）可知，要实现直线插补，必须始终保持上述两个积分式相等。为此，

参照逐点比较法,引入一个判别函数,所不同的是,这个判别函数定义为 x 轴脉冲总时间间隔与 y 轴脉冲总时间间隔之差,用 F 表示为

$$F = \sum_{i=0}^{x-1} y_e - \sum_{j=0}^{y-1} x_e$$

若 x 轴进给一步,则有

$$F_{n+1} = F_n + y_e$$

若 y 轴进给一步,则有

$$F_{n+1} = F_n - x_e$$

若 x 轴和 y 轴同时进给一步,则有

$$F_{n+1} = F_n + y_e - x_e$$

这样,可取一个脉冲源控制运算速度,每发出一个脉冲,计算一次 F 值,按 F 值的正负决定下一脉冲应如何进给。即 $F>0$ 时,说明 x 轴输出脉冲时间超前(即 y_e 多发出),这时应控制 y 轴进行 x_e 的累加;若 $F<0$,说明 y 轴输出脉冲时间超前(即 x_e 多发出),这时应控制 x 轴进行 y_e 的累加,依次进行下去即可实现直线插补。在这里,我们是通过将两个积分式相比较的办法来实现插补的,所以称为比较积分法。

2. 脉冲间隔法圆弧插补

设一圆弧以坐标原点为圆心,其方程为

$$x^2 + y^2 = R^2 \tag{5-30}$$

则起点为 $A(x_0, y_0)$、终点为 $B(x_e, y_e)$ 的第一象限顺圆弧 AB,如图 5-22 所示。

对式(5-30)两端取微分,得

$$\frac{\mathrm{d}y}{\mathrm{d}x} = -\frac{x}{y} = \frac{v_y}{v_x} = k$$

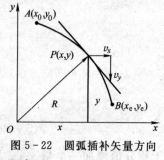

图 5-22　圆弧插补矢量方向

亦即有

$$-y\mathrm{d}y = x\mathrm{d}x$$

利用矩形公式对上式求积可得

$$-\sum_{y_0}^{y_e} y\Delta y = \sum_{x_0}^{x_e} x\Delta x$$

亦即

$$\sum_{y_e}^{y_0} y\Delta y = \sum_{x_0}^{x_e} x\Delta x$$

令 $\Delta x = \Delta y = 1$(即脉冲当量为 1),则

$$x_e = x_0 + m; \quad y_e = y_0 - n$$

经变量替换,上面的积分求和公式变为

$$\sum_{i=0}^{m}(x_0 + i) = \sum_{j=0}^{n}(y_0 - j) \tag{5-31}$$

将式(5-31)展开,得

$$x_0 + (x_0+1) + (x_0+2) + \cdots = y_0 + (y_0-1) + (y_0-2) + \cdots$$

式(5-31)表示,若用进给脉冲的时间间隔来描述圆的动点变化规律,则圆函数的脉冲时间间隔在插补过程中是变化的,在某一时刻 x 轴与 y 轴进给脉冲时间间隔之比等于动点所在位置圆的半径矢量的 x 分量与 y 分量之比。式(5-31)是公差分别为 +1 和 -1 的等差数列,圆就可根据这组等差数列来产生。根据式(5-31)可以作出如图 5-23 所示的第一象限顺圆弧进给脉冲分配序列。

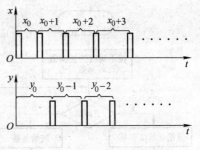

图 5-23　圆弧插补脉冲序列

同理,不难得出圆函数在不同象限顺、逆时针加工情况下的矩形求和公式。

第一、三象限顺圆,第二、四象限逆圆矩形求和公式为

$$\sum_{i=0}^{m}(x_0+i) = \sum_{j=0}^{n}(y_0-j) \qquad (5-32)$$

第二、四象限顺圆,第一、三象限逆圆矩形求和公式为

$$\sum_{i=0}^{m}(x_0-i) = \sum_{j=0}^{n}(y_0+j) \qquad (5-33)$$

为实现圆函数插补运算也需要引进判别函数 F。所不同的是除偏差运算外,在 x 轴(或 y 轴)每发出一个进给脉冲后,还得对被积函数 x(或 y)作加 1 或减 1 修正。

3. 直线及一般二次曲线的插补算法

采用上述类似的推导过程,可以方便地得到抛物线、椭圆、双曲线等各种二次曲线的插补公式。对于二次曲线,可以利用时间坐标上的两组等差数列表示其脉冲分配过程,只要改变公差的大小和符号就可以得到各种类似的曲线。

通过以上讨论可知,比较积分法与逐点比较法类似,每输出一个脉冲,也需要作偏差判别、坐标进给和新偏差计算等工作。综合直线及一般二次曲线的矩形求和公式,为叙述方便,用 α 和 β 分别表示矩形求和公式中 x 轴和 y 轴进给脉冲时间间隔等差数列的公差,用 A 和 B 分别表示 x 轴和 y 轴进给脉冲的时间间隔。显然,对直线而言,A 和 B 的初始值分别为 $A_0=y_0$、$B_0=x_0$;对于圆,则有 $A_0=x_0$、$B_0=y_0$,也可写成 $A_0=x_0|\alpha|$、$B_0=y_0|\beta|$;对于其他二次曲线初始值均可表示为 $A_0=x_0|\alpha|$、$B_0=y_0|\beta|$。用 Δx 和 Δy 分别表示 x 轴和 y 轴的进给脉冲。则比较积分法的插补步骤如下:

(1) 确定基准轴。插补时取脉冲间隔小的轴作为基准轴,即当 $A<B$ 时,取 x 轴作为基准轴;反之,取 y 轴作为基准轴。

(2) 脉冲源每发一个脉冲,基准轴就走一步,非基准轴是否同时走一步,由判别函数 F 决定。

若以 x 轴为基准轴,当 $F\geqslant0$ 时,进给 Δx、Δy;当 $F<0$ 时,进给 Δx。

若以 y 轴为基准轴,当 $F\geqslant0$ 时,进给 Δx、Δy;当 $F<0$ 时,进给 Δy。

(3) 计算新偏差 F_{n+1}。以直线为例,当 x 轴和 y 轴同时进给时,$F_{n+1}=F_n-x_e+y_e$;当只有 x 轴进给时,$F_{n+1}=F_n+y_e$。

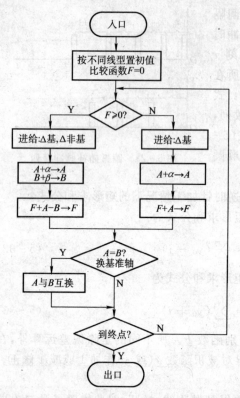

图 5-24 比较积分法插补程序流程

（4）修正时间间隔 A 和 B。当 x 轴进给时（即 $\Delta x=1$），$A=A+\alpha$；当 y 轴进给时（即 $\Delta y=1$），$B=B-\beta$。对于直线来说，因 $\alpha=\beta=0$，故在直线插补时，A、B 无须修正。

（5）判别是否改变基准轴。当 $A=B$ 时更换基准轴，并在偏差计算公式中将 A 与 B 互换。

（6）过象限处理。当插补曲线过象限时需修正进给轴的方向。

（7）终点判别。当 $x=x_e$，并且 $y=y_e$ 时，插补结束，否则重复执行上述各步骤。

适用于直线、圆弧和一般二次曲线加工的比较积分法插补程序流程图如图 5-24 所示，图中先以 x 轴作为基准轴。

例 5-5 （直线插补）试用比较积分法插补第一象限直线 $\overline{OE}$，$\overline{OE}$ 的起点 O 在坐标原点，终点为 $E(5,3)$。

解：x 轴脉间 $A=3$，y 轴脉间 $B=5$，这说明 x 轴的脉冲间隔 A 小于 y 轴的脉冲间隔 B，即 x 轴的脉冲密度高，因此取 x 轴为基准轴，每次运算后 x 轴都发出一个脉冲（即走一步），然后根据运算结果决定 y 轴是否同时要走一步。终点判断计数值为两个轴进给脉冲数的总和。插补过程见表 5-8。

表 5-8　比较积分法直线插补过程

序号	脉间 A	脉间 B	计算 F	判别 F	进给	终点判别
0	3	5	$F_0=0$			$n=8$
1			$F_0=0$	$F_0=0$	$+\Delta x, +\Delta y$	$n=6$
2			$F_1=F_0+y_e-x_e=-2$	$F_1<0$	$+\Delta x$	$n=5$
3			$F_2=F_1+y_e=1$	$F_2>0$	$+\Delta x, +\Delta y$	$n=3$
4			$F_3=F_2+y_e-x_e=-1$	$F_3<0$	$+\Delta x$	$n=2$
5			$F_4=F_3+y_e=2$	$F_4>0$	$+\Delta x, +\Delta y$	$n=0$

此题计算时是将 $F=0$ 归于 $F>0$ 一类，插补轨迹如图 5-25 所示。

例 5-6 （圆弧插补）设所插补的圆弧如图 5-26 所示。第一象限顺时针走向的

圆弧 DE,其起点为 $D(0,6)$,终点为 $E(6,0)$。

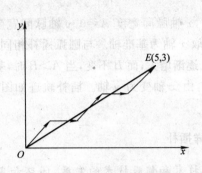

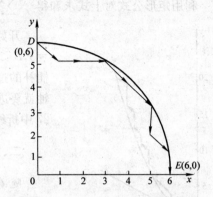

5-25 比较积分法直线插补轨迹   图 5-26 比较积分法圆弧插补轨迹

解: 开始时,脉间 $A=0$,$B=6$,因此取 x 轴为基准轴,每次运算后,x 轴都发出一个脉冲。随着插补过程的进行,A 逐渐增大,而 B 逐渐减小,当 A 大于 B 时,基准轴要改变,即 y 轴变成基准轴。计数长度为两个轴进给脉冲数的总和,即 $n=6+6=12$。插补过程见表 5-9,插补轨迹如图 5-26 中折线所示。

表 5-9 比较积分法圆弧插补过程

序号	脉间 A	脉间 B	计算 F	判别 F	进给	终点判别	基准轴
0	0	6	0			$n=12$	
1			$F_0=0$	$F_0=0$	$+\Delta x, -\Delta y$	$n=10$	
2	1	5	$F_1=0+1-5=-4$	$F_1<0$	$+\Delta x$	$n=9$	
3	2	5	$F_2=-4+2=-2$	$F_2<0$	$+\Delta x$	$n=8$	x
4	3	5	$F_3=-2+3=1$	$F_3>0$	$+\Delta x, -\Delta y$	$n=6$	
5	4	4	$F_4=1+4-4=1$	$F_4>0$	$+\Delta x, -\Delta y$	$n=4$	
6	5	3	$F_5=1+3-5=-1$	$F_5<0$	$-\Delta y$	$n=3$	
7	5	2	$F_6=-1+2=1$	$F_6>0$	$+\Delta x, -\Delta y$	$n=1$	y
8	6	1	$F_7=1+1-6=-4$	$F_7<0$	$-\Delta y$	$n=0$	

对于圆弧插补,加工指令一经给定,各轴的脉冲间隔是增大还是减小亦即确定。当基准轴转换后,两个轴脉冲间隔增减趋向不变,所以基准轴脉冲进给后,脉冲间隔修正的内容要改变。如开始时基准轴属于脉冲间隔增大的轴,在基准轴变换后(象限不变),把脉冲间隔趋向减小的轴作为基准轴,则基准轴进给后,脉冲间隔是减小的。

例 5-7 (抛物线插补)设所插补的抛物线方程为 $x^2=6y$,其起点坐标值为 $x_0=0$、$y_0=0$。

解: 对方程 $x^2=6y$ 两边取微分得 $x\mathrm{d}x=3\mathrm{d}y$

利用矩形公式对上式求和得 $\sum_{i=0}^{x-1} i = \sum_{j=0}^{y-1} 3$

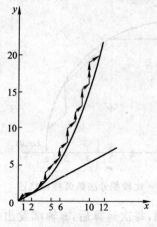

图 5-27　抛物线插补实例

开始插补时，x 轴脉间宽度 $A=0$，y 轴脉间宽度 $B=3$，$A<B$，因此取 x 轴为基准轴。与圆弧插补相同，在插补的过程中 A 逐渐增大，而 B 不变，当 $A>B$ 时，基准轴就要进行转换，由 x 轴变为 y 轴。插补轨迹如图 5-27 中折线所示。

二、数据采样插补

随着计算机技术和伺服技术的发展，闭环和半闭环以直流或交流伺服电动机为驱动装置的数控系统已经被广泛应用。在这些系统中，多采用数据采样插补。

【知识要点】

1. 数据采样插补的基本原理

数据采样插补是根据编程的进给速度，将轮廓曲线分割为插补采样周期的进给段，即轮廓步长。在每一插补周期中，插补程序被调用一次，为下一周期计算出各坐标轴应该行进的增长段（而不是单个脉冲）Δx 或 Δy 等，然后再计算出相应插补点（动点）位置的坐标值。

在 CNC 系统中，数据采样插补通常采用时间分割插补算法。这种方法是把加工一段直线或圆弧的整段时间分为许多相等的时间间隔，该时间间隔称为单位时间间隔，也即插补周期。例如，日本 FANUC 公司的 7M CNC 系统和美国 A-B 公司的 7360CNC 系统都采用了时间分割插补算法，其插补周期分别为 8 ms 和 10.24 ms。在时间分割法中，每经过一个单位时间间隔就进行一次插补计算，计算出各坐标轴在一个插补周期内的进给量。如在 7M 系统中，设 F 为程序编制中给定的速度（单位为 mm/min），插补周期为 8 ms，则一个插补周期的进给量 $l(\mu m)$ 为

$$l = \frac{F \times 1\,000 \times 8}{60 \times 1\,000} = \frac{2}{15} F \qquad (5-34)$$

由上式计算出一个插补周期的进给量 l 后，根据刀具运动轨迹与各坐标轴的几何关系，就可求出各轴在一个插补周期内的进给量。

时间分割法着重要解决两个问题：一是如何选择插补周期，因为插补周期与插补精度和速度有关；二是如何计算一个周期内各坐标轴的增量值，因为有了前一插补周期末的动点位置值和本次插补周期内各坐标轴的增量值，就很容易计算出本插补周期末的动点命令位置坐标值。下面分别予以讨论。

1）插补周期与采样周期

插补周期 T 虽然不直接影响进给速度，但对插补误差及更高速运行有影响，选

择插补周期是一个重要问题。插补周期与插补运算时间有密切关系。一旦选定了插补算法,则完成该算法的时间也就确定了。一般来说,插补周期必须大于插补运算所占用的 CPU 时间。这是因为当系统进行轮廓控制时,CPU 除了要完成插补运算外,还必须实时地完成其他的一些工作,如显示、监控甚至精插补等。所以插补周期 T 必须大于插补运算时间与完成其他实时任务所需时间之和。

插补周期与位置反馈采样周期有一定的关系,插补周期和采样周期可以相同,也可以不同。如果不同,则选插补周期是采样周期的整数倍。

如 FANUC-7M 系统采用 8 ms 的插补周期和 4 ms 的位置反馈采样周期。在这种情况下,插补程序每 8 ms 被调用一次,为下一个周期算出各坐标轴应该行进的增量长度;而位置反馈采样程序每 4 ms 被调用一次,将插补程序算好的坐标位置增量值除以 2 后再进行直线段的进一步密化(即精插补)。

2)插补周期与精度、速度的关系

在直线插补中,插补所形成的每个小直线段与给定的直线重合,不会造成轨迹误差。在圆弧插补中,一般用内接弦线或内外均差弦线来逼近圆弧,这种逼近必然会造成轨迹误差。图 5-28 所示是用内接弦线逼近圆弧,其最大半径误差 e_r 与步距角的关系为

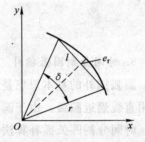

图 5-28　用内接弦线逼近圆弧

$$e_r = r\left(1 - \cos\frac{\delta}{2}\right)$$

由 e_r 的表达式得到幂级数的展开式为

$$e_r = r\left\{1 - \left[1 - \frac{(\delta/2)^2}{2!} + \frac{(\delta/2)^4}{4!}\cdots\right]\right\}$$

由于步距角 δ 很小,则

$$\frac{(\delta/2)^4}{4!} = \frac{\delta^4}{384} \ll 1$$

$$\delta = \frac{l}{r}$$

又 $l = TF$,则最大半径误差

$$e_r = \frac{\delta^2}{8}r = \frac{l^2}{8r} = \frac{(TF)^2}{8r}$$

即

$$e_r = \frac{(TF)^2}{8r} \tag{5-35}$$

式中:T 为插补周期;F 为刀具速度;r 为圆弧半径。

由式(5-35)可以看出,圆弧插补时,插补周期 T 分别与精度 e_r、半径 r 和速度 F 有关。在给定圆弧半径和弦线误差极限的情况下,插补周期应尽可能小,以便获得尽

可能大的加工速度。

2. 时间分割直线插补

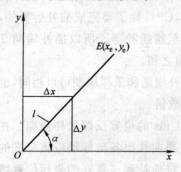

图 5-29 时间分割法直线插补原理

如图 5-29 所示,设刀具在 xy 平面中做直线运动,起点为坐标原点,终点为 $E(x_e, y_e)$,OE 与 x 轴夹角为 α,l 为一次插补的进给步长。由图 5-29 可以确定

$$\tan \alpha = \frac{y_e}{x_e}$$

$$\cos \alpha = \frac{1}{\sqrt{1 + \text{tg}^2 \alpha}}$$

从而求得本次插补周期内 x 轴和 y 轴的插补进给量为

$$\left. \begin{array}{l} \Delta x = l \cos \alpha \\ \Delta y = \dfrac{y_e}{x_e} \Delta x \end{array} \right\} \tag{5-36}$$

3. 时间分割圆弧插补

圆弧插补的基本思想是在满足精度要求的前提下,用弦或割线进给代替弧进给,即用直线逼近圆弧。由于圆弧是二次曲线,所以其插补点的计算要比直线复杂得多。

时间分割圆弧插补算法中,有若干种具体方法,下面介绍时间分割圆弧插补的直线函数法。

在图 5-30 中,顺圆上 B 点是继 A 点之后的插补瞬时点,坐标分别为 $A(x_i, y_i)$、$B(x_{i+1}, y_{i+1})$。在这里,插补是指由点 $A(x_i, y_i)$ 求出下一点 $B(x_{i+1}, y_{i+1})$,实质上是求在一次插补周期的时间内,x 轴和 y 轴的进给量 Δx 和 Δy。图中弦 AB 是圆弧插补时每周期的进给步长 l。AP 是 A 点切线,M 是弦 AB 的中点,$OM \perp AB$,$ME \perp AF$,E 为 AF 的中点。由此,圆心角有下列关系:

$$\varphi_{i+1} = \varphi_i + \delta$$

由于 $\triangle AOC \sim \triangle PAF$,则有

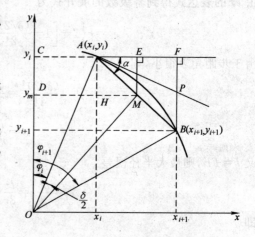

图 5-30 直线函数法圆弧插补

$$\angle AOC = \angle PAF = \varphi_i$$

显然

$$\angle BAP = \frac{1}{2} \angle AOB = \frac{1}{2} \delta$$

因此
$$\alpha = \angle BAP + \angle PAF = \varphi_i + \frac{1}{2}\delta$$

在△MOD 中
$$\tan\left(\varphi_i + \frac{\delta}{2}\right) = \frac{DH + HM}{OC - CD}$$

将 $DH = x_i$，$OC = y_i$，$HM = \frac{1}{2}l\cos\alpha$ 和，$CD = \frac{1}{2}l\sin\alpha$ 代入上式，则有

$$\tan\alpha = \tan\left(\varphi_i + \frac{\delta}{2}\right) = \frac{x_i + \frac{l}{2}\cos\alpha}{y_i - \frac{l}{2}\sin\alpha} \tag{5-37}$$

又因为 $\tan\alpha = \dfrac{FB}{FA} = \dfrac{\Delta y}{\Delta x}$，而 $HM = \dfrac{1}{2}\Delta x$，$CD = \dfrac{1}{2}\Delta y$，可以得出 x_i、y_i 与 Δx、Δy 的关系式为

$$\frac{\Delta y}{\Delta x} = \frac{x_i + \frac{1}{2}\Delta x}{y_i - \frac{1}{2}\Delta y} \frac{x_i + \frac{1}{2}l\cos\alpha}{y_i - \frac{1}{2}l\sin\alpha} \tag{5-38}$$

上式反映了圆弧上任意相邻两点坐标之间的关系，只要计算出 Δx 和 Δy，就可以求出新的插补点坐标

$$\left.\begin{array}{l} x_{i+1} = x_i + \Delta x \\ y_{i+1} = y_i - \Delta y \end{array}\right\} \tag{5-39}$$

在式(5-37)中，$\cos\alpha$ 和 $\sin\alpha$ 都是未知数，难以求解，因此采用近似算法，用 $\cos 45°$ 和 $\sin 45°$ 来取代，即

$$\tan\alpha = \frac{x_i + \frac{1}{2}l\cos\alpha}{y_i - \frac{1}{2}l\sin\alpha} \approx \frac{x_i + \frac{1}{2}l\cos 45°}{y_i - \frac{1}{2}l\sin 45°}$$

上式中由于采用近似算法而造成了 $\tan\alpha$ 的偏差。在图 5-31 中，设由于近似计算 $\tan\alpha$，使 α 角成为 α'（因在 $0 \sim 45°$ 间，$\alpha' < \alpha$），$\cos\alpha'$ 变大，因而影响到 Δx 值，使之成为 $\Delta x'$，即

$$\Delta x' = l'\cos\alpha' = AF'$$

但这种偏差不会使插补点离开圆弧轨迹，这是因为圆弧上任意相邻两点必须满足式(5-38)。

反言之，只要平面上任意两点的坐标及增量满足式(5-38)，则两点必在同一圆弧上，因此当已知 x_i、y_i 和 $\Delta x'$ 时，若按

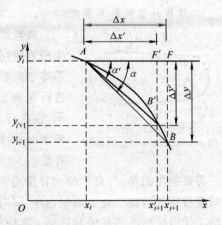

图 5-31　近似计算引起的进给速度偏差

$$\Delta y' = \frac{\left(x_i + \frac{1}{2}\Delta x'\right)\Delta x'}{y_i - \frac{1}{2}\Delta y'} \tag{5-40}$$

求出 $\Delta y'$，那么这样确定的 B' 点一定在圆弧上。采用近似算法引起的偏差仅是 $\Delta x \rightarrow \Delta x'$、$\Delta y \rightarrow \Delta y'$、$AB \rightarrow AB'$ 和 $l \rightarrow l'$。这种算法能够保证圆弧插补每瞬时点位于圆弧上，它仅造成每次插补进给量 l 的微小变化，而这种变化在实际切削加工中是微不足道的，完全可以认为插补的速度是均匀的。

在圆弧插补中，由于是以直线（弦）逼近圆弧，因此插补误差主要表现在半径的绝对误差上，该误差取决于进给速度的大小，进给速度越大，则一个插补周期进给的弦长越长，误差就越大。为此，当加工的圆弧半径确定后，为了使径向绝对误差不致过大，对进给速度要有一个限制。由式（5-35）可以求出

$$l \leqslant \sqrt{8re_r} \tag{5-41}$$

式中：e_r 为最大径向误差；r 为圆弧半径。

当 $e_r \leqslant 1\ \mu m$ 时，插补周期 $T = 8\ ms$，则进给速度

$$F \leqslant \sqrt{8re_r}/T = \sqrt{450\,000r}$$

式中：F 为进给速度，单位为 mm/min。

三、刀具半径补偿

在进行数控加工时，编程的依据是图纸尺寸或坐标，这样就把机床的刀具点（几何中心）理想地认为是按照图纸轮廓进行加工的，但实际机床刀具的几何中心和切削刃之间是有偏差的。例如，立铣刀的几何中心在刀具旋转中心，但是加工过程中侧刃参与加工，这里面就有一个刀具半径的偏差问题需要解决，否则会出现加工错误。解决的方法就是对刀具进行半径补偿。

【知识要点】

1. 刀具补偿的基本原理

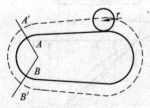

图 5-32　刀具中心的偏移

在轮廓加工中，由于刀具总有一定的半径（如铣刀半径或线切割机的钼丝半径），刀具中心的运动轨迹并不等于所要加工零件的实际轮廓。也就是说，数控机床进行轮廓加工时，必须考虑刀具半径。如图 5-32 所示，在进行外轮廓加工时，刀具中心需要偏移零件的外轮廓面一个半径值。这种偏移习惯上称为刀具半径补偿。

需要指出的是，刀具半径的补偿通常不是由程序编制人员来完成的，程序编制人员只是按零件的加工轮廓编制程序，同时用指令 G41、G42、G40 告诉 CNC 系统刀具是沿零件内轮廓还是外轮廓运动。实际的刀具半径补偿是在 CNC 系统内部由计算

机自动完成的。CNC 系统根据零件轮廓尺寸(直线或圆弧以及其起点和终点)和刀具运动的方向指令(G41,G42,G40)以及实际加工中所用的刀具半径值自动地完成刀具半径补偿计算。

根据 ISO 标准,当刀具中心轨迹在编程轨迹(零件轮廓)前进方向右边时称为右刀具补偿,简称右刀补,用 G42 表示;反之,则称为左刀补,用 G41 表示;当不需要进行刀具补偿时用 G40 表示。

加工中心和数控车床在换刀后还需考虑刀具长度补偿。因此刀具补偿有刀具半径补偿和刀具长度补偿两部分计算。刀具长度的补偿计算较简单,本节着重讨论刀具半径补偿。

在零件轮廓加工过程中,刀具半径补偿的执行过程分为三步。

(1)刀补建立。刀具从起点出发沿直线接近加工零件,依据 G41 或 G42 使刀具中心在原来的编程轨迹的基础上伸长或缩短一个刀具半径值,即刀具中心从与编程轨迹重合过渡到与编程轨迹偏离一个刀具半径值,如图 5-33 所示。

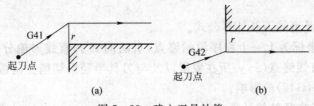

图 5-33　建立刀具补偿

(a)左刀补　(b)右刀补

(2)刀补进行。刀补指令是模态指令,一旦刀补建立后一直有效,直至刀补取消。在刀补进行期间,刀具中心轨迹始终偏离编程轨迹一个刀具半径值的距离。在轨迹转接处,采用圆弧过渡或直线过渡。

(3)刀补撤销。刀具撤离工件,回到起刀点。与刀补建立时相似,刀具中心轨迹从与编程轨迹相距一个刀具半径值过渡到与编程轨迹重合,刀补撤销用 G40 指令。

刀具半径补偿仅在指定的二维坐标平面内进行。而平面是由 G 代码 G17(xy 平面)、G18(yz 平面)、G19(zx 平面)指定的。刀具半径值则由刀具号 H(D)确定。

2. 刀具半径补偿计算

刀具半径补偿计算就是要根据零件尺寸和刀具半径计算出刀具中心的运动轨迹。对于一般的 CNC 系统,其所能实现的轮廓控制仅限于直线和圆弧。对直线而言,刀具半径补偿后的刀具中心运动轨迹是与原直线相平行的直线。因此直线轨迹的刀具补偿计算只需计算出刀具中心轨迹的起点和终点坐标。对于圆弧而言,刀具半径补偿后的刀具中心运动轨迹是与原圆弧同心的圆弧。因此圆弧的刀具半径补偿计算只需计算出刀补后圆弧起点和终点的坐标值以及刀补后的圆弧半径值。有了这些数据,轨迹控制(直线或圆弧插补)就能够实施。

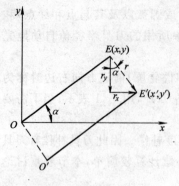

图 5-34　直线刀具补偿

1)直线刀具半径补偿计算

如图 5-34 所示,被加工直线 OE 起点在坐标原点,终点 E 的坐标为(x,y)。设刀具半径为 r,刀具偏移后 E 点移动到了 E' 点,现在要计算的是 E' 点的坐标(x',y')。刀具半径在 x 轴和 y 轴的分量为

$$\left.\begin{aligned} r_x &= r\sin\alpha = \frac{ry}{\sqrt{x^2+y^2}} \\ r_y &= -r\cos\alpha = -\frac{rx}{\sqrt{x^2+y^2}} \end{aligned}\right\} \quad (5-42)$$

E' 点的坐标为

$$\left.\begin{aligned} x' &= x + r_x = x + \frac{ry}{\sqrt{x^2+y^2}} \\ y' &= y + r_y = y - \frac{rx}{\sqrt{x^2+y^2}} \end{aligned}\right\} \quad (5-43)$$

式(5-43)是直线刀补计算公式。

起点 O' 的坐标为上一个程序段的终点,求法同 E'。直线刀偏分量 r_x,r_y 的正、负号的确定受直线终点(x,y)所在象限以及与刀具半径沿切削方向偏向工件的左侧(G41)还是右侧(G42)的影响。

2)圆弧刀具半径补偿计算

如图 5-35 所示,被加工圆弧 AE,半径为 R,圆心在坐标原点,圆弧起点 A 的坐标为(x_0,y_0),圆弧终点 E 的坐标为(x_e,y_e)。起点 A' 为上一个程序段终点的刀具中心点,已求出,现在要计算的是 E' 点的坐标(x'_e,y'_e)。

设刀具半径为 r,则 E 点的刀偏分量为

$$\left.\begin{aligned} r_x &= r\cos\alpha = r\frac{x_e}{R} \\ r_y &= r\sin\alpha = r\frac{y_e}{R} \end{aligned}\right\} \quad (5-44)$$

E' 点的坐标为

$$\left.\begin{aligned} x'_e &= x_e + r_x = x_e + r\frac{x_e}{R} \\ y'_e &= y_e + r_y = y_e + r\frac{y_e}{R} \end{aligned}\right\} \quad (5-45)$$

式(5-45)为圆弧刀具半径补偿计算公式。圆弧刀具偏移分量的正、负号确定与圆弧的走向(G02/G03)、刀具指令(G41 或 G42)以及圆弧所在象限有关。

事实上,刀偏计算的方法很多,仅在 NC 系统中常用的就有 DDA 法、极坐标法、逐点比较法(又称刀具半径矢量法,或 r^2 法)、矢量判断法等。这些刀具偏移计算方法的采用,大多与数控系统所采用的插补方法有关,也就是随数控系统的不同而异。

其中,矢量判断法可适用于各种插补方法,现作简要介绍。

如图 5-36 所示,设要加工的程序段为圆弧 AB,半径为 R。加工开始时,刀具中心处在 A' 点,它的刀具半径矢量为 $\vec{r}$。要求加工结束时,刀具中心处于圆弧终点 B'。为实现这种要求,可把刀具中心的运动分解成图示的两种运动:$A' \rightarrow A''$ 的运动和 $A'' \rightarrow B'$ 的运动。

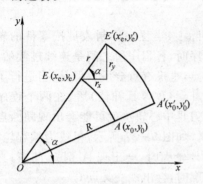

图 5-35 圆弧刀具补偿

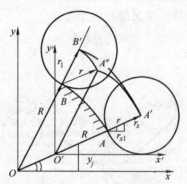

图 5-36 矢量判断法

对于 $A' \rightarrow A''$ 的运动,实际上是以 O' 点为中心作半径为 R 的圆弧插补,结果使刀具中心由 A' 运动到 A'',即此运动使刀具半径矢量平移到 BA''。对于 $A'' \rightarrow B'$ 的运动,则是把刀具半径矢量由 $\vec{r}$ 旋转到 $\vec{r}_1$,与圆弧终点半径矢量重合。

这样,若把这两种运动结合起来,也就是在作轮廓线圆弧插补的同时,不断地修改刀具半径矢量 $\vec{r}$,使它保持与圆弧半径矢量 $\vec{R}$ 一致,就能实现刀具半径的补偿。

为了比较 $\vec{R}$ 与 $\vec{r}$ 的重合性,引入 $\vec{R}$ 和 $\vec{r}$ 的矢量积作为判别函数,即

$$H = |\vec{R} \times \vec{r}| = x_i r_{yj} - y_j r_{xi}$$

式中的 x_i、y_j、r_{xi}、r_{yj} 分别表示 $\vec{R}$ 和 $\vec{r}$ 上任一点的坐标值。实际上,上式表示了两个矢量与 x 轴夹角大小的比较(见图 5-36)。

当 $H = 0$ 时,表示 $\vec{R}$ 与 $\vec{r}$ 重合;

当 $H > 0$ 时,表示 $\vec{r}$ 超前 $\vec{R}$;

当 $H < 0$ 时,表示 $\vec{r}$ 滞后 $\vec{R}$。

把 $H = 0$ 的情况并入 $H > 0$ 中,且规定 $H < 0$ 时,作刀具偏移计算,并作矢量 $\vec{r}$ 的旋转;$H \geqslant 0$ 时,停止刀具偏移计算,进行轮廓的圆弧插补。

$\vec{r}$ 的旋转可按轮廓圆弧插补相同的方式进行。由此可见,刀具半径补偿的矢量判别法是通过判别函数 H 把两圆弧插补结合起来,而与圆弧插补本身的方法无关。所以,不管数控系统使用何种插补方法都可用矢量判别法进行刀具补偿计算,这是该方法的一个优点。该方法的另一个优点是它能在轮廓插补的同时进行刀具半径矢量的旋转,从而可省去单独计算刀具半径矢量偏移的时间。它的缺点是由于在偏差补偿的基础上进行刀具偏移计算,引入了一个新的偏差量 H,使插补误差增加一倍,达

两个脉冲当量。

3．C功能刀具半径补偿计算

1）C功能刀具半径补偿的基本概念

极坐标法、r^2法、矢量判断法等一般刀具半径补偿方法（也称B刀具补偿），只能计算出直线或圆弧终点的刀具中心值，而对于两个程序段之间在刀补后可能出现的一些特殊情况没有给予考虑。

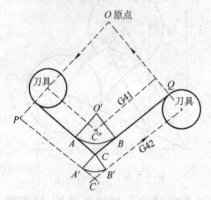

图5-37　B刀具补偿的交叉点和间断点

实际上，当程序编制人员按零件的轮廓编制程序时，各程序段之间是连续过渡的，没有间断点，也没有重合段。但是，当进行了刀具半径补偿（B刀具补偿）后，在两个程序段之间的刀具中心轨迹就可能会出现间断点和交叉点。如图5-37所示，粗线为编程轮廓，当加工外轮廓时，会出现A'到B'间断；当加工内轮廓时，会出现交叉点C''。

对于只有B刀具补偿的CNC系统，编程人员必须事先估计出在进行刀具补偿后可能出现的间断点和交叉点的情况，并进行人为的处理。遇到间断点时，可以在两个间断点之间增加一个半径为刀具半径的过渡圆弧段$A'B'$。遇到交叉点时，事先在两程序段之间增加一个过渡圆弧段AB，圆弧的半径必须大于所使用的刀具的半径。显然，这种仅有B刀具补偿功能的CNC系统对编程人员是很不方便的。

但是，最早也是最容易为人们所想到的刀具半径补偿方法，就是由数控系统根据和实际轮廓完全一样的编程轨迹，直接算出刀具中心轨迹的转接交点C'和C''，然后再对原来的程序轨迹作伸长或缩短的修正。

从前，C'和C''点不易求得，主要是由于NC装置的运算速度和硬件结构的限制。随着CNC技术的发展，系统工作方式、运算速度及存储容量都有了很大的改进和增加，采用直线或圆弧过渡，直接求出刀具中心轨迹交点的刀具半径补偿方法已经能够实现了，这种方法被称为C功能刀具半径补偿（简称C刀具补偿）。

2）C刀具补偿的基本设计思想

B刀具补偿对编程限制的主要原因是在确定刀具中心轨迹时，都采用了读一段、算一段、再走一段的控制方法。这样，就无法预计到由于刀具半径所造成的下一段加工轨迹对本段加工轨迹的影响。于是，对于给定的加工轮廓轨迹来说，当加工内轮廓时，为了避免刀具干涉，合理地选择刀具的半径以及在相邻加工轨迹转接处选用恰当的过渡圆弧等问题，就不得不靠程序员自己来处理。

为了解决下一段加工轨迹对本段加工轨迹的影响，需要在计算完本段轨迹后，提前将下一段程序读入，然后根据它们之间转接的具体情况，再对本段的轨迹作适当的修正，得到正确的本段加工轨迹。

图 5-38(a)中是普通 NC 系统的工作方法,程序轨迹作为输入数据送到工作寄存器 AS 后,由运算器进行刀具补偿运算,运算结果送输出寄存器 OS,直接作为伺服系统的控制信号。图 5-38(b)中是改进后的 NC 系统的工作方法,与图(a)相比,增加了一组数据输入的缓冲器 BS,节省了数据读入时间。往往是 AS 中存放着正在加工的程序段信息,而 BS 中已经存放了下一段所要加工的信息。图 5-38(c)中是在 CNC 系统中采用 C 刀具补偿方法的原理框图。与以前方法不同的是,CNC 装置内部又设置了一个刀具补偿缓冲区 CS。零件程序的输入参数在 BS、CS、AS 中的存放格式是完全一样的。

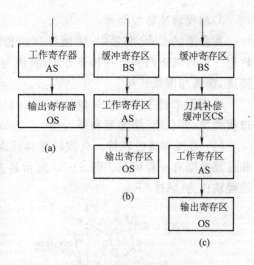

图 5-38　几种数控系统的工作流程
(a)一般方法　(b)改进后的方法
(c)采取 C 刀具补偿的方法

当某一程序在 BS、CS 和 AS 中被传送时,它的具体参数是不变的。这主要是为了输出显示的需要。实际上,BS、CS 和 AS 各自包括一个计算区域,编程轨迹的计算及刀具补偿修正计算都是在这些计算区域中进行的。当固定不变的程序输入参数在 BS、CS 和 AS 间传送时,对应的计算区域的内容也就跟随一起传送。因此,也可以认为这些计算区域对应的是 BS、CS 和 AS 区域的一部分。

这样,在系统启动后,第一段程序先被读入 BS,在 BS 中算得的第一段编程轨迹被送到 CS 暂存后,又将第二段程序读入 BS,算出第二段的编程轨迹。接着,对第一、第二两段编程轨迹的连接方式进行判别,根据判别结果,再对 CS 中的第一段编程轨迹作相应的修正。修正结束后,顺序地将修正后的第一段编程轨迹由 CS 送到 AS,第二段编程轨迹由 BS 送入 CS。随后,由 CPU 将 AS 中的内容送到 OS 进行插补运算,运算结果送伺服驱动装置予以执行。当修正了的第一段编程轨迹开始被执行后,利用插补间隙,CPU 又命令将第三段程序读入 BS,随后根据 BS、CS 中的第三、第二段编程轨迹的连接方式,对 CS 中的第二段编程轨迹进行修正。依此进行,可见在刀补工作状态,CNC 装置内部总是同时存有三个程序段的信息。

在具体实现时,为了便于交点的计算以及对各种编程情况进行综合分析,从中找出规律,必须将 C 功能刀具补偿方法所有的编程输入轨迹都当做矢量来看待。

显然,直线段本身就是一个矢量。而圆弧在这里意味着要将起点、终点的半径及起点到终点的弦长都看做矢量,零件刀具半径也作为矢量看待。所谓刀具半径矢量,是指在加工过程中,始终垂直于编程轨迹,大小等于刀具半径值,方向指向刀具中心的一个矢量。在直线加工时,刀具半径矢量始终垂直于刀具移动方向。在圆弧加工时,刀具半径矢量始终垂直于编程圆弧的瞬时切点的切线,它的方向是一直在改变的。

3)编程轨迹转接类型

在普通的 CNC 装置中,所能控制的轮廓轨迹通常只有直线和圆弧。所有编程轨迹一般有以下四种轨迹转接方式:直线与直线转接、直线与圆弧转接、圆弧与直线转接、圆弧与圆弧转接。

根据两个程序段轨迹矢量的夹角 α(锐角和钝角)和刀具补偿的不同,又有以下过渡类型:伸长型、缩短型和插入型。

(1)直线与直线转接。直线转接直线时,根据编程指令中的刀补方向 G41/G42 和过渡类型有 8 种情况。图 5-39 所示是直线与直线相交进行左刀补的情况,图中编程轨迹为 $\overline{OA}$ 接 $\overline{AF}$。

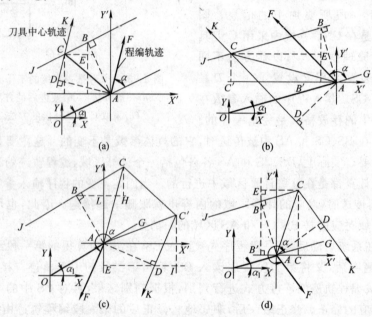

图 5-39 G41 直线与直线转接情况
(a)、(b)缩短型转接 (c)插入型转接 (d)伸长型转接

①缩短型转接。在图 5-39(a)、(b)中,∠JCK 相对于∠OAF 来说是内角,AB、AD 为刀具半径。对应于编程轨迹 $\overline{OA}$ 和 $\overline{AF}$,刀具中心轨迹 $\overline{JB}$ 和 $\overline{DK}$ 将在 C 点相交。这样,相对于 $\overline{OA}$ 和 $\overline{AF}$ 来说,缩短了 BC 和 DC 的长度。

②伸长型转接。在图 5-39(d)中,∠JCK 相对于∠OAF 是外角,C 点处于 $\overline{JB}$ 和 $\overline{DK}$ 的延长线上。

③插入型转接。在图 5-39(c)中仍需外角过渡,但∠OAF 是锐角,若仍采用伸长型转接,则将增加刀具的非切削空行程时间,甚至行程超过工作台加工范围。为此,可以在 $\overline{JB}$ 和 $\overline{DK}$ 之间增加一段过渡圆弧,且计算简单,但会使刀具在转角处停顿,零件加工工艺性差。较好的做法是插入直线,即 C 功能刀补。令 BC 等于 DC′ 且等于刀具半径长度 AB 和 AD,同时在中间插入过渡直线 CC′。也就是说,刀具中心除

了沿原来的编程轨迹伸长移动一个刀具半径长度外,还必须增加一个沿直线 CC' 的移动,等于在原来的程序段中间插入了一个程序段。

同理,直线接直线右刀补的情况如图 5 - 40 所示。

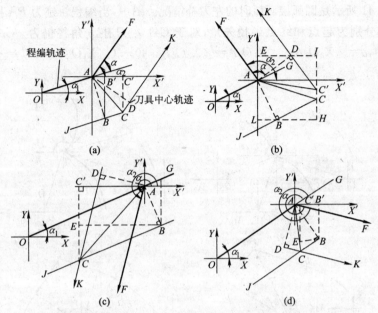

图 5 - 40 G42 直线与直线转接情况

(a)伸长型转接 (b)插入型转接 (c)、(d)缩短型转接

在同一个坐标平面内直线接直线时,当一段编程轨迹的矢量逆时针旋转到第二段编程轨迹的矢量的旋转角在 0~360° 范围变化时,相应刀具中心轨迹的转接将顺序地按上述三种类型(伸长型、缩短型、插入型)来进行。

对应于图 5 - 39 和图 5 - 40,表 5 - 10 列出了直线与直线转接时的全部分类情况。

表 5 - 10 直线与直线转接分类

编程轨迹的连接	刀具补偿方向	$\sin\alpha$	$\cos\alpha$	象限	转接类型	对应图号
G41G01/G41G01	G41	≥ 0	≥ 0	Ⅰ	缩短	5 - 39(a)
		≥ 0	< 0	Ⅱ		5 - 39(b)
		< 0	< 0	Ⅲ	插入(Ⅰ)	5 - 39(c)
		< 0	≥ 0	Ⅳ	伸长	5 - 39(d)
G42G01/G42G01	G42	≥ 0	≥ 0	Ⅰ	伸长	5 - 40(a)
		≥ 0	< 0	Ⅱ	插入(Ⅱ)	5 - 40(b)
		< 0	< 0	Ⅲ	缩短	5 - 40(c)
		< 0	≥ 0	Ⅳ		5 - 40(d)

（2）圆弧与圆弧转接。与直线接直线一样，圆弧接圆弧时转接类型的区分也可以通过相接两圆的起点和终点半径矢量的夹角 α 的大小来判别。不过，为了便于分析，往往将圆弧等效于直线处理。

图 5-41 所示是圆弧接圆弧时的左刀补情况。图中，当编程轨迹为 PA 接 AQ 时，$\overrightarrow{O_1A}$ 和 $\overrightarrow{O_2A}$ 分别为起点和终点半径矢量，对于 G41 左刀补，α 角将仍为 $\angle GAF$。在图 5-41(a) 中，$\alpha=\angle X_2O_2A-\angle X_1O_1A=\angle X_2O_2A-90°-(\angle X_1O_1A-90°)=\angle GAF$。

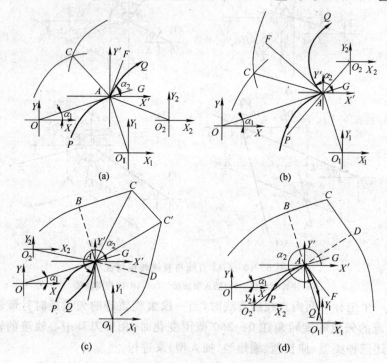

图 5-41　G41 圆弧接圆弧的转接情况

(a)、(b) 等效于图 5-39(a)、(b)　(c) 等效于图 5-39(c)　(d) 等效于图 5-39(d)

比较图 5-39 与图 5-41，它们的转接类型分类和判别是完全相同的，即左刀补顺圆接顺圆（G41G02/G41G02）时，它的转接类型等效于左刀补直线接直线（G41G01/G41G01）。

（3）直线与圆弧的转接。图 5-41 还可看做是直线与圆弧的转接，即 G41G01/G41G02（$\overline{OA}$ 接 AQ）和 G41G02/G41G01（PA 接 AF）。因此，它们的转接类型也等效于直线接直线 G41G01/G41G01。

由上述分析可知，根据刀补方向、等效规律以及 α 角的变化这三个条件，就可以区分各种轨迹间的转接类型。

四、刀具长度补偿

刀具长度的概念是一个很重要的概念。我们在对一个零件编程的时候，首先要指定零件的编程中心,然后才能建立工件编程坐标系,而此坐标系只是一个工件坐标系,零点一般在工件上。长度补偿只和 z 坐标有关,它不像 xy 平面内的编程零点,因为刀具是由主轴锥孔定位而不改变,对于 z 坐标的零点就不一样了。每一把刀的长度都是不同的,例如要钻一个深为 50 mm 的孔,然后攻丝深为 45 mm,分别用一把长为 250 mm 的钻头和一把长为 350 mm 的丝锥。先用钻头钻孔深 50 mm,在机床已经设定工件零点,当换上丝锥攻丝时,如果两把刀都从设定零点开始加工,丝锥因为比钻头长而攻丝过长,而且可能损坏刀具和工件。此时如果设定刀具补偿,把丝锥和钻头的长度进行补偿,在机床零点设定之后,即使丝锥和钻头长度不同,因补偿的存在,在调用丝锥工作时,自动向 z 轴正方向补偿了丝锥的长度,从而保证了加工精度。

刀具长度补偿是通过执行 G43(G44)和 H 指令来实现的,同时给出一个 z 坐标值,从而刀具在补偿之后移动到离工件表面距离为 z 的地方。另外一个指令 G49 是取消 G43(G44)指令的,其实不必使用这个指令,因为每把刀具都有自己的长度补偿,当换刀时,利用 G43(G44)和 H 指令赋予了自己的刀长补偿而自动取消了前一把刀具的长度补偿。

刀具长度补偿有两种方式:一是用刀具的实际长度作为刀长的补偿(推荐使用这种方式);二是用刀具的使用长度作为刀长的补偿。使用刀长作为补偿就是使用对刀仪测量刀具的长度,然后把这个数值输入到刀具长度补偿寄存器中,作为刀长补偿。使用刀具长度作为刀长补偿的理由如下。首先,使用刀具长度作为刀长补偿,可以避免在不同的工件加工中不断地修改刀长偏置。这样一把刀具用在不同的工件上也不用修改刀长偏置。在这种情况下,可以按照一定的刀具编号规则,给每一把刀具作档案,用一个小标牌写上每把刀具的相关参数,包括刀具的长度、半径等资料,事实上许多大型的机械加工型企业对数控加工设备的刀具管理都采用这种办法。这对于那些专门设有刀具管理部门的公司来说,就用不着面对面地告诉操作工刀具的参数了,同时即使因刀库容量原因把刀具取下来等下次重新装上时,只需根据标牌上的刀长数值作为刀具长度补偿而不需再进行测量。其次,使用刀具长度作为刀长补偿,可以让机床一边进行加工运行,一边在对刀仪上进行其他刀具的长度测量,而不必因为在机床上对刀而占用机床运行时间,从而可以充分发挥加工中心的效率。这样主轴移动到编程 z 坐标点时,就是主轴坐标加上(或减去)刀具长度补偿后的 z 坐标数值。

【知识要点】　刀具长度补偿的计算

刀具长度补偿的实质,就是把工件轮廓按刀具长度在坐标轴(车床为 x、z 轴)上的补偿分量平移。对于每一把刀具来说,其长度是一定的,它们在某种刀具夹座上的安装位置也是一定的。因此在加工前可预先分别测得装在刀架上的刀具长度在 x 和 z 方向的分量,即 Δx 刀偏和 Δz 刀偏。通过数控装置的 MDI 工作方式将 Δx 和 Δz 输入到 CNC 装置,从 CNC 装置的刀具补偿表中调出刀偏值进行计算。数控车床需对 x 轴、z 轴进行刀长补偿计算,数控铣床只需对 z 轴进行刀长补偿计算。

五、进给速度与加减速控制

在高速运动阶段,为了保证在启动或停止时不产生冲击、失步、超程或振荡,数控系统需要对机床的进给速度进行加减速控制;在加工过程中,为了保证加工质量,在进给速度发生突变时必须对送到进给电动机的脉冲频率或电压进行加减速控制。在启动或速度突然升高时,应保证加在伺服电动机上的进给脉冲频率或电压逐渐增大;当速度突降时,应保证加在伺服电动机上的进给脉冲频率或电压逐渐减小。

【知识要点】

1. 进给速度控制

脉冲增量插补和数据采样插补由于其计算方法不同,其速度控制方法也有所不同。

1)脉冲增量插补算法的进给速度控制

脉冲增量插补的输出形式是脉冲,其频率与进给速度成正比。因此可通过控制插补运算的频率来控制进给速度。常用的方法有软件延时法和中断控制法。

(1)软件延时法。根据编程进给速度,可以求出要求的进给脉冲频率,从而得到两次插补运算之间的时间间隔 t,它必须大于 CPU 执行插补程序的时间 $t_{程}$,t 与 $t_{程}$ 之差即为应调节的时间延迟,可以编写一个延时子程序来改变进给速度。

例 5-9 设某数控装置的脉冲当量 $\delta=0.01$ mm,插补程序运行时间 $t_{程}=0.1$ ms,若编程进给速度 $F=300$ mm/min,求调节时间 $t_{延}$。

解:由 $F=60\delta f$ 得

$$f=\frac{F}{60\delta}=\frac{300}{60\times0.01}=500(1/s)$$

则插补时间间隔

$$t=\frac{1}{f}=0.002\text{ s}=2\text{ ms}$$

调节时间

$$t_{延}=t-t_{程}=(2-0.1)\text{ms}=1.9\text{ ms}$$

用软件编一程序实现上述延时,即可达到进给速度控制的目的。

(2)中断控制法。由进给速度计算出定时器/计数器(CTC)的定时时间常数,以控制 CPU 中断。定时器每申请一次中断,CPU 执行一次中断服务程序,而且在中断服务程序中完成一次插补运算并发出进给脉冲。如此连续进行,直至插补完毕。

这种方法使得 CPU 可以在两个进给脉冲时间间隔内做其他工作,如输入、译码、显示等。进给脉冲频率由定时器定时常数决定,时间常数的大小决定了插补运算的频率,也决定了进给脉冲的输出频率。该方法速度控制比较精确,控制速度不会因为不同计算机主频的不同而改变,所以在很多数控系统中被广泛应用。

2)数据采样插补算法的进给速度控制

数据采样插补根据编程进给速度计算出一个插补周期内合成速度方向上的进给量,即

$$f_s = \frac{FTK}{60 \times 1\,000} \tag{5-46}$$

式中:f_s 为系统在稳定进给状态下的插补进给量,称为稳定速度(mm/min);F 为编程进给速度(mm/min);T 为插补周期(ms);K 为速度系数,包括快速倍率、切削进给倍率等。

为了调速方便,设置了速度系数 K 来反映速度倍率的调节范围,通常 K 取 0～200%,当中断服务程序扫描到面板上倍率开关状态时,给 K 设置相应参数,从而对数控装置面板手动速度调节作出正确响应。

2. 加减速度控制

在 CNC 装置中,加减速控制多数都采用软件来实现,这给系统带来了较大的灵活性。这种用软件实现的加减速控制可以放在插补前进行,也可以放在插补后进行,放在插补前的加减速控制称为前加减速控制,放在插补后的加减速控制称为后加减速控制。

前加减速控制仅对编程速度指令 F 进行控制,其优点是不会影响实际插补输出的位置精度;其缺点是需要预测减速点,而这个减速点要根据实际刀具位置与程序段终点之间的距离来确定,预测工作需要完成的计算量较大。

与前加减速控制相反,后加减速控制是对各运动轴分别进行加减速控制,这种加减速控制不需要专门预测减速点,而是在插补输出为零时才开始减速,经过一定的延时逐渐靠近程序段终点。该方法的缺点是由于它是对各运动轴分别进行控制,所以在加减速控制以后,实际的各坐标轴的合成位置就可能不准确。但这种影响仅在加减速过程中才会有,当系统进入匀速状态时,这种影响就不存在了。

1)前加减速控制

<1>稳定速度和瞬时速度

所谓稳定速度,就是系统处于稳定进给状态时,一个插补周期内的进给量 f_s,可用式(5-46)表示。通过该式将编程速度指令或快速进给速度 F 转换成每个插补周期的进给量,并包括速率倍率调整的因素在内。如果计算出的稳定速度超过系统允许的最大速度(由参数设定),取最大速度为稳定速度。

所谓瞬时速度,是指系统在每个插补周期内的进给量。当系统处于稳定进给状态时,瞬时速度 f_i 等于稳定速度 f_s;当系统处于加速(或减速)状态时,$f_i < f_s$(或 $f_i > f_s$)。

<2>线性加减速处理

当机床启动、停止或在切削加工过程中改变进给速度时,数控系统自动进行线性加减速处理。加减速速率分为空载进给和切削进给两种,它们必须作为机床的参数

预先设置好。设进给速度为 $F(\mathrm{mm/min})$，加速到 F 所需的时间为 $t(\mathrm{ms})$，则加减速加速度 a 按下式计算

$$a = \frac{1}{60 \times 1\,000} \times \frac{F}{t} = 1.67 \times 10^{-5} \frac{F}{t} (\mathrm{mm/s^2}) \tag{5-47}$$

（1）加速处理。系统每插补一次，都应进行稳定速度、瞬时速度的计算和加减速处理。当计算出的稳定速度 f'_s 大于原来的稳定速度 f_s 时，需进行加速处理。每加速一次，瞬时速度为

$$f_{i+1} = f_i + aT \tag{5-48}$$

式中：T 为插补周期。

新的瞬时速度 f_{i+1} 作为插补进给量参与插补运算，对各坐标轴进行分配，使坐标轴运动直至新的稳定速度为止。

（2）减速处理。系统每进行一次插补计算，都要进行终点判别，计算出刀具距终点的瞬时距离 s_i，并判别是否已到达减速区域 s。若 $s_i \leqslant s$，表示已到达减速点，则要开始减速。在稳定速度 f_s 和设定的加速度 a 确定后，可由下式决定减速区域

$$s = \frac{f_s^2}{2a} + \Delta s \tag{5-49}$$

式中，Δs 为提前量，可作为参数预先设置好。若不需要提前一段距离开始减速，则可取 $\Delta s = 0$，每减速一次后，新的瞬时速度为

$$f_{i+1} = f_i - aT \tag{5-50}$$

新的瞬时速度 f_{i+1} 作为插补进给量参与插补运算，控制各坐标轴移动，直至减速到新的稳定速度或减速到零。

（3）终点判别处理。每进行一次插补计算，系统都要计算瞬时距离，然后进行终点判别。若即将到达终点，就设置相应标志；若本程序段要减速，则要在到达减速区域时设置减速标志，并开始减速处理。终点判别计算分为直线插补和圆弧插补两种。

①直线插补。如图 5-42 所示，设刀具沿直线 OE 运动，E 为直线段终点，N 为某一瞬间插补点。在插补计算时，已计算出 x 轴和 y 轴插补进给量 Δx 和 Δy，所以 N 点的瞬时坐标可由上一插补点的坐标 x_{i-1} 和 y_{i-1} 求得，即

$$\left. \begin{array}{l} x_i = x_{i-1} + \Delta x \\ y_i = y_{i-1} + \Delta y \end{array} \right\} \tag{5-51}$$

瞬时点 N 离终点 E 的距离

$$s_i = NE = \sqrt{(x_e - x_i)^2 + (y_e - y_i)^2} \tag{5-52}$$

②圆弧插补。如图 5-43 所示，设刀具沿圆弧 AE 顺时针运动，N 为某一瞬间插补点，其坐标值 x_i 和 y_i 已在插补计算中求出。则 N 离终点 E 的距离

$$s_i = \sqrt{(x_e - x_i)^2 + (y_e - y_i)^2} \tag{5-53}$$

终点判别的原理框图如图 5-44 所示。

2）后加减速控制

后加减速控制主要有指数加减速控制算法和直线加减速控制算法。

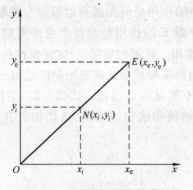

图 5 - 42　直线插补终点判别

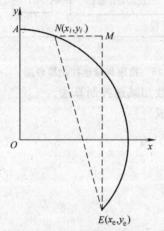

图 5 - 43　圆弧插补终点判别

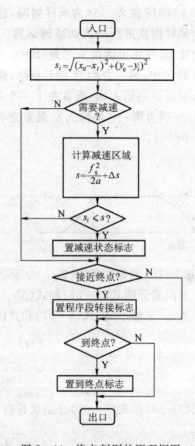

图 5 - 44　终点判别的原理框图

(1)指数加减速控制算法。在切削进给或手动进给时,跟踪响应要求较高,一般采用指数加减速控制,将速度突变处理成速度随时间呈指数规律上升或下降,如图5 - 45 所示。

指数加减速控制时,速度与时间的关系如下:

加速时
$$v(t) = v_c (1 - e^{-\frac{t}{T}})$$
(5 - 54)

匀速时
$$v(t) = v_c$$
(5 - 55)

减速时
$$v(t) = v_c e^{-\frac{t}{T}}$$
(5 - 56)

式中:T 为时间常数;v_c 为稳定速度。

上述过程可以用累加公式来实现,即

$$E_i = \sum_{k=0}^{i-1} (v_c - v_k) \Delta t$$
(5 - 57)

$$v_i = E_i \frac{1}{T}$$
(5 - 58)

下面结合指数加减速控制算法的原理图(见图5 - 46)来说明式(5 - 57)和

167

式(5-58)的含义。Δt 为采样周期,它在算法中的作用是对加减速运算进行控制,即每个采样周期进行一次加减速运算。误差寄存器 E 的作用是对每个采样周期的输入速度 v_c 与输出速度 v 之差($E = v_c - v$)进行累加。其累加结果,一方面保存在误差寄存器 E 中;另一方面与 $1/T$ 相乘,乘积作为当前采样周期加减速控制的输出 v。同时 v 又反馈到输入端,准备在下一个采样周期中重复以上过程。式(5-58)中的 E_i 和 v_i 分别为第 i 个采样周期误差寄存器 E 中的值和输出速度值,迭代初值分别为 $E_0 = 0$ 和 v_0。

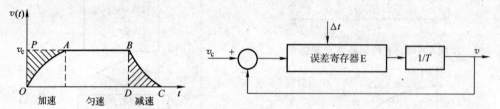

图 5-45　指数加减速控制　　　　图 5-46　指数加减速控制原理图

下面来证明式(5-57)和式(5-58)实现的指数加减速控制算法。

当 Δt 足够小时,式(5-57)和式(5-58)可写成

$$E(t) = \int_0^t (v_c - v(t)) \mathrm{d}t \qquad (5-59)$$

$$v(t) = \frac{1}{T} E(t) \qquad (5-60)$$

对式(5-59)和式(5-60)分别求导得

$$\frac{\mathrm{d}E(t)}{\mathrm{d}t} = v_c - v(t) \qquad (5-61)$$

$$\frac{\mathrm{d}v(t)}{\mathrm{d}t} = \frac{1}{T} \frac{\mathrm{d}E(t)}{\mathrm{d}t} \qquad (5-62)$$

将式(5-61)和式(5-62)合并得

$$T \frac{\mathrm{d}v(t)}{\mathrm{d}t} = v_c - v(t)$$

或

$$\frac{\mathrm{d}v(t)}{v_c - v(t)} = \frac{\mathrm{d}t}{T} \qquad (5-63)$$

对式(5-63)两端积分得

$$\frac{v_c - v(t)}{v_c - v(0)} = \mathrm{e}^{-\frac{1}{T}} \qquad (5-64)$$

加速时 $v(0) = 0$,故

$$v(t) = v_c(1 - \mathrm{e}^{-\frac{t}{T}}) \qquad (5-65)$$

匀速时 $t \to \infty$,故

$$v(t) = v_c \qquad (5-66)$$

减速时 $v(0)=0$，且输入为 0，由式(5-61)得

$$\frac{\mathrm{d}E(t)}{\mathrm{d}t}=v_\mathrm{c}-v(t)=-v(t) \tag{5-67}$$

将式(5-67)代入式(5-62)得

$$\frac{\mathrm{d}v(t)}{\mathrm{d}t}=-\frac{v(t)}{T} \tag{5-68}$$

即

$$\frac{\mathrm{d}v(t)}{v(t)}=-\frac{\mathrm{d}t}{T} \tag{5-69}$$

对式(5-69)两端积分得

$$v(t)=v_0\mathrm{e}^{-\frac{t}{T}}=v_\mathrm{c}\mathrm{e}^{-\frac{t}{T}} \tag{5-70}$$

上面的推导过程证明了用式(5-57)和式(5-58)可以实现指数加减速控制。下面进一步导出其实用的指数加减速算法公式。

参照式(5-57)和式(5-58)，令

$$\Delta s_i=v_i\Delta t$$

$$\Delta s_\mathrm{c}=v_\mathrm{c}\Delta t$$

其中，Δs_c 为每个采样周期加减速的输入位置增量，即每个插补周期内粗插补计算出的坐标位置增量值；Δs_i 为第 i 个插补周期加减速输出的位置增量值。

将以上两式代入式(5-57)和式(5-58)得

$$E_i=\sum_{k=0}^{i-1}(\Delta s_\mathrm{c}-\Delta s_i)=E_{i-1}+(\Delta s_\mathrm{c}-\Delta s_{i-1}) \tag{5-71}$$

$$\Delta s_i=E_i\frac{1}{T}(\text{取 }\Delta t=1) \tag{5-72}$$

式(5-71)和式(5-72)就是数字增量式指数加减速控制算法的实用迭代公式。

(2)直线加减速控制算法。快速进给时速度变化范围大，要求平稳性好，一般采用直线加减速控制，使速度突然升高时，沿一定斜率的直线上升，速度突然降低时，沿一定斜率的直线下降，如图5-47中的速度变化曲线 $OABC$。

直线加减速控制分以下五个过程。

①加速过程。若输入速度 v_c 与上一个采样周期的输出速度 v_{i-1} 之差大于一个常值 Q，即 $v_\mathrm{c}-v_{i-1}>Q$，则必须进行加速控制，使本次采样周期的输出速度增加 Q 值，即

$$v_i=v_{i-1}+Q \tag{5-73}$$

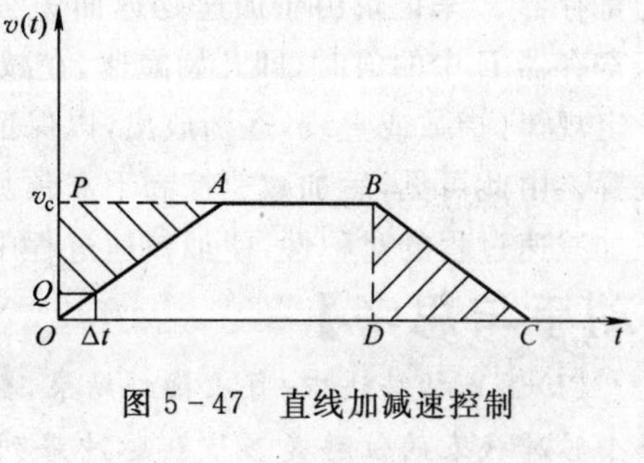

图 5-47　直线加减速控制

式中：Q 为加减速的速度阶跃因子。

显然在加速过程中，输出速度 v_i 沿斜率 $K'=\dfrac{Q}{\Delta t}$ 的直线上升，Δt 为采样周期。

②加速过渡过程。当输入速度 v_c 与上次采样周期的输出速度 v_{i-1} 之差满足下式，即

$$0 < v_c - v_{i-1} < Q \tag{5-74}$$

说明速度已上升至接近匀速。这时可改变本次采样周期的输出速度 v_i，使之与输入速度相等，即

$$v_i = v_c \tag{5-75}$$

经过这个过程后，系统进入稳定速度状态。

③匀速过程。在这个过程中，输出速度保持不变，即

$$v_i = v_{i-1} \tag{5-76}$$

④减速过渡过程。当输入速度 v_c 与上一个采样周期的输出速度 v_{i-1} 之差满足下式，即

$$0 < v_{i-1} - v_c < Q \tag{5-77}$$

说明应开始减速处理。改变本次采样周期的输出速度 v_i，使之减小到与输入速度 v_c 相等，即

$$v_i = v_c \tag{5-78}$$

⑤减速过程。若输入速度 v_c 小于一个采样周期的输出速度 v_{i-1}，但其差值大于 Q 值，即

$$v_{i-1} - v_c > Q \tag{5-79}$$

则要进行减速控制，使本次采样周期的输出速度 v_i 减小一个 Q 值，即

$$v_i = v_{i-1} - Q \tag{5-80}$$

显然在减速过程中，输出速度沿斜率 $K' = -\dfrac{Q}{\Delta t}$ 的直线下降。

后加减速控制的关键是加速过程和减速过程的对称性，即在加速过程中输入到加减速控制器的总进给量必须等于该加减速控制器减速过程中实际输出的进给量之和，以保证系统不产生失步和超程。因此，对于指数加减速和直线加减速，必须使图 5-45 和图 5-47 中区域 OPA 的面积等于区域 DBC 的面积。为此，用位置误差累加寄存器 E 来记录由于加速延迟而失去的进给量之和。当发现剩下的总进给量小于寄存器 E 中的值时，即开始减速，在减速过程中，又将误差寄存器 E 中保存的值按一定规律（指数或直线）逐渐放出，以保证在加减速过程全程结束时，机床到达指定的位置。由此可见，后加减速控制不需预测减速点，而是通过误差寄存器的进给量来保证加减速过程的对称性，使加减速过程中的两块阴影面积相等。

【动手与思考】

(1)逐点插补法中，每次插补结束，数控装置向每个运动坐标输出基准脉冲序列，每个脉冲代表的位移是多少？脉冲序列的频率代表什么？而脉冲的数量又代表了什么？

(2)刀具长度补偿在 HNC-21 系统中是怎样实现的？

任务六　PLC 的应用

【任务导入】

经过前面内容的学习,已经知道数控机床的控制分为两大部分:一部分是坐标轴运动的位置控制;另一部分是数控机床加工过程的顺序控制。在前期课程已经学习过 PLC 技术及应用知识,但是具体到数控机床用的 PLC 又有什么区别?处理的信号以及与数控系统的联系如何?这是接下来要学习的内容。

【知识要点】　数控机床的控制对象及接口信号

数控机床作为自动化设备,是在自动控制下进行工作的。其所受控制可分为两类。

一类是最终实现对各坐标轴运动进行的"数字控制"。如:对 CNC 车床 x 轴和 z 轴,CNC 铣床 x 轴、y 轴和 z 轴的移动距离及各轴运行的插补、补偿等的控制即为"数字控制"。

另一类是"顺序控制"。对数控机床来说,"顺序控制"是在数控机床运行过程中,以 CNC 内部和机床各行程开关、传感器、按钮、继电器等的开关量信号状态为条件,并按照预先规定的逻辑顺序对诸如主轴的起停、换向,刀具的更换,工件的夹紧、松开,液压、冷却、润滑系统的运行等进行的控制。与"数字控制"比较,"顺序控制"的信息主要是开关量信号。

在讨论 PLC、数控系统和机床各机械部件、机床辅助装置、强电线路之间的关系时,常把数控机床分为"NC 侧"和"MT 侧"(即机床侧)两大部分。"NC 侧"包括 CNC 系统的硬件和软件以及与 CNC 系统连接的外部设备。"MT 侧"则包括机床机械部分及其液压、气压、冷却、润滑、排屑等辅助装置以及机床操作面板、继电器线路、机床强电线路等。PLC 处于 NC 与 MT 之间,对 NC 和 MT 的输入、输出信号进行处理。

"MT 侧"顺序控制的最终对象随数控机床的类型、结构、辅助装置等的不同而有很大差别。机床结构越复杂,辅助装置越多,最终受控对象也越多。一般来说,最终受控对象的数量和控制顺序的复杂程度是依 CNC 车床、CNC 铣床、加工中心、FMC、FMS 的顺序递增的。

对 CNC 装置来说,把从 MT 向 CNC 传送的信号称为输入信号,由 CNC 向 MT 传送的信号称为输出信号。

数控系统及配套 PLC 装置的输入、输出信号的类型主要有以下几种。

(1)直流输入信号。如:无隔离直流输入信号、光电隔离直流输入信号等。

(2)直流输出信号。如:晶体管直流输出信号、采用干簧继电器的有触点直流输出信号等。

（3）直流模拟输入信号。

（4）直流模拟输出信号。

（5）交流输入信号。

（6）交流输出信号。

在上述信号中，用得最多、最普遍的是直流输入、输出信号。直流模拟信号用于伺服控制或其他接收、发送模拟量信号的设备。交流信号用于直接控制功率执行器件。接收或发出直流模拟信号和交流信号需要有相应的接口电路。实际应用中，一般需要采用独立型 PLC，并配置专门的接口模块或插板才能实现。

输入、输出信号接口器件或接插座有如下几种常见的配置形式。

对于内装型 PLC：

（1）CNC 主板输入、输出信号电缆插座；

（2）CNC 输入、输出单元印刷板信号电缆插座；

（3）CNC 扩展接口板信号电缆插座；

（4）CNC 外接 I/O 单元的输入、输出模块信号插座或信号接线端子。

对于独立型 PLC：

（1）输入、输出模块或插板的信号插座、信号接线端子；

（2）专用功能模块（如定时、计数、D/A 或 A/D 转换、定位等）输入、输出信号插座或信号接线端子。

直流输入、输出信号接口原理图的表示方法，在不同 CNC 和机床厂家的说明书及技术资料中虽有很大差别，但均需满足如下要求：

（1）表明信号发生器件和信号接收器件的位置；

（2）表明信号工作电压的来源和数值；

（3）注明信号插座或连接端子的编号。

有的接口原理图还注明输入、输出信号的名称、在 PLC 中的地址等。下面简单介绍常见的几种直流输入、输出信号接口图的绘制方法和技术规范。

1. 直流输入信号

直流输入信号是由机床侧的开关、按钮、继电器触点、检测传感器等采集的闭合/断开状态信号。这些状态信号需经接口电路处理，才能变成 PLC 或 NC 能够接受的信号。

华中系统典型输入等效电路如图 6-1 所示。在此典型电路中，信号工作电压由 CNC 内部提供，当机床侧触点闭合时，+24 V 电压加到接收器电路上，经滤波和电平转换处理后输出至 NC 内部，成为内部电子线路可以接受和处理的信号。

2. 直流输出信号

一种典型的直流输出信号接口图如图 6-2 所示。

直流输出信号是来自 NC 或 PLC，经驱动电路送至机床侧以驱动继电器线圈、指示灯等的信号。

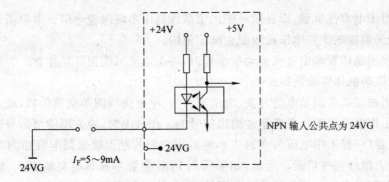

图 6-1 直流输入信号等效电路

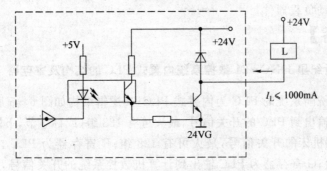

图 6-2 直流输出信号接口图

图 6-3 所示是负载为指示灯的典型信号输出电路；图 6-4 所示是负载为继电器线圈的典型信号输出电路。当 NC 有信号输出时，基极为高电平，晶体管导通。此时输出信号状态为"1"，足够的电流将流过指示灯和继电器线圈，使指示灯点亮、继电器动作。

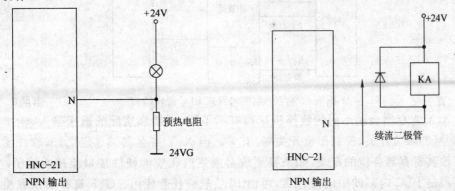

图 6-3 负载为指示灯的信号输出电路　　　图 6-4 负载为继电器线圈的信号输出电路

当 NC 无输出时，基极为低电平，晶体管不导通，输出信号状态为"0"，不能驱动负载。

在输出电路中往往需要注意对驱动电路和负载器件的保护。

(1)对于继电器这类电感性负载，必须安装火花抑制器。

173

(2)对于电容性负载,应在信号输出负载线路中串联限流电阻。电阻阻值应确保负载承受的瞬时电流和电压被限制在额定值内。

(3)在用晶体管输出直接驱动指示灯时,冲击电流可能损坏晶体管。为此应设置保护电阻以防晶体管被击穿。

(4)当被驱动负载是电磁开关、电磁离合器、电磁阀线圈等交流负载,或虽是直流负载,但工作电压或工作电流超过输出信号的工作范围时,应先用输出信号驱动小型中间继电器(一般工作电压为+24 V),然后用它们的触点接通强电线路的功率继电器或直接去激励这些负载。当然,如果所用 PLC 装置本身具有交流输入、输出信号接口,或有用于直流大负载驱动的专用接口时,输出信号就不必经中间继电器过渡,即可以直接驱动负载器件。

【任务内容】

一、华中世纪星 HNC - 21 数控系统内置式 PLC 的结构及寄存器

华中数控铣削系统的 PLC 为内置式 PLC,其逻辑结构如图 6-5 所示。其中:X 寄存器为机床输出到 PLC 的开关信号,最大可有 128 组(或称字节,下同);Y 寄存器为 PLC 输出到机床的开关信号,最大可有 128 组;R 寄存器为 PLC 内部中间寄存器,共有 768 组;G 寄存器为 PLC 输出到计算机数控系统的开关信号,最大可有 256 组;F 寄存器为计算机数控系统输出到 PLC 的开关信号,最大可有 256 组;P 寄存器为 PLC 外部参数,可由机床用户设置(运行参数子菜单中的 PMC 用户,参数命令即可设置),共有 100 组;B 寄存器为断电保护信息,共有 100 组。

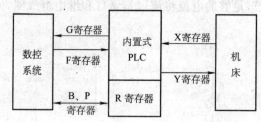

图 6-5　华中数控内置式 PLC 逻辑结构

X、Y 寄存器会随不同的数控机床而有所不同,主要和实际的机床输入、输出开关信号(如限位开关、控制面板开关等)有关。但 X、Y 寄存器一旦定义好,软件就不能更改其寄存器各位的定义,如果要更改必须更改相应的硬件接口或接线端子。R 寄存器是 PLC 内部的中间寄存器,可由 PLC 软件任意使用。G、F 寄存器由数控系统与 PLC 事先约定好,PLC 硬件和软件都不能更改其寄存器各位(bit)的定义。P 寄存器可由 PLC 程序与机床用户任意自行定义。对于各寄存器,系统提供了相关变量供用户灵活使用。

【知识要点】　数控机床用 PLC

数控机床用 PLC 可分为两类:一类是专为实现数控机床顺序控制而设计制造的

"内装型"(Built-in Type)PLC；另一类是输入/输出信号接口技术规范、输入/输出点数、程序存储容量以及运算和控制功能等均能满足数控机床控制要求的"独立型"(Stand-alone Type)PLC。

1."内装型"PLC

"内装型"PLC(或称"内含型"PLC、"集成式"PLC)从属于 CNC 装置，PLC 与 NC 间的信号传送在 CNC 装置内部即可实现，PLC 与 MT 间则通过 CNC 输入、输出接口电路实现信号传送(见图 6-6)。

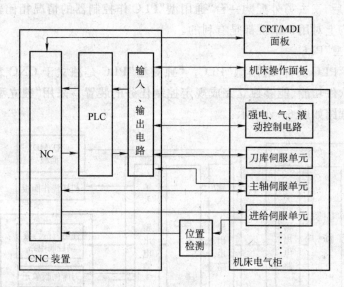

图 6-6　具有"内装型"PLC 的 CNC 机床系统框图

"内装型"PLC 有如下特点。

(1)"内装型"PLC 实际上是 CNC 装置带有的 PLC 功能，一般是作为一种基本的或可选择的功能提供给用户。

(2)"内装型"PLC 的性能指标(如输入/输出点数、程序最大步数、每步执行时间、程序扫描周期、功能指令数目等)是根据所从属的 CNC 系统的规格、性能、适用机床的类型等确定的。其硬件和软件部分是被作为 CNC 系统的基本功能或附加功能与 CNC 系统其他功能一起统一设计、制造的。因此，系统硬件和软件整体结构十分紧凑，且 PLC 所具有的功能针对性强，技术指标亦较合理、实用，尤其适用于单机数控设备的应用场合。

(3)在系统的具体结构上，"内装型"PLC 可与 CNC 共用 CPU，也可以单独使用一个 CPU；硬件控制电路可与 CNC 其他电路制作在同一块印刷板上，也可以单独制成一块附加板，当 CNC 装置需要附加 PLC 功能时，再将此附加板插装到 CNC 装置上，内装 PLC 一般不单独配置输入、输出接口电路，而是使用 CNC 系统本身的输入、输出电路；PLC 控制电路及部分输入、输出电路(一般为输入电路)所用电源由 CNC

装置提供,不需另备电源。

(4)采用"内装型"PLC 结构,CNC 系统可以具有某些高级的控制功能。如梯形图编辑和传送功能、在 CNC 内部直接处理 NC 窗口的大量信息等。

自 20 世纪 70 年代末以来,世界上著名的 CNC 厂家在其生产的 CNC 产品中,大多开发了"内装型"PLC 功能。随着大规模集成电路的开发利用,带与不带 PLC 功能,CNC 装置的外形尺寸已没有明显的变化。一般来说,采用"内装型"PLC 省去了 PLC 与 NC 间的连线,又具有结构紧凑、可靠性好、安装和操作方便等优点。与在拥有 CNC 装置后,又去另外配购一台"通用型"PLC 作控制器的情况相比较,无论在技术上还是经济上对用户来说都是有利的。

2."独立型"PLC

"独立型"PLC 又称"通用型"PLC。"独立型"PLC 是独立于 CNC 装置、具有完备的硬件和软件功能、能够独立完成规定控制任务的装置。采用"独立型"PLC 的数控机床系统框图如图 6-7 所示。

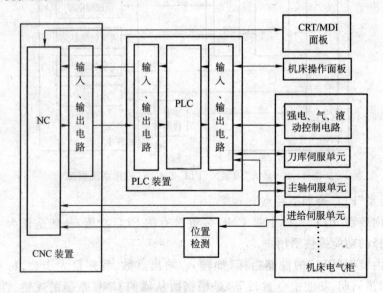

图 6-7 具有"独立型"PLC 的 CNC 机床系统框图

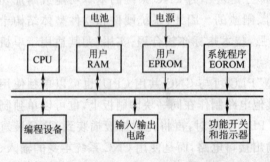

图 6-8 "独立型"PLC 的硬件基本结构

"独立型"PLC 有如下特点。

(1)"独立型"PLC 具有如下基本的功能结构:CPU 及其控制电路、系统程序存储器、用户程序存储器、输入/输出接口电路、与编程机等外部设备通信的接口和电源等,如图 6-8 所示。

(2)"独立型"PLC 一般采用积

木式模块化结构或笼式插板式结构,各功能电路多做成独立的模块或印刷电路插板,具有安装方便、功能易于扩展和变更等优点。例如,可采用通信模块与外部输入/输出设备、编程设备、上位机、下位机等进行数据交换;采用 D/A 模块可以对外部伺服装置直接进行控制;采用计数模块可以对加工工件数量、刀具使用次数、回转体回转分度数等进行检测和控制;采用定位模块可以直接对诸如刀库、转台、直线运动轴等机械运动部件或装置进行控制。

(3)"独立型"PLC 的输入、输出点数可以通过 I/O 模块或插板的增减灵活配置。有的"独立型"PLC 还可通过多个远程终端连接器构成有大量输入、输出点的网络,以实现大范围的集中控制。

在"独立型"PLC 中,那些专为应用 FMS、FA 而开发的"独立型"PLC 具有强大的数据处理、通信和诊断功能,主要用做"单元控制器",是现代自动化生产制造系统重要的控制装置。"独立型"PLC 也用于单机控制。国外有些数控机床制造厂家,或是为了展示自己长期形成的技术特色,或是为了保守某些技术诀窍,或纯粹是因管理上的需要,在购进的 CNC 系统中,舍弃了 PLC 功能,而采用外购或自行开发的"独立型"PLC 作控制器,这种情况在从日本、欧美引进的数控机床中屡见不鲜。

二、华中数控 PLC 编程

华中数控系统是使用 C 语言进行编程。下面根据华中数控系统 PLC 编程说明书的案例,介绍华中数控 PLC 的编程过程。

华中数控系统约定 PLC 源程序后缀为". CLD",即" * . CLD"文件为 PLC 源程序。最简单的 PLC 程序只要包含系统必需的几个函数和变量定义即可编译运行,当然它什么事也不能做。

在 DOS 环境下,进入数控软件 PLC 所安装的目录,如 C:\HCNC2000\PLC,在 DOS 提示符下敲入如下命令:

c:\hcnc2000\plc>edit plc_null. cld<回车>

建立一个文本文件并命名为 plc_null. cld,其文件内容为

```
//
//plc_null. cld:
//PLC 程序空框架,保证可以编译运行,但什么功能也不提供。
//
//版权所有:(C)2000 武汉华中数控系统有限公司保留所有权利。
// http://huazhongcnc.com   email:market@huazhongcnc.com
// tel:+86-27-87545256,87542713   fax:+86-27-87545256,87542713
// 最后更改日期:2000.10.31
// 作者阳道善 email:yang@HuazhongCNC.com
```

```
＃include"plc. h"//PLC 系统头文件
void init()//PLC 初始化函数
{
}
void plc1(void)//PLC 程序入口 1
{
plc1_time=16;//系统将在 16 ms 后再次调用 plc1()函数
}
void plc2(void);//PLC 程序入口 2
{
plc2_time=32;//系统将在 32 ms 后再次调用 plc2()函数
}
```

如果安装了 MSDOS6.22 及 Borland C＋＋3.1 软件,在铣床数控系统的 PLC 目录下输入如下命令:

　　　c:\hcnc2000\plc> makeplc plc_null. cld<回车>

系统会响应

　　　1 file(s)copied

MAKE Version 3. 6 Copyright(c)1992 Borland International

Available memory 64299008 bytes

　　bcc＋plc. CFG－S plc. cld

Borland C＋＋Version 3. 1 Copyright(c)1992 Borland International plc. cld:

Available memory 4199568 bytes

　　　TASM/MX/O plc. ASM,plc. OBJ

Turbo Assembler Version 3. 1 Copyright(c)1988,1992 Borland International

Assembling file:　　　plc. ASM

Error messages:　　　None

Warning messages:　　None

Passes:　　　　　　1

Remaining memory:　　421k

tlink/t/v/m/c/Lc:\BC31\LIB@MAKE0000. $ $ $

Turbo Link Version 5. 1 Copyright(c)1992 Borland International

Warning:Debug info switch ignored for COM files

　　　1 file(s)copied

并且又回到 DOS 提示符下:

　　c:\hcnc2000\plc>

这时,表示第一个 PLC 程序编译成功,编译结果为文件 plc_null. com。然后,可

178

以更改数控软件系统配置文件 NCBIOS. CFG，并加上如下一行文本，让系统启动时加载新近编写的 PLC 程序。

device＝c：\hcnc2000\plc\plc_null. com

以上就是在华中数控系统平台上编写并编译 C 语言 PLC 程序的全过程。

例如，我们在用户按下操作面板的循环启动键时，点亮＋X 点动灯，假定循环启动键的输入点为 X0.1，＋X 点动灯的输出点位置为 Y2.7，更改 plc_null. cld 文件的plc1()函数如下：

```
void plc1(void)//PLC 程序入口 1
{
plc1_time＝16；//系统将在 16 ms 后再次调用 plc1()函数
if(X[0]& 0x02)//循环启动键被按下
    Y[2]|＝0x80；//点亮＋X 点动灯
else//循环启动键没有被按下
    Y[2]&＝～0x80；//灭掉＋X 点动灯
}
```

重新输入命令 makeplc plc_null，并将编译所得的文件 plc_null. com 放入NCBIOS. CFG 所指定的位置，重新启动铣床数控系统后，当按下循环启动键时，＋X点动灯应该被点亮。更复杂的 PLC 程序可参考所在数控系统 PLC 目录下的"＊.CLD"文件，其中，应该有一个是数控系统的 PLC 源程序。

三、华中数控 PLC 程序的安装

PLC 源程序编译后，将产生一个 DOS 可执行". COM"文件。要安装写好的 PLC程序，必须更改华中数控系统的配置文件 NCBIOS. CFG。

在 DOS 环境下，进入数控软件所安装的目录（如 C：\HCNC2000）。在 DOS 提示符下敲入如下命令：

c：\hcnc2000＞edit ncbios. cfg＜回车＞

一般情况下可编辑数控系统配置文件包括如下内容（具体内容因机床的不同而异，分号后面是为说明方便添加的注释）。

DEVICE＝C：\HCNC2000\bin\sv_step. drv;　　步进电机伺服驱动

DEVICE＝C：\HCNC2000\bin\hc5904. drv;　　5904 驱动程序

DEVICE＝C：\HCNC2000\plc\plc_null. com;　　**PLC 程序**

PARMPATH＝C：\HCNC2000\PARM;　　系统参数所在目录

DATAPATH＝C：\HCNC2000\DATA;　　系统数据所在目录

PROGPATH＝C：\HCNC2000\PROG;　　数控 G 代码程序所在目录

DISKPATH＝A：;　　软盘

BINPATH＝C：\HCNC2000\bin;　　系统 BIN 目录

用黑体突出的第三行即设置好的为上文编写的 PLC 程序 plc_null. com。

为了更方便、更快捷地使用 HNC - 21 数控装置,华中数控为用户提供了标准 PLC 应用程序解决方案。数控装置制造商在 HNC - 21 数控装置设计时,已考虑到用户的绝大部分需要,提供典型车床、铣床数控系统的电气原理图、相应的参数文件、标准 PLC 应用程序和配套的 PMC 用户参数文件。利用标准 PLC 应用程序便不再需自行编制 PLC 程序并设置相应的 PMC 用户参数,即可满足大部分数控车床、数控铣床的控制要求。用户订货后即可根据订货的硬件配置,按标准图纸组装数控车床、数控铣床的控制电柜,选用相应的参数文件、PLC 程序,设置 PMC 用户参数。另外,华中数控公司为用户提供 PLC 编程软件包,若对 PLC 应用程序有特殊要求,用户可在该公司提供的标准 PLC 应用程序的基础上进行编辑修改。具体内容参见该公司的 PLC 编程说明书。

【动手与思考】

1. 开关量地址的定义操作

在系统程序、PLC 程序中,机床输入的开关量信号定义为 X(即各接口中的 I 信号);输出到机床的开关量信号定义为 Y(即各接口中的 O 信号)。将(HNC - 21)各个接口的本地和远程 I/O 端子板的 I/O(输入/输出)开关量定义为系统程序中的 XY 变量,需要通过设置参数中的硬件配置参数和 PMC 系统参数实现。

HNC - 21 数控装置的输入、输出开关量占用硬件配置参数中的三个部件(一般设为部件 20、部件 21、部件 22),如图 6 - 9 所示。

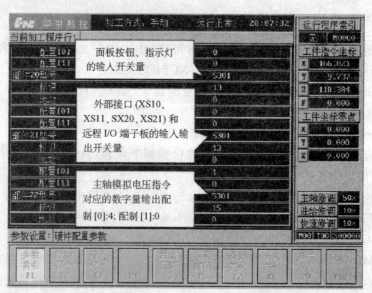

图 6 - 9　硬件配置参数中关于输入、输出开关量的设置

主轴模拟电压指令输出的过程为:PLC 程序通过计算给出数字量,数字量由专

用的硬件电路转化为模拟电压;PLC 程序处理的是数字量,共 16 位占用两个字节即两组输出信号。因此主轴模拟电压指令也作为开关量输出信号处理。

在 PMC 系统参数中再给各部件(部件 20、部件 21、部件 22)中的输入、输出开关量分配占用的 XY 地址,即确定接口中各 I/O 信号与 X/Y 的对应关系,如图 6－10 所示。

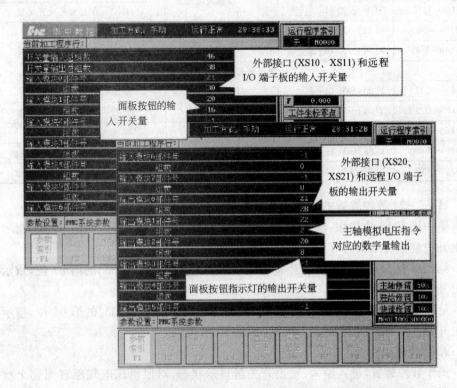

图 6－10　PMC 系统参数中关于输入、输出开关量的设置

部件 21 中的开关量输入信号设置为输入模块 0,共 30 组,则占用 X[00]～X[29];
部件 20 中的开关量输入信号设置为输入模块 1,共 16 组,则占用 X[30]～X[45];
输入开关量总组数即为 30＋16＝46 组。

部件 21 中的开关量输出信号设置为输出模块 0,共 28 组,则占用 Y[00]～Y[27];
部件 22 中的开关量输出信号设置为输出模块 1,共 2 组,则占用 Y[28]～Y[29];
部件 20 中的开关量输出信号设置为输出模块 2,共 8 组,则占用 Y[30]～Y[37];
输出开关量总组数即为 28＋2＋8＝38 组。

在 PMC 系统参数中所涉及的部件号与硬件配置参数中是一致的。输入/输出开关量每 8 位一组占用一个字节。例如,HNC－21 数控装置 XS10 接口的 I0I7 开关量输入信号占用 X[00]组,I0 对应于 X[00] 的第 0 位、I7 对应于 X[00] 的第 1 位 ……。按以上参数设置 I/O 开关量与 X/Y 的对应关系见表 6－1。

表 6-1　I/O 开关量硬件配置参数

信号名	X/Y 地址	部件号	模块号	说　明
		输入开关量地址定义		
I0～I39	X[00]～X[04]			XS10、XS11 输入开关量
I40～I47	X[05]	21	输入模块 0	保留
I48～I175	X[06]～X[21]			HNC-21 远程输入开关量
I176～I239	X[22]～X[29]			保留
I240～I367	X[30]～X[45]	20	输入模块 1	面板按钮输入开关量
		输出开关量地址定义		
O0～O31	Y[00]～Y[03]			XS20、XS21 输出开关量
O32～O159	Y[04]～Y[19]	21	输出模块 0	HNC-21 远程输出开关量
O160～O223	Y[20]～Y[27]			保留
O224～O239	Y[28]～Y[29]	22	输出模块 1	主轴模拟电压指令数字量输出
O240～O303	Y[30]～Y[37]	20	输出模块 2	面板按钮指示灯输出开关量

　　HNC-21 数控装置的机床操作面板按钮共 3 排。

　　第一排有 15 个按钮，输入开关量信号依次为 X[30]和 X[31]的第 06 位，指示灯输出开关量信号依次为 Y[30]和 Y[31]的第 06 位。

　　第二排有 14 个按钮，输入开关量信号依次为 X[32]和 X[33]的第 05 位，指示灯输出开关量信号依次为 Y[32]和 Y[33]的第 05 位。

　　第三排有 15 个按钮，输入开关量信号依次为 X[34]和 X[35]的第 06 位，指示灯输出开关量信号依次为 Y[34]和 Y[35]的第 06 位。

　　2. PLC 调试

　　操作数控装置，进入输入、输出开关量显示状态，对照机床电气原理图逐个检查 PLC 输入、输出点的连接和逻辑关系是否正确。检查机床超程限位开关是否有效，报警显示是否正确。若各坐标轴的正负超程限位开关的一个常开触点已经接入输入开关量接口，按以下内容进行检查。

　　(1)检查操作面板上的各个按钮检验开关量输入信号系统动作、外部逻辑电路的动作是否正确。例如：按下冷却开/停按钮，该按钮灯应该点亮，并且冷却电机的交流接触器应该动作；再按一次应该关掉指示灯与冷却电机的交流接触器。逐个在开关量输入信号中人为接入限位信号，通常为 X0.0、X0.7(即 I0、I7)，检验该信号能否使系统产生急停，并正确显示报警信息。例如：接入 X0.0，系统应该报警显示 X 轴正极限报警；让各坐标轴返回参考点人为接入参考点回答信号。检验各坐标能否完成回参考点动作及回参考点动作是否正确，正确连接各个坐标的限位开关与回参考点信号，人为控制限位开关与参考点开关，重复上面两部分内容，检验开关的有效性。检验各报警开关量输入信号输入时系统能否正确产生系统报警信息或用户在 PLC 程序中定义的外部报警信息并执行相应的动作。例如：主轴报警信号有效时，主轴和自动加工程序应该停止。

（2）当 PLC 程序不能按预期的过程执行时，通常按下列步骤调试检查。

①在 PLC 状态中，观察所需的输入开关量 X 变量或系统变量（R、G、F、P、B）是否正确输入，若没有则检查外部电路。对于 M、S、T 指令，应该编写一段包含该指令的零件程序，用自动或单段的方式执行该程序，在执行的过程中观察相应的变量。因为在 MDI 方式正在执行的过程中是不能观察 PLC 状态的。

②在 PLC 状态中，观察所需的输出开关量 Y 变量或系统变量（R、G、F、P、B）是否正确输出，若没有则检查 PLC 源程序。

③检查由输出开关量 Y 变量直接控制的电子开关或继电器是否动作，若没有动作则检查连线。

④检查由继电器控制的接触器、电磁阀等开关是否动作，若没有动作则检查连线。

⑤检查执行单元，包括电机、油路、气路等。

任务七　CK6132 数控车床的调试

【任务导入】

一台采用华中数控系统的 CK6132 数控车床,在按照图纸要求完成强电柜的安装与配线以及系统与伺服驱动器、伺服电机连接后,如何进行调试是本任务学习重点。通过学习,学会综合运用知识分析问题、解决问题,掌握调试步骤、数控车床精度检验内容与方法和相关的技能点,并会查阅和利用系统说明书。

某台 CK6132 数控车床,采用华中世纪星 HNC－21TC 数控系统,主轴采用模拟主轴,通过变频器 F1000－G0040T3B－1 驱动,进给采用华中 HVS－16 全数字交流伺服驱动,刀架采用常州 LD470－6132 四工位刀架。按照电气控制原理图(见附录一)及数控系统连接说明书安装后进行机床调试。

【任务内容】

一、设备试运行前检查

【知识要点】

1. 接线检查

在仔细阅读 CK6132 车床的控制系统图纸的基础上,明确所选用系统的型号及配置。机床输入、输出的接口最好按照数控系统厂家给定的标准定义,否则需要改动系统的 PLC 程序。电气控制箱的电器设备,如控制变压器、空气开关、接触器、中间继电器的电气参数选择应符合设计要求。同时,确保所有的电缆连接正确,应特别注意检查:

(1)继电器电磁阀的续流二极管的极性;

(2)电机强电电缆的相序;

(3)进给装置的位置控制电缆、位置反馈电缆、电机强电电缆应该一一对应;

(4)确认主轴单元接收的模拟电压指令的类型,检查接线以免损坏主轴单元速度指令接口,若为 0～10 V 应使用 XS9 的 AOUT2(14 脚与 15 脚),若为－10～＋10 V 则应使用 XS9 的 AOUT1(6 脚与 7 脚);

(5)确保所有地线都可靠且正确地连接;

(6)确保急停按钮与急停回路的有效性,当急停按钮按下或急停回路断开后,能够切断进给驱动装置、主轴驱动装置等运动部件的动力电源。

2. 电源检查

(1)检查电路中各部分电源的规格是否正确、电压等级是否符合要求、极性连接是否正确。特别是 DC24 V 的极性,确保该部分电源回路不短路。

(2)检查确认电路中各部分变压器的规格和进出线方向是否正确。

3. 设备检查

在确保所有电源开关，特别是伺服动力电源开关已经断开的情况下，检查系统中的各个电机（主轴电机、进给电机等）是否已经与机械传动部分脱离、电机是否可靠放置与固定。

二、系统试运行

【知识要点】

1. 通电

为了避免伺服动力电源与伺服控制电源同时接通和断开而出现电机瞬时跳动，系统通电与断电前，都应先按下急停按钮确保伺服驱动器的动力电源是断开的，以防止因数控装置的参数尚未正确设置，而出现误动作或故障。按照如下步骤给数控装置通电：

(1)按下急停按钮，确保系统中所有断路器已断开；

(2)合上电柜主电源空气开关；

(3)接通控制交流 24 V 的空气开关或熔断器，检查 AC24 V 电源是否正常；

(4)接通控制直流 24 V 的空气开关或熔断器，检查 DC24 V 电源是否正常；

(5)检查设备通到的其他部分电源是否正常；

(6)HNC - 21 数控装置通电。

2. 参数检查与设置

HNC - 21 数控装置通电后，经自检进入主控制画面。按照参数设置的步骤进行参数设置。通常是对照现场硬件，按以下顺序设置参数并检查参数是否正确。

1)检查系统参数

检查的参数主要内容见华中世纪星连接说明书。

2)检查和设置通道参数

此项参数按照标准设置选 0 通道，其余通道不用。CK6132 数控车床此项参数设置见表 7 - 1。

表 7 - 1　CK6132 数控车床通道参数设置值及说明

参数名	值	说　明
通道使能	1	"0 通道"使能
X 轴轴号	0	X 轴部件号
Y 轴轴号	1	Y 轴部件号/车床，设为 -1
Z 轴轴号	2	Z 轴部件号
A 轴轴号	3	A 轴部件号/不用，设为 -1
B 轴轴号	-1	系统中此轴不存在
C 轴轴号	-1	系统中此轴不存在

参数名	值	说　明
U 轴轴号	−1	系统中此轴不存在
V 轴轴号	−1	系统中此轴不存在
W 轴轴号	−1	系统中此轴不存在
主轴编码器部件号	−1 或 23	根据实际设定,当不使用编码器时设为−1,否则设为 23,标识为 32
主轴编码器每转脉冲数	1 024	此项根据实际设定,由于选用的是 SZLF−1024BM−C05L,所以该项设定值为 1 024
移动轴拐角误差	1 000	禁止更改
旋转轴拐角误差	1 000	禁止更改
通道内部参数	0	禁止更改

3)坐标轴参数设定

CK6132 数控车床坐标轴参数设定见表 7−2。

表 7−2　CK6132 数控车床坐标轴参数设置值及说明

参数名	值			
	轴 0	轴 1	轴 2	轴 3
轴名	X	Y	Z	A
所属通道号	0			
轴类型	1	0	1	0

"轴类型"参数设置说明。

①数控系统 PLC 未调试好以前,"轴类型"值默认为 0,表示此轴未安装。可模拟调试 PLC,PLC 及所有参数调好后,按参数的设置说明,逐个轴设置此参数,使其正常工作,设"1"为移动轴,"2"或"3"为旋转轴。

②轴 3 为旋转轴时可设为 2 或 3,在调试时均可设为 1。

外部脉冲当量分子/(μm)	3
外部脉冲当量分母	5
正软限位位置 *(单位:内部脉冲当量)	30 000
负软限位位置 *(单位:内部脉冲当量)	−860 000
回参考点方式	2
回参考点方向	+
参考点位置(单位:内部脉冲当量)	0
参考点开关偏差(单位:内部脉冲当量)	0
回参考点快移速度(单位:mm/min)	1 200
回参考点定位速度(单位:mm/min)	200
单向定位偏移值(单位:内部脉冲当量)	1 000

续表

最大快移速度(单位:mm/min)		4 000		
最高加速度(单位:mm/min²)		3 000		
快移加减速时间常数(单位:ms)		100		
快移加减速捷度时间常数(单位:ms)		60		
加工加减速时间常数(单位:ms)		100		
加工加减速捷度时间常数(单位:ms)		60		
定位允差		20		
伺服驱动器型号	串行接口式	49		
	步进式	46		
	脉冲接口式	45		
	模拟接口式	41 或 42		
伺服驱动器部件号		0	1	2	3
位置环开环增益		3 000		
位置环前馈系数		0		
速度环比例系数		2 000		
速度环积分时间常数		100		
最大力矩值		150		
额定力矩值		100		
最大跟踪误差		12 000		
电机每转脉冲数		2 500		
内部伺服时间常数[0]	串行式	STZ 电机	2	
		IFT6 电机	3	
	步进电机	步进电机拍数		
	脉冲式	0		
	模拟式	1 000 转对应 D/A 输出值		
内部伺服时间常数[1]	串行式	0		
	步进电机	0		
	脉冲式	反馈电子齿轮分子		
	模拟式	最小 D/A 输出对应数字值		
内部伺服时间常数[2]	串行式	1 或 5		
	步进电机	0		
	脉冲式	反馈电子齿轮分母		
	模拟式	D/A 输出最大对应数字量		

	串行式	
	步进电机	0
内部伺服时间常数〔3〕	脉冲式	
	模拟式	位置环延时时间常数
	串行式	
	步进电机	0
内部伺服时间常数〔4〕	脉冲式	
	模拟式	位置环零漂补偿时间(ms)
内部伺服时间常数〔5〕		0

注意:在接通伺服动力电源前,必须仔细参照伺服说明书,对伺服驱动器的参数、伺服内部参数进行设置。特别是使用 HSV-11 型伺服驱动器,伺服内部参数[0]必须正确设置:STZ 系列电机设置为 2,1FT6 系列电机设置为 3。

4)轴补偿参数设定

CK6132 数控车床轴补偿参数设定见表 7-3。

表 7-3 CK6132 数控车床轴补偿参数设置值及说明

参数名	值			
	轴 0	轴 1	轴 2	轴 3
反向间隙	0			
轴补类型	0			

5)硬件配置参数设定

CK6132 数控车床硬件配置参数设定见表 7-4。

表 7-4 CK6132 数控车床硬件配置参数设置值及说明

参数名	型号	标识	地址	配置〔0〕	配置〔1〕
部件 0		串行式 49		0	0
部件 1		步进电机 46		1	0
部件 2		脉冲式 45		2	0
部件 3		模拟式 41/42		3	0
部件 20		13	0	0	0
部件 21		13		1	0
部件 22		15		4	0
部件 23		32		4	0
部件 24		31		5	0

6)PMC系统参数设定

PMC系统参数一般不做设定,具体说明查看华中数控HNC-21连接说明书。

7)PMC用户参数

对该机床设置了换刀允许最大时间(10 s)、刀架反转锁紧时间(1 000 ms)、刀架正转延时时间(50 ms)、润滑开启间隔时间(50 min)、润滑持续时间(5 min)、润滑报警检测时间(1 000 ms)、手摇脉冲方向是否需要反向(根据实际情况确定)等参数。

8)变频器参数

根据需要进行了上下限频率设定,分别为80 Hz、0.5 Hz;通过拨码开关设置了模拟量通道;另外,还进行正、反向设置,主轴停止方式等相关参数设置。

三、外部开关量的状态检查

检查各进给驱动单元、主轴驱动单元接通控制电源后是否正常;检查系统所需要的状态回答信号是否正常(如进给驱动和主轴驱动正常等),为接通伺服动力电源做准备。

通过查看PLC状态,用户可以检查机床输入、输出开关量信号的状态(X/Y)。另外,用户还通过查看PLC编程用的中间继电器(R继电器,不是指控制柜中的实际继电器)的状态信息,调试PLC程序。

在图7-1所示的主操作界面下,按F5键进入PLC功能子菜单,命令行与菜单条的显示如图7-2所示。

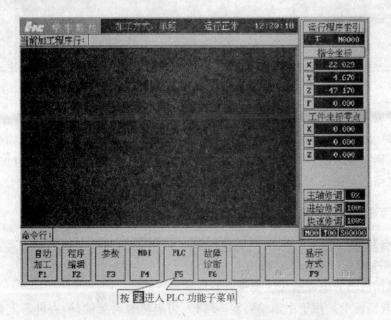

图 7-1　主菜单

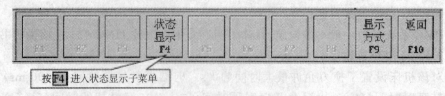

状态
显示
F4
显示
方式
F9
返回
F10
按F4进入状态显示子菜单

图 7-2　PLC 功能子菜单

在 PLC 功能子菜单中选择 F4,弹出状态选择子菜单,如图 7-3 所示。在状态选择子菜单中可以用↑、↓键选择要查看的状态。例如,按 F1 选择机床输入到 PMC:X,则显示如图 7-4 所示输入点状态窗口。X、Y 默认为二进制显示,每 8 位一组,每一位代表外部一位开关量输入或输出信号。例如,通常 X[00]的 8 位数字量从右往左依次代表开关量输入的 I0～I7,X[01]代表开关量输入的 I8～I15,依此类推;同样 Y[00]即通常代表开关量输出的 O0～O7,Y[01]代表开关量输出的 O8～O15,依此类推。

机床输入到PMC:X F1
PMC输出到机床:Y F2
CNC输出到PMC:F F3
PMC输入到CNC:G F4
中间继电器:R F5
参数:P F6
解释器模态值:M F7
断电保护区:B F8
取消 F9
用↑、↓键移动光标,
或直接按相应的 F 键
选择要查看的状态
按F4进入状态选择子菜单
PLC:
M00 T00 S00000
状态
显示
F4

图 7-3　PLC 功能子菜单与状态选择子菜单

各种输入/输出开关量的数字状态显示形式,可以通过 F5、F6、F7 键在二进制、十进制和十六进制之间切换。若所连接的输入元器件的状态发生变化(如行程开关被压下),则所对应的开关量的数字状态显示也会发生变化。由此可检查输入/输出开关量电路的连接是否正确。

四、接通伺服动力电源

【知识要点】

1. 接通伺服动力电源前的检查

接通伺服动力电源前应主要检查和注意以下问题。

(1)若系统中采用了主轴编码器,可以人为旋转编码器轴,检查屏幕上显示的主轴转速的变化,以检验主轴编码器的设置是否正确。

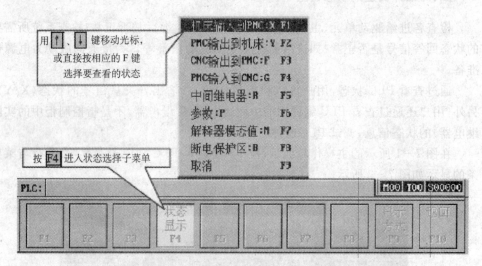

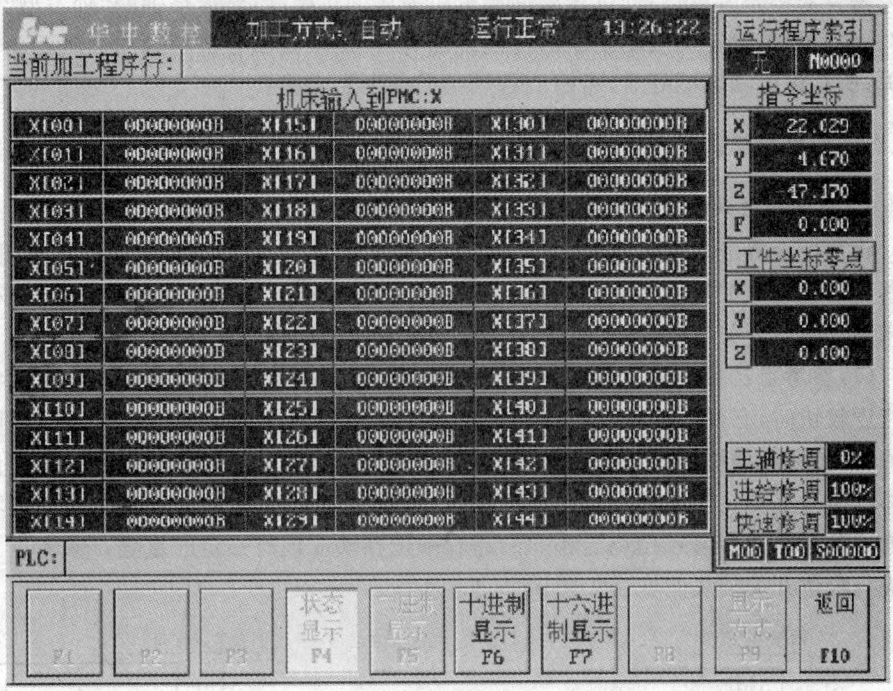

图 7-4　机床输入到 PMC:X

(2)当进给伺服装置接通控制电源,位置反馈控制电路已经进入正常工作状态。按照 F9 显示方式-显示值-实际坐标的顺序操作,可在屏幕右上角显示工件实际坐标,以便观察电机实际位置反馈是否正确。由此初步判断坐标轴参数的设置及伺服装置与数控装置的连接是否正确。

(3)当人为转动电机轴后,改变了位置反馈编码器所检测到的实际位置值,但数控装置内的指令位置值并未改变,伺服会认为指令位置值与实际位置值不符。若指令位置值与实际位置值的差值小于系统所设置的最大跟踪误差参数值,或最大跟踪误差检测被设为无效(设置为 0),则数控装置不会产生跟踪误差过大的报警。此时在未接通伺服装置动力电源的情况下,伺服装置内部控制电路无法消除此误差;但一旦接通伺服装置动力电源,伺服装置内部控制电路将会使电机快速转动(跳动),迅速消除此误差。如果电机已与机械装置连接,这种情况很易发生事故。因此,在完成设置检测后,应关闭所有电源,待重新通电后,才允许接通伺服动力电源。禁止人为转动电机后接通伺服动力电源,以免引发事故。

2.接通伺服动力电源

再次确认 PLC 对伺服部分的控制逻辑(主要包括上电、使能、禁止)和电路准确无误;松开急停按钮,使中间继电器 KA 通电,接通伺服动力电源;检查抱闸电机的抱闸已经打开。可测量抱闸控制电源(DC24 V)或在系统通电时刻仔细聆听抱闸打开时发出的"哒"声,来判断抱闸是否打开;若伺服驱动器带有手持编程器,可用该手持编程器直接控制电机运行,以检验伺服电机连接的正确性;将逐个轴的"轴类型"设为"1"。使数控装置对伺服驱动器的控制使能有效,逐步调试各进给轴的伺服驱动器及电机;所有进给轴调试好后,可检查各轴的回参考点功能。

五、连接机床调试

1. 坐标轴进给检查与伺服参数调整

将数控装置进入输入、输出开关量显示状态,人为按动机床上的超程限位开关,观察所对应的开关量输入状态的显示变化,检查超程限位开关是否接线正确;在确认机床超程限位开关有效后,才可连接机床调试和执行回参考点操作。

(1)参考点挡块应有一定的长度,一般有效行程在 30 mm 以上;否则,在回参考点速度较快时,有可能冲过参考点挡块。为保证相邻的超程限位挡块压下超程限位开关时,参考点挡块仍未松开参考点开关,以避免机床的坐标轴参考点开关恰好停在相邻的参考点挡块和超程限位挡块之间时,系统回参考点因为压下限位开关而不能正确回参考点。参考点挡块与相邻的超程限位挡块应该有一定的重叠。参考点开关挡块与限位开关挡块的安装如图 7-5。

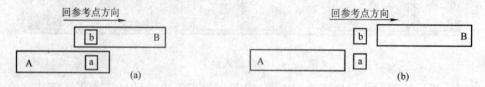

图 7-5 参考点开关挡块与限位开关挡块的安装方式

(a)正确安装——有重叠 (b)不正确安装——没有重叠

A—参考点挡块;B—与参考点相临的限位挡块;a—参考点开关;b—与参考点相临的限位开关

(2)在机床的行程中部,人为模拟参考点挡块按压回参考点开关,检查回参考点操作过程是否有效;操作机床,用参考点挡块按压回参考点开关,检查回参考点的过程是否正确。回参考点速度不宜太快,建议在 1 000 mm/min 以下。

(3)进给机构的检查。在手动或手摇状态下,控制电机慢速转动;然后,控制电机快速转动。对于 HSV-11 型伺服驱动器,因连接机床后运动部分的惯量增加,可适当增加速度环比例系数和速度环积分时间常数以及两个参数的比值。但参数不可增加过多,否则可能导致电机静止时有高频振动。

根据运行情况调整快移减速时间常数、快移加速时间常数、加工减速时间常数、加工加速时间常数,原则是电机在启停加减速时,伺服电流不要太大,建议最大不要超过电机额定电流的 80%。

对于 HSV-11 型伺服驱动器,可通过修改伺服内部参数 P[2]为 5,使得负载电流显示有效。然后,选择菜单 F9 显示方式-显示值-负载电流,使屏幕右上角显示出实际电机负载电流。若显示值为 1,相当于伺服驱动器的输出电流为所设置的电机额定电流值的 100%。必须正确设置坐标轴参数中的额定力矩值,负载电流的显示值才会准确。

检查机床移动方向和移动距离是否与数控装置所发出的位移方向和位移指令相一致。否则,可修改坐标轴参数中的外部脉冲当量分子和外部脉冲当量分母的数值和符号。

在手动或手摇状态下,慢速移动各坐标轴,验证各轴的超程限位开关的有效性、报警显示的正确性、超程解除按钮的有效性。根据机械传动的情况及设计要求,正确设置各个坐标轴的最高快移速度、最高加工速度、回参考点快移速度、回参考点定位速度。

检查各坐标轴的有效行程范围,正确设置坐标轴参数中的正软极限位置和负软极限位置(软极限位置通常设置在两个超程限位开关位置的内侧);回参考点后,检验软极限保护是否有效。

2. 主轴 D/A 参数调整与检查

由于本机床采用变频器驱动,所以,主轴 D/A 选用接口 AOUT2,其输出电压为 0～+10 V。如果主轴系统是采用给定的正、负模拟电压实现主轴电机的正反转,使用 AOUT1 接口控制主轴单元,其他情况都采用 AOUT1 接口,其输出电压为 -10～ +10 V,否则可能损坏主轴单元。同时,要确认主轴 D/A 相关参数的设置(在硬件配置参数和 PMC 系统参数中)的正确性。检查主轴变频驱动器或主轴伺服驱动器的参数设置是否正确。检查主轴的转动方向与速度,调整相关的 PLC 内容与 D/A 参数(一般为 PLC 定义的 PMC 用户参数,主要包括主轴传动部分的传动比、D/A 的起始电压、斜率、终止电压、最低转速、最高转速等),使主轴的运行达到设计要求。注意有些机床若主轴有制动装置,则主轴运行前,应确保该装置已经松开。

判定数控装置主轴接口输出电压是否正常,可将 XS9 上的插头拔掉,用万用表测量相应端子(AOUT1 为 6 和 7,AOUT2 为 14 和 15)之间电压,在主轴速度控制指令(S 指令,PLC 程序实现)改变主轴速度时,是否正确变化。数控装置断电后连接数控装置与主轴变频驱动器或主轴伺服驱动器的连接电缆插头;然后,重新通电,再用主轴速度控制指令(S 指令,PLC 程序实现)改变主轴速度,检查主轴速度的变化是否正确。调整设置主轴变频驱动器或主轴伺服驱动器的参数,使其处于最佳工作状态。

六、数控车床精度检验方法和调整

【知识要点】

1. 检验项目和方法

1)导轨精度

(1)纵向(导轨的垂直平面内的直线度)检验。将水平仪纵向放置在桥板(或溜板)上,等距离移动桥板(或溜板),每次移动距离小于或等于 500 mm。在导轨的两端和中间至少三个位置上进行检验。误差以水平仪读数的最大代数差计。

（2）横向（导轨的平行度）检验。将水平仪横向放置在桥板（或溜板）上，等距离移动桥板（或溜板）进行检验。误差以水平读数的最大代数值计。

（3）使用精密水平仪、专用支架、专用桥板或其他光学仪器检验。

（4）测量允差：斜导轨为 0.03/1 000；水平导轨为 0.04/1 000（只许凸）。

2)溜板在主平面内的直线度（只适用于有尾座的机床）

（1）将检验棒支承在两顶尖间，指示器固定在溜板上，使其测头触及检验棒表面，等距离移动溜板进行检验。每次移动距离小于或等于 250 mm。将指示器的读数依次排列，得出误差曲线。将检验棒旋转 180°再同样检验一次（检验棒调头，重复上述检验）。误差以曲线相对两端点连线的最大坐标值计。也可以在检验棒两端 $2L/9$（L 为检验棒长度）处用支架支承进行检验。

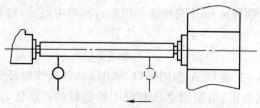

图 7-6　溜板在主平面内的直线度检验

（2）使用指示器和检验棒或平尺检验，如图 7-6 所示。

（3）测量允差：$DC \leqslant 500$ 为 0.01 mm；$500 < DC \leqslant 1\ 000$ 为 0.02 mm；最大允差为 0.03 mm（DC 为导轨测量时的长度范围）。

3)溜板移动时主轴和尾座顶尖轴线的等距离检验

（1）在主平面内检验。

（2）在次平面内检验，平导轨只检验次平面（只适用于主轴和有锥孔、尾座的机床）。

（3）将指示器固定在溜板上，使其测头触及支承在两顶尖间的检验棒表面。a 在主平面内、b 在次平面内，移动溜板在检验棒两端进行检验。将检验棒旋转 180°再同样检验一次。a、b 误差分别计算，误差以指示器在检验棒两端的读数差值计（$DC \leqslant 1\ 000$ 时，检验棒的长度等于 DC）。

（4）使用指示器和检验棒或平尺检验，如图 7-7 所示。

（5）测量允差：a，$DC \leqslant 500$ 为 0.015，$500 < DC \leqslant 1\ 000$ 为 0.02；b，0.04（只许尾座高）。

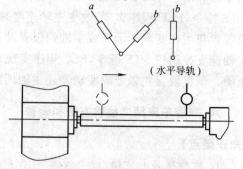

图 7-7　溜板移动时主轴和尾座顶尖轴线的等距离检验

4)主轴端部的跳动检验

（1）主轴的轴向跳动检验。

（2）主轴的轴肩跳动检验。

（3）固定指示器，使其测头触及测量表面。a 处测头触及固定在主轴端部的检验棒中心孔内的钢球上；b 处测头触及主轴轴肩靠近边缘处，沿主轴轴线施加力 F，旋转主轴检验。a、b 误差分别计算，误差以指示器读数的最大差值计。F 为消除主轴轴向游隙而施加的恒定力,其值由制造厂规定。

(4)使用指示器和专用检具检验,如图7-8所示。

(5)测量允差:a 为 0.01;b 为 0.015。

5)主轴定心轴颈的径向跳动检验

(1)固定指示器,使其测头垂直触及主轴定心轴颈,沿主轴轴线施加力 F,旋转主轴检验。误差以指示器读数的最大差值计。

(2)使用指示器和专用检具检验,如图7-9所示。

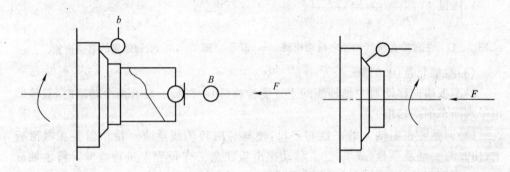

图 7-8　主轴端部的跳动检验　　图 7-9　主轴定心轴颈的径向跳动检验

(3)测量允差:0.01。

6)主轴定位孔的径向跳动检验(只适用于主轴有定位孔的机床)

(1)固定指示器,使其测头触及主轴进行检验。误差以指示器读数的最大差值计。

(2)使用指示器,如图7-10所示。

(3)测量允差:0.01。

7)主轴锥孔轴线的径向跳动检验

(1)a,在靠近主轴端面检验;b,在距 a 为 L 处检验(只适用于主轴有锥孔的机床)。

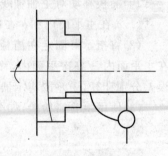

(2)将检验棒插入主轴锥孔内,固定指示器,使其测头触及检验棒表面,且 a 靠近主轴端面,b 在距 a 为 L 处,旋转主轴检验。拔出检验棒,相对主轴旋转90°,重新插入主轴锥孔内,依次重复检验四次。a、b 处误差分别计算,误差以四次测量结果的平均值计。

图 7-10　主轴定位孔的径向
跳动检验

(3)使用指示器和检验棒,如图7-11所示。

(4)测量允差:a 处为 0.01 mm;b 处为 0.02 mm(L=300 mm)。

8)主轴顶尖的跳动检验(只适用于主轴有锥孔的机床)

(1)固定指示器,使其测头垂直触及顶尖锥面,沿主轴轴线施加力 F,旋转主轴检验。误差以指示器读数的最大差值计。

（2）使用指示器和专用顶尖，如图 7-12 所示。

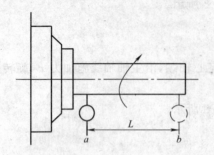

图 7-11　主轴锥孔轴线的径向跳动检验　　　　图 7-12　主轴顶尖的跳动检验

（3）测量允差：0.013。

9）溜板横向移动对主轴轴线的垂直度检验（同一滑板上装有两个转塔时，只检验用于端面车削的转塔）

（1）调整装在主轴上的平盘和平尺，使其与回转轴线垂直。指示器装在横滑板上，使其测头触及平盘（或平尺）。移动横滑板在全工作行程上进行检验。将主轴旋转 180°再同样检验一次。误差以指示器两次测量结果的代数和的一半计。检验用平盘的直径 D 或平尺长度 W 的尺寸，当 $D \leqslant 360$ 时，W 为 200 mm；当 $360 < D \leqslant 800$ 时，W 为200 mm。

（2）使用指示器和平盘或平尺检验，如图7-13所示。

（3）测量允差：0.01/100；$\alpha \geqslant 90°$。

10）溜板移动对主轴轴线的平行度检验

（1）a 在主平面内和 b 在次平面内的检验。

（2）将指示器固定在溜板上，使其测头分别触及固定在主轴上的检验棒表面，a 在主平面内，b 在次平面内，移动溜板检验。将主轴旋转 180°，再同样检验一次。a、b 误差分别计算，误差以指示器两次测量结果的代数和的一半计。

（3）使用检验棒检验，如图 7-14 所示。

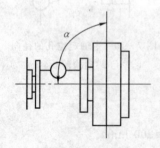

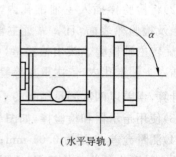

（水平导轨）

图 7-13　溜板横向移动对主　　　　图 7-14　溜板移动对主轴轴线的平行度检验
　　　　轴线的垂直度检验

（4）测量允差：a 为 0.015（向刀具偏）；b 为 0.02。

2. 机床误差补偿

机床误差补偿内容主要有反向间隙误差和螺距误差两种，可以使用百分表、块规或激光干涉仪测量。这里主要介绍反向间隙误差补偿的方法。

通过用百分表测量反向间隙，求出反向间隙误差补偿值＝|数据A－数据B|，单位是内部脉冲当量，测量方法如图7-15所示。

数据A为A处读到的百分表的数据；数据B为B处读到的百分表的数据。

例如，数据A＝2.95 mm，数据B＝2.85 mm，则反向间隙误差补偿值为2.95－2.85＝0.10 mm＝100个内部脉冲当量（内部脉冲当量为1 μm）。

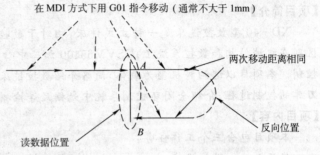

图7-15　反向间隙测量方法示意图

注意：在测量前应将反向间隙误差补偿值设置为零；采用激光干涉仪测量时可以同时得到反向间隙误差补偿值和螺距误差补偿值；若采用双向螺距误差补偿则可以不进行反向间隙补偿而通过双向螺距补偿数据补偿反向间隙。

【动手与思考】

(1)记录下自己的调试顺序以及在调试过程中遇到的问题。

(2)对于机械精度检验过程中百分表的用法掌握了没有？机床误差补偿中反向间隙补偿有什么作用？反向间隙补偿能不能完全解决所有机床误差？更精确的补偿方法还有哪些？

项目二　数控铣床、加工中心典型工作过程分析

【项目简介】

　　XD-40型数控铣床是一种立式铣床，相对于数控车床来讲，为三轴控制，主要区别在机械结构和数控系统上；GSVM65400加工中心重点在于应用PMC进行换刀控制。本项目以这两种机型为载体，简略介绍数控铣床的组成结构，详细解析圆盘式刀库的控制过程，介绍全闭环控制系统中光栅尺等检测装置的使用。

【项目内容】

　　　　本项目包含三个工作任务：

　　　　任务八——数控铣床、加工中心机械结构分析

　　　　任务九——加工中心换刀过程分析

　　　　任务十——检测装置在闭环控制系统中的应用

【项目目标】

　　使学生掌握数控铣床的结构和控制系统组成、加工中心换刀过程PMC控制，掌握全闭环控制系统中光栅尺等检测装置的使用，在将来遇到更复杂的数控机床时能够做到举一反三。

任务八　数控铣床、加工中心机械结构分析

【任务导入】

数控车床仅有两个伺服轴插补运算后协调工作,而数控铣床、加工中心等中高端机床同时控制的轴数一般都在 3 个以上,有的工具磨床需要 20 个以上的轴联动工作,这无论对于数控机床的机械结构还是控制软件来说都有了更高的要求。本任务以 XD-40 数控铣床为例来逐步探讨这些问题。

【任务内容】

一、数控铣床布局

数控铣床的布局应能兼顾良好的精度、刚度、抗振性和热稳定性等结构性能。XD-40 数控铣床为立式结构,铣头垂直进给。采用此种布局方案,铣床的尺寸参数即加工尺寸范围可以大一些。其外形结构如图 8-1 所示。

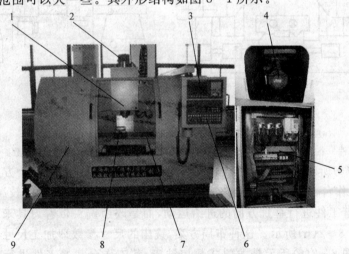

图 8-1　XD-40 数控铣床外形结构

1—主轴箱;2—主轴电机;3—数控系统;4—Y 轴伺服电机;
5—配电柜;6—控制面板;7—工作台;8—虎钳;9—壳体

【知识要点】　数控铣床的布局

1. 工件的质量和尺寸与布局的关系

由于加工中需要的运动仅仅是相对运动,因此对部件的运动分配可以有多种方案。图 8-2 所示为数控铣床总体布局示意图,可见同是用于铣削加工的铣床,根据工件的质量和尺寸的不同,可以有四种不同的布局方案。

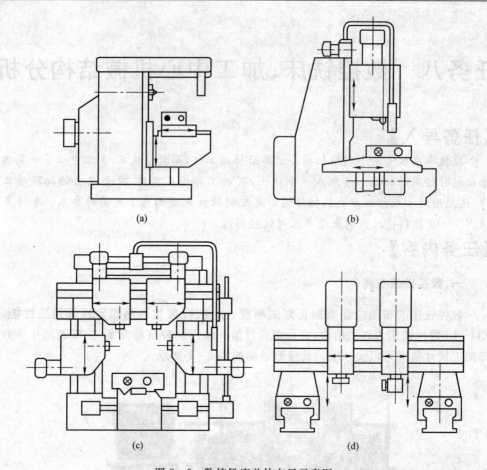

图 8－2　数控铣床总体布局示意图

(a)工件进给运动的升降台铣床　(b)铣头垂直进给运动的升降台铣床

(c)工件一个方向进给运动的龙门式数控铣床　(d)铣头垂直进给运动的龙门式数控铣床

图 8－2(a)所示是加工工件较轻的升降台铣床,由工件完成三个方向的进给运动,分别由工作台、滑鞍和升降台来实现。当加工工件较重或者尺寸较高时,则不宜由升降台带着工件进行垂直方向的进给运动,而是改由铣头带着刀具来完成垂直进给运动,如图 8－2(b)所示。这种布局方案,铣床的尺寸参数即加工尺寸范围可以取得大一些。图 8－2(c)所示是龙门式数控铣床,其工作台载着工件进行水平方向上的进给运动,其他两个方向的进给运动由多个刀架即铣头部件在立柱与横梁上的移动来完成。这样的布局不仅适用于质量大的工件加工,而且由于增多了铣头,使铣床的生产效率得到了很大的提高。当加工更大、更重的工件时,由工件进行进给运动在结构上是难于实现的,因此采用如图 8－2(d)的布局方案,全部进给运动均由铣头运动来完成,这种布局形式可以减小铣床的结构尺寸和质量。

2. 运动的分配与部件的布局

数控铣床的运动数目,尤其是进给运动数目的多少,直接与表面成形运动和铣床的加工功能相关。运动的分配与部件的布局是铣床总布局的中心问题。以数控镗铣床为例，它一般都有四个进给运动的部件，要根据加工的需要来配置这四个进给运动部件。如果需要对工件的顶面进行加工，则铣床主轴应布局成立式的，如图 8-3(a)所示。在三个直线进给坐标之外，再在工作台上加一个既可立式也可卧式安装的数控转台或分度工作台作为附件。如果需要对工件的多个侧面进行加工，则主轴应布局成卧式的，同样是在三个直线进给坐标之外再加一个数控转台，以便在一次装夹时集中完成多面的铣、镗、钻、铰、攻螺纹等多工序加工，如图 8-3(b)、8-3(c)所示。

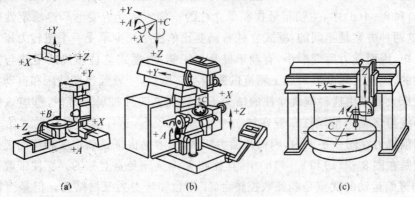

图 8-3　数控铣床运动与结构的关系
(a)立式　(b)立、卧两用式　(c)卧式

3. 铣床的布局与结构性能

数控铣床的布局应能兼顾铣床有好的精度、刚度、抗振性和热稳定性等结构性能。图 8-4 所示为几种数控卧式铣床，其运动要求与加工功能是相同的，但因结构的总体布局各不相同，所以其结构性能是有差异的。

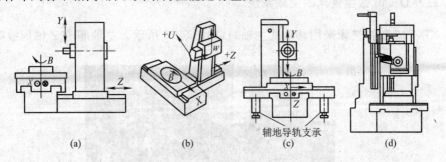

图 8-4　数控铣床布局与结构性能的关系
(a)立柱和 X 向横床身对称的 T 形床身布局　(b)立柱偏在 Z 向滑板中心一侧的 T 形床身布局
(c)立柱偏在 Z 向滑板中心一侧的十字形工作台布局　(d)立柱和 X 向横床身对称的十字形工作台布局

图 8-4(a)与 8-4(b)的方案采用了 T 形床身布局，前床身横置并与主轴轴线垂直，立柱带着主轴箱一起做 Z 坐标进给运动，主轴箱在立柱上做 Y 向进给运动。T 形床身布局的优点是：工作台沿前床身方向做 X 坐标进给运动，在全部行程范围内

工作台均可支承在床身上，故刚性较好，提高了工作台的承载能力，易于保证加工精度，而且有较长的工作行程，其床身、工作台及数控转台为三层结构，在相同的台面高度下，比图 8-4(c)和 8-4(d)的十字形工作台的四层结构更易保证大件的结构刚性。在图 8-4(c)和 8-4(d)的十字形工作台的布局方案中，当工作台带着数控转台在横向(即 X 向)做大距离移动和下滑板做 Z 向进给时，Z 向床身的一条导轨要承受很大的偏载，而在图 8-4(a)和 8-4(b)中就没有这一问题。

在图 8-4(a)和 8-4(b)中，主轴箱装在框式立柱中间，设计成对称形结构；在图 8-4(c)和 8-4(d)中，主轴箱悬挂在单立柱的一侧。从受力变形和热稳定性的角度分析，这两种方案是不同的：框式立柱布局要比单柱布局少承受一个扭转力矩和一个弯曲力矩，因而受力后变形小，有利于提高加工精度；框式立柱布局的受热与热变形是对称的，因此其热变形对加工精度的影响小。所以，一般数控镗铣床和自动换刀数控镗铣床大都采用这种框式立柱的结构形式。在这四种布局方案中，都应该使主轴承轴心线与 Z 向进给丝杠布置在同一个平面 YOZ 内，这样就使丝杠的进给驱动力与主切削抗力在同一平面内，因而扭曲力矩很小，容易保证铣削精度和镗加工的平行度。但是在图 8-4(a)和 8-4(b)中，立柱和 X 向横床身是对称的。立柱带着主轴箱做 Z 向进给运动的优点是能使数控转台、工作台和床身为三层结构。但是当铣床的尺寸规格较大，立柱较高较重，再加上主轴箱部件，将使 Z 轴进给的驱动功率增大，而且立柱过高时，部件移动的稳定性将变差。

综上所述，在加工功能与运动要求相同的条件下，数控铣床的总体布局方案是多种多样的，以铣床的刚度、抗振性和热稳定性等结构性能作为评价指标，可以判别出布局方案的优劣。

二、XD-40 数控铣床的主轴系统

XD-40 数控铣床采用移动式主轴箱，如图 8-5 所示。主轴箱在 Z 轴伺服电机

图 8-5 数控铣床 Z 轴进给系统
1—主轴箱；2—汽缸；3—Z 轴伺服电机；4—主轴电机

的带动下,可以沿导轨做垂直运动。当然,为了实现静平衡和减小伺服电机的负载,必须在导轨背面添加配重。主轴的旋转是由三相异步电动机带动,由汽缸提供动力来松开或夹紧刀柄。

另外,由于 Z 轴为垂直运动轴,滚珠丝杠没有自锁能力,所以在停机的时候为防止主轴箱由于自重下滑,在 Z 轴伺服电机端部加了制动装置。当通电正常工作时,制动装置打开,停电或紧急状态时,伺服电机制动。具体控制线路图请参阅附录二及 FANUC 0iMate MC 系统说明书。

【知识要点】　主轴箱

对于一般数控机床和自动换刀数控机床(加工中心)来说,由于采用了电动机无级变速,减少了机械变速装置,因此主轴箱的结构较普通机床简化,但主轴箱材料要求较高,一般用 HT250 或 HT300,制造与装配精度也较普通机床要高。

对于数控落地铣镗床来说,主轴箱结构比较复杂,主轴箱可沿立柱上的垂直导轨做上下移动,主轴可在主轴箱内做轴向进给运动。除此以外,大型落地铣镗床的主轴箱结构还有携带主轴的部件做前后进给运动的功能,它的进给方向与主轴的轴向进给方向相同。此类机床的主轴箱结构通常有两种方案,即滑枕式和主轴箱移动式。

1. 滑枕式

数控落地铣镗床有圆形滑枕、方形或矩形滑枕以及棱形或八角形滑枕。滑枕内装有铣轴和镗轴,除镗轴可实现轴向进给外,滑枕自身也可做沿镗轴轴线方向的进给,且两者可以叠加。滑枕进给传动的齿轮和电动机是与滑枕分离的,通过花键轴或其他系统将运动传给滑枕以实现进给运动。

(1)圆形滑枕。圆形滑枕又称套筒式滑枕,这种圆形断面的滑枕和主轴箱孔的制造工艺简便,使用中便于接近工件加工部位。但其断面面积小,抗扭惯性矩较小,且很难安装附件,磨损后修复调整困难,因而现已很少采用。

(2)矩形或方形滑枕。这种滑枕断面形状为矩形,移动的导轨面是其外表面的四个直角面,如图 8-6 所示。这种形式的滑枕,有比较好的接近工件性能,滑枕行程可做得较长,端面有附件安装部位,工艺适应性较强,磨损后易于调整。抗扭断面惯性矩比同样规格的圆形滑枕大。这种滑枕国内外均有采用,尤其以长方形滑枕采用较多。

(3)棱形或八角形滑枕。棱形及八角形滑枕的断面工艺性较差。与矩形或方形滑枕比较,在同等断面面积的情况下,虽然高度较大,但宽度较窄,如

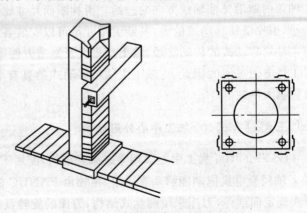

图 8-6　数控落地铣镗床的矩形滑枕

图8-7所示。这对安装附件不利,而且在滑枕表面使用静压导轨时,静压面小,主轴在工作过程中抗振能力较差,受力后主轴中心位移大。

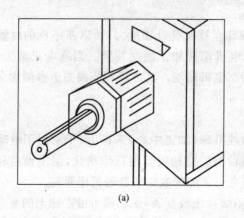
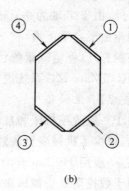

(a)   (b)

图8-7 棱形滑枕

(a)滑枕外形 (b)滑枕截面

2.移动式

移动式主轴箱有两种形式,一种是主轴箱移动式,另一种是滑枕主轴箱移动式。

(1)主轴箱移动式。主轴箱内装有铣轴和镗轴,镗轴实现轴向进给,主轴箱箱体在滑板上可做沿镗轴轴线方向的进给。箱体作为移动体,其断面尺寸远比同规格滑枕式铣镗床大得多。这种主轴箱端面可以安装各种大型附件,使其工艺适应性增加,扩大了功能。缺点是接近工件性能差,箱体移动时对平衡补偿系统的要求高,主轴箱热变形后产生的主轴中心偏移大。

(2)滑枕主轴箱移动式。这种形式的铣镗床,其本质仍属于主轴箱移动式,只不过是把大断面的主轴箱移动体尺寸做成同等主轴直径的滑枕式而已。这种主轴箱结构,铣轴和镗轴及其传动和进给驱动机构都装在滑枕内,镗轴实现轴向进给,滑枕在主轴箱内做沿镗轴轴线方向的进给。滑枕断面尺寸比同规格的主轴箱移动式的主轴箱小,但比滑枕移动式的大,其断面尺寸足可以安装各种附件。这种结构形式不仅具有主轴箱移动式的传动链短、输出功率大及制造方便等优点,同时还具有滑枕式的接近工件方便灵活的优点,克服了主轴箱移动式的具有危险断面和主轴中心受热变形后位移大等缺点。

三、GSVM65400加工中心外形结构

GSVM65400加工中心采用立式床身结构,配用FANUC 0i MC系统,主轴箱通过Z轴伺服电机拖动能够垂直进给,主轴由FANUC βiS4/10000伺服电机驱动旋转可实现定向准停,刀库采用圆盘式结构,刀库的旋转及机械手臂的驱动均采用带刹车的三相异步电动机。该加工中心外形结构如图8-8所示。

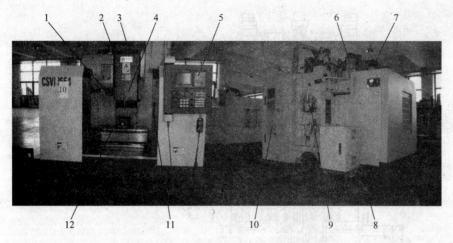

图 8-8 GSVM65400 加工中心外形结构

1—换刀机械手臂；2—换刀机械手臂电机；3—Z 轴伺服电机；4—主轴箱；5—数控系统；6—刀库旋转电机；
7—刀库；8—压缩空气电机虎钳；9—液压泵站；10—配电柜；11—安全门；12—工作台

【知识要点】

1. 加工中心主轴

在带有刀库的自动换刀数控机床中，为实现刀具在主轴上的自动装卸，其主轴必须设计有刀具的自动夹紧机构。自动换刀立式铣镗床主轴的刀具夹紧机构如图 8-9 所示。刀夹 1 以锥度为 7：24 的锥柄在主轴 3 前端的锥孔中定位，并通过拧紧在锥柄尾部的拉钉 2 拉紧在锥孔中。夹紧刀夹时，液压缸上腔接通回油，弹簧 11 推动活塞 6 上移，处于图示位置，拉杆 4 在碟形弹簧 5 作用下向上移动；由于此时装在拉杆前端径向孔中的钢球 12 进入主轴孔中直径较小的 d_2 处（见图 8-9(b)），被迫径向收拢而卡进拉钉 2 的环形凹槽内，因而刀杆被拉杆拉紧，依靠摩擦力紧固在主轴上。切削扭矩则由端面键 13 传递。换刀前需将刀夹松开时，压力油进入液压缸上腔，活塞 6 推动拉杆 4 向下移动，碟形弹簧被压缩；当钢球 12 随拉杆一起下移进入主轴孔直径较大的 d_1 处时，它就不再能约束拉钉的头部，紧接着拉杆前端内孔的台肩端面碰到拉钉，把刀夹顶松。此时行程开关 10 发出信号，换刀机械手随即将刀夹取下。与此同时，压缩空气经管接头 9、活塞和拉杆的中心通孔吹入主轴装刀孔内，把切屑或脏物清除干净，以保证刀具的安装精度。机械手把新刀装上主轴后，液压缸 7 接通回油，碟形弹簧又拉紧刀夹。刀夹拉紧后，行程开关 8 发出信号。

自动清除主轴孔中切屑和灰尘是换刀操作中的一个不容忽视的问题。如果在主轴锥孔中掉进了切屑或其他污物，在拉紧刀杆时，主轴锥孔表面和刀杆的锥柄就会被划伤，甚至使刀杆发生偏斜，破坏刀具的正确定位，影响加工零件的精度，甚至使零件报废。为了保持主轴锥孔的清洁，常用压缩空气吹屑。图 8-9 中的活塞 6 的中心钻有压缩空气通道，当活塞向左移动时，压缩空气经拉杆 4 吹出，将主轴锥孔清理干净。喷气头中的喷气小孔要有合理的喷射角度，并均匀分布，以提高其吹屑效果。

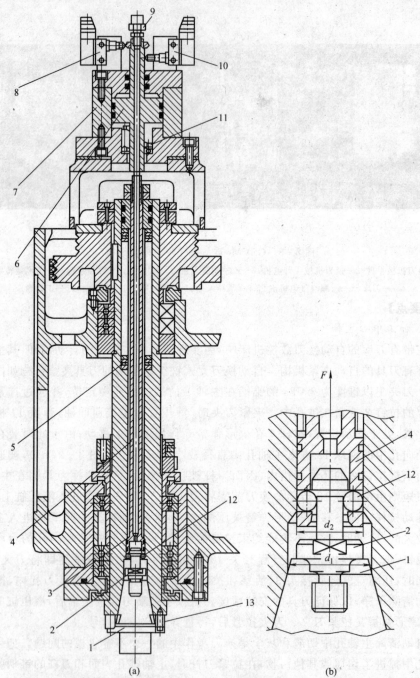

图 8-9 自动换刀数控立式铣镗床主轴部件(JCS-018)

(a)整体结构图 (b)局部放大图

1—刀夹;2—拉钉;3—主轴;4—拉杆;5—碟形弹簧;6—活塞;7—液压缸;
8、10—行程开关;9—压缩空气管接头;11—弹簧;12—钢球;13—端面键

2. 主轴准停装置

在自动换刀数控铣镗床上,切削扭矩通常是通过刀杆的端面键来传递的,因此在每一次自动装卸刀杆时,都必须使刀柄上的键槽对准主轴上的端面键,这就要求主轴具有准确周向定位的功能。在加工精密坐标孔时,由于每次都能在主轴固定的圆周位置上装刀,就能保证刀尖与主轴相对位置的一致性,从而提高孔径的正确性,这是主轴准停装置带来的另一个好处。

图 8-9 采用的是电气控制的主轴准停装置,这种装置利用装在主轴上的磁性传感器作为位置反馈部件,由它输出信号,使主轴准确停止在规定位置上,它不需要机械部件,可靠性好,准停时间短,只需要简单的强电顺序控制,且有高的精度和刚性。这种主轴准停装置的工作原理如图 8-10 所示。在传动主轴旋转的多楔带轮 1 的端面上装有一个厚垫片 4,垫片上装有一个体积很小的永久磁铁 3。在主轴箱箱体的对应于主轴准停的位置上,装有磁传感器 2。当机床需要停车换刀时,数控装置发出主轴停转指令,主轴电动机立即降速,在主轴 5 以最低转速慢转很少几转后,永久磁铁 3 对准磁传感器 2 时,后者发出准停信号。此信号经放大后,由定向电路控制主轴电动机准确地停止在规定的周向位置上。

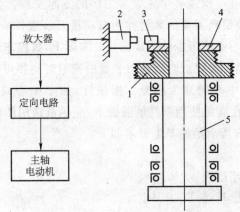

图 8-10　电气控制的主轴准停装置

1—多楔带轮;2—磁传感器;3—永久磁铁;4—垫片;5—主轴

【动手与思考】

(1)观察 XD-40 数控铣床进给轴的伺服电机安装方式,画出其连接结构示意图。

(2)观察 GSVM65400 加工中心的布局与 XD-40 数控铣床的区别。

(3)观察 XD-40 数控铣床与 GSVM65400 加工中心换刀过程的区别。

任务九　加工中心换刀过程分析

【任务导入】

XD-40 数控铣床的换刀是通过手动完成的,虽然机床主轴有自动锁紧机构。而加工中心,刀具的更换则是通过编程指令控制自动完成的,那么指令代码和刀具的转换之间有什么内在联系呢? 数控系统又是怎样将指令传达给换刀机构并按指令进行有序换刀的呢? 这首先要从加工中心刀库的结构看起。

【知识要点】

1. 自动换刀装置的要求及形式

在零件的加工制造过程中,大量的时间用于更换刀具、装卸工件、测量和搬运零件等非切削工作上,切削加工时间仅占整个工时中较小的比例。为了进一步压缩非切削时间,数控机床朝在一次装夹中完成多工序的方向发展。为完成对工件的多工序加工而设置的储存及更换刀具的装置称为自动换刀装置(Automatic Tool Changer,ATC),它是加工中心必不可少的组成部分。实际上,数控车床上使用的回转刀架也是一种简单的自动换刀装置。自动换刀装置的换刀时间和可靠性直接影响到整个数控机床尤其是加工中心的加工质量。据统计,加工中心故障中有 50% 以上与 ATC 工作有关。因此在满足使用条件的前提下,应尽量选用结构简单和可靠性高的 ATC。自动换刀装置应当满足的基本要求如下:

(1)换刀时间短;

(2)刀具重复定位精度高;

(3)足够的刀具存储量;

(4)结构紧凑及安全可靠。

根据组成结构,自动换刀装置可分为回转刀架式、转塔头式和带刀库式 3 种形式。回转刀架式自动换刀装置可参见数控车床四方刀架部分,下面介绍另外两种自动换刀装置。

2. 转塔头式换刀装置

带有旋转刀具的数控机床常采用转塔头式换刀装置,如数控钻镗床的多轴转塔头等。转塔头上装有几个主轴,每个主轴上均装一把刀具,加工过程中转塔头可自动转位实现自动换刀。主轴转塔头就相当于一个转塔刀库,其优点是结构简单,换刀时间短,仅 2 s 左右。由于受空间位置的限制,主轴数目不能太多,主轴部件结构不能设计得十分坚固,影响了主轴系统的刚度,通常只适用于工序较少、精度要求不太高的机床,如数控钻床、数控铣床等。近年来出现了一种用机械手和转塔头配合刀库进行换刀的自动换刀装置,如图9-1所示。它实际上是转塔头换刀装置和刀库式换刀装置的结合,其工作原理如下。

转塔头5上有两个刀具主轴3和4,当用刀具主轴4上的刀具进行加工时,可由机械手2将下一步需用的刀具换至不工作的刀具主轴3上,待本工序完成后,转塔头回转180°,完成换刀。因其换刀时间大部分和加工时间重合,真正换刀时间只需转塔头转位的时间。这种换刀方式主要用于数控钻床和数控铣镗床。

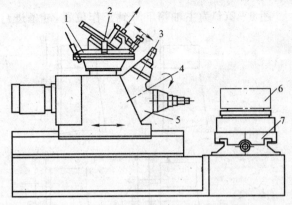

图9-1　机械手和转塔头配合刀库换刀的自动换刀装置
1—刀库;2—机械手;3,4—刀具主轴;
5—转塔头;6—工件;7—工作台

3. 带刀库的自动换刀系统

带刀库的自动换刀系统由刀库和刀具换刀机构组成,目前这种换刀方法在数控机床上的应用最为广泛。带刀库的自动换刀装置的数控机床主轴箱和转塔主轴头相比较,由于主轴箱内只有一个主轴,所以主轴部件有足够的刚度,因而能够满足各种精密加工要求。另外,刀库可以存放数量很多的刀具,可进行复杂零件的多工序加工,可明显提高数控机床的适应性和加工效率。这种带刀库的自动换刀装置适用于各种类型自动换刀的数控机床,尤其是适用于使用回转类刀具的数控镗、铣类加工中心。

在刀库式自动换刀装置中,为了传递刀库与机床主轴之间的刀具并实现刀具装卸的装置称为刀具的交换装置。刀具的交换方式通常分为两种:机械手交换刀具和由刀库与机床主轴的相对运动实现刀具交换的无机械手交换刀具。刀具的交换方式及它们的具体结构直接影响机床的工作效率和可靠性。

1)无机械手交换刀具方式

无机械手换刀系统一般是采用把刀库放在主轴箱可以运动到的位置,或整个刀库(或某一刀具)能移动到主轴箱可以到达的位置,同时刀库中刀具的存放方向一般与主轴上的装刀方向一致。换刀时,由主轴运动到刀库上的换刀位置,利用主轴直接取走或放回刀具。图9-2所示是一种卧式加工中心无机械手换刀系统的换刀过程。

图9-2(a)为主轴准停定位,主轴箱上升。

图9-2(b)为当主轴箱上升到顶部换刀装置时,刀具进入刀库交换位置的空刀位并被刀库上的固定钩固定,主轴上的刀具自动夹紧装置松开。

图9-2(c)为刀库前移,从主轴孔中将需要更换的刀具拔出。

图9-2(d)为刀库转位,根据程序指令将下一工序加工所需要的刀具转到换刀的装置,同时主轴孔的清洁装置将主轴上的刀具孔清洁干净。

图 9-2(e)为刀库后退将所选的刀具插入主轴孔内,主轴上的刀具夹紧装置把刀具夹紧。

图 9-2(f)为主轴箱下降到工作位置,准备进行下一步的工作。

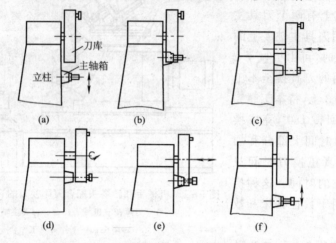

图 9-2　无机械手换刀系统的换刀过程
(a)主轴到位　(b)松刀　(c)取刀　(d)刀库旋转　(e)夹紧刀具　(f)主轴回加工点

无机械手换刀系统的优点是结构简单、成本低、可靠性较高;缺点是换刀时间长、刀库因结构所限容量不多。这种换刀系统多为中小型加工中心采用。

2)带机械手交换刀具方式

采用机械手进行刀具交换在加工中心中应用最为广泛。机械手是当主轴上的刀具完成一个工序后,把这一工序的刀具送回刀库,并把下一工序所需要的刀具从刀库中取出来装入主轴继续进行加工的功能部件。对机械手的具体要求是迅速可靠、准确协调。由于不同的加工中心的刀库与主轴的相对位置不同,所以各种加工中心所使用的换刀机械手也不尽相同。从机械手臂的类型来看,有单臂、双臂机械手,最常用的有如图 9-3 所示的几种结构形式。

图 9-3(a)是单臂单爪回转式机械手,带一个夹爪的手臂可自由回转,装、卸刀均靠这个夹爪进行,因此换刀时间长。

图 9-3(b)是单臂双爪摆动式机械手,机械手臂上的一个夹爪只完成从主轴上取下"旧刀"送回刀库的任务,而另一个夹爪则执行由刀库取出"新刀"送到主轴的任务,其换刀时间较单爪回转式机械手要短。

图 9-3(c)是双臂回转式机械手,机械手臂两端各有一个夹爪,能够同时完成抓刀、拔刀、回转、插刀、返回等一系列动作。为了防止刀具掉落,各机械手的活动爪都带有自锁机构。由于双臂回转式机械手的动作比较简单,而且能够同时抓取和装卸机床主轴和刀库中的刀具,因此换刀时间可进一步缩短,是最常用的一种形式。图 9-3(c)右边的机械手在抓取刀具或将刀具送入刀库主轴时,其两臂可伸缩。

图 9-3(d)是双机械手,相当于两个单臂单爪机械手,它们相互配合完成自动换

刀动作。

图9-3(e)是双臂往复交叉式机械手。这种机械手的两臂可以进行往复运动，并交叉成一定的角度。一个手臂从主轴上取下"旧刀"送回刀库，另一个手臂由刀库中取出"新刀"装入主轴，整个机械手可沿某导轨直线移动或绕某个转轴回转，以实现刀库与主轴间的换刀动作。

图9-3(f)是双臂端面夹紧式机械手。它的特点是靠夹紧刀柄的两个端面来抓取刀具，而其他机械手均靠夹紧刀柄的外圆表面抓取刀具。

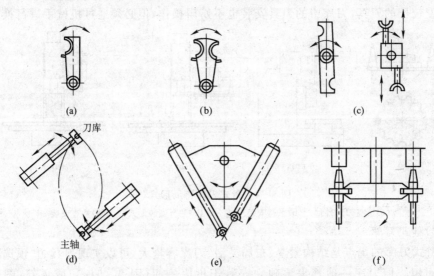

图9-3 单、双臂机械手结构

(a)单臂单爪回转式 (b)单臂双爪摆动式 (c)双臂回转式 (d)双机械手
(e)双臂往复交叉式 (f)双臂单面夹紧式

【任务内容】

一、刀库的类型与容量

1. 刀库类型

刀库的作用是用来存放刀具，它是自动换刀装置中最重要的部件之一。刀库的容量、布局以及具体结构随机床结构的不同而差别很大、种类繁多、不胜枚举。目前加工中心最常见的刀库形式主要有盘式刀库、链式刀库等几种，根据不同的机床可以采用多种布局形式，如图9-4和图9-5所示。

1)盘式刀库

图9-4(a)所示为盘式刀库形式，这类刀库因结构简单紧凑，在中小型加工中心上应用较多。由于刀具为单环排列，空间利用率较低，而且刀具长度较长时，容易与工件、夹具干涉。另外，大容量的刀库外径比较大、转动惯量大、选刀时间长，因此这种刀库形式一般适用于刀库容量不超过24把的场合。

图 9-4(b)和图 9-4(c)为刀盘轴线与主轴轴线平行。图 9-4(b)中刀库置于卧式主轴的机床顶部,刀库中的刀具安装不妨碍操作,并且通过主轴的上下运动,结合刀库的前后运动,可以不用机械手实现换刀,且换刀结构简单、可靠。在图 9-4(c)中,刀库置于立式加工中心立柱的侧面,换刀时可以通过刀库的左右运动,结合主轴箱的上下运动或刀库上下运动,与主轴直接进行刀具交换,同样也可以不需要机械手,就对主轴直接进行换刀。

图 9-4(d)为刀盘轴线与主轴轴线垂直,刀库置于立式加工中心侧面,它允许使用长度较长的刀具,刀库中的刀具安装也不妨碍操作,但必须通过机械手进行换刀。

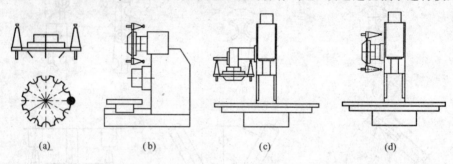

图 9-4　盘式刀库布局形式

(a)圆盘刀库外形　(b)平行安装形式一　(c)平行安装形式二　(d)垂直安装

2)链式刀库

链式刀库的优点是结构紧凑、布局灵活、刀库容量大,可以实现刀具的"预选",换刀时间短。但刀库一般都需要独立安装于机床侧面(图 9-5(c))或顶部(图 9-5(b)),占地面积较大。另外,由于通常情况下,刀具轴线和主轴轴线垂直,因此换刀必须通过机械手进行,因而机械结构比盘式刀库复杂。

刀库链环可以根据机床的总体布局要求,设计成适当形式以利于换刀机构的工作,在刀库容量较大时,可采用 U 形布置(见图 9-5(d)、图 9-5(e))或多环链式刀库布置,使其外形更紧凑,占用空间更小。这种结构形式,在增加刀库容量时,可以通过

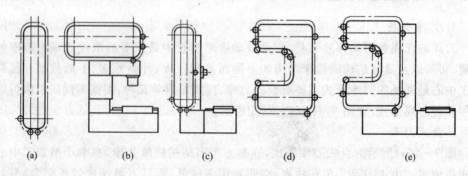

图 9-5　链式刀库

(a)链式刀库外形一　(b)水平安装　(c)垂直安装　(d)U 形链式刀库　(e)侧面安装

增加链条长度实现,由于它并不增加链轮直径,链轮的圆周速度就不增加,因此在刀库容量增加时,刀库的运动惯量不会增加太多。

除以上两种最常见的刀库形式外,在不同机床上,还有多种刀库布局形式。设计时可以根据不同的机床要求,灵活选用。

2. 刀库容量

刀库中的刀具并不是越多越好,太大的容量会增加刀库的尺寸和占地面积,使选刀过程时间增长。刀库的容量首先要考虑加工工艺的需要。根据对以钻、铣为主的立式加工中心所需刀具数的统计,绘制出如图 9-6 所示的曲线。曲线表明,用 10 把孔加工刀具可完成 70% 的钻削工艺,4 把铣刀可完成 90% 的铣削工艺,据此可以看出用 14 把刀具就可以完成 70% 以上的钻铣加工。若是从完成对被加工工件的全部工序考虑进行统计,得到的结果是大部分(超过 80%)的工件完成全部加工过程有 40 把刀具就够了。

因此从使用角度出发,刀库的容量一般取为 10~40,盲目增大刀库的容量,将会使刀库的利用率降低,结构过于复杂,造成很大的浪费。

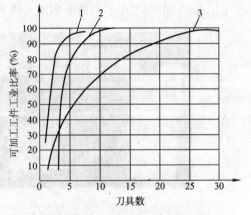

图 9-6　加工工件与刀具数的关系
1—铣削;2—车削;3—钻削

二、换刀方式

根据数控装置发出的换刀指令,刀库交换装置从刀库中挑选各工序所需刀具的操作称为自动选刀,自动选刀的方法主要有以下几种。

1. 顺序选择

刀具的顺序选择方式是将刀具按加工工序的顺序,依次放入刀库的每一个刀座内。每次换刀时,刀库按顺序转动一个刀座的位置,并取出所需要的刀具。已经使用过的刀具可以放回到原来的刀座内,也可以按照顺序放到下个刀座内。采用这种方式的刀库,不需要刀具识别装置,而且驱动控制也比较简单,可以直接由刀库的分度机构来实现。因此刀库的顺序选择方式具有结构简单、工作可靠性高等优点。但由于刀库中的刀具在不同的工序中不能重复使用,因而必须相应地增加刀具的数量和刀库的容量,这样就降低了刀具和刀库的利用率。此外,在采用这种方式的场合人工装刀操作必须十分谨慎,如果刀具在刀库中的顺序发生差错,将会造成设备或质量事故。

2. 任意选择

这种方式是根据程序指令的要求选择所需要刀具,刀具在刀库中不必按照工件的加工顺序排列,可任意存放。采用任意选择方式的换刀系统中必须有刀具识别装置。每把刀具(或刀座)都编上代码,自动换刀时,刀库旋转,每把刀具(或刀座)都经过"刀具识别装置"接受识别。当某把刀具的代码与数控指令的代码相符合时,该刀具就被选中,并将刀具送到换刀位置,等待机械手来抓取。

任意选择刀具法的优点是刀库中刀具的排列顺序与工件加工顺序无关,相同的刀具可重复使用。因此,刀具数目比顺序选择法的刀具可以少一些,刀库也相应地小一些。

三、GSVM65400 加工中心刀库的结构

GSVM65400 加工中心刀库采用圆盘式刀库,最多可装 24 把刀具,如图 9-7 所示。

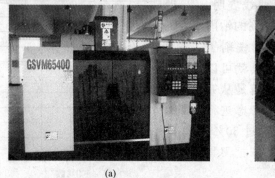

(a)　　　　　　　　　　　　(b)

图 9-7　加工中心及圆盘式刀库

(a)GSVM65400 加工中心　(b)圆盘式刀库

四、GSVM65400 加工中心换刀机械手的结构

图 9-8 所示为机械手抓刀部分的结构,它主要由手臂 1 和固定在其两端的结构完全相同的两个手爪 7 组成。手爪上握刀的圆弧部分有一个锥销 6,机械手抓刀时,该锥销插入刀柄的键槽中。当机械手由原位转 75°抓住刀具时,两手爪上的长销 8 分

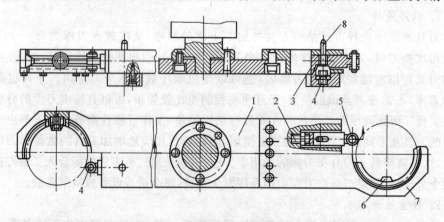

图 9-8　机械手臂、手爪结构

1—机械手臂;2、4—弹簧;3—锁紧销;5—活动销;6—锥销;7—手爪;8—长销

别被主轴前端面和刀库上的挡块压下,使轴向开有长槽的活动销 5 在弹簧 2 的作用下右移顶住刀具。机械手拔刀时,长销 8 与挡块脱离接触,锁紧销 3 被弹簧 4 弹起,使活动销顶住刀具不能后退,这样机械手在回转 180°时刀具不至于被甩出。当机械手上升插刀时,两长销 8 又分别被两挡块压下,锁紧销从活动销的孔中退出,松开刀具,机械手便可反转 75°复位。

五、BT50-24TOOL 圆盘式刀库自动换刀装置特点及控制的实现

1. BT50-24TOOL 圆盘式刀库自动换刀装置(见图 9-9)特点

(1)刀库的旋转由电动机拖动(具有电磁制动装置),靠电气实现刀库旋转方向(具有就近选刀功能)、换刀位置检测及定位控制,结构简单、工作可靠。

(2)机械手换刀采用先进的凸轮结构,实现电气和机械联合控制。

(3)倒刀时采用气动控制,通过汽缸的磁环开关检测控制。

(4)全机械式换刀,避免液压泄露,降低了故障率。

(5)换刀时间仅 2.7 s,大大提高了机床工作效率。

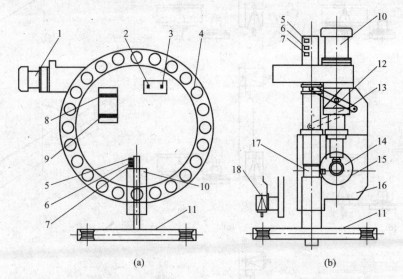

(a) (b)

图 9-9 BT50-24TOOL 圆盘式刀库结构及换刀机械装置简图

(a)圆盘式刀库结构简图 (b)凸轮式换刀机械手简图

1—刀库旋转电动机;2—刀库刀位计数开关(接近开关);3—刀库刀位复位开关(接近开关);4—刀库的刀座;5—机械手换刀电动机停止开关;6—机械手扣刀到位开关;7—机械手原位到位开关;8—倒刀汽缸缩回定位开关;9—回刀汽缸伸出定位开关;10—机械手换刀电动机;11—机械手;12—圆柱凸轮;13—杠杆;14—锥齿轮;15—凸轮滚子;16—主轴箱;17—十字轴;18—刀套

2. 自动刀具交换动作步骤

(1)程序执行到选刀指令 T 代码时,系统通过方向判别后,控制刀库电动机 1 正转或反转,刀库中刀位计数开关 2 开始计数(计算出达到换刀点的步数),当刀库上所

选的刀具转到换刀位置后,旋转刀库电动机立即停转,完成选刀定位控制,如图9-10(a)所示。

(2)当 T 代码执行后,倒刀电磁阀线圈获电,汽缸推动选刀的刀杯向下翻转 90°(倒下)(图 9-10(b)),倒刀汽缸缩回定位开关 8(磁环开关)发出信号,完成倒刀控制,同时这个信号还是交换刀具的开始信号。

(3)执行交换刀具指令。交换刀具指令一般为 M06(实际是调换刀宏程序或换刀子程序),首先主轴自动返回换刀点(一般是机床的第二参考点),且实现主轴准停,然后换刀电动机 10 启动运行,通过锥齿轮 14、凸轮滚子 15、十字轴 17 带动机械手从原位置逆时针旋转 60°,进行机械手抓刀控制,当机械手扣刀定位开关 6 发出到位信

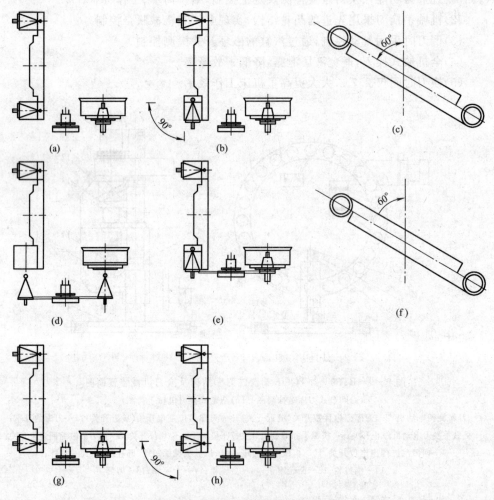

图 9-10 机械手换刀动作分解图
(a)回参考点准停 (b)刀杯旋转 (c)机械手抓刀 (d)拔刀 (e)换刀
(f)机械手回位 (g)刀杯回位 (h)换刀完成

号后,换刀电动机 10 立即停止,主轴刀具夹紧装置自动松开,如图 9 - 10(c)所示。

(4)主轴刀具松开后,换刀电动机 10 启动运行,通过圆柱凸轮 12、杠杆 13 使机械手下降,进行拔刀控制,机械手完成拔刀后,换刀电动机 10 继续运转,连续完成下一个换刀动作,如图 9 - 10(d)所示。

(5)当机械手完成拔刀控制后,通过锥齿轮 14、凸轮滚子 15、十字轴 17 带动机械手逆时针旋转 180°,使主轴刀具与刀库刀具交换位置。然后通过圆柱凸轮 12、杠杆 13 使机械手上升,把交换后的刀具插入主轴锥孔和刀库的刀套中。机械手完成插刀后,换刀电动机停止开关 5 发出信号使电动机立即停止。刀具插入主轴锥孔后,刀具的自动夹紧机构夹紧刀具,如图 9 - 10(e)所示。

(6)当机械手扣刀到位开关(接近开关)再次接通后,换刀电动机 10 启动运行,通过锥齿轮 14、凸轮滚子 15、十字轴 17 带动机械手顺时针转动 60°回到机械手的原点位置。机械手原位到位开关 7 接通后,换刀电动机 10 立即停止,如图 9 - 10(f)所示。

(7)当机械手回到原位后,机械手原位到位开关 7 接通,回刀电磁阀线圈获电,汽缸推动刀杯向上旋转 90°为下一次换刀作好准备。回刀汽缸伸出定位开关 9(磁环开关)接通,完成整个换刀控制,如图 9 - 10(g)、(h)所示。

3. 自动换刀装置控制的实现

目前刀库选刀 PMC(可编程序机床控制器,Programmable Machine Controller)有两种控制形式:一种是刀套编码形式的固定选刀,另一种是随机选刀。刀套编码是将刀库中的刀套编码,并将与刀套编码相对应的刀具一一放入指定的刀具表的表内号,即把换刀后刀具在刀库中新的位置通知给系统。PMC 控制刀库旋转,把选择的新刀具转到换刀位置,等待换刀。在执行换刀指令(如 M06)时,机床主轴快速回到换刀点(一般为机床的第二参考点),并且实现主轴准停,机械手执行换刀控制,即交换主轴和刀库中的刀具,换刀结束后,把主轴所在数据表的地址内容改写成现在的刀具号,把主轴上的刀具号(旧刀号)写入到换刀的刀具所在数据表的地址中。具体PMC 控制如图 9 - 11 所示。

通过执行数据检索功能指令 DSCHB 把检索到的数据在数据表的地址号存储在D100 中,即把刀库中刀座号存储在 D100 中,把数据表的个数存储在 D200 中,本机床设定为 25(刀库为 24 把刀具)。通过比较指令 COMPB 来判别选择的刀号是否与主轴当前刀号相同,如果相同(即需要的刀已在主轴锥孔中)则跳出换刀控制程序(通过跳转功能指令 JMP 实现),不相同时则执行换刀控制程序。计数器 C1 用来计算选定刀的当前位置到换刀点的步数,初始设定为 24(按刀库最大容量设定),其中 X2.1为刀库转位的计数开关输入信号,X2.0 为刀库定位开关。通过旋转方向判别功能指令 ROTB 来判定刀库旋转的方向,R5.1 为 0 刀库电动机正转,R5.1 为 1 刀库电动机反转,同时把选刀位置到换刀点的步数存储到 D300 中。通过判别一致功能指令COIN 来判定刀库是否转到换刀位置,如果转到换刀位置(R5.2 为 1)刀库电动机立刻停止转动。当刀库旋转结束后,机械手实现自动交换刀具控制(R6.0 为 1),通过读数据传输指令 XMOVB 把选刀的刀号存储到 D205 中,写数据传输指令 XMOVB 把主轴当前的刀号写在换刀的刀座位置,逻辑与传输指令 MOVE 把换刀的刀号写在主轴刀号的位置,从而完成修改数据表任务。

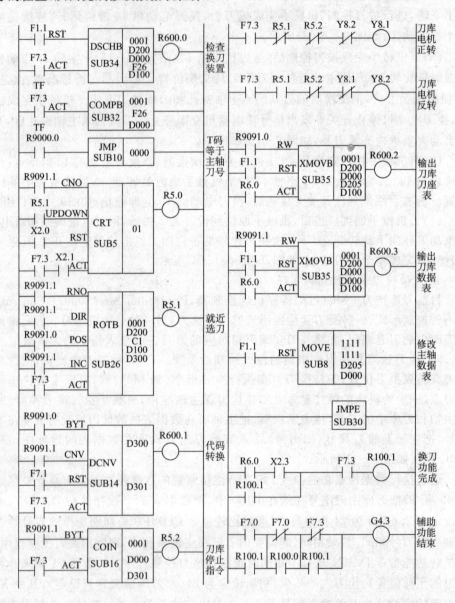

图 9-11　加工中心刀库控制 PMC 梯形图

【知识要点】　所用到的 FANUC 0i 系统功能指令

数控机床所用 PLC 的指令必须满足数控机床信息处理和动作控制的特殊要求。例如,由 NC 输出的 M、S、T 二进制代码信号的译码(DEC),机械运动状态或液压系统动作状态的延时(TMR)确认,加工零件的计数(CTR),刀库、分度工作台沿最短路径旋转和现在位置至目标位置步数的计算(ROT),换刀时数据检索(DSCH)等。对于上述的译码、定时、计数、最短路径选择以及比较、检索、转移、代码转换、四则运算、信息显示等控制功能,仅用一位操作的基本指令编程,实现起来将会十分困难。因此要增加一些具有专门控制功能的指令,这些专门指令就是功能指令。功能指令都是一些子程序,应用功能指令就是调用相应的子程序。

功能指令不能使用继电器的符号,必须使用图9-12所示的格式符号。这种格式包括:控制条件、指令、参数和输出四个部分。

表9-1为图9-12所示功能指令的编码表和运算结果状态。

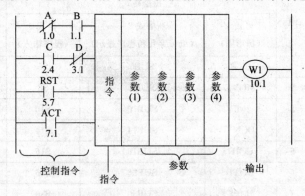

图9-12 功能指令格式

表9-1 图9-12的编码表和运算结果表

序号	指令	地址号位数	备注	运算结果状态			
				ST3	ST2	ST1	ST0
1	RD. NOT	1.0	A				$\overline{A}$
2	AND	1.1	B				$\overline{A}$. B
3	RD. STK	2.4	C			$\overline{A}$. B	C
4	AND. NOT	3.1	D			$\overline{A}$. B	C. $\overline{D}$
5	RD. STK	5.7	RST		$\overline{A}$. B	C. $\overline{D}$	RST
6	RD. STK	7.1	ACT	$\overline{A}$. B	C. $\overline{D}$	RST	ACT
7	SUB	○○	指令	$\overline{A}$. B	C. $\overline{D}$	RST	ACT
8	(PRM)	○○○○	参数(1)	$\overline{A}$. B	C. $\overline{D}$	RST	ACT
9	(PRM)	○○○○	参数(2)	$\overline{A}$. B	C. $\overline{D}$	RST	ACT
10	(PRM)	○○○○	参数(3)	$\overline{A}$. B	C. $\overline{D}$	RST	ACT
11	(PRM)	○○○○	参数(4)	$\overline{A}$. B	C. $\overline{D}$	RST	ACT
12	WRT	10.1	W1 输出	$\overline{A}$. B	C. $\overline{D}$	RST	ACT

功能指令格式中各部分内容说明如下。

1)控制条件

控制条件的数量和意义随功能指令的不同而变化。控制条件存入堆栈寄存器中,其顺序是固定不变的。

2)指令

219

功能指令的种类见表9-2,指令有三种格式:格式1用于梯形图;格式2用于纸带穿孔和程序显示;格式3用于编程器输入程序时的简化指令。

表 9-2　功能指令和处理内容

序号	指令格式			处理内容
	格式 1 (梯形图)	格式 2 (纸带穿孔和程序显示)	格式 3 (程序输入)	
1	CTR	SUB5	S5	计数处理
2	MOVE	SUB8	S8	数据"与"后传输
3	JMP	SUB10	S10	跳转
4	DCNV	SUB14	S14	数据转换(二进制⇄BCD码)
5	COIN	SUB16	S16	符合检查
6	ROTB	SUB26	S26	二进制旋转控制
7	JMPE	SUB30	S30	跳转结束
8	COMPB	SUB32	S32	二进制数比较
9	DSCHB	SUB34	S34	二进制数据检索
10	XMOVB	SUB35	S35	变址二进制数据传输

3)参数

功能指令不同于基本指令,可以处理各种数据,也就是说数据或存有数据的地址可作为功能指令的参数,参数的数目和含义随指令的不同而不同。

4)输出

功能指令的执行情况可用一位"1"和"0"表示,把它输出到 W1 继电器,W1 继电器的地址可随意确定。但有些功能指令不用 W1,如 MOVE、COM、JMP 等。

5)需要处理的数据

由功能指令管理的数据通常是 BCD 码或二进制数。如 4 位数的 BCD 码数据是按一定顺序放在两个连续地址的存储单元中,分低两位和高两位存放。例如 BCD 码1234 被存放在地址 200 和 201 中,则 200 中存低两位(34)、201 中存高两位(12)。在功能指令中只用参数指定低字节的 200 地址。二进制代码数据可以由 1 字节、2 字节、4 字节数据组成,同样是低字节存在最小地址,在功能指令中也是用参数指定最小地址。

【知识拓展】　所用功能指令说明

FANUC-PMC-SA1 的功能指令共 49 条,在此仅对常用指令进行说明。

1)二进制数据检索(DSCHB)

该功能指令(图 9-13)用于检索数据表中的数据,其中数字数据全部为二进制形式;数据表中的数据个数可以用地址指定,这样即使在程序写入 ROM 后依然可以改变表容量。

图 9-13　二进制数据检索指令

<1>控制条件

RST＝0,解除复位;RST＝1,复位 W1＝0。

ACT＝0,不执行 DSCHB 指令,W1 不变;ACT＝1,执行 DSCHB 指令,如果找到被检索数据,输出其表内号,如果没有找到,置 W1＝1。

<2>参数

(1)格式指定:指定字节长度,1——1 字节、2——2 字节、4——4 字节。

(2)数据表容量存储地址:指定存储数据表容量的地址,根据指定的字节长度分配所需字节数的存储区域,数据表数据个数为 $n+1$(表头为 0,表尾为 n)。

(3)数据表头地址:设定数据表表头地址。

(4)检索数据地址:设定检索数据输入地址。

(5)检索结果输出地址:如果找到被检测数据,输出其表内号,表内号被输出到检索结果输出地址,此地址所需的存储字节应符合指定格式。

<3>检索输出

W1＝0,找到被检索数据;W1＝1,未找到被检索数据。

2)二进制数据大小判别(COMPB)

该指令(图 9-14)可比较 1、2 和 4 字节长的二进制数据之间的大小,比较结果存放在运算结果寄存器(R9000)中,需在存储区中指定足够的字节来存储输入数据和比较数据。

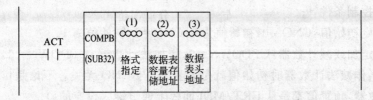

图 9-14　二进制数据大小判别指令

ACT＝0,不执行 COMPB 指令;ACT＝1,执行 COMPB 指令。

(1)格式指定指定数据长度(1、2 或 4 字节)和输入数据的指定形式(常数指定或地址指定),如图 9-15 所示。

(2)输入数据(地址),其形式取决于前面的指定。

(3)比较数据存放地址。

3)跳转指令(JMP)

JMP 指令(图 9 - 16)使梯形图顺序转移。当指定 JMP 指令时,执行过程跳至跳转结束指令而不执行与 JMP 指令间的逻辑指令(包括功能指令)。

ACT=1,跳过指定范围内的逻辑指令后,继续执行程序;ACT=0,不执行跳转,程序从JMP 指令的下一步继续执行。

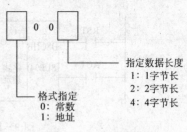

图 9 - 15　格式指定

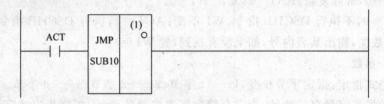

图 9 - 16　跳转指令

4)计数器指令(CTR)

CTR 用做计数器指令,控制形式可按需要选择,其功能指令格式如图 9 - 17 所示。

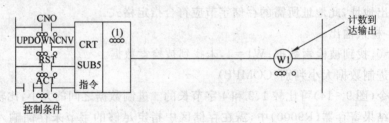

图 9 - 17　计数器指令

<1>控制条件

(1)指定初始值:CNO=0,初始值为 0;CNO=1,初始值为 1。

(2)指定加或减计数器:UPDOWN=0,作加法计数器;UPDOWN=1,作减法计数器。(注:作减法计数器时初始值就是预置值,与 CNO 无关。不论是作加法还是作减法计数器,预置值都是从 CRT/MDI 面板上通过键入设定的。)

(3)复位:RST=0,不复位;RST=1,复位,复位时 R_1 变为"0",计数器的累加值变为初始值。

(4)计数信号:ACT=0,计数器不工作;ACT=1,计数器信号的上升沿触发工作,即 ACT 每通一次,计数器加 1 或减 1。

<2>输出

当计数器累加到预置值时 R_1=1,R_1 的地址可任意确定,计数器的计数范围是

从 0000～9999。

5)旋转指令(ROT)

该指令可以对刀库、回转工作台等实现选择最短途径的旋转方向;计算现在位置和目标位置之间的步数;计算目标前一个位置的位置数或达到目标前一个位置的步距数。

ROT 功能指令的格式如图 9-18 所示,其编码表如表 9-3 所示。

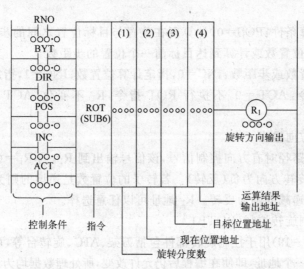

图 9-18　ROT 指令格式

表 9-3　图 9-18 的编码表

步号	指　令	地址数·位数	备　注
1	RD	○○○·○	RNO
2	RD. STK	○○○·○	BYT
3	RD. STK	○○○·○	DIR
4	RD. STK	○○○·○	POS
5	RD. STK	○○○·○	INC
6	RD. STK	○○○·○	ACT
7	SUB	6	ROT
8	(PRM)	○○○·○	旋转分度数
9	(PRM)	○○○·○	现在位置地址
10	(PRM)	○○○·○	目标位置地址
11	(PRM)	○○○·○	运算结果输出地址
12	WRT	○○○·○	旋转方向输出

<1>控制条件

(1)指定起始位置:RNO=0,转子起始位置数为 0;RNO=1,转子起始位置数为 1。

(2)指定处理数据(位置数据)的位数:BYT=0,指定两位 BCD 码;BYT=1,指定 4 位 BCD 码。

(3)选择最短路径的旋转方向或不选择:DIR=0,不选择,按正向旋转;DIR=1,选择。

(4)指定计算条件:POS=0,计算现在位置与目标位置之间的步距数;POS=1,计算目标前一个位置数或计算到达目标前一个位置的步距数。

(5)指定位置数或步距数:INC=0,指定计算位置数;INC=1,指定计算步距数。

(6)执行命令:ACT=0,不执行 ROT 指令,R_1 不变化;ACT=1,执行 ROT 指令。

<2>旋转方向输出

当选择较短路径时有方向控制信号,该信号输出到 R_1,当 $R_1=0$ 时旋转方向为正,当 $R_1=1$ 时旋转方向为负(反转)。若转子的位置数是递增的则为正转;反之,若转子的位置数是递减的则为反转。R_1 地址可以任意选择。

<3>二进制旋转控制(ROTB)

此指令(图 9-19)用于控制旋转部件包括刀架、ATC、旋转台等,可以为旋转部件分度位置号指定一个地址,即使在编程后仍允许改变,所处理数据均为二进制格式。

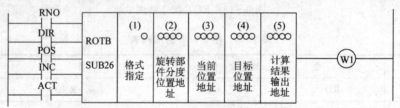

图 9-19　二进制旋转控制指令

(1)格式指定:指定数据长度,1——1 字节、2——2 字节、4——4 字节;所有数据均为二进制格式。

(2)旋转部分分度位置地址:用以指定包含有旋转部件分度位置数号的地址。

(3)其他参数见 ROT 指令。

6)数据转换指令(DCNV)

此指令(图 9-20)将二进制代码转化为 BCD 代码或将 BCD 代码转化为二进制代码。

(1)指定数据大小:BYT=0,处理数据长度为 1 字节(8 位);BYT=1,处理数据长度为 2 字节(16 位)。

(2)指定数据转换类型:CNV=0,二进制代码转化为 BCD 代码;CNV=1,BCD 代码转化为二进制代码。

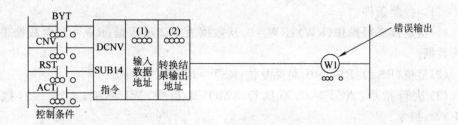

图 9-20　数据转换指令

（3）复位：RST＝0，解除复位；RST＝1，复位错误输出线圈 W1，即 W1＝1 时，置 RST＝1，则 W1＝0。

（4）执行指令：ACT＝0，不执行数据转换，W1 不变；ACT＝1，进行数据转换。

7）符合检查指令（COIN）

此指令用来检查参考值与比较值是否一致，可用于检查刀库、转台等旋转体是否到达目标位置等。功能指令格式如图 9-21所示。

＜1＞控制条件

（1）指定数据位数：BYT＝0，处理数据为 2 位 BCD 码；BYT＝1，处理数据为 4 位 BCD 码。

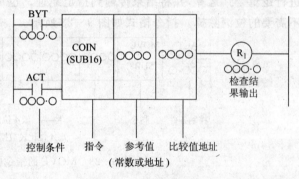

图 9-21　符合检查指令

（2）执行命令：ACT＝0，不执行；ACT＝1，执行 COIN 指令。

＜2＞输出

R_1＝0，参考值≠比较值；R_1＝1，参考值＝比较值。

8）二进制变址数据传送（XMOVB）

该功能指令（图 9-22）用于读出或改写数据表中的数据，其中数据全部为二进制形式。数据表中的数据数目（表容量）可以用地址指定，这样即使在程序写入 ROM 后依然可以改变表容量。

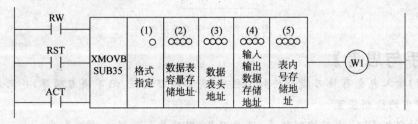

图 9-22　二进制变址数据传送

225

<1>控制条件

(1)指定读或写操作(RW):RW=0,从数据表中读出数据;RW=1,向数据表中写入数据。

(2)复位(RST):RST=0,解除复位;RST=1,复位 W1=0。

(3)执行指令:ACT=0,不执行 XMOVB 指令,W1 不变;ACT=1,执行 XMOVB 指令。

<2>参数

在参数的第一位指定数据长度:0001 为 1 字节长,0002 为 2 字节长,0004 为 4 字节长。

9)逻辑"与"后传输指令(MOVE)

该指令的作用是把比较数据(梯形图中写入的)和处理数据(数据地址中存放的)进行逻辑"与"运算,并将结果传输到指定地址。也可用于将指定地址里的 8 位信号不需要的位消除掉。指令格式如图 9-23 所示。

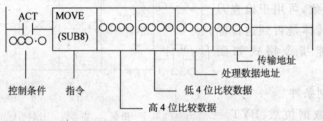

图 9-23 MOVE 的指令格式

当 ACT=0 时,MOVE 指令不执行;当 ACT=1 时,MOVE 指令执行。

10)跳转结束指令(JMPE)

该功能指令(见图 9-24)用于表示(JMP)跳转指令区域指定时的区域终点。该功能不能单独使用,必须和 JMP 指令成对使用。

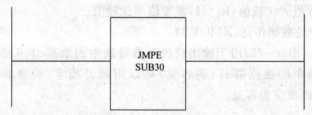

图 9-24 结束跳转指令

【动手与思考】

(1)输入包含有换刀指令的加工程序,观察换刀过程,记下换刀顺序,并记录有几个换刀用的检测装置。

(2)分析 PLC 换刀控制程序,思考刀具、刀座号和数据表的关系。

任务十　检测装置在闭环控制系统中的应用

【任务导入】

随着现代制造业的迅速发展,数控机床越来越多地被广泛应用,同时对数控机床定位精度、重复定位精度的要求也日益提高,原来精密滚珠丝杠加编码器式的半闭环控制系统已无法满足用户的需求。半闭环控制系统无法控制机床传动机构所产生的传动误差、高速运转时传动机构所产生的热变形误差以及加工过程中因传动系统磨损而产生的误差,而这些误差已经严重影响到数控机床的加工精度及其稳定性。采用线性光栅尺可以对数控机床各线性坐标轴进行全闭环控制,以消除上述误差,提高机床的定位精度、重复定位精度以及精度可靠性。因此,线性光栅尺作为提高数控机床位置精度的关键部件日益得到广泛的应用,光栅尺外形如图 10-1 所示。

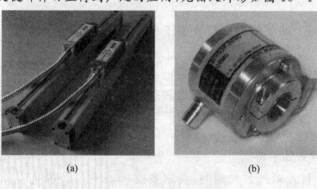

(a)　　　　　　　　　　　　(b)

图 10-1　光栅尺外形

(a)长光栅　(b)圆光栅

在高精度的数控机床上,可以使用光栅作为位置检测装置,将机械位移转换为数字脉冲,反馈给 CNC 装置,实现闭环控制。由于激光技术的发展,光栅制作精度得到很大的提高,现在光栅精度可达微米级,再通过细分电路可以做到 $0.1~\mu m$ 甚至更高的分辨率。

【知识要点】

1. 光栅的种类

根据形状光栅可分为圆光栅和长光栅。长光栅主要用于测量直线位移;圆光栅主要用于测量角位移。

根据光线在光栅中是反射还是透射可分为透射光栅和反射光栅。透射光栅的基体为光学玻璃。光源可以垂直射入,光电元件直接接受光照,信号幅值大。光栅每毫米中的线纹多,线纹密度可达 200 线/mm(0.005 mm),精度高。但是由于玻璃易碎,热膨胀系数与机床的金属部件不一致,影响精度,不能做得太长。反射光栅的基体为不锈钢带(通过照相、腐蚀、刻线),反射光栅和机床金属部件一致,可以做得很长。但是反射光栅每毫米内的线纹不能太多,线纹密度一般为 25～50 线/mm。

2. 光栅的结构和工作原理

光栅是由标尺光栅和光栅读数头两部分组成。标尺光栅一般固定在机床的活动部件上,如工作台。光栅读数头装在机床固定部件上,指示光栅装在光栅读数头中。

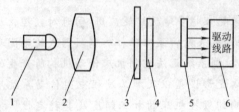

图 10-2　光栅读数头
1—光源;2—透镜;3—标尺光栅;4—指示光栅;
5—光电元件;6—驱动线路

电路等组成。

标尺光栅和指示光栅的平行度及两者之间的间隙(0.05～0.1 mm)要严格保证。当光栅读数头相对于标尺光栅移动时,指示光栅便在标尺光栅上相对移动。

光栅读数头又叫光电转换器,它把光栅莫尔条纹变成电信号。图 10-2 所示为垂直入射读数头。读数头由光源、透镜、指示光栅、标尺光栅、光电元件和驱动

当指示光栅上的线纹和标尺光栅上的线纹呈一小角度 θ 放置时,造成两光栅尺上的线纹交叉。在光源的照射下,交叉点附近的小区域内黑线重叠形成明暗相间的条纹,这种条纹称为"莫尔条纹"。"莫尔条纹"与光栅的线纹几乎成垂直方向排列(见图 10-3)。

莫尔条纹具有如下特点。

(1)当用平行光束照射光栅时,莫尔条纹由亮带到暗带,再由暗带到亮带的透过光的强度近似于正(余)弦函数。

(2)起放大作用。用 W 表示莫尔条纹的宽度,P 表示栅距,θ 表示光栅线纹之间的夹角,则

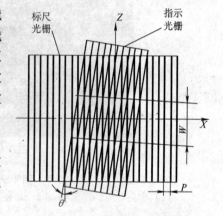

图 10-3　光栅的莫尔条纹

$$W = \frac{P}{\sin \theta} \tag{10-1}$$

由于 θ 很小,有 $\sin \theta \approx \theta$,则

$$W \approx \frac{P}{\theta} \tag{10-2}$$

(3)起平均误差作用。莫尔条纹是由若干光栅线纹干涉形成的,这样栅距之间的相邻误差被平均化,消除了栅距不均匀造成的误差。

(4)莫尔条纹的移动与栅距之间的移动成比例。当干涉条纹移动一个栅距时,莫

尔条纹也移动一个莫尔条纹宽度 W,若光栅移动方向相反,则莫尔条纹移动的方向也相反。莫尔条纹的移动方向与光栅移动方向相垂直。这样测量光栅水平方向移动的微小距离就可用检测垂直方向的宽大的莫尔条纹的变化代替。

3. 直线光栅尺检测装置的辨向原理

莫尔条纹的光强度近似呈正(余)弦曲线变化,光电元件所感应的光电流变化规律近似为正(余)弦曲线。经放大、整形后,形成脉冲,可以作为计数脉冲,直接输入到计算机系统的计数器中计算脉冲数,进行显示和处理。根据脉冲的个数可以确定位移量,根据脉冲的频率可以确定位移速度。

用一个光电传感器只能进行计数,不能辨向。要进行辨向,至少用两个光电传感器。图 10-4 所示为光栅传感器的安装示意图。通过两个狭缝 S_1 和 S_2 的光束分别被两个光电传感器 P_1、P_2 接受。当光栅移动时,莫尔条纹通过两个狭缝的时间不同,波形相同,相位差 90°。至于哪个超前,决定于标尺光栅移动的方向。如图 10-3 所示,当标尺光栅向右移动时,莫尔条纹向上移动,缝隙 S_2 的输出信号超前 1/4 周期;同理,当标尺光栅向左移动时,莫尔条纹向下移动,缝隙 S_1 的输出信号超前 1/4 周期。根据两狭缝输出信号的超前和滞后可以确定标尺光栅的移动方向。

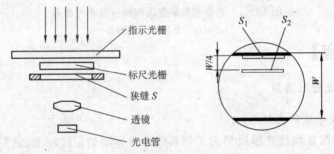

图 10-4　光栅的辨向原理图

4. 提高光栅检测分辨精度的细分电路

为了提高光栅检测装置的精度,可以提高刻线精度和增加刻线密度。**但是刻线密度大于 200 线/mm 的细光栅刻线制造困难,成本高。为了提高精度和降低成本,**通常采用倍频的方法来提高光栅的分辨精度,图 10-5(a)所示为采用四倍频方案的光栅检测电路的工作原理。光栅刻线密度为 50 线/mm,采用 4 个光电元件和 4 个狭缝,每隔 1/4 光栅节距产生一个脉冲,分辨精度是原来的四倍,并且可以辨向。

当指示光栅和标尺光栅相对运动时,硅光电池接受到正弦波电流信号。这些信号送到差动放大器,再通过整形,使之成为两路正弦及余弦方波,然后经过微分电路获得脉冲。由于脉冲是在方波的上升沿上产生,为了使 0°、90°、180°、270°的位置上都得到脉冲,必须把正弦和余弦方波分别反相一次,然后再微分,得到四个脉冲。为了辨别正向和反向运动,可以用一些与门把四个方波 sin、-sin、cos 和-cos(即 A、B、C、D)和四个脉冲进行逻辑组合。当正向运动时,通过与门 $Y_1 \sim Y_4$ 及或门 H_1 得到 A′B＋AD′＋C′D＋B′C 四个脉冲的输出。当反向运动时,通过与门 $Y_5 \sim Y_8$ 及或门 H_2 得到 BC′＋AB′＋A′D＋C′D 四个脉冲的输出。其波形如图 10－5(b)所示,虽然光栅栅距为 0.02 mm,但是经过四倍频以后,每一脉冲都相当于 5 μm,分辨精度是原来的四倍。此外,也可以采用八倍频、十倍频等其他倍频电路。

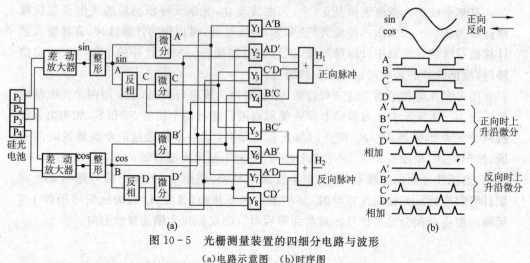

图 10－5　光栅测量装置的四细分电路与波形
(a)电路示意图　(b)时序图

【任务内容】

一、线性光栅尺选型

1. 准确度等级的选择

数控机床配置线性光栅尺是为了提高线性坐标轴的定位精度、重复定位精度,所以光栅尺的准确度等级是首先要考虑的,光栅尺准确度等级有 ±0.01 mm、±0.005 mm、±0.003 mm、±0.002 mm。在设计数控机床时根据设计精度要求来选择准确度等级,值得注意的是在选用高精度光栅尺时要考虑光栅尺的热性能,它是机床工作精确度的关键环节,即要求光栅尺刻线载体的热膨胀系数与机床光栅尺安装基体的热膨胀系数相一致,以克服由于温度引起的热变形。

光栅尺最大移动速度可达 120 m/min,目前可完全满足数控机床设计要求;单个光栅尺最大长度为 3 040 mm,如控制线性坐标轴大于 3 040 mm 时,可采用光栅尺对接的方式达到所需长度。

2. 测量方式的选择

光栅尺的测量方式分增量式光栅尺和绝对式光栅尺两种。所谓增量式光栅尺就是光栅扫描头通过读出到初始点的相对运动距离而获得位置信息,为了获得绝对位置,这个初始点就要刻到光栅尺的标尺上作为参考标记,所以机床开机时必须回参考点才能进行位置控制。而绝对式光栅尺以不同宽度、不同间距的闪现栅线将绝对位置数据以编码形式直接制作到光栅上,在光栅尺通电的同时后续电子设备即可获得位置信息,不需要移动坐标轴找参考点位置,绝对位置值从光栅刻线上直接获得。

绝对式光栅尺比增量式光栅尺成本高 20% 左右,机床设计师因考虑数控机床的性价比,一般选用增量式光栅尺,既能保证机床运动精度,又能降低机床成本。但是绝对式光栅尺开机后不需回参考点的优点是增量式光栅尺无法比拟的,机床在停机或故障断电后开机可直接从中断处执行加工程序,不但缩短非加工时间提高生产效率,而且减小零件废品率。因此,在生产节拍要求高或由多台数控机床构成的自动生产线上选用绝对式光栅尺是最为理想的。

3. 输出信号的选择

光栅尺的输出信号分电流正弦波信号、电压正弦波信号、TTL 矩形波信号和 TTL 差动矩形波信号四种。虽然光栅尺输出信号的波形不同对数控机床线性坐标轴的定位精度、重复定位精度没有影响,但必须与数控机床系统相匹配,如果输出信号的波形与数控机床系统不匹配,导致机床系统无法处理光栅尺的输出信号,反馈信息、补偿误差对机床线性坐标轴全闭环控制就无从谈起。在实践中确有输出信号的波形与数控机床系统不匹配的情况,不过处理此情况也有办法,只要在输出信号与机床系统间加装一个数字化电子装置(如 HEIDENHAINDE 的 IBV600 系列的细分和数字化电子装置),就很容易解决了。

二、线性光栅尺的结构设计

光栅尺的结构设计与安装比光栅尺选型更重要,无论哪个环节处理不当,都严重影响光栅尺的控制精度,有可能出现全闭环精度反而不如半闭环的现象。

1. 行走姿势对光栅尺检测精度的影响

(1)驱动轴线与载重中点位置的重合度众所周知,推着物体移动时,如果没有推到其中点位置,很容易造成物体转动,出现摆动等不稳定现象。要求驱动轴线尽量与载重中点位置重合,而实践中由于受结构、加工误差的限制,驱动轴线与载重中点位置有一定的距离,导致丝杠拖动载重物时出现摆动的现象。

(2)导轨阻尼特性的一致性。两条导轨阻尼特性的一致性也是一项很重要的影响因素。两条导轨阻尼特性不一致时很容易造成物体出现摆动的现象,如图 10-6 所示。

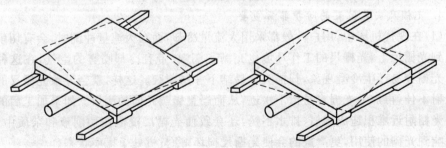

图 10-6　行走姿势变化示意图

(3)光栅尺的安装位置尽可能靠近驱动轴线。大多数机床的线性坐标轴驱动系统一般都是运用精密滚珠丝杠副,理论上要求光栅尺尽量安装在靠近丝杠副轴线的位置上。这样的话,光栅尺的安装符合了阿贝误差最小化的原则,即要求光栅尺安装位置靠近控制轴的工作基准面,越近所形成的阿贝误差越小,光栅尺控制的位置精度越高,机床定位精度越好。但实践中由于受结构和空间的限制,光栅尺的安装方式只有两种,第一种是安装在近丝杠副侧,第二种是安装在导轨外侧。为了取得最小的阿贝误差,推荐尽可能选取第一种安装方式。

虽然光栅尺的安装位置比较靠近驱动轴线,但是安装位置毕竟与驱动轴线有一定距离,这一距离与驱动时物体的摆动相结合后,会对光栅尺的检测控制带来很大的麻烦。当驱动物体向光栅尺安装侧摆动,光栅尺在检测时误认为移动速度不足,系统则给出加速信号,而驱动物体马上向另一侧摆动,光栅尺在检测时又误认为移动速度太快,系统则给出减速信号,这样反反复复运行,不仅没有改善数控机床各线性坐标轴的控制,反而加剧了驱动物体的振动,导致了全闭环不如半闭环的奇特现象。由此看来,驱动物体驱动轴线的位置设计、光栅尺的安装位置和两条导轨的阻尼特性至关重要,必须引起机床设计师的高度重视。在设计机床时必须认真考虑各方面因素,以取得良好的、满足设计要求的效果。

2. 光栅尺定尺、滑尺的安装面及滑尺支架具有足够刚性和强度

光栅尺安装位置且有足够刚性和强度,是保证光栅尺正常工作的关键环节。光栅尺是通过光电扫描原理来工作的,因此光栅尺不能处于强振动状态,振动引起光源不稳定,从而影响光栅尺的控制精度。所以安装位置最好与机床的坚固铸件为一体,即使由于结构原因需用连接件,那么要求连接件与机体之间的整个结合要接触良好,连接刚性足,以防止结合与连接处产生薄弱环节引起强振动,而影响光栅尺的正常工作,最终导致加工中心定位精度的降低。

3. 光栅尺安装位置应尽量远离机床的发热源

光栅尺安装位置应尽量远离机床的发热源,以避免温度的影响。光栅尺本来不怕受热,整体环境温度对光栅尺的影响很小,可是机床的热源(如滚珠丝杠副)在局部产生不确定温升而产生误差,并且这种误差很难控制也很难实时修正和补偿,如果光栅尺贴近这些地方,势必影响光栅尺的控制精度。

4. 光栅尺安装位置的防护非常重要

(1)在现代机床中,用户一般都采用大流量冷却,而在大流量冲洗时,会有切削液飞溅到光栅尺上,光栅尺的工作环境也充满了潮湿、带有冷却喷雾的空气,在这种环境下光栅容易产生冷凝现象,扫描头上易结下一层薄膜。这样,就会导致光栅尺的光线投射不佳,再加上光栅容易留下水迹,从而严重影响光栅的测量。如果加工后的切屑在光栅附近堆积造成排屑、排水不畅,还会致使光栅尺浸泡在切削液和杂质中,从而影响到光栅的使用,更严重的会使光栅尺损坏,令整机处于瘫痪状态。

(2)如果光栅尺处于很强的冷却喷雾或粉尘中,可通过压缩空气处理,但压缩空气必须经过过滤器净化,并按 ISO 8573—1 符合表 10-1 的杂质质量等级要求。

表 10-1　压缩空气要求

固体杂质	等级 1	最大颗粒大小 0.1 μm、在 1×10^5 Pa 时最大颗粒密度 0.1 mg/m³
含油量	等级 1	1×10^5 Pa 时最大油浓度 0.01 mg/m³
压缩空气		压力 0.1 MPa 时流量为 7～10 L/min

三、线性光栅尺的安装

光栅尺的结构如图 10-7 所示，它是由定尺体 1 和动尺读数头 2 组成。光栅尺的定尺体是一个铝外壳，用以保护其内的标尺、扫描单元及其导轨不受切屑、灰尘和喷溅水的伤害。动尺读数头包含扫描单元、精密连接器及安装块，精密连接器将扫描单元与安装块连接起来，用来补偿少量的导轨机械误差。

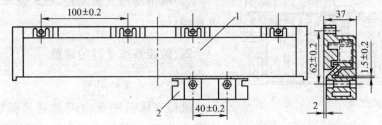

图 10-7　光栅尺的结构
1—定尺体；2—动尺读数头

1. 安装工具的设计

从图 10-7 中不难看出，1.5 mm±0.2 mm、2 mm 尺寸对光栅尺的测量非常重要，安装时必须保证。还有一方面因素，定尺体和动尺读数头为非刚性连接，且扫描单元与安装块用精密连接器弹性连接，由此看来，光栅尺的正确安装并非是一件容易的事。为此，经多次研究设计了一个既经济又实用的专用安装工具，如图 10-8 所示。

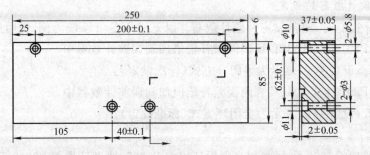

图 10-8　专用安装工具示意图

2. 调整安装

光栅尺的调整安装是光栅尺使用过程中一个不容忽视的环节，调整安装的好与坏直接影响光栅尺检测、控制工作的质量,所以必须引起足够的重视。现以 XH768 型卧式加工中心 Z 向线性坐标轴为例,介绍光栅尺的调整安装过程。

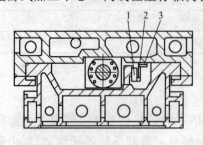

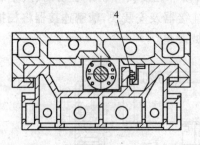

图 10-9　光栅尺安装示意图

1—安装工具;2—动尺支架;

3—调整垫;4—光栅尺

（1）加工光栅尺定尺、动尺的安装基准面,保证与导轨的平行度在 0.02 mm 以内,按坐标尺寸加工出定尺结合螺钉孔。

（2）清理各安装基准面,将专用安装工具 1 固定在定尺安装面上,动尺支架 2 与专用安装工具可靠连接,按实测尺寸配磨调整垫 3,配做动尺支架与滑座结合螺钉及锥销,如图 10-9 所示。

（3）取下专用安装工具,将光栅尺 4 安装至位置即可。

四、数控系统参数的调整

1. 反向间隙的补偿

机械安装后的反向间隙必须保证在一定范围内。反向间隙在不同速度下的数值不同,所以反向间隙补偿时对进给和快速移动分开进行补偿。而过去习惯上只是设定前者,这是不科学的。

2. 螺距误差的补偿

数控系统一般每轴设置最大可达 128 点的螺距误差补偿点数。必要时,可对某轴进行补偿,一般是按 50 mm 或 100 mm 的间隔进行补偿,为了提高精度,建议用 5 mm 或 10 mm 的间隔进行补偿,效果更好。

3. 补偿计数器的设定

全闭环控制时,通常设定补偿计数器。以 FANUC 0i 系统为例,说明如下。

参数:P2010#5 HBBL 反向间隙补偿值加到误差计数器中。

设定值:设定为 0,表示为半闭环方式(标准设定)。

参数:P2010#4 HBPE 螺距误差补偿值加到误差计数器中。

设定值:设定为 0,表示为全闭环方式(标准设定)。

4. 提高增益设定

在无振动的前提下,尽量提高位置环增益 P1825,速度环增益 P2043、P2045 及负载惯量比 P2021 等参数。

通过以上几个步骤的调试,数控机床一般都能获得很好的位置精度(定位精度、重复定位精度),达到机床设计要求,能满足用户的需求。

【知识拓展】 其他常用检测装置

1. 旋转变压器

旋转变压器是一种角度测量装置,它是一种小型交流电动机。其结构简单,动作灵敏,对环境无特殊要求,维护方便,输出信号幅度大,抗干扰强,工作可靠,广泛应用于数控机床上。

1)旋转变压器的结构

旋转变压器是一种常用的转角检测元件,由于它结构简单、工作可靠,且精度能满足一般的检测要求,因此被广泛地应用在数控机床上。旋转变压器在结构上和两相绕线式异步电动机相似,由定子和转子组成。定子绕组为变压器的原边,转子绕组为变压器的副边。定子绕组通过固定在壳体上的接线柱直接引出,转子绕组有两种引出方式。根据这两种不同的引出方式,旋转变压器分为有刷式和无刷式。

图 10-10(a)所示是有刷旋式转变压器。它的转子绕组通过滑环与电刷直接引出,其特点是结构简单、体积小,但因电刷与滑环为机械滑动接触,所以可靠性差、寿命也较短。

图 10-10(b)所示是无刷式旋转变压器。它没有电刷和滑环,由旋转变压器本体和附加变压器两大部分组成。附加变压器的原、副边铁芯及其线圈均为环形,分别固定于转子轴和壳体上,径向留有一定的间隙。旋转变压器本体的转子绕组与附加变压器的原边线圈连在一起,在附加变压器原边线圈中的电信号,即转子绕组中的电信号,通过电磁耦合,经附加变压器副边线圈间接地送出去。这种结构避免了有刷式旋转变压器电刷与滑环之间的不良接触造成的影响,提高了可靠性和使用寿命,但其体积、质量和成本均有所增加。

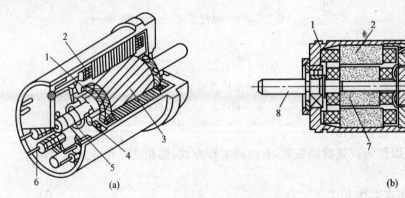

图 10-10 旋转变压器结构图

(a)有刷式旋转变压器

1—转子绕组;2—定子绕组;3—转子;4—整流子;5—电刷;6—接线柱

(b)无刷式旋转变压器

1—壳体;2—旋转变压器本体定子;3—附加变压器定子;4—附加变压器原边线圈;

5—附加变压器转子线轴;6—附加变压器副边线圈;7—旋转变压器本体转子;8—转子轴

2)旋转变压器的工作原理

旋转变压器是根据互感原理工作的。它的结构保证了其定子和转子之间的磁通呈正(余)弦规律。定子绕组加上励磁电压,通过电磁耦合,转子绕组产生感应电动势,如图 10-11 所示。其所产生的感应电动势的大小取决于定子和转子两个绕组轴线在空间的相对位置。两者平行时,磁通几乎全部穿过转子绕组的横截面,转子绕组产生的感应电动势最大;两者垂直时,转子绕组产生的感应电动势为零。感应电动势随着转子偏转的角度呈正(余)弦变化,即

$$E_2 = nU_1\cos\theta = nU_m\sin\omega t\cos\theta \qquad (10-3)$$

式中:E_2 为转子绕组感应电动势;U_1 为定子励磁电压;U_m 为定子绕组的最大瞬时电压;θ 为两绕组之间的夹角;n 为电磁耦合系数变压比。

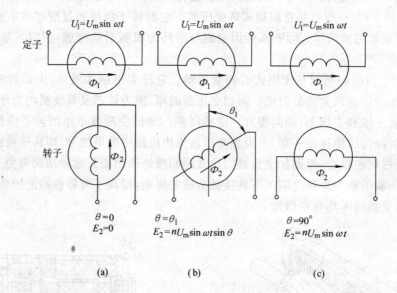

图 10-11　旋转变压器的工作原理
(a)垂直位置　(b)一般位置　(c)平行位置

3)旋转变压器的应用

旋转变压器作为位置检测装置,有两种工作方式:鉴相式工作方式和鉴幅式工作方式。

<1>鉴相式工作方式

在该工作方式下,旋转变压器定子的两相正向绕组(正弦绕组 S 和余弦绕组 C)分别加上幅值相同、频率相同而相位相差 90° 的正弦交流电压,如图 10-12 所示。即

$$U_s = U_m\sin\omega t$$
$$U_c = U_m\cos\omega t \qquad (10-4)$$

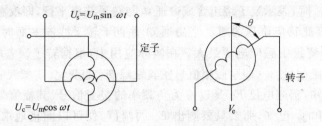

图 10-12 旋转变压器定子两相激磁绕组

这两相励磁电压在转子绕组中会产生感应电压。当转子绕组中接负载时,其绕组中会有正弦感应电流通过,从而会造成定子和转子间的气隙中合成磁通畸变。为了克服该缺点,转子绕组通常是两相正向绕组,两者相互垂直。其中一个绕组作为输出信号,另一个绕组接高阻抗作为补偿。

根据线性叠加原理,在转子上的工作绕组中的感应电压

$$E_2 = nU_s \cos\theta - nU_c \sin\theta$$
$$= nU_m(\sin\omega t\cos\theta - \cos\omega t\sin\theta)$$
$$= nU_m \sin(\omega t - \theta) \tag{10-5}$$

式中:θ 为定子正弦绕组轴线与转子工作绕组轴线之间的夹角;ω 为励磁角频率。

由上式可见,旋转变压器转子绕组中的感应电压 E_2 与定子绕组中的励磁电压同频率,但是相位不同,其相位严格随转子偏角 θ 而变化。测量转子绕组输出电压的相位角 θ,即可测得转子相对于定子的转角位置。在实际应用中,把定子正弦绕组励磁的交流电压相位作为基准相位,与转子绕组输出电压相位作比较,来确定转子转角的位置。

＜2＞鉴幅式工作方式

在这种工作方式中,旋转变压器定子的两相正向绕组(正弦绕组 S 和余弦绕组 C)分别加上频率相同、相位相同而幅值分别按正弦、余弦变化的交流电压。即

$$U_s = U_m \sin\theta_{电} \sin\omega t$$
$$U_c = U_m \cos\theta_{电} \sin\omega t \tag{10-6}$$

式中:$U_m \sin\theta_{电}$、$U_m \cos\theta_{电}$ 分别为定子两绕组励磁信号的幅值。定子励磁电压在转子中感应出的电势不但与转子和定子的相对位置有关,还与励磁的幅值有关。

根据线性叠加原理,在转子上的工作绕组中的感应电压

$$E_2 = nU_s \cos\theta_{机} - nU_c \sin\theta_{机}$$
$$= nU_m \sin\omega t(\sin\theta_{电}\cos\theta_{机} - \cos\theta_{电}\sin\theta_{机})$$
$$= nU_m \sin(\theta_{电} - \theta_{机})\sin\omega t \tag{10-7}$$

式中:$\theta_{机}$ 为定子正弦绕组轴线与转子工作绕组轴线之间的夹角;$\theta_{电}$ 为电气角;ω 为励磁角频率。

若 $\theta_{机} = \theta_{电}$，则 $E_2 = 0$。

当 $\theta_{机} = \theta_{电}$ 时，表示定子绕组合成磁通 Φ 与转子绕组平行，即没有磁场线穿过转子绕组线圈，因此感应电压为零。当磁通 Φ 垂直于转子线圈平面时，即 $\theta_{机} - \theta_{电} = \pm 90°$ 时，转子绕组中感应电压最大。在实际应用中，根据转子误差电压的大小，不断修正定子励磁信号 $\theta_{电}$（即励磁幅值），使其跟踪 $\theta_{机}$ 的变化。

由上式可知，感应电压 E_2 是以 ω 为角频率的交变信号，其幅值为 $U_m \sin(\theta_{机} - \theta_{电})$。若电气角 $\theta_{电}$ 已知，那么只要测出 E_2 的幅值，便可以间接地求出 $\theta_{机}$ 的值，即可以测出被测角位移的大小。当感应电压的幅值为零时，说明电气角的大小就是被测角位移的大小。旋转变压器在鉴幅工作方式时，不断调整 $\theta_{电}$，让感应电压的幅值为零，用 $\theta_{电}$ 代替对 $\theta_{机}$ 的测量，$\theta_{电}$ 可通过具体电子线路测得。

2. 感应同步器

1)感应同步器的结构和特点

感应同步器是一种电磁感应式的高精度位移检测装置。实际上它是多极旋转变压器的展开形式。感应同步器分旋转式和直线式两种。旋转式用于角度测量，直线式用于长度测量。两者的工作原理相同。

直线感应同步器由定尺和滑尺两部分组成。定尺与滑尺之间有均匀的气隙，在定尺表面制作有连续平面绕组，绕组节距为 P。滑尺表面制有两段分段绕组，即正弦绕组和余弦绕组，它们相对于定尺绕组在空间错开 1/4 节距（$P/4$）。定子和滑尺的结构示意图如图 10-13 所示。

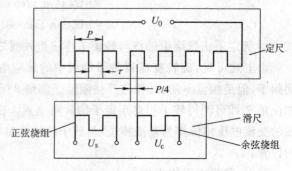

图 10-13　定尺和滑尺结构示意图

定尺和滑尺的基板采用与机床床身材料热膨胀系数相近的钢板制成，经精密的照相腐蚀工艺制成印刷绕组，再在尺子的表面上涂一层保护层。滑尺的表面有时还贴上一层带绝缘的铝箔，以防静电感应。

感应同步器具有如下特点。

(1)精度高。感应同步器直接对机床工作台的位移进行测量，其测量精度只受本身精度限制。另外，定尺的节距误差有平均补偿作用，定尺本身的精度能做得很高，其精度可以达到 ± 0.001 mm，重复精度可达 0.002 mm。

(2)工作可靠，抗干扰能力强。在感应同步器绕组的每个周期内，测量信号与绝对位置有一一对应的单值关系，不受干扰的影响。

(3)维护简单，寿命长。定尺和滑尺之间无接触磨损，在机床上安装简单。使用时需要加防护罩，防止切屑进入定尺和滑尺之间划伤导片以及灰尘、油雾的影响。

(4)测量距离长。可以根据测量长度需要,将多块定尺拼接成所需要的长度,就可测量长距离位移,机床移动基本上不受限制。适合于大、中型数控机床。

(5)成本低,易于生产。

(6)与旋转变压器相比,感应同步器的输出信号比较微弱,需要一个放大倍数很高的前置放大器。

2)感应同步器的工作原理

感应同步器的工作原理与旋转变压器基本一致。使用时,在滑尺绕组通以一定频率的交流电压,由于电磁感应,在定尺的绕组中产生感应电压,其幅值和相位决定于定尺和滑尺的相对位置。图 10-14 所示为滑尺在不同的位置时定尺上的感应电压。当定尺与滑尺重合时,如图中的 a 点,此时的感应电压最大。当滑尺相对于定尺平行移动后,其感应电压逐渐变小。在错开 1/4 节距的 b 点,感应电压为零。以此类推,在 1/2 节距的 c 点,感应电压幅值与 a 点相同,极性相反;在 3/4 节距的 d 点,又变为零。当移动到一个节距的 e 点时,电压幅值与 a 点相同。这样,

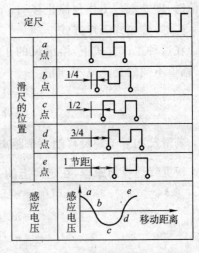

图 10-14 感应同步器的工作原理

滑尺在移动一个节距的过程中,感应电压变化了一个余弦波形。滑尺每移动一个节距,感应电压就变化一个周期。

按照供给滑尺两个正交绕组励磁信号的不同,感应同步器的测量方式分为鉴相式和鉴幅式两种工作方式。

<1>鉴相式工作方式

在这种工作方式下,给滑尺的正弦绕组和余弦绕组分别通以幅值相等、频率相同、相位相差 90° 的交流电压。即

$$U_s = U_m \sin \omega t$$
$$U_c = U_m \cos \omega t \tag{10-8}$$

励磁信号将在空间产生一个以 ω 为频率移动的行波。磁场切割定尺导片,并产生感应电压,该电势随着定尺与滑尺相对位置的不同而产生超前或滞后的相位差 θ。

根据线性叠加原理,在定尺上的工作绕组中的感应电压

$$U_0 = nU_s \cos \theta - nU_c \sin \theta$$
$$= nU_m (\sin \omega t \cos \theta - \cos \omega t \sin \theta)$$
$$= nU_m \sin (\omega t - \theta) \tag{10-9}$$

式中:ω 为励磁角频率;n 为电磁耦合系数;θ 为滑尺绕组相对于定尺绕组的空间相位

角，$\theta = \dfrac{2\pi x}{P}$。

可见，在一个节距内 θ 与 x 是一一对应的，通过测量定尺感应电压的相位 θ，可以测量定尺对滑尺的位移 x。数控机床的闭环系统采用鉴相系统时，指令信号的相位角 θ_1 由数控装置发出，由 θ 和 θ_1 的差值控制数控机床的伺服驱动机构。当定尺和滑尺之间产生了相对运动，则定尺上的感应电压的相位发生了变化，其值为 θ。当 $\theta \neq \theta_1$ 时，使机床伺服系统带动机床工作台移动。当滑尺与定尺的相对位置达到指令要求值时，即 $\theta = \theta_1$，工作台停止移动。

<2>鉴幅式工作方式

在这种工作方式下，给滑尺的正弦绕组和余弦绕组分别通以频率相同、相位相同、幅值不同的交流电压，即

$$\left.\begin{aligned} U_s &= U_m \sin \theta_{电} \sin \omega t \\ U_c &= U_m \cos \theta_{电} \sin \omega t \end{aligned}\right\} \tag{10-10}$$

若滑尺相对于定尺移动一个距离 x，其对应的相移为 $\theta_{机}$，$\theta_{机} = \dfrac{2\pi x}{P}$。

根据线性叠加原理，在定尺上的工作绕组中的感应电压

$$\begin{aligned} U_0 &= nU_s \cos \theta_{机} - nU_c \sin \theta_{机} \\ &= nU_m \sin \omega t (\sin \theta_{电} \cos \theta_{机} - \cos \theta_{电} \sin \theta_{机}) \\ &= nU_m \sin (\theta_{电} - \theta_{机}) \sin \omega t \end{aligned} \tag{10-11}$$

由以上可知，若电气角 $\theta_{电}$ 已知，只要测出 U_0 的幅值 $nU_m \sin (\theta_{电} - \theta_{机})$，便可以间接地求出 $\theta_{机}$。若 $\theta_{电} = \theta_{机}$，则 $U_0 = 0$，说明电气角 $\theta_{电}$ 的大小就是被测角位移 $\theta_{机}$ 的大小。采用鉴幅工作方式时，不断调整 $\theta_{电}$，让感应电压的幅值为零，用 $\theta_{电}$ 代替对 $\theta_{机}$ 的测量，$\theta_{电}$ 可通过具体电子线路测得。

定尺上的感应电压的幅值随指令给定的位移量 $x_1 (\theta_{电})$ 与工作台的实际位移 $x(\theta_{机})$ 的差值按正弦规律变化。鉴幅型系统用于数控机床闭环系统中时，当工作台未达到指令要求值时，即 $x \neq x_1$，定尺上的感应电压 $U_0 \neq 0$。该电压经过检波放大后控制伺服执行机构带动机床工作台移动。当工作台移动到 $x = x_1 (\theta_{电} = \theta_{机})$ 时，定尺上的感应电压 $U_0 = 0$，工作台停止运动。

3. 磁栅

1) 磁栅的结构

磁栅又叫磁尺，是一种高精度的位置检测装置，它由磁性标尺、拾磁磁头和检测电路组成，利用拾磁原理进行工作。首先，用录磁磁头将一定波长的方波或正弦波信号录制在磁性标尺上作为测量基准，检测时根据与磁性标尺有相对位移的拾磁磁头所拾取的信号，对位移进行检测。磁栅可用于长度和角度的测量，精度高、安装调整方便，对使用环境要求较低，如对周围的电磁场的抗干扰能力较强，在油污和粉尘较多的场合使用有较好的稳定性。高精度的磁栅位置检测装置可用于各种精密机床和

数控机床。其结构如图 10 - 15 所示。

<1>磁性标尺

磁性标尺分为磁性标尺基体和磁性膜。磁性标尺的基体由非导磁性材料（如玻璃、不锈钢、铜等）制成。磁性膜是一层硬磁性材料（如 Ni - Co - P 或 Fe - Co 合金），用涂敷、化学沉积或电镀在磁性标尺上，呈薄膜状。磁性膜的厚度为 10～20 μm，均匀地分布在基体上。磁性

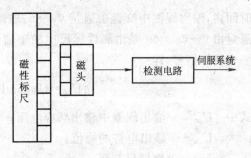

图 10 - 15　磁栅的结构

膜上有录制好的磁波，波长一般为 0.005、0.01、0.2、1 mm 等几种。为了提高磁性标尺的寿命，一般在磁性膜上均匀涂上一层 1～2 μm 的耐磨塑料保护层。

按磁性标尺基体的形状，磁栅可以分为平面实体型磁栅、带状磁栅、线状磁栅和回转型磁栅。前三种磁栅用于直线位移的测量，后一种用于角度测量。磁栅长度一般小于 600 mm，测量长距离可以用几根磁栅接长使用。

<2>拾磁磁头

拾磁磁头是一种磁电转换器件，它将磁性标尺上的磁信号检测出来，并转换成电信号。普通录音机上的磁头输出电压幅值与磁通的变化率成正比，属于速度响应型磁头。而由于在数控机床上需要在运动和静止时都进行位置检测，因此应用在磁栅上的磁头是磁通响应型磁头。它不仅在磁头与磁性标尺之间有一定相对速度时能拾取信号，而且在它们相对静止时也能拾取信号，其结构如图 10 - 16 所示。该磁头有两组绕组：绕在磁路截面尺寸较小的横臂上的激磁绕组和绕在磁路截面较大的竖杆上的拾磁绕组。当对激磁绕组施加励磁电流 $i_a = i_0 \sin \omega_0 t$ 时，在 i_a 的瞬时值大于某一数值以后，横臂上的铁芯材料饱和，这时磁阻很大，磁路被阻断，磁性标尺的磁通 Φ_0 不能通过磁头闭合，输出线圈不与 Φ_0 交链。当在 i_a 的瞬时值小于某一数值时，i_a 所产生的磁通 Φ_1 也随之降低。两横臂中磁阻也降低到很小，磁路开通，Φ_0 与输出线圈交链。由此可见，励磁线圈的作用相当于磁开关。

2)磁栅的工作原理

励磁电流在一个周期内两次过零、两次出现峰值，相应的磁开关通断各两次。磁路由通到断的

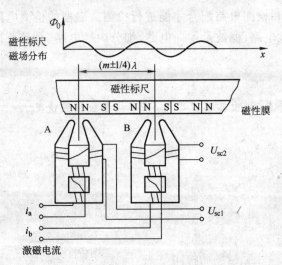

图 10 - 16　磁通响应型磁头

时间内,输出线圈中交链磁通量 $\Phi_0 \to 0$;磁路由断到通的时间内,输出线圈中交链磁通量由 $0 \to \Phi_0$。Φ_0 是由磁性标尺中的磁信号决定的,由此可见,输出线圈输出的是一个调幅信号,即

$$U_{sc} = U_m \cos\left(\frac{2\pi x}{\lambda}\right)\sin \omega t \qquad (10-12)$$

式中　U_{sc}——输出线圈中输出感应电压;

　　　U_m——输出电势的峰值;

　　　λ——磁性标尺节距;

　　　x——选定某一 N 极作为位移零点,x 为磁头对磁性标尺的位移量;

　　　ω——输出线圈感应电压的幅值,它比励磁电流 i_a 的频率 ω_0 高一倍。

　　由上可见,磁头输出信号的幅值是位移 x 的函数。只要测出 U_{sc} 过 0 的次数,就可以知道 x 的大小。

　　使用单个磁头的输出信号小,而且对磁性标尺上的磁化信号的节距和波形要求也比较高。实际使用时,将几十个磁头用一定的方式串联,构成多间隙磁头使用。

　　为了辨别磁头的移动方向,通常采用间距为 $(m+1/4)\lambda$ 的两组磁头($m=1,2,3\cdots$),并使两组磁头的励磁电流相位相差 $45°$,这样两组磁头输出的电势信号相位相差 $90°$。

　　第一组磁头输出信号如果是

$$U_{sc1} = U_m \cos\left(\frac{2\pi x}{\lambda}\right)\sin \omega t \qquad (10-13)$$

则第二组磁头输出信号是

$$U_{sc2} = U_m \sin\left(\frac{2\pi x}{\lambda}\right)\sin \omega t \qquad (10-14)$$

　　磁栅检测是模拟量测量,必须和检测电路配合才能进行检测。磁栅的检测电路包括:磁头激磁电路、拾取信号放大电路、滤波及辨向电路、细分内插电路、显示及控制电路等。

【动手与思考】

　　观察机床光栅尺连接线缆的特点,指出其接口类型,并查找参数设置情况。

附录一　CK6132 数控车床的控制线路图

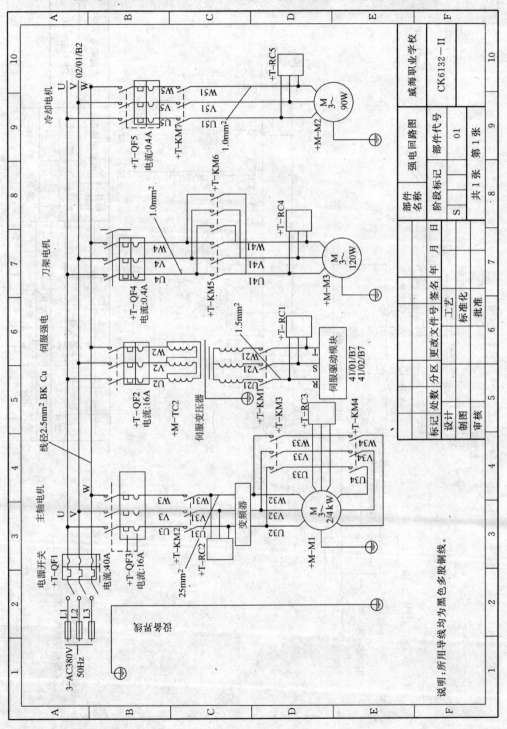

说明：所用导线均为黑色多股铜线。

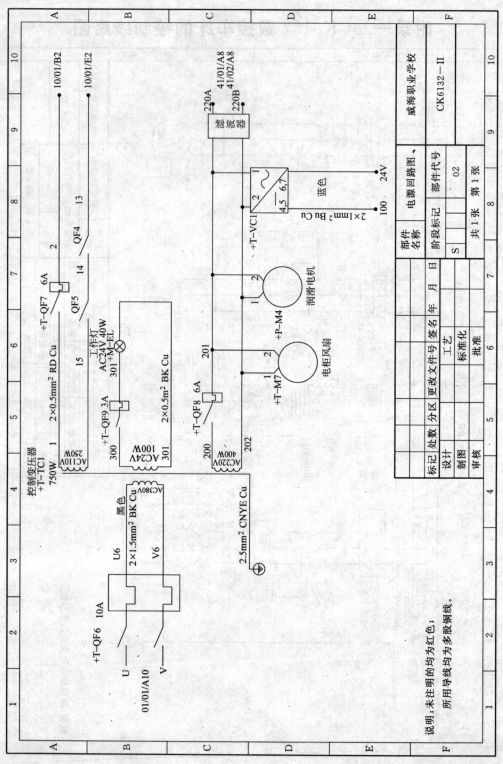

附录一　CK6132 数控车床的控制线路图

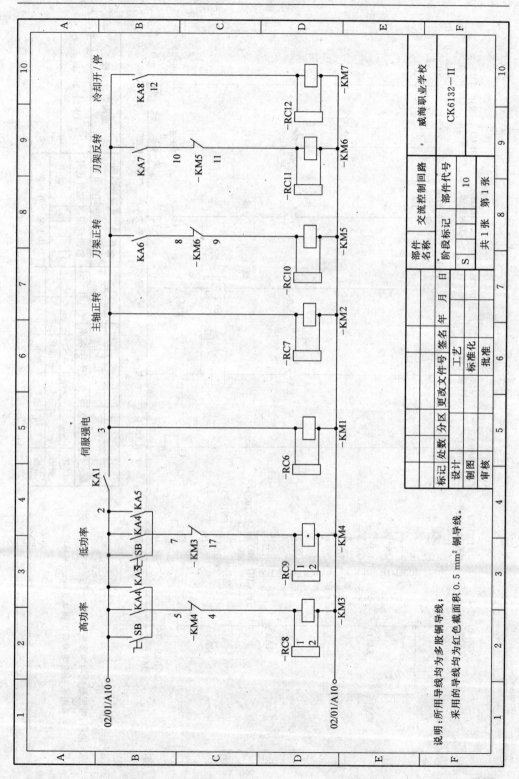

说明：所用导线均为多股铜导线；
采用的导线均为红色截面积 0.5 mm² 铜导线。

245

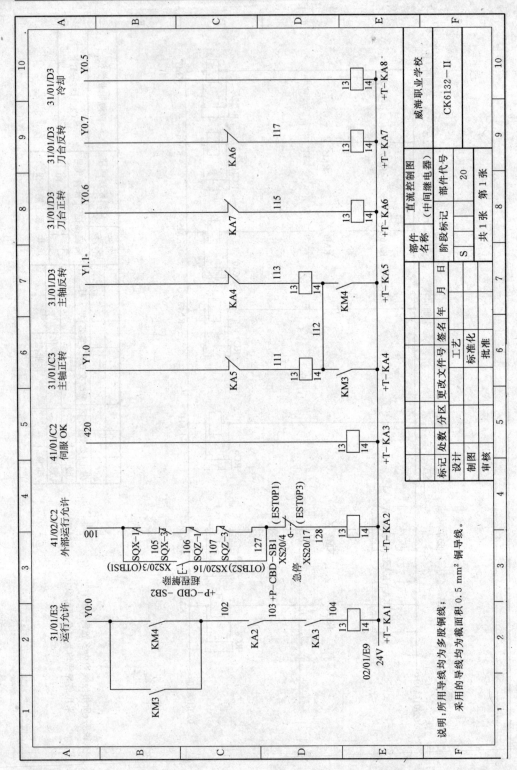

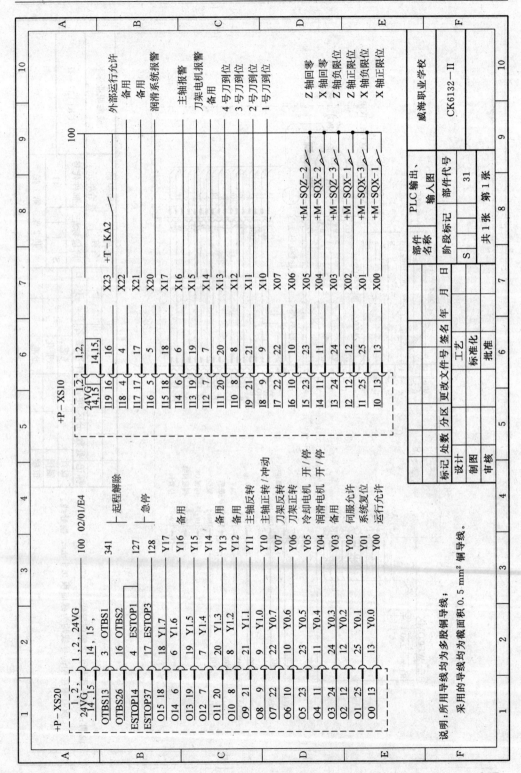

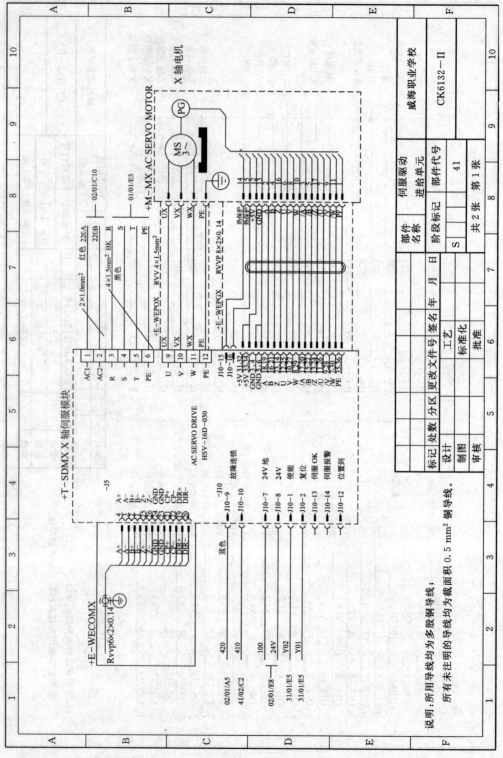

说明：所用导线均为多股铜导线；
所有未注明的导线均为截面积 0.5 mm² 铜导线。

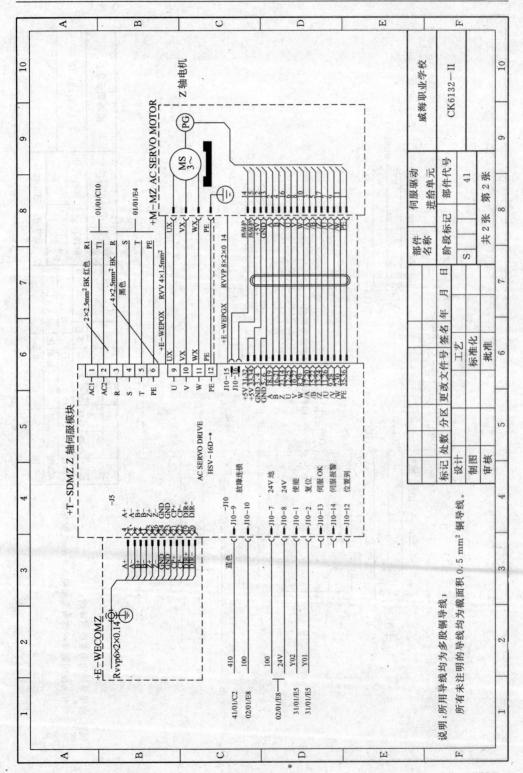

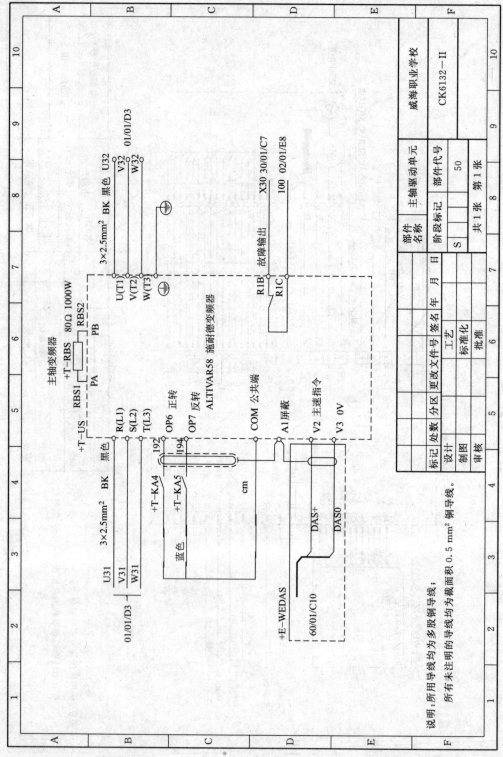

说明：所有用导线均为多股铜导线；

所有未注明的导线均为截面积 0.5 mm² 铜导线。

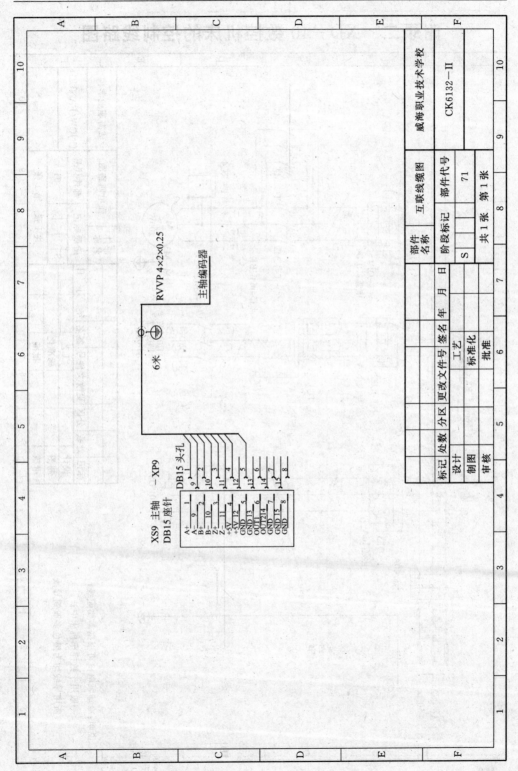

附录二 XD-40数控机床的控制线路图

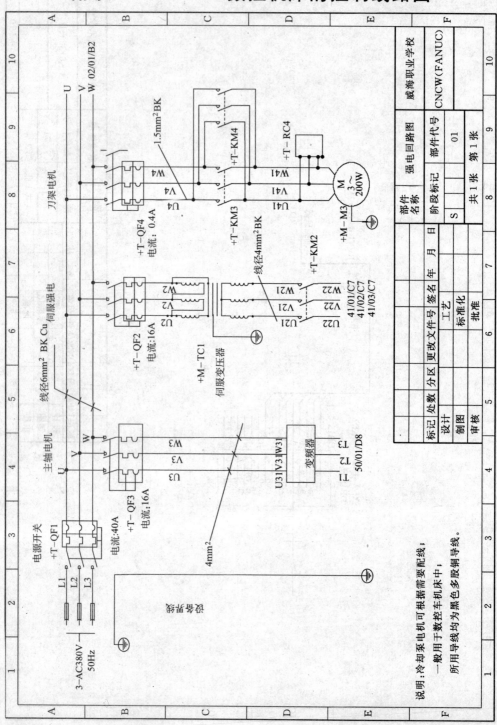

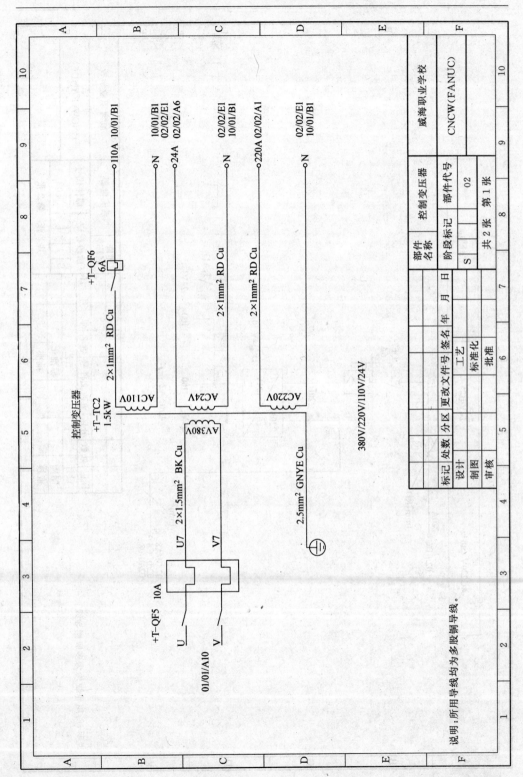

说明：所用导线均为多股铜导线。

380V/220V/110V/24V

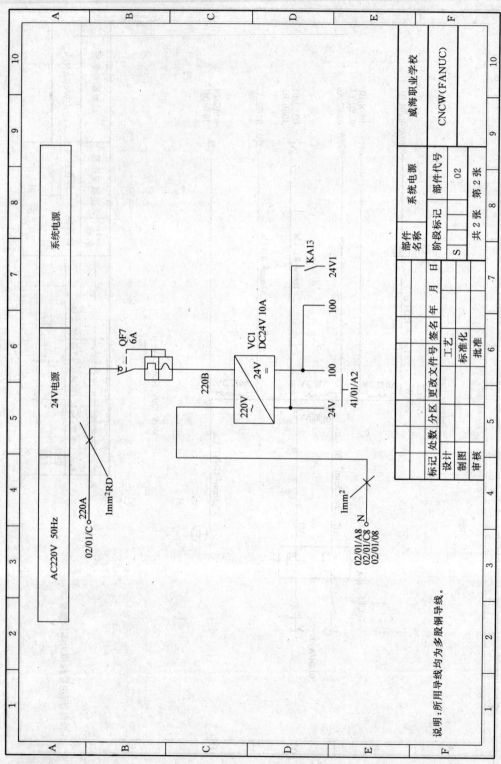

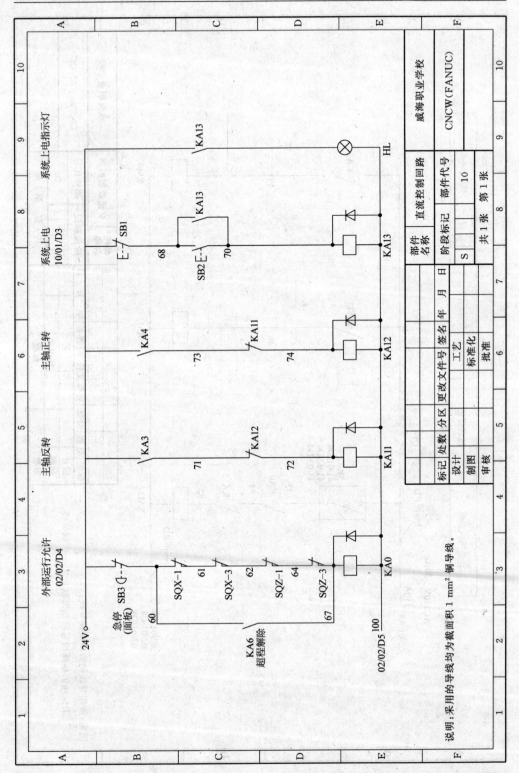

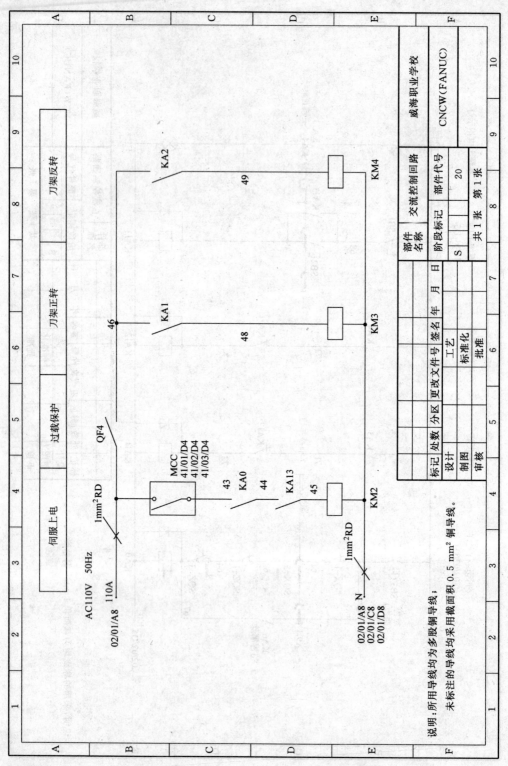

说明：所用导线均为多股铜导线；
未标注的导线均采用截面积 0.5 mm² 铜导线。

附录二　XD-40 数控机床的控制线路图

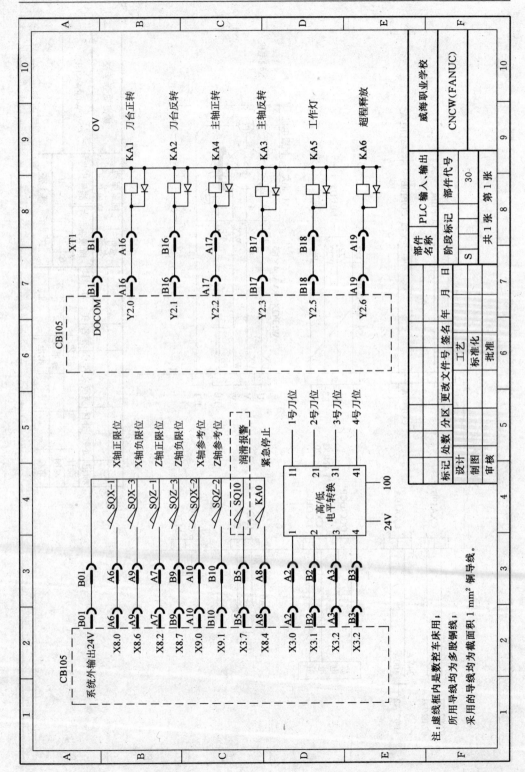

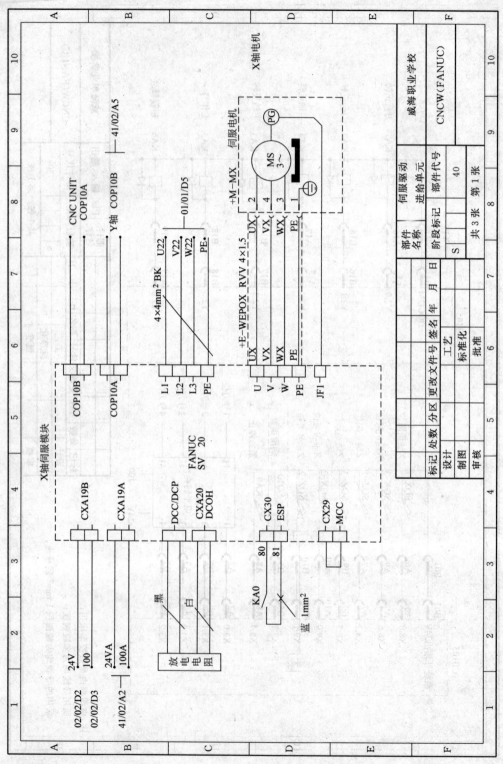

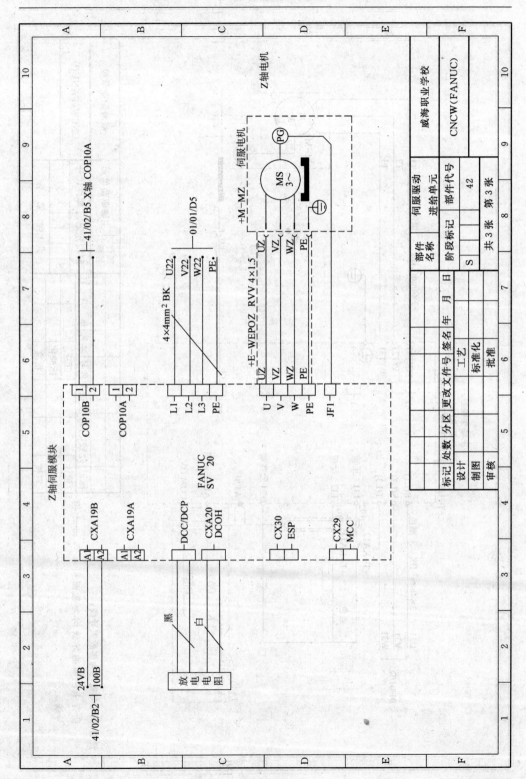

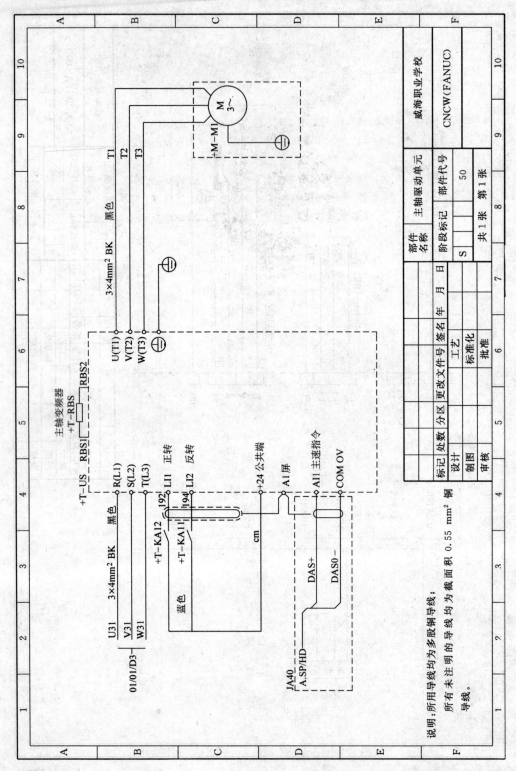

参 考 文 献

[1] 饶军,田宏宇.数控机床与数控技术[M].北京:中国林业出版社,2006.

[2] 刘永久.数控机床故障诊断与维修技术[M].北京:机械工业出版社,2008.

[3] 赵玉刚,宋现春.数控技术[M].北京:机械工业出版社,2001.

[4] 周文彬,杨少慧.数控机床故障诊断与维修[M].天津:天津大学出版社,2008.

[5] 杨克冲,陈吉红,郑小年.数控机床电气控制[M].武汉:华中科技大学出版社,2005.

[6] 叶晖.图解 FANUC 0i 系统维修技巧[M].北京:机械工业出版社,2004.

参考文献

[1] ...

[2] ...

[3] ...

[4] ...

[5] ...

[6] ...